Pia Troxler

Jubiläum
Roman über einen Unverbesserlichen

Dies ist ein Roman. Handlungen und Personen sind frei erfunden. Ähnlichkeiten mit lebenden oder verstorbenen Personen sind zufällig.

Pia Troxler

Jubiläum

Roman

1. Auflage
ViCON-Verlag
Niederhasli 2022

Pia Troxler, geboren in Luzern, Autorin, Soziologin, Schreibcoach, lebt in Zürich, von 1997 – 2005 in Leipzig. Sie arbeitete u. a. als Lehrbeauftragte an der Universität Zürich, leitete von 2012 – 2021 einen Literaturtreff und unterrichtet privat und an Festivals kreatives Schreiben. In der Literatur ist sie auf Prosa und Dramatik spezialisiert. Sie hat den Erzählband *Die Verwünschung* publiziert. Ihr Theaterstück *Anna-ela* wurde ausgezeichnet. *Jubiläum* ist ihr Romandebüt.
Website: www.piatroxler.ch

© Urheberrecht: Pia Troxler
© Urheberrecht und Copyright: ViCON-Verlag
1. Auflage 2022
Lektorat: Monika Künzi
Verlag: ViCON-Verlag, Heiselstrasse 105, CH-8155 Niederhasli
Internet: www.vicon-verlag.ch
E-Mail: mail@vicon-verlag.ch
ISBN: 978-3-9525294-7-8
Satz und Layout: LP Copy Center Wettingen
Coverdesign: Design Resort Bülach
Druck: Parioprint, Krakau, Polen
Mit freundlicher Unterstützung der Stiftung Interfeminas Zürich

INHALTSVERZEICHNIS

1. Kapitel	7
2. Kapitel	54
3. Kapitel	96
4. Kapitel	111
5. Kapitel	149
6. Kapitel	179
7. Kapitel	197
8. Kapitel	215
9. Kapitel	243
10. Kapitel	264
Anmerkungen und Quellenangaben	324
Dank	327

1. Kapitel

Sibylle erwachte.
Es war still im Zimmer und nächtlich dunkel. Sekunden, Ewigkeiten lag sie da. Etwas drängte in ihr Bewusstsein. Sie wehrte sich vergebens. Heftig kehrte die Erinnerung zurück, sein Gesicht mit den listigen Augen und dem Spottmund, wie es auf sie zukam. Vor Schreck setzte sie sich auf. Ihr Herz pochte laut.
Wieso war sie nur an diese Besprechung gegangen? Von ihrem Londonjahr hatte sie ihm erzählt. Auch dass sie sich über ihre Seminararbeit unterhielten, wusste sie noch, und dass sie über die Stellen sprachen, bei denen sie unsicher war. Er sagte, sie sei zu bescheiden, machte ihr Komplimente, zuerst über die Arbeit, dann über ihr Aussehen. Unpassend, fand sie, unangenehm, und wies sie zurück. Er reagierte spöttisch und kam, statt sich zurückzunehmen, frech näher. Sie, beleidigt, empört, stammelte, und bevor sie Worte fand, rutschte er in einem Satz mit dem Stuhl ... Nein. Stopp!
Was half es, wenn sie aber- und abermals alles durchspielte? Immerhin hatte sie sich gewehrt. Nur war das kein Trost. Sie begriff erst, worauf das Ganze hinauslief, als die Falle zugeschnappt war. Ja, er hatte sie hereingelegt. Sie war auf ihn hereingefallen. Er bat sie nicht wegen eines Semesterjobs in sein Büro. Er köderte sie mit diesem Angebot, um sich ihr zu nähern.
Seltsam, dachte Sibylle, sie hatten in seinem Seminar über Vertrauen gesprochen. Was hatte er darüber gesagt?
Sie knipste die Nachttischlampe an und sprang aus dem Bett. Der Wecker zeigte kurz vor fünf. Es war warm, sehr warm, seit Tagen auch in der Nacht.
In der mittleren Schreibtischschublade bewahrte sie die Vorlesungsnotizen auf. Sie nahm die Mappe über das Interaktionsseminar heraus. Im Stehen begann sie zu blättern. Endlich, hier.

„*Verzerrung aus Nachsicht*". Das suchte sie. Sie las: *Speziell Personen in hohen Positionen pflegen wir zu vertrauen. Wir unterstellen ihnen, solange nicht eindeutig Schlechtes über sie vorliegt, ungern niedrige Motive.*
Es fröstelte sie.

Hatte Professor Großholz diese Verzerrung aus Nachsicht, mit der wir andere Menschen, im Besonderen männliche Autoritätspersonen verkennen, bewusst für sich ausgenutzt?

Natürlich war ihm nicht entgangen, wie beeindruckt, ja begeistert sie im Seminar von seinen Ideen und Behauptungen war, wie sehr er sie zum Denken anregte, ihr sogar Anstöße gab, sich selbst und ihr Handeln zu hinterfragen. Schon deshalb, und weil er sich als Professor auf der sicheren Seite fühlte, wusste er vermutlich oder rechnete damit, dass sie ihm nicht so schnell misstrauen, vielleicht sogar eher an sich selbst als an ihm zweifeln würde.

War heute Freitag? Lange brauchte sie nicht zu überlegen. Ja, heute um zehn fände sein Seminar statt. Wollte sie wie gewöhnlich am Freitagvormittag in den Seminarraum treten, an ihren Platz gehen, die Unterlagen ausbreiten und sich auf das nächste Gedankengewitter freuen?

Als die Helligkeit des neuen Tages durch die Vorhänge drang, hatte sie sich entschieden. Sie wollte diesem Professor nicht begegnen. Sie wollte den Blick seiner Augen nicht auf sich fühlen, den Worten aus seinem Mund, mochten sie noch so interessant klingen, nicht lauschen. Ihr Lieblingsseminar freitags von zehn bis zwölf war zunächst einmal gestorben.

Sie räumte die Seminarnotizen zusammen und legte die Mappe in die unterste Schublade. Vielleicht ließ sich nun, nachdem ihr klar geworden war, dass sie dem Übeltäter aus dem Weg gehen wollte, der versäumte Schlaf nachholen. Sie hoffte es. Spätestens um zwölf wollte sie ausgeruht an der Uni sein.

Im Bett drehte sie sich gegen die Wand. Sogar durch die geschlossenen Lider fühlte sie das Tageslicht. Je mehr sie sich vornahm einzuschlafen, desto wacher wurde sie. Wollte sie Helene, ihre Mutter, anrufen? Oder besser die Freundin Klara? Helene hatte diese Woche Frühschicht, stand gegen halb sechs Uhr auf und begann um sieben im Spital zu arbeiten. „Du kannst jederzeit anrufen", hatte sie am Mittwoch am Telefon mehrmals gesagt, nachdem sie ihr erzählt hatte, was vorgefallen war. Helene fand die Annäherung von Professor Großholz unerhört. Sie konnte es kaum fassen, dass sich ein Professor an der Universität erlaubte, sein Amt als Lehrperson derart zu missbrauchen. Helene erwachte meistens früh, las sogar manchmal am Morgen vor dem Aufstehen.

Das Telefon war auf dem Sofatisch. Sibylle holte es ins Bett, blieb eine Weile sitzen, das Gerät vor sich auf der Decke. „Du kannst jederzeit anrufen." Sie nahm den Hörer und wählte ihre Nummer.

„Sibylle! – Guten Morgen, hallo, liebe Sibylle."
„Hallo, guten Morgen, Helene. Bist du schon auf?"
„Wach bin ich, aber noch nicht auf. Kannst du nicht schlafen?" Helene klang besorgt.
„Ja. Ich dachte, du seist vielleicht schon wach."
„Der Professor?"
„Ja. Ich begreife langsam, was geschehen ist. Er hat mich wie ein Tier geködert. Dabei hatte ich von Anfang an kein gutes Gefühl bei diesem Treffen. Er hatte es plötzlich so eilig, kaum hatte er mir die Semesterassistenz angeboten, diese in seinem Büro näher mit mir zu besprechen. Wieso bin ich nur über meine Unsicherheit hinweggegangen? Ich nehme sie doch sonst als Warnzeichen."
„O Liebes, ich glaube, du solltest dir nicht den Kopf darüber zerbrechen, was du anders oder besser hättest machen können. Der Fehler liegt einzig bei diesem Professor."
„Ich hätte nicht an diese Besprechung gehen dürfen, Helene. Wieso habe ich das erst gemerkt, als es zu spät war?"

„Was ist falsch daran, wenn du der Einladung folgst, einen Job, der dich interessiert und dir vielleicht noch weitere Türen öffnet, genauer anzuschauen? Wirklich, quäle dich nicht, mach dir keine Vorwürfe deswegen."

„Ich quäle mich aber und mache mir Vorwürfe", rief Sibylle. Wieder einmal ärgerte sie sich über die Abgeklärtheit ihrer Mutter und merkte gleichzeitig, wie aufgewühlt sie war.

„Soll ich bei dir vorbeikommen, wollen wir zusammen frühstücken?", hörte sie Helene fragen.

„Ich weiß nicht." Sibylle schaute auf ihre Füße. Wollte sie frühstücken? „Eigentlich möchte ich schlafen, endlich schlafen", sagte sie, plötzlich erschöpft, „und am Mittag ausgeruht an die Uni gehen."

„Ich könnte dir einen Tee kochen. Danach kannst du schlafen und ich gehe arbeiten."

„Und wenn ich eingeschlafen bin um sechs?" Sie wollte jetzt keine halbe Stunde auf Helene warten. „Nein, lass es besser bleiben", sagte sie. „Ich koche mir selbst einen Tee. Wir sehen uns ja morgen. Ich komme nach der Tanzprobe zu dir, wie am Mittwoch am Telefon abgemacht. Du willst mir ja noch ausführlicher erzählen, was da mit diesem Böckli war, der euch im Spital das Leben schwer gemacht hat."

„Wie du meinst", zog Helene ihr Angebot zurück. „Dich scheint heute allerhand am Schlafen zu hindern. Sogar an unsern Böckli denkst du."

„Euer Böckli ist mir erst jetzt eingefallen", widersprach Sibylle. „Nein, Helene, ich habe vorher nicht an ihn gedacht." In ihrem Kopf begann es zu sprudeln. Sie wurde hellwach. „Weißt du, was mir gerade einfällt? Ich sollte vielleicht nochmals zu diesem Professor gehen und ihn zur Rede stellen, ganz selbstbewusst. Er müsste sich entschuldigen oder wenigstens bedauern, dass er mich so mies behandelt hat. Was meinst du? Wäre es nicht besser, ich würde, anstatt stundenlang zu grübeln, etwas unternehmen?"

Sibylle wurde zapplig. Seine freche Hand auf ihrer Brust und wie er sie an den Hüften gepackt und an sich gezogen hatte – unerhört! Allein schon sein Blick und die spöttischen Bemerkungen gaben ihr einen Stich. Ja, das Ganze verletzte sie, raubte ihr den Schlaf. Musste sie sich das gefallen lassen?

„Was dieser Professor getan hat, ist schändlich und ganz und gar verantwortungslos", hörte sie Helene sagen. „Ich fände es gut, wenn du dich wehrtest."

Die Bestimmtheit, mit der Helene sprach, war Balsam diesmal. Nachdem sie Großholz' Komplimente zurückgewiesen hatte, ging alles so rasch, dachte Sibylle. Sein Spottgesicht, das auf sie zukam, sie stammelte, suchte nach Worten, fast gleichzeitig schrie sie auf, der Koloss landete in einem Satz mitsamt Stuhl neben ihr, packte ihre Oberarme, dass sie vor Schreck erstarrte, und griff, als wäre sie noch nicht genug bezwungen, mit einer Hand frech an ihre Brust. Sie fuhr vom Stuhl hoch, wollte nichts wie weg und stolperte über seine Beine. Er nutzte die Gelegenheit, packte sie erneut, diesmal an den Hüften, und zog sie an sich. Noch entsetzter schrie sie auf, schrie „nein" und riss sich von ihm los. Außer sich griff sie nach ihrer Tasche und schlug sie ihm ins Gesicht und um den Kopf. Er, plötzlich ohne Brille, duckte sich auf seinem Stuhl, wurde klein und kleiner. Sie hielt inne, begriff, was sie getan hatte, und rannte davon.

Irgendwie musste sie das Institut verlassen haben, irgendwie nach Hause gekommen sein. In ihrem Zimmer verkroch sie sich im Bett. Später hörte sie das Telefon klingeln. Wo war sie? Wer rief an? Es war Maya, ihre Schwester. In Plauderlaune erkundigte sich Maya, wie es ihr gehe, und erschrak sehr, als sie zunächst nur ein trübes Gestammel zu hören bekam. Wie immer behielt die Schwester nichts für sich. Kurz danach rief auch Helene an, ganz in Sorge. Sie wollte wissen, was geschehen war, konnte es zwar nicht fassen, ermunterte sie aber, trotz allem wie verabredet ihre Freundin Klara zu treffen und am Abend die Tanzprobe zu besuchen.

Unglaublich, was für eine Demütigung dieser Professor ihr zugefügt hatte, dachte Sibylle. Die Schmach, die seit dieser „Sitzung" in seinem Büro auf ihr lastete, drehte sich in den Wunsch, dem Übeltäter mit Worten wie „nein, so nicht, Herr Professor!" gegenüberzutreten. Gleichzeitig fürchtete sie sich davor, ihm ins Gesicht hinein zu sagen, wie unerhört sie alles finde, dass er schuldig geworden sei, wieso er sich erlaubt habe, sich ihr auf so heimtückische Art zu nähern.

Helle Empörung loderte in Sibylle auf. Sie ließ ihr freien Lauf. Wie erlöst lehnte sie sich mit dem Rücken gegen die Wand. Der Telefonhörer lag auf dem Kopfkissen. Sie griff nach ihm, hob ihn ans Ohr und fragte: „Helene, bist du noch am Apparat?"

„Ja, ich bin da." Helene klang ruhig. „Und wo bist du?"

„Ich sitze auf meinem Bett und telefoniere mit dir." Sibylle lächelte vor sich hin.

„Du hast mich gefragt, ob ich auch der Meinung sei, du müsstest etwas unternehmen", sagte Helene.

„Ja", antwortete Sibylle. „Ja, ich glaube, ich muss etwas unternehmen. Erst wenn Professor Großholz einsieht, dass er mir unrecht getan hat, fühle ich mich wieder als ganzer Mensch."

„Es ist nötig, etwas zu unternehmen, aber nicht leicht, das Richtige zu tun", erklang es im Hörer.

Sibylle horchte auf. „Wie meinst du das?" Die Vorsicht, in die sich Helene flüchtete, nahm ihrem Entschluss die Kraft.

„Du musst dir gut überlegen, was du unternehmen möchtest, meine ich damit", hörte sie Helenes Stimme. „Hast du nicht gesagt, der Professor sei angesehen, sogar berühmt?"

„Ja, ist er, glaube ich." Sibylle beherrschte sich. „Wieso fragst du das?"

„Je angesehener er ist, umso schwieriger ist es, ihn zur Rechenschaft zu ziehen."

„Wieso, woher weißt du das?" Warum kehrte Helene wieder die Abgeklärte hervor? Wusste sie wieder alles? Und natürlich alles besser als sie?

„Wie gesagt, im Spital springt hie und da ein Böckli herum", erklang Helene. „Deshalb haben wir uns damit beschäftigen müssen. Viele haben Mitleid mit einem Missetäter oder sie wagen

nicht, ihn zurechtzuweisen, weil sie mit ihm zusammenarbeiten müssen. Aber Sibylle, lass uns persönlich darüber sprechen. Ich kann mich im Spital für eine Stunde entschuldigen und komme zu dir. Das ist kein Problem."
„Nein, lieber morgen. Morgen bei dir haben wir Zeit. Ich möchte jetzt schlafen und gegen Mittag ausgeruht an die Uni gehen. Ich möchte keine Vorlesungen versäumen."
„Ja, vernünftig, sehr gut. Versuch doch jetzt an etwas anderes als an diesen Professor zu denken."
„Leichter gesagt als getan", sagte Sibylle.
„Ja, genau! Erzähl doch, wie war die Tanzprobe am Mittwochabend?"
„Helene! Die Probe so wenige Stunden nach diesem Schrecken – das ist kein Themenwechsel." Sibylle fühlte sich ganz erschöpft. „Aber in Ordnung; wenn du möchtest, dann erzähle ich dir noch, wie das am Mittwochabend war. Danach koche ich mir einen Tee und schlafe."

Helene schwieg.

Sibylle hörte den Atem ihrer Mutter. Es fiel ihr nicht leicht, Worte zu finden für das, was sie in dieser Probe erlebt hatte.

„Ich glaube, ich schämte mich", begann sie. „Ich bildete mir ein, alle, die mir zusähen, würden merken, was mir am Nachmittag zugestoßen war. Seine frechen Hände, die ganze Peinlichkeit, alles schien an mir zu kleben. Ich kam mir, ich weiß nicht, wie ein hässliches Entchen vor. Ich fühlte mich abscheulich. Später blickte ich zufällig in den Spiegel und war ganz überrascht. Ich sah keine Zerknirschte, sah überhaupt nicht so grässlich aus, wie ich mich fühlte. Ich war hell und schön und bewegte mich anmutig wie eh und je. Elektrisiert von dem, was ich sah, heftete ich mich an die Sibylle im Spiegel, verliebte mich fast in sie. Im Laufe des Abends tanzte ich das Erlebnis mit dem Professor mehr und mehr aus mir heraus. Alle fühlten, dass mich etwas quälte, doch nur meine Freundin Klara wusste, was geschehen war. Gegen Ende der Probe mochte ich es wieder, betrachtet zu werden, genoss es sogar, wenn Blicke auf mir ruhten. Richtig geheilt fühlte ich

mich nicht. Aber die Sibylle im Spiegel, die helle, anmutige, selbstbewusste, so schnell lässt die sich nicht unterkriegen, das wurde mir klar."
Sibylle war zu müde, um weiterzusprechen.
„Ist alles okay?", fragte Helene.
„Ja, endlich bin ich müde, und wie! Wir sehen uns morgen."
Mit schweren Gliedern stieg sie aus dem Bett und steckte beim Sofatisch das Telefon aus. Statt sich einen Tee zu bereiten, trank sie von den Sonnenstrahlen, die wie liebe Besucher zur falschen Zeit ins Zimmer schienen, und schlief ein.

Tags darauf fuhr sie wie verabredet nach der Tanzprobe zu Helene. Sie klingelte unten. Der Summer ertönte und die Tür sprang auf. Die Kühle im Hauseingang tat ihr wohl. Sie dachte an einen Sprung in den See. Wieso gingen Helene und sie bei dieser Temperatur nicht baden, fragte sie sich und stieg langsam die Treppe hinauf. Gerüche kamen ihr entgegen. Helenes Tür war nur angelehnt.
„Hallo, guten Abend!", rief sie in die Wohnung hinein und trat in den Flur.
Helene kam aus der Küche, sie trug ein leichtes Sommerkleid. Sie sah blendend aus. „Guten Abend, Liebste." Sie umarmte Sibylle.
Die braunen, ernst blickenden Augen von Helene glitten über Sibylles Gesicht. Sie riefen das Telefongespräch vom Vortag in ihr wach, und mit ihm die Verabredung, heute weiterzusprechen. Diese kam ihr jetzt wie eine Verpflichtung vor, die sie gern abgeschüttelt hätte. „Bei dir duftet es vorzüglich", sagte sie, „wie in einem Kräutergarten."
Helene lächelte geheimnisvoll und ging in die Küche zurück. Sibylle brachte ihre Tasche zur Garderobe.
Bestimmt hatte Helene den Anruf so früh am Morgen als Hilferuf aufgefasst, befürchtete sie. Alles in ihr wehrte sich dagegen, jetzt die Patientin spielen zu müssen. In ihr drin gab es eine Ödnis ohne Licht und Menschen, daran zweifelte sie nicht mehr. Aber sie

scheute sich, darüber mit Helene zu sprechen, oder schämte sich, oder fand keine Worte dafür, oder wollte das nicht mit ihr teilen. Sie wollte gar nicht mehr alles mit ihrer Mutter teilen. Und überhaupt wusste sie nicht, ob es ihr gut oder schlecht ging und was oder worüber sie sprechen wollte.

„Grübelst du wieder?", fragte Helene, als Sibylle zu ihr in die Küche trat.

Sibylle ärgerte sich. „Nein, ich grüble nicht", antwortete sie und merkte selbst, wie trotzig sie klang. „Wie ist das mit den Gefühlen?", wollte sie wissen, versöhnlich gestimmt. „Hat man die einfach oder kann man sie steuern?"

„Du stellst Fragen!" Helene schaute sie an. „Man kann lernen, mit ihnen umzugehen, würde ich sagen."

„Wie?"

„Da muss ich passen. Du bist die Psychologin."

Sibylle überlegte. „Vielleicht sie nur betrachten, statt sich von ihnen überwältigen oder dirigieren zu lassen."

„Oh, kannst du das?"

„Kannst du es?", fragte Sibylle zurück und lächelte.

Gerüche stiegen ihr in die Nase. Sie ging näher. In den Schüsseln lagen Spinatblätter, Bohnen, Fenchel, auf den Tellern Kräuter, geschnittene Oliven, Champignonscheibchen ... Eine Flasche Öl, sogar Sherry stand bereit. „Was du wieder ausgeheckt hast", sagte Sibylle bewundernd. Die Frage, ob sie ihr etwas helfen könne, verneinte Helene wie meistens. Sibylle ging in der duftgeschwängerten Wärme hinter den Tisch zu ihrem Hocker, von dem aus sie die Küche gut überblickte. Erst als sie saß, merkte sie, wie erschöpft sie war. Die Probe war anstrengend gewesen. Am Schluss hatten sie das neue Stück zum ersten Mal ganz durchgetanzt. Wie in einer alten afrikanischen Zeremonie verwandelten sie sich in Regentropfen und tanzten Regen. „Nächste oder übernächste Woche kann ich dir das Premiere-Datum sagen", wandte sie sich an Helene, die etwas aus dem Kühlschrank nahm und mit einer Flasche Campari,

Sibylles Lieblingsaperitif, zum Tisch kam. Sie streckte ihr die Flasche entgegen.

Sibylle schüttelte den Kopf. Wenn sie etwas bedrückte, vertrug sie keinen Alkohol. Auch heute, sie spürte es nur zu deutlich und fühlte sich ertappt. Das Schlimmste sei vorbei, hatte sie sagen wollen. Seit sie beschlossen habe, das Interaktionsseminar nicht mehr zu besuchen, dem Professor aus dem Weg zu gehen, fühle sie sich besser, gehe es bergauf. Stattdessen traten ihr Tränen in die Augen. Vielleicht vier oder fünf, nein, höchstens vier oder fünf Minuten hatte die Unerhörtheit an seinem Sitzungstisch gedauert, und zehn, zwanzig, dreißig Mal so oft und so lange quälte sie sich nun damit herum.

Helene stellte Gebäck aus Blätterteig auf den Tisch. Kleine Quadrate, Dreiecke, Sichelmonde, hell und prall, bestreut mit Mohn und Sesam. Leckerbissen, die Sibylle so mochte. Sie schämte sich. Für die Tränen, für ihre Gedanken, dass sie sich so umtreiben ließ von einem Schurken. Sogar vor ihrer Mutter schämte sie sich. Sie legte den Kopf in die Arme und weinte.

Helene setzte sich ihr gegenüber hin. Sibylle hörte, wie sie Gebäck knabberte und einen Aperitif trank.

„Ich komme mir so erbärmlich vor", schluchzte sie. „Kannst du dir vorstellen, wie mies ich mich fühle?"

Helenes Hand strich über ihren Kopf. „Vergiss die Sibylle im Spiegel nicht, die helle, anmutige, selbstbewusste", murmelte sie.

Sibylle wagte nicht, sich aufzurichten und Helene anzusehen. Zu trübe, zu dunkel kam sie sich vor, zu weit entfernt von der Sibylle, die sie gern sein möchte. Musik hören täte ihr gut, die CD zum Regentanz. Sie hob den Kopf. „Kann ich Musik auflegen? Nicht klassische?"

Helene nickte.

Sibylle erhob sich langsam, gequält. Die helle, warme Küche kam ihr wie eine Aufforderung vor, guter Laune zu sein. Helene knabberte vor sich hin. Sibylle huschte an ihr vorbei. Auf dem

Flur ging sie nicht ins Wohnzimmer zur Musikanlage. Es zog sie ins Badezimmer. Ohne einen ausgedehnten Blick in den Spiegel band sie sich die Haare zusammen. Das Wasser war kühl. Sie drehte den Hahn ganz auf. Der Strahl rauschte ins Lavabo. Sie hielt die Finger, dann die ganzen Hände hinein und wusch sich die Tränen aus den Augen. Sie klatschte sich Wasser ins Gesicht, bis die Verzweiflung wich und ihre Stimmung sich aufhellte.

Mit einem Tuch von Helene tupfte sie sich ab. Als sie sich die Haare kämmte, wurde ihr leichter. Ihre Brust weitete sich. Mit jedem Atemzug wuchs sie ein Stück in die Sibylle hinein, die sie zu sein wünschte, die sie mochte und Helene gern zeigen wollte.

Guten Tag, liebe Sibylle. Sie betrachtete sich im Spiegel, blickte sich in die Augen. Ja, groß gewachsen war sie, gut aussehend, schön. Dazu gescheit. Wehte nicht manch heller Gedanke durch ihren Geist? Sogar Professor Großholz hatte sich von ihren Einfällen angetan gefühlt. Ja, der Austausch mit ihm war berauschend gewesen, und ihm geistig auf Augenhöhe zu begegnen – ein erhebendes Gefühl! Aber wer war sie? Sie brauchte doch keinen Professor Großholz, der auf sie einging und ihre Ideen lobte, um sich gut zu fühlen oder jemand zu sein!

Sie legte die Haarbürste zurück. Ungern trennte sie sich von ihrem Spiegelbild, verließ das Badezimmer und nahm bei der Garderobe die CD aus der Tasche. Im Wohnzimmer schaltete sie die Boxen für die Küche ein. Ein leises Rauschen erklang, das bald in einen Regen überging. Sie ging in die Küche, wo Helene eingehüllt in das gleichmäßige Rieseln Kartoffeln in Stücke schnitt. Wie aus einer Wolke fielen Regentropfen von der Decke, sie fielen und fielen, schlugen am Boden auf und zerplatzten. Unablässig fielen sie, schlugen auf und zerplatzten. Dazu pickte Sibylle Olivenrädchen und Bohnen. Je mehr sie zulangte, umso hungriger wurde sie. „Kannst du ein paar Oliven entbehren?", fragte sie. „Im Kühlschrank, oben neben dem Käse", sagte Helene.

Mit einer Packung Oliven ging Sibylle hinter den Tisch. Bei Helene auf dem Herd begann es zu brutzeln. Sie hatte die Kartoffeln in das heiße Fett gegeben. „Wie lange regnet es so weiter?", fragte Helene und lachte. „Die Wettervorhersage schweigt heute", antwortete Sibylle. Sie leerte durstig ein Glas Mineralwasser und sah Helene zu, wie sie zwei Spinatsalatteller mit Bohnen und Champignons richtete und eine Sauce anrührte.

Gut, war das Seminar dieses Professors nicht mehr in ihrem Stundenplan, dachte Sibylle. So sollte es bleiben! Sie war Psychologiestudentin und deshalb für ihr Studium nicht die Bohne auf diesen Kerl angewiesen. Kein Seminar von ihm und keine seiner Vorlesungen gehörten zu ihrem Pflichtprogramm. Er konnte ihr nichts mehr vermiesen. „Es gibt keine Menschenkenner." „Nur Naive glauben, andere zutreffend einzuschätzen." „Wir täuschen uns meistens." Wie recht er hatte! Sie spürte einen heftigen Groll gegen ihn. Der Regen kühlte ihn. Über ihr, neben ihr, in ihr rauschte es. Die Tropfen fielen auf seine frechen Hände, zerplatzten auf dem großen Kopf. Überall rauschte und brauste es. Sibylle stand auf und ging zu Helene an den Herd.

In der Bratpfanne zischten Fleischröllchen. Lamm, roch sie. Helene stand mit der Kelle da und wendete abwechselnd die Kartoffeln und die Röllchen. Als alles knusprig hellbraun war, schob sie es zum Warmhalten in den Backofen. „Jetzt fehlt nur noch die Olivensauce", murmelte sie mit einem Blick zu Sibylle und setzte die Brille auf. Nach Rezept kochte sie die Zutaten zu einer dicklichen Flüssigkeit ein, gab etwas Rahm und die Kräuter dazu und zog am Schluss die Olivenscheibchen hinein. „Immer noch hungrig?"

Helene schwitzte und wollte sich etwas zurechtmachen. „In ein paar Minuten bin ich bereit", sagte sie und zog sich zurück.

Sibylle deckte im Wohnzimmer den Tisch. Am Samstag zu kochen, war Helenes Hobby. Heute hatte sie sich wieder alle Mühe gegeben. Lieb von ihr. Trotzdem sollte es nicht allzu sehr nach Festessen aussehen, dachte Sibylle. Sie ließ das Tischtuch weg, nahm nur die Rechauds aus dem Schrank, zündete die Kerzen an, und neben das Besteck legte sie eine einfache Papierserviette. Auch Wasser- und die Weingläser durften nicht fehlen. Weil sie sich die helle, selbstbewusste Sibylle nicht recht glauben wollte, eilte sie nochmals vor den Spiegel. Das Gesicht – schön. Die Haare – prächtig. Ihre Haltung – kein Makel. Was hatte sie nur! Wieso fühlte sie sich nicht so?

Als sie ins Wohnzimmer zurückkam, saß Helene im glitzernden Rieseln des fast lautlosen Regens am Tisch. Sibylle setzte sich ihr gegenüber hin. Fleisch und Sauce, Kartoffeln und Gemüse, alles dampfte. Sie hoben die Gläser. „Zum Wohl." Gern wäre Sibylle fröhlicher, gern würde sie drauflosreden wie sonst, wenn sie hier zu Besuch war.

„Nein, über das Tanzstück verrate ich nur die Musik. Die Premiere soll eine Überraschung sein."

Sie stellte den Salatteller mit den Bohnen und dem Spinat halb gefüllt beiseite. Auf den vom Rechaud gewärmten Teller schöpfte sie sich nur eine einzige Lammschnecke, dazu ein Stück Fenchel und ein paar Bratkartoffeln. Die Olivensauce mit den frischen Kräutern lag wie ein Tümpel neben dem Fleischröllchen.

„Albert lässt dich grüßen", sagte Helene. „Er arbeitet dieses Wochenende an seinem Haus im Tessin."

Sibylle blickte an Helene vorbei. Albert, Helenes Mann, nicht der Vater von ihr und Maya, hatte sich einen Traum erfüllt und in einem abgelegenen Tal im Tessin ein Haus gekauft, das er selbst ausbaute. Albert war Computeringenieur. Er hielt sich oft Tage oder Wochen im Ausland auf. Wenn er zu Hause war, saßen sie gelegentlich an Samstagabenden zu dritt an diesem Tisch. Kam auch Maya aus Lausanne, wo sie studierte, zu Helene, begegneten sie sich alle vier in dieser Wohnung, in der sie einige Jahre teils miteinander, teils mehr aneinander vorbeigelebt hatten, bevor Sibylle und Maya eigene Wege eingeschlagen hatten.

Helene führte Bissen für Bissen zum Mund. Sie war hungrig.

Sibylle betrachtete ihr Gesicht und die elegant hochgesteckten Haare. Was für eine Woche habe ich hinter mir, hätte sie sagen müssen. Doch sie wollte nicht alles wiederholen. „Ja, noch eine Lammschnecke", murmelte sie. „Nein, Wein bitte nicht mehr. Aber schenk dir ruhig noch ein Glas ein."

Der Professor hatte ein Ereignis in ihr wachgerufen, das sie für abgeschlossen gehalten hatte. „Erinnerst du dich daran, dass Azor mir das Gesicht verstümmeln wollte, als ich mich von ihm getrennt habe?", fragte sie plötzlich.

Helene sah sie erschrocken an. „Denkst du wieder an Azor? Natürlich erinnere ich mich."

„Während des Dramas mit Azor überlegte ich mir, die Haare zu schneiden", fuhr Sibylle fort. Sie betrachtete die Bratkartoffeln und das Stück Fenchel auf ihrem Teller. „Ich dachte, mit kurzen Haaren sähe ich unauffälliger und gewöhnlicher aus und würde Azor weniger gefallen. Jetzt gehen mir ähnliche Gedanken durch den Kopf. Ich überlege zum Beispiel, ob ich stiller und zurückhaltender sein sollte, damit ich weniger auffalle."

„Sibylle!" Helenes Hände sanken auf den Tisch. „Wie kommst du auf diese Idee?"

Sibylle wurde zornig. Bevor sich Helene genau angehört hatte, worum es ihr ging, sagte sie: Wie kommst du auf diese Idee? „Wenn du mehr als für mich kochen möchtest, solltest du versuchen, mir zuzuhören, ohne mich gleich zu verurteilen", rief sie böse. „Sorry", fügte sie sofort hinzu, „ich weiß, du meinst es gut. Nur bist du mir wieder einen Schritt voraus. Mir hilft das irgendwie nicht."

„Sorry, Sibylle!", sagte Helene leise.

Sibylle beherrschte sich. Gefallen und auffallen, dachte sie. Mit Helene sollte sie das doch besprechen können! „Weißt du", wandte sie sich erneut an sie, „wir haben ja schon darüber geredet. Ich war wirklich begeistert; Interaktion, sozialer Austausch, was sich nicht im, sondern zwischen den Menschen ereignet usw. –

faszinierend! Zudem, und das ist vielleicht noch wichtiger, ist es das erste Seminar an der Uni, bei dem ich mich von Anfang an und zum Teil sogar rege an der Diskussion beteiligt habe. Was dieser Professor sagte, war so klug und spannend für mich, dass ich gar nicht anders konnte, als es aufzugreifen und weiterzuspinnen. Umgekehrt fand auch er, was ich sagte und was mir einfiel, ehrlich interessant, habe ich gemeint. Er hat mich nämlich öfters direkt angesprochen und wir haben uns über die Tische hinweg zusammen unterhalten. Meistens nur wir zwei. Fazit, Helene: Ich war in diesem Seminar ganz mit dabei, habe mich gezeigt, war offen, und das war eine neue Erfahrung für mich, eine schöne. Doch jetzt, im Nachhinein, besser nach dem Ereignis bei ihm im Büro, überlege ich mir, ob ich mit dieser aktiven Teilnahme und der Unbeschwertheit, mit der ich mich geäußert und gezeigt habe, dem Professor eine Einladung gegeben habe."

Helene schaute nachdenklich vor sich hin. „Wenn ich dich richtig verstehe", begann sie vorsichtig, „so fragst du dich jetzt, rückblickend, ob du zu aktiv, zu offen, zu unbeschwert, vielleicht auch zu mutig gewesen bist."

„Ja, so etwas", stimmte Sibylle bei. „Dass er mein reges Mitmachen irgendwie falsch aufgefasst hat." Sie spürte einen stechenden Schmerz. „Wäre ich still am Tisch gesessen, übrigens wie die meisten, hätte er weniger leicht mit mir in Kontakt kommen können. Er hätte keine Anhaltspunkte und Themen gehabt, auf die er mich zum Beispiel nach dem Seminar hätte ansprechen können, wie er das gleich nach der ersten Doppelstunde und später wieder getan hat. Indem ich mich einbrachte, bot ich ihm Gelegenheiten, auf mich zuzugreifen."

„Ich glaube, ich verstehe, was du meinst, Sibylle. Du hast dich gezeigt und bist enttäuscht worden. Mir scheint aber, sich öffnen und sich zeigen sei immer ein Wagnis und immer mit einem Risiko verbunden. Du hast dir die Haare nach dem Drama mit Azor nicht geschnitten. Du trägst die langen Haare noch heute. Möchtest du dir jetzt wegen dieses Professors brave Zurückhaltung angewöhnen und auf den Mund sitzen?"

„Helene!" Sibylle biss sich auf die Lippen. Der Professor hatte sie geradezu ermuntert zu sprechen, sich zu zeigen, und dann ... „Ja, wenn man wegen schönem Aussehen oder Redegewandtheit wie ein Vieh behandelt wird, das abgeschlachtet werden darf, dann möchte ich lieber eine graue Maus werden", rief sie zornig. Sie merkte, noch während sie sprach, dass nur ein Teil von ihr so empfand. Ein anderer wollte aktiv und mutig sein und sich einbringen, ebenso sich wehren können und wehren dürfen, wenn nötig, und sich nicht einschüchtern lassen. „Dass ich immer so seltsame Dinge erlebe!", fügte sie leise hinzu, wieder entmutigt.

„Was sich dieser Professor erlaubt hat, ist mehr als unverschämt", sagte Helene mit ruhiger Stimme. „Doch zwei Mal heißt nicht immer. Jeder Mensch macht seine Erfahrungen, gute wie schlechte. Wie sagt man? Durch Erfahrung wird man klug?"

„Meine Brust, Helene, er hat mir meinen Stolz halbiert. Ich fühle seinen Spott und die frechen Hände noch jetzt."

„Du hast das Drama mit Azor bewältigt und wirst auch über die Geschichte mit diesem Professor hinwegkommen. Das nächste Mal, wenn sich dir ein Schurke nähert, bist du gewappnet."

„Wieso bleiben Maya so haarsträubende Dinge, wie ich sie erlebe, erspart?"

„Maya ist Maya, und du bist du. Mayas Höhen und Tiefen schlagen weniger hoch und tief aus als deine."

„Meine Höhen und Tiefen!", rief Sibylle. „Meine!" Die Höhen überrollten, die Tiefen verschlangen sie, wenn sie an Azor zurückdachte, wie er ihr aufgelauert, sie bedroht hatte, sie mit Haut und Haaren besitzen und festhalten wollte, oder an den Professor, den geistreichen, klugen, mit dem sie so tolle, ja geradezu berauschende Gespräche geführt hatte, bevor er sie mit dem Jobangebot wie ein Tier geködert und sich ihr genähert hatte. Sie spürte, wie sie aufbegehrte, und die Ruhe, mit der Helene ihr gegenübersaß, verdross sie noch mehr. Heftig stach sie mit der Gabel in das Lammfiletröllchen und schnitt ein Stück ab. Hineinstechen, abschneiden. Hineinstechen, abschneiden. Kauen.

Ja, von der goldenen Mitte aus waren die Höhen herausfordernd und die Tiefen nicht weniger verlockend. In der Mitte, zwischen den lichten Höhen und den verschlungenen Tiefen, dort, wo die Tropfen fielen und fielen, aufschlugen und zerplatzten, stach sie in das Lamm und schnitt sich Bissen für Bissen ab. Hier schnitt und schnitt sie, kaute.

Und schluckte.

Sie schaute Helene an. „Wenn wir schon beim Thema sind: Erzähl mir doch noch genauer, wie das mit dem Böckli war bei euch im Spital. Vielleicht bewahrt es mich davor, in die nächste Falle zu laufen."

Helene nahm die Serviette und wischte sich die Mundwinkel ab. „Gern, wenn du möchtest." Sie wurde ernst, und Sibylle glaubte, etwas Bitteres in ihrem Gesicht zu sehen.

„Eines Tages kam eine junge Ärztin zu mir und bat um ein Gespräch unter vier Augen", begann Helene. „Die Frau beklagte sich über einen Oberarzt, zu dessen Aufgaben es gehörte, die Operationspläne zu erstellen. Sie habe ihn gebeten, seine Bemerkungen über ihr Aussehen bleiben zu lassen. Seitdem könne sie nur noch selten operieren. Jetzt wisse sie nicht, wie sie überhaupt auf die vorgeschriebene Anzahl Operationen komme, die sie für ihre fachärztliche Ausbildung benötigte.

Sie war eine sehr freundliche und attraktive Frau. Als ich ihr zuhörte, fiel mir ein, dass ich als junge Ärztin ebenfalls unter den Bemerkungen eines Arztes gelitten hatte. ‚Du siehst blendend aus heute.' ‚Tollen Sex gehabt diese Nacht?' Solches, auch das Gegenteil davon, musste ich mir von ihm anhören. Er merkte, dass ich nicht klarkam damit, und genoss es, mich zu treffen oder aus dem Konzept zu bringen. Ich sprach mit niemandem darüber, auch nicht mit diesem Arzt, sondern setzte den Lippenstift ab, arbeitete nur noch in Hosen und ging ihm, so gut es ging, aus dem Weg.

Dass die junge Ärztin den Oberarzt gebeten hatte, seine Bemerkungen bleiben zu lassen, imponierte mir. Und dass sie mich ins Vertrauen zog, ebenso. Sie fraß also nicht alles in sich hinein, so wie ich es zu meiner Zeit getan hatte."

Helene hielt inne.

„Weiter, bitte", bat Sibylle.

„Ich sagte der Ärztin, ich wolle mich damit auseinandersetzen", fuhr Helene fort. „Ich würde mich spätestens in zwei Wochen bei ihr melden. Oder sie könne, wenn nötig oder wenn sie es möchte, auch vorher wieder auf mich zukommen." Sie sah Sibylle an. „Ich beschloss, mich in der Abteilung, wo mein Kollege Oberarzt war, umzuhören. Was ich herausfand, erschreckte mich. Zwei Krankenschwestern und eine Pflegerin litten genauso wie die Assistenzärztin unter seinen Sprüchen. Außerdem habe er die Gewohnheit, ihnen über den Arm zu streichen oder sie wie unabsichtlich zu berühren. Was tun?

Ich kaufte einige Bücher zum Thema und ließ mich beraten.

In der Abteilung geschah Folgendes: Den Oberarzt zu versetzen oder sogar zu entlassen, schien fast unmöglich zu sein. Wir versuchten, eine Lösung zu finden für die junge Assistenzärztin. Doch sie hatte begonnen, eine Stelle zu suchen, beziehungsweise bereits eine gefunden und folgte dem Angebot eines anderen Spitals. Die beiden Krankenschwestern und die Pflegerin blieben auf der Station. Sie gewöhnten sich an, die Bemerkungen des Oberarztes zu sammeln und über ihn zu tuscheln, zuerst im Geheimen, mit der Zeit in seiner Gegenwart. Eines Tages beschlossen sie, er heiße für sie nun ‚unser Chef Fritz Böckli' oder schlicht ‚öise Böckli', und begannen, seinen neuen Namen unter den Kolleginnen und Kollegen zu verbreiten.

Als ihm zu Ohren kam, er werde ‚Böckli' genannt, war er wie verwandelt. Dass die Angestellten über ihn tuschelten und lachten, war unerträglich für ihn."

Helene verstummte. Sie sah traurig aus. Sie bemerkte, dass die Mineralwasserflasche leer war, und stand auf. „Entschuldige, ich habe genug Wein getrunken."

Sibylle staunte über das Zauberwort. „Böckli." Nicht übel. „Böckli", sagte sie vor sich hin und war sehr beeindruckt. War etwa vieles bloß eine Art Zauber? Man hatte ein Wort zu finden, eines, das zutraf oder traf, oder vielleicht auch nur einen Ton oder eine Geste oder den richtigen Augenblick, um zu schweigen. Sie lächelte.

Helene kam zurück, stellte die Mineralwasserflasche auf den Tisch. Sie merkte, wie vergnügt Sibylle war. „Darf ich wissen, was dich beflügelt?"

„Ich glaube, ich fühle die Macht eines Wortes", sagte Sibylle. „Das hilft mir, wenn ich mich hilflos fühle. Ein Wort, ein Dreh, vielleicht genügt auch ein Gedanke, und der Bann ist gebrochen." Sie öffnete die Wasserflasche und schenkte Helene ein.

„Nur muss man das Wort oder den Dreh zuerst finden, bevor man damit zaubern kann", sagte Helene.

„Spielverderberin." Sibylle beherrschte sich. Halb lächelnd, halb verdrossen sah sie Helene zu, wie sie in kleinen Schlucken Mineralwasser trank. „,Großholz' Namen auf dem Schild vor seinem Sekretariat müsste man ändern", sagte sie. „Statt Großholz müsste es heißen: ,Prof. Dr. Karl Großbock'."

Helene musste lachen. Schnell wurde ihr Gesicht wieder ernst. „Ja, das ist eine gute Idee. So wären schon mal alle gewarnt, die einen Termin bei ihm vereinbaren."

„Alle? – Meinst du, er locke auch andere mit Jobangeboten, oder wie auch immer, in die Falle?"

„Ist er bei dir nicht sehr geschickt vorgegangen? Es kann gut sein, dass er Übung hat, dass er das öfters tut."

Sibylle blickte sie erstaunt an. „Bin ich blauäugig, Helene?"

„Wenn man anfängt, genauer hinzuschauen, sieht man gelegentlich mehr Unerfreuliches, als einem lieb ist." Sie schwieg nachdenklich.

„Sprich weiter", sagte Sibylle.

„Im Spital zum Beispiel öffneten wir nach dem ersten Böcklifall Augen und Ohren. Bei den Patienten und Patientinnen gibt es

Böcklis, beim Pflegepersonal, bei den Ärztinnen, Ärzten. Einer ist richtig durchtrieben, besitzt ausgeklügelte Methoden, andere sind eher Gelegenheitstäter oder noch Anfänger. Allen scheint gemeinsam zu sein, dass sie nur aufhören, wenn ihrem Tun der Charakter des Beifälligen abgesprochen oder wenn es aus der Heimlichkeit gezogen und verurteilt wird. Böckli eins zu stoppen ist uns gelungen. Glücklicherweise. Oft ist es aber schwieriger, wie am Telefon angedeutet. Gewohnheitstäter brauchen ihren Kick, sie müssen andere herabsetzen und schädigen, denn sie stärken ihren Selbstwert auf Kosten anderer, oft ohne sich dessen selbst bewusst zu sein. Besetzen sie höhere Positionen, nutzen sie ihre Macht, um sich an denen zu rächen, die sie entlarven, oder werden aggressiv, wenn sie bloßgestellt werden."

„Aua! Du verstehst etwas davon!"

„Es geht, nicht wirklich", antwortete Helene. „Sag, kennst du dich eigentlich an dem Institut aus, an dem dieser Professor arbeitet?"

„Du meinst das Institut für Sozial- und Technikforschung? Nein, ich habe dort zum ersten Mal ein Seminar besucht. Seit Ostern. Ich kenne nur diesen Professor und seine Sekretärin. Sie ist sehr nett. Ich habe bei ihr den Besprechungstermin geändert. Und eine Assistentin hat er."

Seine Assistentin! Sibylle verstummte. Vor der Sitzung mit dem Professor hatte sie mehrmals daran gedacht, zuerst noch seine Assistentin aufzusuchen. „Vielleicht gehe ich an dieses Institut und spreche noch mit seiner Assistentin", sagte sie. „Mir war nicht richtig klar, was eine Semesterassistenz ist und was der Professor genau wollte; deshalb überlegte ich, mich vor dem Termin mit ihm an seine Assistentin zu wenden. Sogar am Mittwoch vor seiner Bürotür habe ich noch überlegt, ob es nicht besser wäre, ich würde zuerst mit seiner Assistentin sprechen. Doch er hatte mich bereits draußen erblickt und kam auf den Flur heraus. Ja, ich glaube, ich hole das nach, Helene. Ich versuche, noch seine Assistentin zu treffen."

Helene hatte sich zur Seite gedreht. Ihr Gesicht sah aus, als wollte sie im nächsten Augenblick wieder ihre Zweifel äußern. Sibylle ärgerte sich. Kaum hatte sie einen Beschluss gefasst, würde Helene sie wohl eines Besseren belehren. „Keine gute Idee, Helene? Oder was hast du?" Sie machte sich auf ihr Wenn und Aber gefasst.

„Schaden kann es nicht, wenn du mit seiner Assistentin sprichst", antwortete sie, ohne Sibylle anzuschauen. „Mach dir nur keine Hoffnung, bei ihr Verständnis zu finden, oder gar eine Verbündete."

„Schon gestern Morgen am Telefon hast du mich entmutigt, Helene! Einmal forderst du, ich dürfe nicht klein beigeben. Kaum entschließe ich mich zu etwas, sagst du betrübt: ‚Schaden kann es nicht, wenn du mit ihr sprichst.' Wie soll ich das verstehen?"

„Habe ich dir nicht gesagt, es sei wichtig, etwas zu unternehmen, aber nicht leicht, das Richtige zu tun? Ans Institut gehen, dich dort umhören, mit anderen Studentinnen und mit der Assistentin sprechen ist bestimmt nicht das Falsche."

Sibylle stieß in einer heftigen Bewegung den Teller beiseite. Es klirrte. Fast hätte sie das Weinglas umgestoßen.

„Gut, dann schweige ich." Helene stand auf. Sie war im Begriff, noch etwas zu sagen, schien es sich anders zu überlegen und ging in ihr Zimmer.

Statt auf den Professor war sie jetzt auf Helene zornig, die ihr doch nur helfen wollte. Sibylle verstand sich selbst nicht mehr. Auch sie stand vom Esstisch auf und trat ans Fenster.

Während sie, in der Hoffnung, es würde sie beruhigen, auf die streng gestutzten Hecken vor dem Eingang hinunterschaute, hörte sie Schritte hinter sich. Helene trat neben sie und reichte ihr einen Zettel. „Mit dieser Anwältin haben wir im Spital zusammengearbeitet. Vielleicht kann sie dir helfen. Sprich mit ihr, wenn du möchtest. Grüße sie. Die Rechnung geht an mich."

Katrin Henkel, Rechtsanwältin ..., las Sibylle. „Danke! Ich weiß wirklich nicht, was ich tun soll." Sie seufzte und steckte sich die Adresse in die Hosentasche.

„Ich bin für einen Spaziergang", sagte Helene. „Lass uns an den See gehen. Oder möchtest du weiteressen?"
Sibylle drehte sich vom Fenster weg. „Nein, ich bin satt. Lass uns an den See gehen."

Den Sonntag verbrachte Sibylle mit Freundin Klara auf dem Floß, ihrem gemeinsamen Fantasie- und Zufluchtsort von Kindheit an. Wie immer glichen die Stunden auf dem Wasser einem einzigen Augenblick. Die Sonne verwandelte die Welt in einen riesigen Backofen, dessen Wärme alles erfüllte, alles zum Gedeihen brachte. Am Montag erwachte sie, bevor der Wecker klingelte, und ergatterte sich zeitig in der kühlen Bibliothek an einem Sechsertisch einen Platz. Hitze hin oder her, in zweieinhalb Wochen hielt sie ihren Vortrag über den Mann mit der Vogelangst. Bis dahin blieben ihr sechs vorlesungsfreie Tage, rechnete sie aus. Gerade richtig, um in Ruhe alles vorzubereiten. Es war ihre letzte größere Aufgabe in diesem Semester. Erst danach konnte sie aufatmen.

Sie prägte sich als Erstes die Fallgeschichte ein. Der Mann mit der Vogelangst, der Hubert hieß, wurde als Fünfjähriger Zeuge, wie die Katze eine Amsel tötete, die sich verzweifelt wehrte. Sein Schrecken galt dem heftigen Flattern, den hilflosen Fluchtversuchen des verletzten Vogels. Er befürchtete, die aufgescheuchte und wild kreischende Amsel greife ihn an. Seit diesem Erlebnis fürchtete sich der inzwischen über Vierzigjährige vor Vögeln, und zwar einzig vor Vögeln, was darauf hindeutete, dass er, im Gegensatz zu einer unspezifischen Angststörung mit anhaltender diffuser Angst, an einer konkreten, starken Furcht vor Vögeln und somit an einer Phobie litt.

Um ihre Einschätzung zu prüfen und zu vertiefen, repetierte sie im Lehrbuch die verschiedenen Angststörungen. Phobie stimmte, soziale Phobie mit Angst vor Aufmerksamkeit und Vermeiden von sozialen Situationen war wie generalisierte Angst auszuschließen. Übrig blieb abzuklären, ob nebst der spezifischen Phobie Typ Tierphobie, also Huberts Angst vor Vögeln, eventuell noch eine Panikstörung mit Panikattacken vorlag, oder ob es etwa Anzeichen von einer Angst mit depressiver Störung gab.

Während sie arbeitete, überlegte sie sich immer wieder, ob sie wirklich mit Professor Großholz' Assistentin sprechen wollte. Helenes Einwände und Warnungen dämpften sie. Doch ihr war es, als hätte sie ein Rieseninsekt gestochen, als säße der Stachel noch tief in ihrem Fleisch. Dass sie, sicher vorläufig, nicht mehr am Interaktionsseminar teilnahm, bedeutete auch das Ende der Gespräche mit Professor Großholz. Geistig hatte er sie beflügelt wie selten jemand zuvor. Zudem war er der erste Professor, mit dem sie näher in Kontakt gekommen war. War das jetzt alles aus und vorbei? Pech gehabt, sorge dich nicht, das Leben geht weiter?

Da sie erfreulich gut vorankam mit der Arbeit und früher als erwartet ein Umriss des Vortrags vor ihr auftauchte, den sie sich sofort notierte, erlaubte sie sich am Dienstag nach dem Mittagessen einen Blick ins Internet. Mal den Namen und die Telefonnummer der Assistentin ausfindig machen. Das hieß noch wenig. „Wissen Sie, was für ein Mensch dieser Professor ist? Mögen Sie es, sich mit ihm auszutauschen, so wie ich es im Seminar kennen- und so sehr schätzen gelernt habe? Nähert er sich auch anderen Studentinnen?" Wem sonst könnte sie diese Fragen stellen? Sie rief die Homepage der Universität auf, rollte die Liste der Institute über den Bildschirm. Helenes Stimme, besonders ein Satz von ihr wollte ihr nicht aus dem Kopf. „Mach dir keine Hoffnung, bei ihr Verständnis oder gar eine Verbündete zu finden."

Wollte sie Verständnis, oder eine Verbündete? Oder einfach mit seiner Assistentin in Kontakt kommen, sie kennenlernen?

Hier: *Institut für Sozial- und Technikforschung.* Sie klickte darauf. *Willkommen auf den Internetseiten* ... Sie schob den Cur-

sor auf *Professorinnen und Professoren*. Vier Namen erschienen. Der zweite lautete: *Professor Dr. Karl Großholz*. Dahinter stand: *Lehrbereich Technikforschung, Interaktion und Kommuni...*
Sibylle schauderte es. Ohne dass sie auf das Foto schaute, sah sie sein Gesicht vor sich. Ihr wurde unheimlich zumute. Da fiel ihr Blick auf die Rubrik *Mitarbeiterinnen/Mitarbeiter*. Voilà! Klick. Sie sah viele Namen, die ihr unbekannt waren, und begann zu lesen: *Ernst Amberg, lic. phil. I, Assistent Professor Dr. Hans Knoll*. Nein. *Eva Bazzig, lic. phil. I, Assistentin Frau Prof. Dr. Hartmeier*. Nein. *Lilo Blum, lic. phil. I, Assistentin Prof. Dr. Karl Großholz* ... Das war sie! Das war seine Assistentin! Lilo Blum.
Was für ein Name! Er klang mehr botanisch als technisch. Vielleicht glich sie einer Distel und zerkratzte ihm das Gesicht, wenn er sie anfasste? Oder ließ er sie in Ruhe?

Sibylle schrieb sich ihren Namen, das Telefon und die Büronummer auf einen Zettel, steckte ihn in die Hosentasche und ging die Treppe hinauf an ihren Platz zurück.

Schnell hatte sie sich die Fallgeschichte von Hubert wieder ins Gedächtnis gerufen. Ihre Zusammenfassung der Angststörungen inkl. Phobien überflog sie kurz, kein Problem, und vertiefte sich in die möglichen Therapien für Hubert. Sie schrieb alles auf, was die Bücher vorschlugen und was ihr selbst dazu einfiel. Als sie zufrieden das Ergebnis der beiden Bibliothekstage überschaute, war es fast siebzehn Uhr.

Nach fünf erreichte man gewöhnlich in den Büros niemanden mehr, dachte sie. Ob die Distel von Professor Großholz dennoch antwortete? Vielleicht könnte sie vermitteln, den harten Bruch abfedern oder gar rückgängig machen. Im schlimmsten Fall ... Sibylle nahm den Zettel mit der Telefonnummer. Sie war durstig. Die Wasserflasche war ständig leer. Wollte sie eigentlich noch etwas von Professor Großholz? Sich mit ihm versöhnen? Eine Entschuldigung? Oder war das zu viel verlangt?

Sie machte sich auf den Weg in die Cafeteria, stieg die Treppen hinunter. Sie würde irgendetwas sagen, irgendeinen Satz in den Hörer sprechen, was ihr gerade einfiel. Sie wählte die Nummer. Es klingelte.

„Lilo Blum."

„Guten Tag, Frau Blum." Hier spricht Sibylle Beckenhofer."

„Guten Tag."

Pause.

„Ich würde Sie gern treffen", sagte Sibylle. Ihre Stimme klang heiser. Sie fühlte sich gedrängt weiterzusprechen. „Professor Großholz, Ihr Chef, hat mir für das Seminar ‚Kommunikation und Ritual' vom nächsten Semester eine Semesterassistenz angeboten. Ich wollte Sie schon letzte Woche ... Im Sekretariat ..." Sie verhaspelte sich. „Sind Sie noch da?"

„Ja. Wir haben Sprechstunden für Studierende. Sie können ohne Voranmeldung vorbeikommen. Die Zeiten sind an unserer Bürotür angeschlagen."

Ihre Auskunft wirkte kühl und zugleich freundlich, fand Sibylle. „Entschuldigen Sie", murmelte sie, „aber ich kenne mich an Ihrem Institut nicht aus. Könnten Sie mir bitte sagen, wann die Sprechzeiten sind?"

„Am Mittwoch von fünfzehn bis siebzehn Uhr."

Sibylle traute sich nicht weiterzusprechen. Unsympathisch war die Assistentin nicht, und die Stimme klang eher dünn als grob. „Ja, gut", sagte sie, „dann komme ich morgen oder in einer Woche bei Ihnen vorbei. Danke für die Auskunft."

Am nächsten Morgen spürte sie schon beim Frühstück, dass sie mit dem Besuch bei der Assistentin keine Woche warten wollte. Sie saß fast ungeduldig in den Vorlesungen. Um zwei Uhr ging eine Gruppe von Psychologiestudierenden, zu der auch sie gehörte, wie gewöhnlich am Mittwoch zu dieser Zeit zusammen essen. Es war heiß, sie saßen draußen, plauderten. Sibylle kam es vor, die Zeit krieche nur, bis endlich eine Stunde um war, sie sich verabschiedete und den Weg ans Institut für Sozial- und Technikforschung einschlug.

Auf dem Kiesplatz vor dem Gebäude verließ sie aller Mut. Die beiden wuchtigen Türflügel standen offen. Sie sah sich selbst, wie sie vor einer Woche durch diese Tür und die Steinstufen hinab davongerannt war, gedemütigt, entsetzt, außer sich. Stimmen, die hinter ihrem Rücken lauter wurden, holten sie in die Gegenwart zurück. Es waren Studentinnen und Studenten, die offenbar kurz nach ihr wie sie von der Universität her gekommen waren. Die Gruppe überholte sie. Sibylle folgte den fröhlich Schwatzenden und trat im Windschatten ihrer Unbeschwertheit in das dunkle Treppenhaus. Ihre Augen gewöhnten sich rasch an die Lichtverhältnisse. Nach den ersten Stufen sah sie vor sich einen Gebäudeplan an der Wand. Das Büro der Assistentin befand sich gleich im Erdgeschoss, rechts, nicht weit von der Treppe entfernt. Sibylle bog nach rechts und ging auf die Tür zu. Auf Augenhöhe war ein Schild angebracht: *Sprechstunden für Studierende, ohne Voranmeldung, Mittwoch 15 – 17 Uhr*. Es war sieben nach drei. Sie klopfte.

„Herein", rief eine Männerstimme.

Sie öffnete und trat in einen hohen, großzügigen Eckraum, der mit Schreibtischen und Regalen verstellt war. Durch riesige Fenster sah man das Hauptgebäude der Universität. Zu ihrer Rechten hob ein Mann flüchtig den Kopf; ihm gegenüber, an einem weiteren Schreibtisch, blickte sie ein zweiter, etwas kleinerer Mann mit blonden Haaren kurz an. Jemand mit Rucksack, vermutlich ein Student, schien an einem runden Tischchen auf etwas zu warten. Der Tür gegenüber saß eine zierliche junge Frau an einem dritten Schreibtisch. Sie musste die Assistentin von Professor Großholz sein, dachte Sibylle. Wie schon in der Stimme am Telefon fand sich auch in ihrem Aussehen nichts Wuchtiges oder Ungebärdiges. Lilo Blum, wenn es sie war, drehte Sibylle ein hübsches Gesicht zu, lächelte sogar. Wieder zweideutig, sympathisch und distanziert, dachte Sibylle und ging auf sie zu. Sie spürte einen Kloß im Hals.

„Hallo", sagte sie. Die Mädchenfrau zu siezen war unmöglich, sie wirkte zu jung, zu niedlich. „Ich habe gestern angerufen. Ich würde mich gern einmal mit dir, mit Ihnen unterhalten. Könnten wir vielleicht einen Termin vereinbaren?"
„Worum geht es schon wieder?"
Etwas drückte Sibylle die Kehle zu. Mutig sagte sie: „Um das Seminar ‚Kommunikation und Ritual' von Professor Großholz. Im nächsten Semester." Obwohl sie leise gesprochen hatte, hallte ihre Stimme durch den Raum. Sie bildete sich ein, alle Ohren, nicht nur die der Assistentin, seien auf sie gerichtet, alle wollten wissen, welche Schmach ihr mit Professor Großholz widerfahren war. „Es geht um eine Semesterassistenz", fügte sie hinzu und bemerkte, dass die Assistentin ihren Terminkalender aufschlug, was sie als Einwilligung zu einem Treffen deutete. Sibylle fuhr fort: „Am Freitag habe ich bis vierzehn Uhr Vorlesung. Danach könnten wir uns verabreden."
Sie sah die Assistentin an.
„Gleich an diesem Freitag?", fragte sie. „Lilo heiße ich übrigens."
„Ich Sibylle."
Wieder lächelte die kleine Frau. Ihr Gesicht war nicht nur hübsch, es wirkte sehr zart. Wie manchmal bei ihrer Freundin Klara fühlte Sibylle nun auch bei dieser Assistentin den Wunsch, sie zu beschützen, ihr beizustehen, ihr zu sagen: Keine Angst, ich bin bei dir. Dabei war sie es, die bei ihr Hilfe suchte. Sie wollte etwas über ihren Chef erfahren. Wie kam dieser hünenhafte Mensch zu einer so zierlichen Assistentin? Ließ sie sich von seinen Pranken betatschen? Einen Moment lang glaubte Sibylle, an der falschen Adresse zu sein, hier keinen Balsam für ihren verletzten Stolz zu finden, dieser Lilo Blum nie erzählen zu können, was ihr widerfahren war mit ihrem Chef, ohne sich dabei noch mehr zu erniedrigen und zu kränken. Ihr Mund sagte wie von selbst: „Gleich an diesem oder am nächsten Freitag. Wie es dir geht."
„Um vierzehn Uhr bin ich an beiden noch frei. Oder auch um

vierzehn Uhr dreißig, falls du vorher noch etwas essen möchtest." So freundlich, so entgegenkommend! Sibylle ging es auf einmal zu schnell. „Besser am Freitag in einer Woche", sagte sie. Lilo blickte in ihren Kalender. „Gut, Freitag in einer Woche. Um wie viel Uhr?"
„14.30 Uhr wäre okay. Oben vor der Bibliothek bei den Stehtischchen", ergänzte Sibylle, ohne zu überlegen.
„Dort?", antwortete die Assistentin überrascht.
Sibylle sah die hohen, einbeinigen Marmortischchen wie erstarrte Blumen vor sich. Die runden Marmorplatten und der Steinboden glänzten so stark, dass es abstoßend wirkte. Nur manchmal, als sie noch das Interaktionsseminar besucht hatte, stellte dort in der Pause zwischen zwei Seminarstunden jemand fast scheu den Plastikbecher mit dem Automatengetränk auf den Rand eines der blank polierten Tischchen. „Ja, dort", sagte Sibylle. „Oder magst du diesen Ort nicht?"
„Da war ich in meinem ganzen Leben noch nie."
„Weit hast du nicht." Sibylle lächelte, obwohl ihr vor diesem Raum schauderte. Er kam ihr wie der Warteraum eines Bahnhofs vor, an dem keine Züge vorbeifuhren. Aber wo sonst könnten sie sich ein paar Minuten ungestört unterhalten? In diesem Büro, in dem mindestens drei Ohrenpaare zuhörten, jedenfalls nicht.

Sie verabredeten sich für Freitag in einer Woche, am 23. Juni, 14.30 Uhr, bei den Marmorstehtischchen.

Rätselhaft, was die kleine, zarte Assistentin mit ihrem Chef verband, dachte Sibylle auf dem Weg zurück auf die Mensaterrasse. Waren es seine Ideen und Einfälle, der Austausch mit ihm, was Lilo schätzte und an ihm mochte? Im Seminar hatte er es verstanden, sie herauszufordern und auf sie einzugehen. Die Diskussionen waren stets beeindruckend, teils wirklich berauschend gewesen. Das hatte sie genossen, ohne sich etwas anderes dabei zu denken. Vielleicht weil sie sein Aussehen durchschnittlich fand und es ihr deshalb stets nebensächlich vorgekommen war. Doch die Gespräche waren nicht nur angeregt und anregend, sie waren immer auch sehr intensiv gewesen. Zu intensiv? Hatte sie doch etwas falsch gemacht, ein Zeichen übersehen oder doch eine Grenze überschritten? Helene hatte gesagt, sie habe sich nichts vorzuwerfen, der Fehler liege einzig bei diesem Professor. Stimmte das? Lag der Fehler ganz bei ihm?

Noch halb in Gedanken versunken sah sie, dass die Studienkolleginnen und -kollegen immer noch am selben Tisch unter dem Sonnendach saßen. Sie holte sich etwas zu trinken. Wollte sie sagen, wo sie gewesen war, was sie beschäftigte, sogar, was ihr vor einer Woche zugestoßen war? Wieso schämte sie sich, in diese Runde hinein davon zu sprechen?

Sie setzte sich, genoss ihr Bananenfrappé und beteiligte sich am Gespräch. Auch die kommenden Tage verliefen ganz nach Plan. Den Vortrag über den Mann mit der Vogelangst hatte sie in vier Tagen beendet, und es blieb ihr genug Zeit, ihn zu üben. Das unheilvolle Treffen mit Professor Großholz schwoll nicht mehr zu etwas Großem oder Übermächtigem an, das ihr den Schlaf raubte. Sie dämpfte ihre Erwartungen an die Aussprache mit seiner Assistentin. Helene hatte wahrscheinlich recht, ärgerlicherweise wie immer; gerade Verbündete würden sie vermutlich nicht.

Am Freitag, dem 23., kaufte sie sich nach der Mittagsvorlesung ein Brötchen und aß es auf einer Bank im Park. Nach ein paar stillen Verdauungsminuten machte sie sich auf den Weg. Gefasst betrat sie das Institut, schielte nach den ersten Stufen nach rechts zur Bürotür von Lilo Blum, wo sich nichts regte, und stieg hinauf in den ersten Stock. Kurz bevor sie zu den Stehtischchen abbog, öffnete sich am Ende des Flurs die Bibliothekstür und Karo, eine Kollegin aus dem Gymnasium, kam heraus. Ja, es war Karo. Sie waren einmal vor Jahren in der gleichen Gruppe Ski gefahren. Studierte Karo an diesem Institut? Ausgerechnet jetzt, wo sie mit der Assistentin von Professor Großholz verabredet war, begegnete sie ihr. „Hallo Karo!", sagte sie, bevor es zu spät war.

„Hallo Sibylle!", erwiderte Karo.

Sie betrachteten sich, unschlüssig, ob sie stehen bleiben wollten oder nicht. Karo trug die Haare kurz, ihre Augen waren dunkel geschminkt. Sie sah ernst aus. „Studierst du an diesem Institut?", fragte Sibylle dann doch und blickte in den Raum mit den Stehtischchen, wohin sie am liebsten schnell geflüchtet wäre.

„Ja, und du?", antwortete Karo. „Ich habe gehört, du seist in London."

„Ich habe ein Jahr in London studiert, bis letzten Sommer", sagte Sibylle.

„Willst du in die Bibliothek?", fragte Karo.

„Nein." Sibylle schämte sich, ihr Nein klang schroff. Sie wusste nicht, was sagen. „Nein", wiederholte sie sachter, „ich bin hier ...", sie zeigte zu den Tischchen, „... mit der Assistentin von Professor Großholz verabredet."

„Wieso das?" Karo war ganz überrascht. „Schreibst du eine Arbeit bei Professor Großholz?"

Sibylle blieb tapfer. „Ich habe bereits eine geschrieben", sagte sie ruhig und suchte nach einer Frage, die sie ihrerseits stellen konnte, damit Karo sie nicht weiter aushorchte.

„Großholz will doch die Seminararbeiten immer selbst besprechen. Wieso triffst du dich mit seiner Assistentin?", kam Karo ihr zuvor.

Was geht dich das an, hatte Sibylle auf den Lippen. Doch sie stockte, als sie bemerkte, wie erschrocken Karo sie ansah. Mit Verspätung kam der schrille Unterton von Karos Stimme bei ihr an. Im selben Augenblick verstand sie den Schrecken in ihren Augen. Auch sie erschrak. Ja, Karo wusste, was ihr mit Professor Großholz widerfahren war. Sibylle überwand ihre Scham und fragte: „Bin ich nicht die Einzige?"

„Nein, mich hat er auch hereingelegt." Karo klang bitter. „Hat er dich angefasst?"

„Ja", antwortete Sibylle. „Dich nicht?"

„Er wollte, aber es gelang ihm nicht. Mich hat er erpresst. Aber was willst du von seiner Assistentin?"

„Wie erpresst?"
„Die Assistentin kommt."
Sibylle schwindelte es. Fast hätte sie Karo an den Armen gepackt und auf der Stelle genauere Auskunft von ihr gefordert.
„Die Assistentin kommt wirklich", flüsterte Karo. „Ich wäre vorsichtig bei ihr. Sie ist bestimmt loyal. Vielleicht hat sie sogar ein Verhältnis mit ihm."
„Bist du in der Bibliothek?" Sibylle blickte hilfesuchend auf die Uhr. Es war 14.29 Uhr. Um halb war sie mit Lilo Blum verabredet, danach Vorlesung. „Um fünfzehn Uhr geht es bei mir weiter. Aber nach dem Treffen ...", ihre Stimme wurde leise, „... mit der Assistentin würde die Zeit für einen Automatenkaffee reichen."
„Abgemacht."
Lilo war stehen geblieben. Sibylle und Karo blickten beide gleichzeitig zu ihr. „Hallo!", begrüßte Lilo sie. „Habt ihr noch etwas zu besprechen?"
„Nein, nein, ich bin so weit", sagte Sibylle rasch, und zu Karo: „Bist du in der Bibliothek?"
Karo nickte.
„Okay, ich suche dich in einer Viertelstunde oder so", verabschiedete sich Sibylle und reichte Lilo die Hand. „Hallo Lilo."
Ihre Blicke schweiften über die Tischchen im leeren Kaffeeraum, in dem alles wie neu glänzte.
„Nicht besonders einladend", sagte Lilo.
„Ich kenne in diesem Gebäude sonst nichts, außer dem Seminarraum vorne bei der Treppe und Professor Großholz' Büro", erklärte Sibylle. Dabei wandte sie sich dem Automaten neben der Bibliothekstür zu, an dem sie manchmal, als sie noch das Interaktionsseminar besucht hatte, in der Pause eine Ovomaltine gekauft hatte.
„Möchtest du etwas trinken?", erkundigte sich Lilo und lachte.
„Nein." Sibylle lachte mit, obwohl sie nicht wusste wieso.
Sie wählten ein Tischchen an der linken Wand. Lilo war fast

einen Kopf kleiner als Sibylle. Sie trug ein Sommerkleid und hatte sich trotz der Hitze einen Pullover um die Hüften gebunden. Sibylle stellte ihre Tasche auf den Boden. Dabei gingen ihr Karos Worte durch den Kopf. Es war Professor Großholz nicht gelungen, sich Karo zu nähern. Erpresst habe er sie. Erpresst? Sie hatte er mit der Semesterassistenz geködert, Karo erpresst, und was tat er mit seiner Assistentin? „Ich wäre vorsichtig bei ihr", hatte Karo gesagt. Und Helene: „Schaden kann es nicht, mit ihr zu sprechen. Mach dir nur keine Hoffnungen, bei ihr Verständnis zu finden ..."

Was wollte sie Lilo fragen? Wie lange sie schon bei Professor Großholz arbeitete? Ob es ihr bei ihm gefiel?

Sie stellte sich Lilo gegenüber an das Tischchen und erschauderte, als sie die nackten Unterarme auf die kalte Marmorplatte legte.

„Eine Assistenz hat er dir angeboten?", begann Lilo das Gespräch.

„Ja, eine Semesterassistenz für das Seminar ‚Kommunikation und Ritual' im nächsten Semester", antwortete Sibylle. „Ich wollte dich fragen, wie du als Assistentin mit Professor Großholz zurechtkommst."

„Uh lala! Eine gute Frage." Lilo lachte bitter auf.

Diesmal lachte Sibylle nicht mit. Sie sagte ernst: „Du hast also auch Probleme mit ihm."

„Ich, Probleme? Wie meinst du das?" Lilos Stimme klang vorwurfsvoll, schnippisch.

Sibylle nahm allen Mut zusammen. „Ich meine, ob er sich dir ebenfalls nähert."

Lilo erschrak. „Ist er dir zu nahe getreten?"

Sibylle blieb tapfer. „Sozusagen. Er hat mich zu einer Besprechung in sein Büro gebeten. Die Besprechung ..." Wollte sie schildern, was ihr zugestoßen war? Sie schämte sich plötzlich.

„Er hat einen Tick", sagte Lilo, nicht mehr vorwurfsvoll. „Ich weiß nicht, was er hat. Es wird immer schlimmer mit ihm. Er will ... er will immer ..."

„Fasst er dich an?", fragte Sibylle.

„Nein! – Hat er dich angefasst?" Während Lilos Gesicht erstarrte, sah Sibylle den Professor, wie er auf seinem Stuhl in einem Satz neben ihr landete, sie grob an den Armen packte und ihr an die Brust griff. Sie fasste sich. „Für mich ist es, als hätte er mir die Semesterassistenz angeboten, um sich mir zu nähern."

Hörte Lilo nicht mehr zu? Sibylle war es, als stehe Lilo da, ohne da zu sein, als sei sie daran, sich aufzulösen. Sendepause, dachte sie und wollte gehen. Da regte sich Lilo wieder und suchte ihre Augen. „Dir genähert?", sagte sie. „Das tut mir leid für dich. Ich habe nicht gewusst, dass er sich an Studentinnen heranmacht."

Heißt das, an dich macht er sich nicht heran, dich lässt er in Ruhe, hätte Sibylle fast geantwortet. Sie beherrschte sich, merkte, dass Lilo zu sprechen angefangen hatte, und versuchte, ihren Worten zu folgen, die bereits wieder kühl und distanziert klangen. Jeder und jede müsse selbst zurechtkommen, jeder und jede müsse selbst einen Weg finden und gehen und dabei als Erstes und vielleicht Einziges seinen Job tun; die Arbeit gehe immer vor. „Jeder und jede", wiederholte Lilo mehrmals, jeder und jede müsse dies und das erledigen, hier und dort sich behaupten, gottlob nicht ganz alles, aber das meiste mit sich selbst ausmachen. Mit seltsamen Argumenten wand sie sich aus ihrem Schrecken heraus, und Sibylle wurde das Gefühl nicht los, diese kleine Assistentin bemitleide sie, weil sie ihrem Chef ins Netz gelaufen war.

„Also gut", sagte sie plötzlich zu Lilo, „ich habe gedacht, wir könnten uns vielleicht gegenseitig unterstützen. Du scheinst das anders zu sehen." Sie bückte sich nach ihrer Tasche.

„Karl ist mein Chef", hörte sie Lilo sagen.

Karl! Sibylle horchte auf.

„Er ist auch für uns Angestellte nicht immer einfach zu ertragen."

Sibylle hatte eine Idee. Sie nahm ihre Agenda, riss eine leere

Seite heraus und schrieb ihre Adresse auf. „Hier. Falls dir dein Chef einmal über den Kopf wachsen sollte."

„Danke." Lilo schaute nachdenklich auf den Zettel, und während sie ihn faltete, sagte sie: „Ich weiß wirklich nicht, was er zur Zeit hat. Er spinnt irgendwie. Deshalb gehe ich ihm aus dem Weg. So löse ich das Problem."

Sie wirkte plötzlich niedergeschlagen. Das Angebot, ihr zu helfen, schien nicht ganz überflüssig zu sein, dachte Sibylle, obwohl Lilo ja selbst zurechtkommen und auch Schwierigkeiten auf diese Art bewältigen wollte. Sie dachte an Karo, wollte vor drei mit ihr sprechen und wandte sich zum Gehen.

Ohne ein weiteres Wort traten sie nebeneinander auf den Flur hinaus, wo sie sich freundlich kühl voneinander verabschiedeten, ähnlich wie Lilo am Telefon geklungen hatte, als Sibylle mit ihr Kontakt aufgenommen hatte. Sie fand Lilo nicht unsympathisch, doch tief in ihrem Inneren hatte sie diese hübsche Person genauso halbiert, wie sie sich von ihr halbiert vorkam, und bemitleidete sie für ihren Chef, wie Lilo sie dafür bemitleidete, dass sie auf ihn hereingefallen war. Sie sah ihr nach, wie sie, ohne zurückzublicken, langsam über den Flur zur Treppe ging.

Vielleicht stand sie „Karl" zu Diensten, dachte Sibylle. Oder täuschte sie sich wieder? Hatte „Karl" nicht im Seminar gesagt: Es gibt keine Menschenkenner, wir täuschen uns meistens?

Im Vergleich zu Lilo kam ihr Karo schrill und direkt vor. Sie benötigte eine Verschnaufpause, zertrat sich auf dem Flur die Beine und sann eine Weile vor sich hin, bevor sie in die Bibliothek eintrat und Karo suchte.

Sie saß links von der Buchausleihe am Fenster. Sibylle ging auf ihren Tisch zu. „Hallo!"

Karo hob den Kopf. „Bist du jetzt gescheiter?"

Sibylle stutzte. Gescheiter? „Nein."

„Habe ich es dir nicht gesagt?", erklang Karos Stimme halblaut.

„Ja klar, ihr wisst immer alles besser", begehrte Sibylle auf. „Offenbar bin ich auch die Einzige, die ihm blind ins Messer gelaufen ist."

„Vergiss es! Der legt alle rein. Der hat seine Tricks", rief Karo schrill.

„Stimmt nicht", widersprach Sibylle. „Du hast es rechtzeitig gemerkt."

„Was, Blödsinn! Ich habe es zu spät gemerkt."

„Erpresst hat er dich", sagte Sibylle. „Mich hat er mit einer Semesterassistenz geködert. Wie hat er dich erpresst?"

„Lass uns hinausgehen", schlug Karo vor. „Hier in der Bibliothek ist Reden verboten."

Am Abend ging Sibylle nach dem Essen in ihr Zimmer. Sie öffnete das Fenster und hoffte, die frische Luft mache ihren Kopf leichter. Sie fand es zum Haareraufen, was sie im Institut für Sozial- und Technikforschung erlebt hatte. „Du spinnst", hatte Karo sie angeschrien, als sie zu ihr gesagt hatte, der Professor müsse gestoppt und die Studentinnen vor ihm gewarnt werden.

Nein, also nein, dachte Sibylle, das Spinnen überließ sie vorläufig noch anderen. Sie ließ sich bloß nicht gefallen, dass man sie mit einem Jobangebot köderte und ihr dann an der anberaumten Besprechung frech auf den Leib rückte. Zwar ging es sie letztlich nichts an, doch Professor Großholz einfach aus dem Weg zu gehen, wie das Karo und offenbar auch seine Assistentin Lilo Blum taten, war das eine Lösung?

Karo war wütend auf ihn, und wie! Schon in seinem Büro, als er ihr nach der Arbeitsbesprechung, die gar keine war, den Weg hinaus versperren wollte, hätte sie, plötzlich zu allem bereit, den lieben Großholz zu Kleinholz zerhackt, wenn er sie auch noch angefasst hätte. Trotzdem wollte sie sich nicht dafür einsetzen, dass er zur Rechenschaft gezogen wurde. Sie hatte fast die gleichen Worte wie Helene gebraucht. Es sei nicht leicht, etwas gegen ihn zu unternehmen, auch nicht ungefährlich. Er sei ein angesehener

Professor, und der Direktor des Instituts, Knoll, stehe bestimmt hinter ihm. Selbst eine Anwältin beizuziehen, fand Karo problematisch, obwohl sie dazu womöglich noch bereit wäre. Weil Sibylle ihre Haltung nicht nachvollziehen konnte und nicht lockerließ, hatte Karo ihr schließlich den Namen und die Büroadresse von einer Kollegin gegeben, die während ihrer Prüfungszeit „Übles" mit Großholz durchgemacht habe und jetzt Assistentin am Institut sei. „Schau bei ihr vorbei. Sie findet es gar nicht toll, was sich Großholz mit Studentinnen erlaubt. Grüße von mir."

Wieder zu einer Assistentin gehen, überlegte sich Sibylle. Höchstens Studentinnen, doch nicht Assistentinnen plagten sich mit „Karl" herum. In Lilos Augen hatte er einen Tick, war nicht immer einfach zu ertragen, vielleicht wie mancher oder sogar jeder Chef. Was, wenn auch diese zweite Assistentin so dachte? Sibylle schlug die Agenda auf, in der sich seit ihrer „Besprechung" im Büro des Professors einige Namen angesammelt hatten. Der letzte, von Karo eigenhändig hingeschrieben: *Anna Maria Stauffer, Assistentin Institut für Sozial- und Tech..., Büro ...*

Karo hatte zudem provokativ zu ihr gesagt, sie, Sibylle, habe als Psychologiestudentin bestimmt ein Interaktionsseminar bei Großholz besucht. Karo behauptete, der Bereich „Interaktion/ Kommunikation", der stark an Bedeutung zunehme – Stichwort Neue Medien – und mehr weibliche Studierende auch aus Nachbarfächern anziehe als seine Technik, sei Großholz erst vor kurzem vom Direktor zugeteilt worden. Der ahne sehr wohl, dass Großholz ein Problem mit Frauen habe, lasse ihn aber gewähren.

Im Wirrwarr von Gedanken hörte Sibylle deutlich Karos Stimme: „Lass mich aus dem Spiel, lass mich aus dem Spiel. Ich will mir die Finger nicht noch mehr verbrennen." Und Lilos Worte: „Ich weiß wirklich nicht, was er zur Zeit hat. Er spinnt irgendwie. – Karl ist mein Chef." Dann wieder Karo: „Mich hat er auch hereingelegt. Hat er dich angefasst?"

Was geschah an diesem Institut? Sibylle schaltete den Computer ein und begann, ihre Begegnung mit Lilo Blum in die Tasten zu tippen. Von ihrer ersten Frage an, wie Lilo als seine Assistentin mit dem Professor zurechtkomme, schrieb sie alles aus sich heraus, und nachdem sich Lilo Blum nochmals langsam über den Flur entfernt hatte, kam das an die Reihe, was Karo mit dem Professor erlebt hatte, wie Karo ihm in die Falle gelaufen war, und schließlich, was sie über ihre Kollegin Anna Maria Stauffer erzählt hatte. Weil Sibylle immer noch nicht müde war, entschloss sie sich, auch noch die eigenen Erlebnisse mit Großholz schriftlich festzuhalten.

Sie begann ganz von vorn, mit der ersten Seminarstunde, in der sie mit ihm in Kontakt gekommen war und danach rasch eine Arbeit über Grußsitten eingereicht hatte. Nichts ließ sie aus, bis das Spottgesicht in seinem Büro an sie heranrückte, seine freche Hand zugriff, sie, statt zu fliehen, über seine Beine stolperte, wobei er sie, unerhört, erneut packte und an sich zog. Übel! Wie viele Studentinnen hatte er schon geködert, überrumpelt, erpresst?

Sie schrieb und schrieb, las jeden Satz nochmals durch, korrigierte alles und druckte es aus.

Wie wohl ihr plötzlich war! Sie hatte Professor Großholz auf Papier gebannt. Das Chaos aus Jobangebot und Seminarscheinverweigerung, die Komplimente und Annäherungen lagen in Sätze verwandelt da. „Kleinholz, lieber Großholz, ...", auch das hatte sie nicht vergessen. Sie selbst hatte dem Schurken die Tasche um den Kopf geschlagen, Karo hätte ihn getreten oder ihm den Hals umgedreht, wenn er zu guter Letzt auch noch die Finger nach ihr ausgestreckt hätte. Jetzt war sie bereit für ein Gespräch mit Helene. Sie hatte ihr versprochen, sie nach dem Besuch im Institut für Sozial- und Technikforschung anzurufen.

Sie setzte sich auf das Sofa.

„Hallihallo, guten Abend, Helene. Ich bin nicht die Einzige,

die von Professor Großholz in die Falle gelockt wurde. Er ködert, erpresst, glotzt, grabscht, kann vielleicht gar nicht anders."
„Ach je, und das hat dir die Assistentin von ihm erzählt?"
„Nein, nicht die Assistentin." Sibylle schilderte Helene ihre Begegnung mit Karo vor der Bibliothek und dass Karo bei Professor Großholz eine Seminararbeit geschrieben hatte, für die sie die Bescheinigung erst erhielt, nachdem sie schließlich an einer sogenannten Arbeitsbesprechung in seinem Büro gegen ihren Willen Ja gesagt hatte zu einem Abendessen mit ihm.
„Wie, was?" Helene ging alles zu rasch und Sibylle erklärte ihr, dass Professor Großholz Karo offenbar den Seminarschein für eine Arbeit verweigert hatte, um der heftig Angebeteten, die ihrerseits kein Interesse an ihm verspürte, eine Einwilligung zu einem gemeinsamen Abendessen abzuringen beziehungsweise von ihr zu erpressen.
„So etwas! Das schaut klar nach Macht- oder vielmehr Amtsmissbrauch aus", sagte Helene und fragte, was denn die Assistentin über ihren Chef gesagt habe.
„Lilo Blum blieb zurückhaltend, loyal", antwortete Sibylle, „gab aber zu, Probleme mit Professor Großholz zu haben. Er spinne in letzter Zeit, sie gehe ihm aus dem Weg, so in dem Stil hat sie von ihm gesprochen."
„Ist er verheiratet? Weißt du das?", fragte Helene.
„Er – verheiratet! Nein, ich glaube nicht", sagte Sibylle. „Beziehungsweise, ich habe mir das noch nie überlegt. Er ist groß, sieht aber durchschnittlich aus, nichts Besonderes."
„Er verfügt über ein attraktives Bankkonto."
„Meinst du Versorgungsehe?"
„Wer weiß."
„Der Direktor des Instituts scheint wegzusehen", fuhr Sibylle fort. „Karo meinte sogar, ihm sei es vielleicht sogar recht, dass jemand den Studentinnen Steine in den Weg lege."
„So! Wieso das?"

„Frauen seien bald mehr an Doktorarbeiten und Karriere als an Kinderkriegen interessiert. Solche Sätze seien laut Karo aus dem Mund dieses Direktors nicht selten."

„Womöglich gewährt er dem Professor Freiraum für seine wissenschaftliche Tätigkeit, in dem dieser dann bedauerlicherweise auch seine Perversionen auslebt."

„Wir müssten Professor Großholz vor dem Institut für Sozial- und Technikforschung, besser vor der Universität an den Pranger stellen. Alle, alle müssten vor ihm gewarnt werden!"

„Ja, du hast recht", sagte Helene. „Schreib dir doch auf, was du heute am Institut für Sozial- und Technikforschung erfahren hast, und besprich es mit der Anwältin."

„Ich habe schon alles aufgeschrieben."

„Sehr gut. Schieß nicht über das Ziel hinaus! Ich rate dir, mit der Anwältin Katrin Henkel den nächsten Schritt zu planen. Es ist wichtig ..."

„Stopp! ‚Ich rate dir', ‚es ist wichtig ...'" Sibylle wurde ungehalten. „Ich mag das nicht, Helene, sorry. Du weißt doch, ich ertrage im Moment deine Ratschläge nicht." Auch ohne Helenes Ermahnungen würde sie vermutlich als Nächstes zu der Anwältin gehen, vielleicht vorher noch die Kollegin von Karo, die Assistentin Anna Maria Stauffer, aufsuchen. „Ja, ja, ja", rief sie. „Ich habe die Adresse der Anwältin. Ich werde einen Termin mit ihr vereinbaren."

„Albert ist hier und morgen kommt Maya aus Lausanne", sagte Helene ruhig und lud Sibylle nochmals für den Samstagabend ein. Helene freute sich darauf, alle bei sich am Tisch zu haben.

Sibylle freute sich nicht, ihr war nicht nach Familienglück zumute. Doch sie wusste, dass sie nun besser schwieg.

Nach dem Anruf tigerte sie missmutig durch ihr Zimmer. Seit zweieinhalb Wochen – oder schon länger? – beanspruchte Professor Großholz einen Platz in ihrem Leben, der ihm nicht zustand. Sie packte die Blätter mit ihren Aufzeichnungen in einen Umschlag und trug ihn zum Kleiderschrank. Links unten, versteckt unter einem Tuch, stand ihre Unratskiste. Sie sperrte Professor Großholz hinein. Hier hatte er vorläufig zu ruhen. Mit diesem Vorsatz deckte sie die Kiste zu und schloss den Schrank.

Es war schon die zweite Juliwoche, die Sitzung mit Professor Großholz lag über einen Monat zurück, als sie die Unratskiste wieder öffnete. Für den Vortrag über den Mann mit der Vogelangst hatte sie die Note „sehr gut" erhalten. Danach hatte sie einen Termin mit der Anwältin vereinbart und Karos Kollegin, Anna Maria Stauffer, in ihrem Büro besucht. Bei ihr war nichts von einer Distanziertheit wie bei Lilo zu spüren gewesen. Auch das Gefühl, nicht zu wissen, woran sie mit ihr war, kam nicht auf. Anna Maria zeigte sich besorgt, als Sibylle ihr von ihrem Treffen mit Professor Großholz erzählte. Sie vermute allmählich, Professor Großholz sei unverbesserlich, sagte sie. Man müsste ihm Einhalt gebieten. Die Frage sei nur wie. Eigentlich sei der Direktor Knoll, ihr Chef, verantwortlich. Anna Maria begrüßte es, dass Sibylle eine Anwältin aufsuchen wollte. Allerdings müsse sie wissen, dass es für sie selbst nicht ungefährlich sei, öffentlich zu machen, was sie mit Großholz erlebt habe, weil sie Assistentin am Institut sei. Sie würde Sibylle aber im Rahmen ihrer Möglichkeiten unterstützen.

Sibylle nahm den Umschlag mit den Professor-Großholz-Notizen aus der Kiste. Wie geht es Ihnen, Herr Professor? Gut geruht in der Verbannung?

Am andern Tag, im Wartezimmer der Anwaltskanzlei, fühlte sie sich wie beim Zahnarzt, nur wusste sie je länger, je weniger, welcher Zahn sie plagte. Frau Henkel, die Anwältin, riss sie aus der Lektüre eines Reiseberichts. Sibylle folgte der sportlichen Dame in ein spärlich eingerichtetes Sitzungszimmer, wo sie sich an einen Tisch setzten, der mindestens sechs Personen Platz geboten hätte. Sibylles Kopf fühlte sich so leer und nüchtern an wie das Zimmer, in dem sie saß. Ihr fiel kein Satz ein. Alles kam ihr wie ein Irrtum vor. Sie kannte keinen Professor Großholz. Sie wusste nicht, wo sich das Institut für Sozial- und Technikforschung befand. Sie hatte nur einen Umschlag in der Tasche.

„Es geht um Übergriffe eines Professors an der Universität", erklang Frau Henkels Stimme.

In Sibylles Kopf flackerte der Satz der Anwältin. Er gab den Händen, mit denen Professor Großholz sie so frech gepackt hatte, einen Namen. Gleichzeitig versuchte sie der Anwältin zu antworten und verhaspelte sich. Zu ihrer Rettung nahm sie den Umschlag aus der Tasche. „Ich habe alles aufgeschrieben", sagte sie und schob ihre Notizen über den Tisch.

„Danke", sagte Frau Henkel und zögerte, danach zu greifen. Sie schien zu warten, ob Sibylle doch noch zu sprechen anfangen wollte.

Was sagen, dachte Sibylle. „Ja, Ü b e r g r i f f e", antwortete sie gedehnt und glaubte, dieses Wort erst jetzt verstanden zu haben. Es schmeckte bitter und erlösend und fasste ihre Pein und Peinlichkeit zusammen.

Als sie nicht weitersprach, öffnete Frau Henkel den Umschlag, vertiefte sich in die Aufzeichnungen und überließ Sibylle ihren Gedanken. Nach einer Weile blickte sie von den Notizen auf. „Sehr gut, sehr hilfreich, vielen Dank", sagte sie und bat um Erlaubnis, die Blätter kopieren zu dürfen.

Sibylle hatte nichts dagegen einzuwenden. Danach erhielt sie die Originale zurück. Als Frau Henkel sagte, sie würde ihr gern ein paar Fragen dazu stellen, zwang sie sich, nochmals anzuschauen, was sie geschrieben hatte.

„Wollen wir bei Ihnen beginnen?", fragte Frau Henkel.

„Bei mir?"

Frau Henkels Gesicht besaß einen jugendlichen, sogar knabenhaften Zug. Aus ihren grüngrauen Augen blickte sie Sibylle liebenswürdig an.

Sibylle nickte seufzend.

„Es wäre gut, wenn Sie mir angeben könnten, wann sich was zugetragen hat. Tag und Uhrzeit. Können Sie sich erinnern?"

Sibylle nahm den Kalender hervor. Sie fand die erste Verabredung im Büro des Professors am Freitag, 2. Juni, eingetragen und wieder durchgestrichen. Den neuen Termin, den zweiten, nicht durchgestrichen, am Mittwoch, 7. Juni, 14 Uhr. Rasch blätterte sie zurück zum Semesteranfang und nannte Frau Henkel die Daten, von der ersten Doppelstunde des Seminars an, in der sie Professor Großholz kennengelernt hatte, und erzählte von ihrer Seminararbeit, von den Gesprächen im Seminar, wann genau er ihr die Hilfsassistenz angeboten hatte und wie es zum Termin vom 7. Juni gekommen war.

„Den Kontakt knüpfte er also im Seminar", sagte Frau Henkel, „dann lockte er Sie mit dem Semesterjob in sein Büro."

Seine Einladung, besser Aufforderung, die Semesterassistenz näher mit ihr bei sich im Büro zu besprechen, war ihr nie geheuer vorgekommen. Erst jetzt wurde ihr richtig bewusst, wie raffiniert er sie dazu gedrängt hatte. Am Freitagmittag, im Anschluss an das Interaktionsseminar, hatte sie eine Vorlesung, also gar keine Zeit für eine Besprechung. Deshalb, und vielleicht auch weil er es plötzlich allzu eilig hatte, lehnte sie es ab, ihn auf der Stelle in sein Büro zu begleiten. Obwohl sie dann keine Zeit hatte, ließ sie sich von ihm für eine Woche später einen Termin am Freitagmittag gleich nach dem Interaktionsseminar aufschwatzen und schrieb diesen sogar in ihren Kalender. Wann sie bei seiner Sekretärin vorbeigegangen war, um ihn wieder zu verschieben, wusste sie nicht mehr.

„Das ‚Über...' hat schon vor dem Übergriff an seinem Sitzungstisch begonnen", sagte sie, „nämlich als er mir die Hilfsassistenz für ein Semester angeboten hatte und gleichzeitig anfing, mich auf eine für mich unangenehme Art zu einer Besprechung bei sich im Büro zu überreden."

„Er hat Sie subtil verleitet oder zu verführen beziehungsweise zu überlisten versucht mit seinem Angebot", erklang Frau Henkels Stimme.

Sibylle schämte sich. Übergriffe! – Überreden, überlisten, überrumpeln. „Er ist immerhin Professor. Ich dachte nichts Schlimmes."

„Sie brauchen sich nicht zu rechtfertigen."

„Mich interessiert schon, warum es ihm gelang, mich so hereinzulegen."

„Er geht ohne Zweifel geschickt vor, ist wohl kein Anfänger."

„Ja, so scheint es." Sibylle suchte die Aufzeichnungen über Karo. Ihr schien es, sie habe bei Karo die Zeitangaben, für die sich Frau Henkel interessierte, dazugeschrieben. „Das Seminar über Mikroelektronik, an dem Karo teilnahm, fand im vergangenen Sommersemester statt, und ihre Sitzung im Büro von Professor Großholz am Anfang der Sommerferien, also ungefähr vor einem knappen Jahr", wandte sie sich an Frau Henkel. „Und Anna Marias ‚Arbeitsbesprechungen' mit ihm liegen noch weiter zurück."

„Prima, danke", sagte die Anwältin. „Bei ihrer Gymikollegin Karo kommt gut heraus, wie Professor Großholz sie einerseits mit Blicken, unerwünschten Komplimenten etc. in die Enge treibt, ihm aber auch Zwang nicht fremd ist."

Sibylle schauderte es. List, Zwang! „Bei mir scheint alles auf ein ‚Über...' hinauszulaufen. Er hat im Interaktionsseminar Kontakt geknüpft und merkte vermutlich, dass ich begeistert war von seinen Gedanken und wie gern ich mich mit ihm unterhalte. Bei der Einladung, die Semesterassistenz auf der Stelle in seinem Büro näher zu besprechen, willigte ich nicht sofort ein. An diesem Punkt begann er, mich zu drängen und zu überreden bis zu der Überrumpelung am Tisch. Was meinen Sie? Hat er etwa mein Zögern nicht akzeptieren wollen?"

„Möglich, dass ihn Ihre Bedenken enttäuschten oder sogar kränkten, oder dass er sie bewusst oder unbewusst als Anfang Ihres Rückzugs empfand und sich deshalb nehmen wollte, was er nicht freiwillig bekam."

„Mit Anna Maria Stauffer knüpfte er nicht in einem Seminar Kontakt", erklärte Sibylle. „Sie kamen sich, als sie ihre Diplomarbeit bei ihm schrieb, persönlich näher, haben sich in dieser Zeit

sogar angefreundet. Später, vor ihren Prüfungen, suchte er plötzlich Körperkontakt und eröffnete ihr, wie gern er sie habe."
„Waren das Prüfungen mit ihm als Prüfer?", wollte Frau Henkel wissen.
„Ja, schon, soviel ich weiß", antwortete Sibylle.
„Sehr problematisch", meinte Frau Henkel. „Hier könnte, besser, hier müsste uns Anna Maria Stauffer noch genauer Auskunft geben. Sowieso fände ich es gut, wenn Ihre Kolleginnen beide eigenhändig je ein Protokoll der Ereignisse verfassen würden."
„Wieso das?" Sibylle erschrak. Sie hörte Karos „lass mich aus dem Spiel, lass mich aus dem Spiel, ich will mir die Finger nicht noch mehr verbrennen" und fühlte sich überrumpelt. Frau Henkel schaute sie so lieb an, dass sie sich auffing. „Mir geht das ein wenig zu schnell", wehrte sie sich, dankbar, dass ihr dieser Satz eingefallen war. Sie bemerkte, wie auf Frau Henkels Tischseite, anders als vor ihr, die Aufzeichnungen wohlgeordnet neben dem Schreibblock lagen. Dort wirkte nicht nur alles klar und aufgeräumt, Frau Henkel würde sie auch zu nichts drängen, dachte Sibylle vertrauensvoll. Karo war zwar skeptisch, hatte sich aber nicht wirklich gegen eine Anwältin ausgesprochen, und Anna Maria begrüßte es, wenn jemand den Mut fand, sich Professor Großholz entgegenzustellen. Also!
„Entschuldigen Sie", sprach Frau Henkel sie an. „Haben Sie Bedenken wegen Karo und Anna Maria?"
„Ja."
„Keine Sorge, ohne die Einwilligung von Ihnen allen einzeln darf ich nichts unternehmen. Professor Großholz' Verhalten Studentinnen gegenüber ist ohne Zweifel missbräuchlich." Sie schlug vor, dem Institutsdirektor in einem Brief die drei Vorkommnisse zu melden. Der Direktor sei verpflichtet, Professor Großholz zurechtzuweisen und ihn aufzufordern, sein Verhalten sofort und für immer zu ändern. Ferner müsse er dafür sorgen, dass solche Missstände an seinem Institut nicht mehr aufträten. „Ich werde ihn bitten, mir innerhalb von

drei Wochen mitzuteilen, was für Maßnahmen er getroffen hat, damit Annäherungen und Übergriffe auf Studentinnen an seinem Institut in Zukunft unterbleiben."

„Für mich ist das okay. Nur ...", fügte Sibylle rasch hinzu, „brauchen Sie dazu wirklich auch von Karo und Anna Maria eigenhändig verfasste Protokolle darüber, was sich zugetragen hat, mitsamt Namen und Unterschrift?"

„Ja, das wäre von Vorteil."

„In Ordnung, ich werde mit Karo sprechen."

„Wovor hat Ihre Kollegin Karo so Angst?", wollte die Anwältin wissen.

„Ich weiß nicht ... Sie fürchtet sich vor Professor Großholz und vermutlich noch mehr vor diesem Knoll, dem Direktor, bei dem sie Prüfungen ablegen muss. Und Anna Maria ist Assistentin von Knoll. Deshalb müsse sie vorsichtig sein, hat sie mir gesagt."

„Soll ich mit Ihren Kolleginnen Kontakt aufnehmen?"

Stopp, sachte, liebe Frau Henkel. Sibylle hielt sich zurück. Karo hatte ihr schon die Adresse nur widerstrebend gegeben. Was die Anwältin jetzt wollte, ging zu weit. „Ich werde Karo fragen, ob ich Ihnen ihre Adresse geben darf", sagte sie. „Ich möchte nicht Karos Willen übergehen."

„Danke, ja, das ist wichtig. Im schlimmsten Fall, wenn Anna Maria um die Assistenzstelle und Karo um ihr Studium oder um die Abschlussprüfungen fürchtet, würde ich den Brief im Namen Betroffener an den Direktor schreiben, ohne ausführliche Gedächtnisprotokolle. Würden Sie trotzdem schon mal bei Ihrem Beispiel, so wie vorhin besprochen, die Zeitangaben genau ergänzen?"

Sibylle nickte. Zum Glück studierte sie Psychologie im Hauptfach und nicht Sozial- und Technikforschung wie Karo. Großholz hatte eindeutig keinen Einfluss auf ihr Studium. Repressalien, von ihm wie vom Institutsdirektor Knoll, würde sie ausweichen können. „Ja", antwortete sie und schrieb sich auf, was Frau Henkel alles von ihr wollte.

„Ich werde nicht mehr im Juli, sondern erst nach der Sommerpause, gegen Mitte August, mit dem Direktor in Verbindung treten", kündigte Frau Henkel an. „Hoffen wir, dass er aufgeschlossen ist, das Problem erkennt und seine Hausaufgaben rasch erledigt. Dann wäre nach diesem Brief kein zweiter Schritt erforderlich."
Sibylle nickte müde, ohne zu wissen wieso, und begann, ihre Sachen zusammenzupacken. „Diese Tasche hier habe ich Professor Großholz um den Kopf geschlagen, mit Büchern drin", sagte sie, als sie aufstanden. „Das fällt mir immer wieder ein."
„Er hat es verdient", antwortete Frau Henkel mit einem Schmunzeln.
An der Tür ergriff Sibylle ihre schmale, kräftige Hand. „Auf Wiedersehen", verabschiedete sie sich und schaute nochmals in die grüngrauen Kieselaugen. Plötzlich fühlte sie eine große Erleichterung.
Draußen fiel ihr am Nebenhaus das Schild eines Cafés auf. Genau das, was sie jetzt brauchte! Sein Verhalten sofort und für immer ändern. Das hieß Schluss mit Spotten, Ende freche Hände. Ja, der Besuch bei der Anwältin hatte sich gelohnt. Helene sei Dank – einmal mehr.
Im Café standen in der Vitrine neben dem Buffet Teller mit Süßigkeiten. Sibylle setzte sich an ein Tischchen zum Innenhof und bestellte einen Apfelstrudel mit Vanillesauce. Jemand musste den Übeltäter rügen. Wer sonst als sein Vorgesetzter? Heute noch wollte sie mit Karo telefonieren.
Mit einer schwungvollen Armbewegung stellte der Kellner ein Tablett mit dem Apfelstrudel vor Sibylle hin. „Ä Guetä der Dame!"
„Danke dem Herrn."
„Über...", fiel ihr ein, als sie das Kännchen ergriff. Sie übergoss die hellbraune Schnitte sachte mit Vanillesauce. Sie goss und goss, bis nichts mehr vom Strudel zu sehen war.
Plötzlich begriff sie auch, was es mit seinem Spottgesicht auf

sich hatte. Oder, mit Helenes Vorsicht betrachtet, auf sich haben könnte. Nach dem „Über..." war das „Ver..." gekommen. Zuerst überredete beziehungsweise drängte der Professor sie zu der Besprechung, und als sie vor seinem Büro stand und zögerte einzutreten, weil sie daran dachte, vorher doch noch seine Assistentin aufzusuchen, begann er zu verletzen. „Sind Sie schüchtern?", hatte er sie an seiner Tür gefoppt. Nicht jeder Spott verletzte, doch dieser tat es. Er verhöhnte ihre Bedenken, machte sich lustig über sie. Noch mehr verunsichert, was er mit seinem Angebot genau wollte, dazu verlacht, trat sie in sein Büro ein.

Sie war nicht schüchtern. Nein, sie war überhaupt nicht schüchtern, dachte sie und mampfte vom Strudel. Er schmeckte gut. Sie bestellte zusätzliche Vanillesauce und goss sie über den Rest. Feine Schnitte, feine Sauce.

Vielleicht schon als der Professor es mit einem Mal auf eine für sie unangenehme Art eilig hatte mit der Besprechung, spätestens aber als er sie an seiner Bürotür mit Sticheleien zu verletzen begann, hätte sie ihn stehen lassen sollen. Nein, nicht ihn einfach stehen lassen, dachte sie. Sich freundlich von ihm verabschieden wäre an diesem Punkt wohl das Richtige oder besser Angemessenste gewesen. So wäre das Gesicht mit den listigen Augen und dem Spottmund nicht plötzlich auf sie zugekommen.

Ein Satz von Helene fiel ihr ein. „Das nächste Mal, wenn sich dir ein Schurke nähert, bist du gewappnet."

2. Kapitel

Ja, die Amerikareise war geglückt. Sogar sein verwöhnter, anspruchsvoller Junior hatte sich von den weiten Landschaften hinreißen lassen. Mit dem Sohn des Professors aus Stanford, den sie nach der Rundreise besucht hatten, wollte er in Kontakt bleiben. Auf Englisch. Per E-Mail. Sehr gut, bravo, dachte Großholz. Jetzt mussten nur noch seine eigenen Kräfte wieder in vernünftige Kanäle fließen.

Er hatte sich nach den Ferien zwei, drei Tage Unruhe geleistet, diese Begrüßung, jenes Wiedersehen ausgekostet und Berge von Post abgearbeitet. Langsam kehrte der Alltag zurück, natürlich das Wintersemester, zwar noch reichlich entfernt, doch mit neuen Herausforderungen. Wie würde das Netzseminar gelingen, erstmals ganz in der virtuellen Welt, wo er niemanden je wirklich zu Gesicht bekam? Zwölf Anmeldungen lagen bereits in der Mailbox. Und das Seminar „Kommunikation und Ritual", ohne die Blonde als Semesterassistentin? Wie selbstsicher die Dame herumstolziert war! Wie man sich aufspielte, das verstand sie. Jetzt hatte sie keine Gelegenheit mehr, sich in Szene zu setzen. Selber schuld. Gut so.

Seine Assistentin Lilo hatte ihn nicht gerade überschwänglich begrüßt und von ihren eigenen Ferien keinen Ton erzählt. Er hatte sich die Enttäuschung nicht anmerken lassen, sich nach der Umfrage über die Zwanzig- bis Dreißigjährigen erkundigt. Alles i. O. damit. Seine drei Bienchen unten im Eckzimmer waren fleißig. Aber das Liloherz blühte nur auf, wenn es um ihre Doktorarbeit ging. Warte nur, du Hexchen! Wie rasch sie ihm nach der Besprechung vor den Sommerferien ein fertiges Konzept vorgelegt hatte! Sie musste das Thema wochenlang gewälzt haben, ohne ihm das Geringste darüber verraten zu haben. Schade, dass sie sich nicht für ein Computer- oder Internetthema begeistern ließ. „Auch über die Uhr und die Zeit ist längst nicht alles erforscht." Ja, meine Dame, ja, richtig, gegen eine Untersuchung über die Krise und die

Krisenbewältigung der Schweizer Uhrenindustrie in den 1970er-Jahren gab es nichts einzuwenden. Eine weitere Studie dazu war überfällig. Aber die Uhr, die Uhr, warum dieses störrische Festhalten an der Uhr? Die Bienchen hatten die Befragung der Zwanzig- bis Dreißigjährigen abgeschlossen. Sehr gut. Wollte er sich an der Auswertung beteiligen? Oder sich mit einem Vorwort im Schlussbericht begnügen, und die drei ansonsten allein weiterarbeiten lassen? Was hatte Lilo gesagt? Sie wolle, oder würde gern, weil sie sich sowieso gerade mit dem dritten Lebensjahrzehnt beschäftige und weil bei der Studie die geschlechtsspezifische Betrachtung nicht im Vordergrund stehe, doch, sozusagen privat für sich, die Unterschiede zwischen Frauen und Männern etwas genauer unter die Lupe nehmen. Sie vermute bei den jungen Erwachsenen in der Umfrage Entwicklungen gegenläufig zu den Gleichstellungs- und Gleichberechtigungstendenzen. Nur zu, hatte er ihr geantwortet.

In einem halben Tag hätte er sich mit der Studie so weit vertraut gemacht, dass er entscheiden könnte, ob ihm die Zwanzig- bis Dreißigjährigen mehr als ein Vorwort wert waren. Bei der Auswertung mitmachen würde eine, sogar zwei bis drei Wochen Arbeit bedeuten.

Den Fragebogen, der an alle verschickt worden war, hatte er bei seinen Unterlagen, und gestern Dienstag erhielt er von den Bienchen eine Datei mit den Umfrageresultaten: Die Rohdaten, anonymisiert, bereit für die Auswertung. Als er noch daran war, seine Ferienpost abzuarbeiten, hatten sie ihm die Kopie ihres Datensatzes zugesandt. Termingerecht Mitte August. Es war Zeit, einen Blick hineinzuwerfen.

Gegen Abend beschloss er, sich an der Auswertung zu beteiligen. Es reizte ihn, die Kluft zwischen den Geschlechtern, die These von der Geschlechterschere bei den Zwanzig- bis Dreißigjährigen, die ihm Lilo so stolz verkündet hatte, selbst etwas genauer anzuschauen.

Am andern Morgen setzte er sich gleich wieder an den Computer. Was den jungen Menschen wichtig war, wofür es sich nach ihrer Einschätzung zu leben lohnte und was sie entbehren könnten, begann ihn zu interessieren, sogar zu fesseln. Am frühen Nachmittag klopfte es so ungestüm an die Tür, dass er von der Arbeit hochschreckte. Bevor er dazu kam, „Herein!" zu rufen, trat jemand in sein Büro ein. Verärgert darüber drehte er sich auf dem Sessel vom Bildschirm weg. Himmel, es war Knoll, der Direktor, der herbeistürmte. Ohne Jackett, die Krawatte gelöst, blieb er vor dem Schreibtisch stehen, entfaltete ein Papier und warf es ihm über die Bürolampe hinweg auf die Umfragedaten.

„Bitte", knirschte Knoll, „was hat das zu bedeuten?" Er trat einige Schritte zurück. Seine Augen funkelten dunkel.

Großholz blickte abwechselnd zu Knoll, der vor Unmut bebte, und auf den Brief vor ihm auf dem Schreibtisch. Da las er: *Ist Ihnen bekannt, wie Professor Großholz mit Studentinnen umgeht?*

Er verstand nicht, was er gelesen hatte. Mechanisch glitten seine Augen weiter. *Immer mehr Studentinnen beklagen sich über entwürdigende Er...*

Er hob den Kopf. Was ...? Was war los? Nochmals. *Immer mehr Studentinnen beklagen sich über entwürdigende Erfahr... Einzelne fürchten sich sogar ...* Sein Blick sprang in die Mitte der Seite. *... erlaubt sich Professor Großholz körperliche Annäh...* Er stockte ganz, drückte die Augen zu. ... erlaubt sich körperliche was? Wie frech! Nein, ein Witz! Er lachte höhnisch auf.

„So etwas! Also nein!", rief er Knoll zu, der dastand, als hätte er bei ihm etwas verloren.

Sein Name in so einem Zusammenhang! Nein! Großholz nahm den Brief und riss die zwei Blätter entzwei, zerriss die Teile noch- und nochmals und warf sie in den Papierkorb.

„Was für ein Blödsinn!" Er rieb sich aufgeregt die Hände. „Bitte! Das ist zu lächerlich. Ich habe zu tun."

Knoll blickte ihn streng an.

Großholz verschränkte die Arme und legte sie auf den Schreibtisch. Noch ein Anliegen, der Herr?

Offenbar. Anstatt zu gehen, bückte sich Knoll und angelte den Papierkorb unter dem Schreibtisch hervor. Mit hoch erhobenem Kopf trug er den grauen Behälter zum Sitzungstisch. Wie unschön! Knoll kippte den gesamten Inhalt auf den Tisch. Den Rücken zum Schreibtisch gekehrt, wühlte er in den zerknüllten und zerrissenen Papieren und schien die gemeinen Fetzen, was sonst, herauszufischen. „Ja, es ist lächerlich", brummte er.

„Nur kann ich mir als Direktor des Instituts nicht erlauben, den Brief zu zerreißen. Klebst du ihn?"

„Nein!", empörte sich Großholz.

„Gut, ich klebe ihn. Ich bin von Gesetzes wegen verpflichtet, ihn zu beantworten, und du sagst mir, was ich schreiben soll."

„Antworte, was du willst", murrte Großholz.

„Ich klebe ihn", erwiderte Knoll, „dann liest du ihn und wir besprechen das Weitere." Als er sich vergewissert hatte, dass er alle Teile gefunden hatte, ließ er den Behälter auf dem Tisch liegen und spazierte wortlos mit den Fetzen aus dem Büro.

Scham schoss Großholz in den Kopf. Er bekämpfte und überwand sie. Nein, er hatte nichts mit diesem Brief zu tun. Nichts. Frech genug, so etwas zu schreiben, noch frecher, es an Knoll zu schicken. Was hatte er gelesen? Etwas über ... *wie Professor Großholz mit Frauen* ... Lächerlich, nichts als lächerlich. Er schwang sich aus dem Sessel, trat hinter dem Schreibtisch hervor und räumte die Bescherung, die Knoll hinterlassen hatte, auf.

Mit so etwas wollte er sich nicht beschäftigen. Ganz gewiss nicht. Er rückte die Stühle um den Sitzungstisch herum zurecht. Alles i. O.? Ja. Zurück an die Arbeit!

Am Computer vertiefte er sich wieder in die Umfragedaten über die Zwanzig- bis Dreißigjährigen. Versuchsweise schaute er sich die Antworten von männlichen und weiblichen Probanden getrennt an. Bald zeigten sich verheißungsvolle Unterschiede. Er verfolgte die Spur weiter. In der Tat, Lilo hatte kein schlechtes Näschen besessen mit ihrer These. Schon kurz nach zwanzig, vielleicht mit zwei- oder dreiundzwanzig, schien sich zwischen den Geschlechtern eine Schere zu öffnen. Einhaken. Schnell einhaken. Die Bienchen waren emsig. Er nahm seine Unterlagen und einen Notizblock und machte es sich am Sitzungstisch bequem.

Die verschiedenen Lebensbereiche, über die sich die jungen Erwachsenen geäußert hatten, konnte er dem Fragebogen entnehmen. Danach würde er mit Hilfe des Computers die zwölf oder vielleicht fünfzehn herausfiltern, die ihnen am meisten bedeuteten. Hatte er die, ließ sich in einem zweiten Schritt leicht zeigen, ob die jungen Frauen und Männer Gleiches oder Ungleiches wichtig fanden und anstrebten. Bitte!

Er schlug den Fragebogen auf. Unsortiert schrieb er die Lebensbereiche heraus.

Plötzlich klopfte es. Wohl nicht schon wieder Knoll, dachte er, als erneut jemand die Tür öffnete, ohne das Herein abzuwarten. Er heftete seinen Blick auf den Schreibblock, als sei niemand eingetreten. Vor ihm nahm die Liste mit den Interessensbereichen der Zwanzig- bis Dreißigjährigen Gestalt an. *Ausbildung, Beruf/Arbeit, Familie, Freunde ...*

Knoll kam zum Tisch. Er schwieg. Nach einer Weile setzte er sich zwei Stühle entfernt hin. Großholz kam sich wie in einem Traum vor. Er träumte, er sitze mit Knoll in seinem Büro am Sitzungstisch. Knoll, sonst nie um eine Antwort verlegen, wusste nicht, was auf einen Brief antworten. Deshalb brauchte er seinen Rat. Wortlos reichte Knoll ihm zwei Papiere mit kopierten zusammengeklebten Fetzen. Großholz griff mechanisch nach den Kopien und schob seine Arbeit zur Seite.

Die Blätter stammten von einer Anwaltskanzlei. *Sehr geehrter Herr Professor Knoll ...*

Knoll war angesprochen. Es ging nicht um ihn. Er war Karl

Großholz und nicht Knoll. Die Blätter hatten überhaupt nichts mit ihm zu tun. Er las sie im Traum. Für Knoll. Mit Knolls Augen flog er über die Zeilen. *Sie sind der Direktor des Instituts für Sozial- und Technikforschung. Deshalb wende ich mich an Sie. Ist Ihnen bekannt, wie Professor Großholz* ... Es störte ihn, Professor Großholz zu lesen. Mit dem, von dem hier gesprochen wurde, war ein anderer als er gemeint. Er schaute zu Knoll. Der hatte das Original mit den geklebten Fetzen vor sich. Von wem, glaubte Knoll, sei hier die Rede?
... *mit Frauen umgeht?*
Schnell, wie eine bittere Medizin, die zu schlucken ihn jemand zwang, las er: *Immer mehr Studentinnen... Einzelne fürchten sich sogar .... auf dieses interessante Gebiet ....*
Seine Augen flimmerten. .... *missbraucht seine Macht ...... missbraucht sein ....*
Die Worte jagten sich in seinem Kopf. Nein, damit hatte er nichts zu tun, das ging ihn nichts an. Er sprang auf die zweite Seite, flog über die Sätze. ...... *einen Schlussstrich ...... für alle* ... Ja, genau. Er schob die beiden Papiere zu Knoll zurück, der starr vor sich hinblickte. Wieso war Knoll hier? Wie lange wollte er noch sitzen bleiben?

War in diesem merkwürdigen Schriftstück nicht das Wort „frauenverachtend" vorgekommen? Großholz war es, als hätte er frauenverachtende Irgendetwas gelesen. Schon deswegen konnte unmöglich er damit gemeint sein. Er, der so viele Studentinnen so faszinierend fand, einige sogar richtig verehrte, er war kein Frauenverachter. Er freute sich, mit Studentinnen, mit seiner Sekretärin Frau Gloor, mit Lilo zu reden, sich mit ihnen auszutauschen, sie kennenzulernen. Und erst Kati, die Tochter, und seine Frau Elsa! War er nicht darum bemüht, ihnen ein schönes Haus, Möbel, Bücher, Ferien, alles zu bieten, was sie sich nur wünschten? Noch großzügiger als er zu sein, ging das? Frauenverachtend? Was für Ideen die Menschen hatten! Was für Urteile sie zu fällen sich erdreisteten! Gott behüte! Verständlich, dass diesmal selbst Knoll um eine Antwort verlegen war. Wieso sollte er das beantworten? Weg, weg damit! Er hatte auf den ersten Blick gespürt, dass mit diesen Zeilen etwas ... „Gib mir ein Blatt Papier!", knurrte Knoll. Knoll noch da? Was wollte er? Papier? Wenn es nichts weiter war, dachte Großholz.

Knoll hatte einen Kugelschreiber in den Händen und musterte diesen mit Augen, als hätte er ein Ungeheuer verschluckt. „Hast du mir ein Blatt Papier?", wiederholte er so forsch, dass Großholz mechanisch eins von seinem Notizblock riss und es ihm reichte. Ihm war es gleichgültig, was geschah oder nicht geschah, Hauptsache, es war rasch erledigt. Er schaute auf die Liste mit den Lebensbereichen der jungen Erwachsenen. ... *Familie, Freunde ...... Körperpflege/Schönheit ... ...* Das Liloherz hatte ihn auf eine gute Fährte gelenkt. Hatte ihre Neugier nicht schon oft Erstaunliches ans Licht gebracht?

„Ich weise dich hiermit zurecht", sagte Knoll. „Ich rate dir dringendst, das ‚Tööple' und andere Annäherungen dieser Art bleiben zu lassen."

„Du kannst dir deine Empfehlungen sparen. Diese Fetzen ... –" Großholz deutete mit einer Hand auf die Kopien „ – ... gehen mich nichts an. Das Ganze ist zu lächerlich."

„Dann sag mir, wer hinter diesen Fetzen, den lächerlichen, steckt", brummte Knoll.

Wer hinter ...? Gute Frage! „Bestimmt deine Feministinnen, mit denen sich die Abteilung Knoll im fortschrittlichen Mäntelchen zeigt", antwortete Großholz.

„Pass auf, mein Lieber!" Der Grimm zog Knolls ohnehin breites Gesicht noch mehr in die Breite. „Ich habe ‚meine Feministinnen' unter Kontrolle. Nur du deine offenbar nicht. Was schreibt die Anwältin?" Er griff nach dem Brief. „Hast du etwa einer Feministin ein ... Wie heißt es hier? Moment ... *ein zweifelhaftes Kompliment gemacht?*"

„Genau. Und du nimmst die Zimperliese jetzt in Schutz." Großholz verkniff sich den Spott und sagte: „Ich rate dir wirklich, über den Brief zu lachen. Das Ganze ist ein Scherz, ein Blödsinn. Vielleicht will mir ein Neider ein Bein stellen. Meine Neider sind zahllos. Wieso nimmst du das ernst? Lass mich in Ruhe damit, ich habe zu tun."

„Wie du weißt, bin ich zu einer Antwort verpflichtet. Und ich sage dir jetzt, wie sie lautet. Ich möchte gern die Frauen finden, die, ohne mich zu fragen, zu einer Anwältin rennen und mein Institut beschmutzen. Deshalb sage ich der Anwältin, dass ich meine Verantwortung als Institutsleiter wahrnehmen möchte. Die betreffenden Studentinnen seien gebeten, sich mir anzuvertrauen, damit wir gemeinsam eine Lösung finden können." Sein Blick flog über die Zeilen. „Die Anwältin klärt sich bereit, mit dir über die Vorwürfe zu sprechen, die gegen dich erhoben werden. Wie wäre es, wenn du sie anrufen würdest?"

„Ich, anrufen?" Die Vorwürfe waren ihm unverständlich, doch ja, wieso nicht herausfinden, wer sich die Frechheit herausnahm, ihn anzuschwärzen? Knoll als Schiedsrichter? Gute Idee.

„Sag ihr ruhig, du würdest dich in Zukunft persönlich um das Wohl der Studentinnen kümmern."

„Und du rufst sie an."

„Nein."

„Erkundige dich doch, ob es sich etwa um ein Missverständnis handelt. Sag zum Beispiel, es sei dir nicht bewusst, jemandem zu nahe getreten zu sein. Frage sie, woher die Anschuldigungen stammen, wer dir was vorwerfe. Rede einfach mit ihr."

„Ich möchte nichts damit zu tun haben."

„Also gut. Lassen wir das." Knoll starrte vor sich hin. Nach einer Weile notierte er sich einige Worte. „Ich will keine Widerwärtigkeiten an meinem Institut, vor allem jetzt vor dem Dreißig-Jahr-Jubiläum nicht. Für dich gilt: keine Frauengeschichten bei der Arbeit. Der Anwältin teile ich mit, ich wolle mich persönlich um Klärung der Vorwürfe bemühen. Der Institutsleiter sei ab sofort Ansprech-

partner für Studentinnen, die sich über schlechte Erfahrungen beklagen. Ist dir das recht?"
„Ja, sehr recht. Schreib, was du willst."
„Du bist mir eine große Hilfe." Knoll faltete das Original mit den geklebten Fetzen und das Notizblatt. „Gut. Erledigt. Ich kümmere mich darum." Er stand auf. „Eine Frage noch, nebenbei." Noch etwas! „Ja?" Großholz blickte auf die Liste mit den Interessen der jungen Erwachsenen. *Hobby/Freizeit ... Zuhause/Wohnen/Einrichten ...* Es drängte ihn weiterzuarbeiten.
„Du bist mein Schützling. Ich stehe zu dir", sagte Knoll. „Vielleicht hast du mir etwas zu beichten?"
Großholz wollte es die Kehle zuschnüren. „Nein, ich habe nichts zu beichten."
„Hast du etwa Wünsche geweckt und nicht befriedigt?", fragte Knoll. „Und jetzt klagen dich Frustrierte oder sogar Eifersüchtige an?"
„Also bitte!" Er saß hier an seinem eigenen Tisch und hatte mehr und mehr die Idee, er könne zusammen mit Lilo einen Artikel über ihre These von der Geschlechterschere bei den Zwanzig- bis Dreißigjährigen schreiben. Was wollte Knoll von ihm? Monsieur, bitte!
„Gut, gut! Hatten wir nicht ...?" Knoll brach mitten im Satz ab und legte ihm den kopierten Brief auf den Tisch. „Für dich. Lies ihn nochmals in Ruhe. Du weißt, ich bin stolz auf unser Institut, auch auf dich und deine Leistungen, auf deine ganz besonders. Lass uns in Würde unser Jubiläum feiern. Ich bitte dich darum." Seine Schritte entfernten sich.
Großholz holte tief Luft. Wünsche geweckt und nicht befriedigt. Ihn schauderte es. War das der Dank dafür, dass er auf Studentinnen einging? Er wusste, wem er den Brief verdankte. Niemand anders als die Blonde vom Interaktionsseminar steckte dahinter. Diese hochnäsige Dame würde ihn zerdrücken wie ein Insekt, wenn sie nur könnte. Frauen wie ihr war alles zuzutrauen.

Im Ärger griff er nach den kopierten Fetzen. *... dehnt gegebenenfalls Arbeitsbesprechungen zu langen ... ..., in denen er sich seinen Opfern näh... ...* Seinen Opfern? Missmutig warf er das Papier auf den Tisch zurück. Die Blonde – sein Opfer? Ein Hohn. Was hatte es gebraucht, bis sie verlegen ihren stolzen Blick gesenkt hatte! Und erst die laute Stimme, war diese nicht Woche für Woche durch den Seminarraum geschallt, als spielte Madame die Hauptrolle in einem Stück? Läuft so ein hochmütiges Ding zu einer Anwältin und nennt sich Opfer? Kaum. Nein. Also die Blonde vom Interaktionsseminar ... Hatte der Brief etwa mit seiner ersten Sekretärin zu tun?

Also nein, wie kam er nur ... Jahrelang hatte er nicht an seine erste Sekretärin gedacht. Mit Frau Gloor als ihrer Nachfolgerin war er mehr als zufrieden. Frau Gloor passte in sein Sekretariat wie das Schnitzel auf den Teller. Er hatte damals, als er zum Professor berufen wurde, nur seiner Frau Elsa zuliebe eine bereits ältere Sekretärin eingestellt, nicht für lange. Frau Gloor war nun die bessere Wahl. Sie war pflichtbewusst und immer zuverlässig. Gelegentliche Anflüge von Eigensinn verzieh er ihr. Wenn er ein Machtwort sprach, war sie stets fügsam. Nein, er konnte sich nicht über Frau Gloor beklagen.

Den Fragebogen der Bienchen hatte er fast durchgesehen. Weiter. Die Auswertung wartete. Nicht er, Knoll hatte den Brief erhalten. Fand der Knilch nicht auf alles eine Antwort? Darauf war er spezialisiert. Er zerknüllte den störenden Brief und warf ihn in den Papierkorb.

Wieso ging ihm seine erste Sekretärin nicht aus dem Sinn? Er wollte arbeiten! Es war August, die große Hitze vorbei, die Sonne schien auf den Sitzungstisch und ins Büro, ohne dass sie einen quälte. Seine Frau Elsa fand eine junge Sekretärin an der Seite ihres Mannes unerträglich. „Tagtäglich, wochen-, monatelang eine junge Frau in deinem Sekretariat. Du siehst sie mehr als uns. Für uns hast du bloß die Abende. Selbst an den Wochenenden arbeitest du." Sein Sohn war ... Wie alt war sein Sohn als er zum Professor berufen wurde? ... sieben, die Tochter fünf. Dann stellte er Frau Gerber ein. Dürr war sie wie ein Spargel des vorigen Jahres, doch genau und zuverlässig, und ihr Respekt vor dem jungen Professor war grenzenlos. Sie wagte nicht, ihm ohne Scheu ins Gesicht zu blicken. Betrachtete er sie einen Augenblick länger als nötig, wand sie sich vor seinen Augen wie ein Wurm. Ihr unschuldiges Wesen rührte ihn von Woche zu Woche mehr. Eines Tages lud er sie zum Abendessen ein. Sie wohnte im Kreis drei. Sie aßen chinesisch im Kreis drei und tranken warmen Reiswein. An seinem Sitzungstisch vor der Umfrage, bereit weiterzuarbeiten, schaute ihn Frau Gerber aus der Liste der Lebensbereiche heraus an. Am gemeinsamen Abendessen hatte er seine große Hand auf ihre knochige kleine gelegt. Sie riss vor Schreck die Augen auf. Ihn durchzuckte es bis zu den Füßen. Gern hätte er nochmals seine auf ihre Hand gelegt. Er beherrschte sich, füllte ihr Porzellanschälchen immerzu mit Reiswein und beschloss, ritterlich zu sein und sie nach dem Essen nach Hause zu begleiten.

Scham drückte Großholz zu Boden. Gleichzeitig erregte ihn die Erinnerung an den Abend mit Frau Gerber. Daheim in ihrem Treppenhaus hatte er die drahtige Person in eine Nische gedrückt. Wegen der Nachbarn getraute sie sich nicht, zu schreien. Sie schrie nur mit den Augen. „Brav", raunte er ihr ins Ohr, „keine Angst." Oder: „Still, ich tue Ihnen nichts." Ohne Widerspruch nahm sie ihn mit in die Wohnung. Sie fürchtete sich vor ihm wie vor dem Leibhaftigen. Das Zittern des starren Körpers übertrug sich auf ihn. Er konnte nicht genug bekommen von dem Schrecken, den sie ausstand.

Eine Kraft wie damals, als er sie bezwang, trieb ihn von seinem Stuhl hoch auf die Füße. Er schloss sein Büro ab und ging mit eingezogenem Kopf am Sekretariat vorbei. Auf der Treppe kehrte er um. Zwei, drei Riesenschritte, und er drückte die Toilettentür hinter sich zu. Wie sehnte er sich nach dem Spargel!

Seine Hände hatten sich an den knochigen Arm gekrallt, fassten die Kehle und rieben die kargen Brüste. Er fühlte die weit aufgerissenen Augen vor Schreck beben und spritzte sein Leben ins Klo.

Als er aus dem Institut trat, schien die Sommersonne von weit oben auf ihn herab. Er blieb tief atmend stehen und sog die Strahlen in sich ein. Wie neu und allem gewachsen stieg er die Stufen hinunter und ging über den Kiesplatz hinüber zum Hauptgebäude der Universität. Seine Schritte tönten laut durch die leere Eingangshalle. Hinter der breiten Treppe, die in die oberen Stockwerke führte, klapperte Geschirr. Also hatte das Café geöffnet. Er kaufte sich am Buffet Mineralwasser, setzte sich im Säulengang an ein Tischchen und trank in kleinen Schlucken. Eine Behaglichkeit durchrieselte ihn wie das Wasser, das neben ihm in einem Brunnen plätscherte, den er vorher noch gar nie bemerkt hatte. Schritte und Stimmen erklangen und verhallten in der Semesterferienruhe. Er dachte an Lilo, an ihr zartes Gesicht und mit was für einem Feuer sie ihm ihre These von der Geschlechterschere vorgetragen hatte.

Auf dem Rückweg ins Büro fuhr er mit dem Lift ins Dachgeschoss. Bei der Treppe nahm er die Nachmittagspost aus dem Postfach. Höfner, der Oberassistent von Knoll, kam aus dem Büro des IT-Verantwortlichen und grüßte. Höfners Gesicht wirkte mehliger denn je, dachte Großholz. „Guten Tag!", murmelte er und sah seine Post durch. Nichts Wichtiges, auch auf den zweiten Blick nicht. Als Höfners Schritte im Flur verklungen waren, folgte er ihm. Vor der Tür des Sekretariats blieb er stehen. Eintreten? Nicht eintreten? Er klopfte leise und drückte die Klinke.

Frau Gloor saß am Schreibtisch. Träge drehte sie ihm den Kopf zu. Döste sie? Er trat an die Theke.

„Frau Gloor."

„Jaa?", erklang ihre Stimme.

Er wartete eine Weile. „Sagen Sie, beschweren sich Studentinnen bei Ihnen? Fühlt sich etwa ... fühlt sich jemand schlecht behandelt?" Frau Gloor, offenbar wirklich halb dösend, blickte ratlos vor sich hin. „Wie meinen Sie das?", klang es dunkel.

Großholz kniff die Augen zusammen. „Hat sich vielleicht jemand ..." Er getraute sich nicht zu fragen, über mich beklagt, und fuhr fort: „... über schlechte Studienbedingungen beklagt?" Sie drehte sich ihm langsam zu. "... über schlechte ... Also nein, bei mir nicht." Ihr Rücken spannte sich.

Er merkte, dass ihre Neugierde erwachte. „Gut, es war nur so eine Idee", sagte er rasch. „Ich werde heute noch einige Tabellen, vielleicht auch schon Grafiken ausdrucken. Ist der Drucker bereit?"

Sie stand auf, schaltete ihn ein und zog das Papierfach heraus. „Ja, alles in Ordnung, und für den Kongress habe ich Ihnen den Flug und zwei Übernachtungen gebucht."

„Danke, sehr gut." Er sah im Geist die ersten Tabellen gedruckt vor sich, ging rasch hinüber in sein Büro und beendete die Liste mit den Interessensgebieten. Für die Fortsetzung arbeitete er am Computer weiter.

Als Erstes benötigte er für jeden Lebensbereich, den er aufgelistet hatte und über den die Zwanzig- bis Dreißigjährigen befragt worden waren, einen Wert von *0 = darauf-würde-ich-gern-verzichten* bis *6 = liegt-mir-sehr-am-Herzen*.

Er gab dem Programm die Anweisungen und ließ es rechnen. *Freunde* erhielt den Wert *5.4* und lag vor *Beruf/Arbeit*. Auch *Zuhause/Wohnen* schien zu den Favoriten zu gehören. Ebenso der *Sport*. Er saß vor dem Bildschirm und sah zu, wie ein Bereich nach dem andern seine Zahl erhielt.

Voilà die zwölf Interessensgebiete, die den jungen Erwachsenen am meisten bedeuteten!

Wunderbar, ja wunderbar! Was wollte er mehr? Daraus konnte er jetzt in einem weiteren Schritt die Kluft zwischen Männlein und Weiblein nicht nur leicht ableiten, sondern auch gut darstellen.

Er rieb sich vor Freude die Hände. Wie gern hätte er Lilo neben sich gehabt! Wie gern hätte er die ersten Resultate zusammen mit dem Liloherz angeschaut. Geduld! Er würde sie erst anrufen, wenn er ihre These mit Zahlen und Grafiken belegen, oder unwahrscheinlicher, verwerfen konnte.

Voller Eifer rechnete er weiter und erstellte die ersten Tabellen. Die Deutlichkeit der Ergebnisse verblüffte ihn. Schon bald nach zwanzig begann für eine große Mehrheit der jungen Frauen die Familie, Zuhause/Wohnen, der Partner, kurze Zeit später auch die Kinder wichtiger als alles andere im Leben zu werden. Die Männer in diesem Alter schätzten dagegen die Freunde und ihr Hobby, etwas weniger deutlich auch ihren Beruf am meisten.

Kaum zu glauben!

An nächsten Morgen setzte er sich gleich wieder an den Computer. In seinem Kopf war über Nacht ein kurzer, prägnanter Artikel entstanden, eine knappe Übersichtsauswertung der Umfrage über die Interessen der Zwanzig- bis Dreißigjährigen, erste Zahlen und Diagramme. Schwerpunkt: Interessensunterschiede zwischen Männlein und Weiblein.

Zu schön, zu schön alles. Wie sich die Zahlen manchmal fügten, als wollten sie einen nichts als beglücken.

Er wolle sich zurücknehmen, hatte er dem Liloherz versprochen. Er war nicht überschwänglich, er war nicht ungeduldig, er könnte sie erst in einer Woche oder noch später anrufen. Doch nein! Allzu lange warten durfte er nicht. Umfrageresultate veralteten gar zu schnell. Was wollte er Lilo sagen?

Nichts von Überraschung. Kein Wort über den gemeinsamen Artikel. Einfach, er wolle ihr etwas zeigen. Punkt. Ruhig im Sessel sitzen. Arme auf den Schreibtisch legen. Warten.

Langsam griff seine Hand nach dem Hörer. Intern eins sechs sechs. Es klingelte, klingelte zwei, drei Mal, nochmals.

Wo war Lilo mitten am Vormittag? Nicht an ihrem Schreibtisch?

„Lilo Blum."

Doch, da, ihre Stimme! „Guten Tag, Lilo. Hier spricht Karl."
„Hallo Karl."
„Störe ich dich? Bist du in etwas vertieft?", erkundigte er sich und dachte, gut so, ruhig, kein Geschrei machen.
„Es geht", sagte Lilo. „Wir besprechen gerade, wie wir die Auswertung der Umfrage unter uns aufteilen. Wir haben ja am Montag eine Sitzung mit dir wegen unseres Schlussberichts."
Er öffnete den Kalender. Am Montag eine Sitzung? August, August. „Ja, genau, am 21. um 14 Uhr seid ihr eingetragen." Er wollte Lilo unbedingt vorher allein treffen. Oder nicht unbe... „Ich habe mir eure Umfragedaten angesehen und auch schon ein wenig gerechnet", sagte er ruhig.
„Schon gerechnet?"
Pause.
„Ja, ich habe ein paar erstaunliche Resultate gefunden. Wenn du möchtest, und wenn du Zeit hast, könnte ich sie dir zeigen."
„Oh, wann?"
Warten. Geduld.
„Heute noch?", fragte Lilo.
Natürlich, sofort, jetzt gleich, hätte er am liebsten in den Hörer gerufen. „Ja, wieso nicht heute?", erwiderte er beherrscht. „Sonst nächste Woche. Ganz wie es dir geht."
„Augenblick. Ich muss überlegen. Vielleicht nach unserer Besprechung hier. Oder nach dem Mittagessen. Bist du im Büro?"
„Moment." Sprich, sprich weiter, mein Herz. Wie setzte er seinen Tag fort? „Nach dem Mittag bin ich vermutlich eine bis zwei Stunden außer Haus. Jetzt noch eine Weile hier. Ab vier Uhr bestimmt auch wieder im Büro."
„Ich weiß nicht, wie lange unsere Besprechung dauert."
„Das macht nichts. Nimm eins nach dem andern", hörte er sich sagen und fühlte, wie heftig er den Hörer umklammerte.
„Ich schaue einfach, ob du da bist" sagte Lilo.
„Ja. Bis so ... bis halb eins bin ich ziemlich sicher ..."
„Gut. Bis nachher."

Langsam öffnete er die schmerzende Hand. Im Hörer knackte es. Er war ganz benommen. Wie gern säße er unten bei den Bienchen, am gleichen Tisch wie das Liloherz. Dass ihm nicht früher eingefallen war, zusammen mit ihr einen Artikel zu schreiben. Bis nachher! Bis bald!

Rasch brachte er die Blätter mit den Resultaten in die Reihenfolge, wie er sie Lilo zeigen wollte. Zuerst die Säulendiagramme, danach, erst danach, würde er sie mit Scherengrafiken je zu den einzelnen Lebensbereichen verblüffen. Ja. So würde die Überraschung glücken. Er sah alles nochmals durch. Richtig. Gut. Liloherz, ich bin bereit!

Im Sessel rollte er vor den Computer. Seine Zeigefinger tippten auf die Leertaste. Er öffnete den 3D-Browser und loggte sich mit dem Lieblingsnamen Mister XXL in seine Netzuniversität ein.

Im Café unterhielten sich zwei Besucher. *Maxim* in einem Fauteuil, *Gabi* schwebte über einem Tischchen. *Um elf habe ich abgemacht,* sagte Gabi, *kommst du mit? – Wohin?,* fragte Maxim. *Oh, jetzt bin ich vom Sessel gefallen. – Was gebrochen?,* wollte Gabi wissen. *– Nur den Hals,* erwiderte Maxim.

Tiefschürfende Gespräche führten die Besucher der Netzuniversität, dachte Großholz und riss sich los. Lange wollte er nicht online bleiben. Im Park kam *Delfin* auf *Mister XXL* zugeflogen. *Hi, Mister,* sagte Delfin. *Hi, Nasser,* antwortete Großholz. *Weißt du den Weg zum Teich? – Du nicht?,* antwortete Delfin und balancierte über die Buchsbaumhecke davon.

Großholz klickte *Mister XXL* in die Eingangshalle zurück. Sein Bad im Teich würde auf später verschoben. Zuerst war das Seminar „Kommunikation und Ritual" an der Reihe. Wäre die Blonde fähig gewesen, ihm die wichtigste Literatur zum Thema zu finden? Vermutlich nicht. Auch in dieser Hinsicht gelangte er allein am schnellsten ans Ziel. Das Liloherz hatte ein Näschen für überraschende Zahlen, er die Nase für die richtigen Bücher, ging ihm durch den Kopf, während er den ersten Suchkatalog öffnete und

Ritual ins Eingabefeld tippte. Von den Buchtiteln, die ihm der Computer auflistete, kopierte er sich die Unverzichtbarsten heraus, versah sie gleich mit Hauptthesen, sofern bekannt, und mit Hinweisen für die Weiterarbeit. Zwischendurch leistete er sich einen Abstecher in die Netzuniversität, wo *Mister XXL* geduldig auf ihn wartete. Wie lange hatte er von einer eigenen virtuellen Universität geträumt! Endlich, seit dem Frühjahr, war sie im Netz. Als er den Online-Katalog der institutseigenen Bibliothek durchblätterte, klopfte es. Das Liloherz! Oh, noch nicht zwölf. Lilo war neugierig. Er rief: „Jaa, herein!", während er zur Sicherheit alle Buchtitel nochmals speicherte. Im Sessel drehte er sich der Tür zu. Sein Herz jubelte.

„Hallo Karl!" Da stand Lilo, bleich und ernst, und schaute durch das Büro.

Hier ist alles wie immer, dachte er und folgte ihren Blicken.

„Kaum aus den Ferien zurück, hast du schon gerechnet", sagte sie.

Mehr als gerechnet, wollte Großholz antworten und murmelte: „Nur ein bisschen."

Er sprang vom Sessel auf. „Tritt ein!"

Mit den Unterlagen in den Händen kam er hinter dem Schreibtisch hervor und hielt Lilo im Vorbeigehen den Stapel Papiere hin. Sie folgte ihm zum Sitzungstisch, wo er die Stühle auf die Seite schob. Er griff nach dem ersten Diagramm.

„Befund eins", sagte er zu ihr, „die zwölf Lebensbereiche, die allen Befragten vom zwanzigsten bis zum dreißigsten Lebensjahr gesamthaft am meisten bedeuten. Linker Teil der Säule die jungen Frauen, rechter Teil die Männer." Er legte das Blatt behutsam auf den Tisch, strich mit einer Hand über die Säulen, als hätte er sie glattzustreichen, richtete sich wieder auf und machte einen Schritt zur Seite. „Bitte nähertreten, die Dame."

Lilo ging näher.

Schnell nahm er die nächsten Blätter mit den Hauptinteressen je für einzelne Altersgruppen und tänzelte mit ihnen neben Lilo.

"Jetzt betrachten wir nur die Zwanzigjährigen." Sorgfältig legte er das zweite Diagramm neben das erste. Mit dem Zeigefinger deutete er auf die Säulen, die zeigten, was den Zwanzigjährigen am wichtigsten war. *"Freunde, Familie, Hobby/Freizeit* und so weiter, Männlein und Weiblein getrennt." Er schaute Lilo an. "Okay?" Lilo beugte sich über die Grafik. Bevor sie sich wieder aufrichtete, legte er das dritte Blatt neben die zwei andern und sagte: "Dasselbe für die Drei- und Vierundzwanzigjährigen."
Er sah zu, wie Lilo sich den Hauptlebensbereichen der Drei- und Vierundzwanzigjährigen zuwandte. Mit den Fingerspitzen fuhr sie über das Papier und schaute immer gebannter hin. Unter der Säule *Familie* stockte sie, auch bei *Hobby*, ebenso bei *Zuhause/Wohnen* blieben ihre Finger eine Weile ruhig liegen.

"Da staunst du", triumphierte Großholz, und als sich Lilo anschickte, einen Kommentar zu formulieren, legte er rasch das vierte Blatt auf den Tisch. "Die Hauptlebensbereiche der Sieben- und Achtundzwanzigjährigen."

Nach einem langen Blick auf das vierte Säulendiagramm richtete sich Lilo auf. Noch nie hatte er das Liloherz so staunen sehen. Ein derartiger Blick, was hatte das zu bedeuten?

Die Angst packte ihn. Hatte er wieder etwas falsch gemacht, sie vielleicht nicht überrascht, sondern einmal mehr verärgert? "Lilo!", rief er, "Lilo, freust du dich nicht?" Er deutete auf die ausgelegten Blätter. "Dort, bei den Zwanzigjährigen sind die Interessen von Frauen und Männern ähnlich, nahezu gleich. Okay?" Sie schwieg. "Dann hier bei den Drei- und Vierundzwanzigjährigen ..." – er bewegte langsam seine Finger über die Säulen – "... beginnen Frauen und Männer die einzelnen Lebensbereiche anders zu gewichten. Eine Schere beginnt sich zu öffnen. Auf dem vierten Diagramm, bei den Sieben- und Achtundzwanzigjährigen, sind die Interessen von Frauen und Männern so unterschiedlich wie sonst nie zwischen zwanzig und dreißig. Die Schere zwischen den Geschlechtern ist weit geöffnet."

Lilo? Was hatte sie? Ihm wurde bang. „Lilo, was ist, was hast du?" Ihre Augen wurden groß und größer. „Das hast du herausgefunden?" Sie sagte es nicht. Sie stieß es hervor. Er verstand nichts mehr. „Ich ... Ich habe ebenfalls ... Ich habe auch schon ... zur These von der Geschlechterschere gerechnet", stammelte sie.

Ihm war es, als würde sie in sich versinken und verzweifelt nach Worten suchen.

„Und was für Resultate hast du gefunden?", fragte er rasch. Er wollte die unerträgliche Situation beenden.

Lilo begann wie ein Pferdchen zu schnaufen. „Ich habe ... meine Tabellen sind unten ... Ich habe auch gemerkt, dass sich die Schere bei den Drei- und Vierundzwanzigjährigen zu öffnen beginnt, und zwischen fünfundzwanzig und dreißig, also bei den Sieben- und Achtundzwanzigjährigen, am weitesten geöffnet ist. Im Alter wie ich, ein wenig früher noch, ist eine Mehrheit der Männer, wenn ich mich richtig erinnere, hauptsächlich mit den Freunden, dem Hobby und mit dem Beruf beschäftigt."

„Und die große Mehrheit der Frauen ..." – er blickte auf das Diagramm der Sieben- und Achtundzwanzigjährigen – „... mit *Familie, Zuhause/Wohnen* und dem *Partner*."

„Karl!", rief Lilo. „Das ist ..."

„Wir haben unabhängig voneinander das Gleiche herausgefunden", fiel er ihr ins Wort. „Freut dich das nicht?" Und während sie ihn erschrocken ansah, ergriff er die restlichen Grafiken. „Jetzt noch die Liniendiagramme, Lilo. Mit ihnen werden die Scheren der einzelnen Bereiche richtig sichtbar. Hier, die Schere beim *Hobby*." Er drückte Lilo das erste Diagramm in die Hand. „Bei den jungen Männern steigt die Hobbylinie steil an. *Hobby/Freizeit* wird ihnen ab zweiundzwanzig immer wichtiger. Bei den Frauen ..."

Lilo schaute gebannt. Er fuhr fort: „... bei den Frauen führt die Hobby/Freizeitlinie ab zweiundzwanzig langsam, aber kontinuierlich abwärts."

Sogleich legte er ihr das zweite Liniendiagramm auf das erste.

„Oder hier, die Schere beim Beruf. Sie ist weniger stark geöffnet als die beim Hobby. Den jungen Männern wird der Beruf ab zweiundzwanzig immer wichtiger." Er folgte mit seinen Zeigefingern der Linie. „Sie steigt, sagen wir, mäßig gleichmäßig an. Und bei den Frauen..." – er strich über die fast waagrechte Berufslinie der jungen Frauen – „... nahezu Stagnation."

Lilo hielt die Blätter mit beiden Händen fest. „Stopp, warte!", rief sie und wies die dritte Scherengrafik energisch zurück, als er ihr diese ebenfalls reichen wollte. „Wieso beschäftigst du dich mit der Geschlechterschere?", zischte sie ihn böse an. „Die Geschlechterschere ist mein Thema, meine These!"

Er wich rückwärts. Nicht so eigenwillig, mein Herz! „Dass das dein Thema ist, weiß ich", sagte er versöhnlich. „Dank dir beschäftige ich mich damit. Ja, du hast mich darauf gebracht. Deshalb mache ich dir jetzt einen Vorschlag. Schau mich an, Lilo! Lass uns beide gemeinsam einen Artikel darüber schreiben."

„Wir zwei einen Artikel?", fragte sie bestürzt, ohne jede Freude.

„Ja, wir zwei", bekräftigte er und überging ihre Störrigkeit. „Es wäre schade, wenn wir deine Entdeckung nicht rasch aufgreifen würden."

„Und meine zwei Kollegen, was ist mit ihnen?", rief sie.

Er zögerte nicht. „Denken Oliver und Rolf an dich, wenn sie Gelegenheit haben, etwas zu publizieren?"

„Oliver, Rolf und ich sind ein Team, Karl. Wir haben die Umfrage zusammen durchgeführt."

„Die These von der Geschlechterschere ist von dir. Was du damit machst, geht deine Kollegen nichts an."

„Aber die Daten haben wir als Team gesammelt. Die Daten gehören uns allen."

„Die Daten gehören mir", erklärte Großholz voller Triumph und kostete für sich das Argument, das sie ihm zugespielt hatte, aus. „Ihr seid meine Angestellten, ihr handelt alle in meinem Auftrag. Oder etwa nicht?"

Als Lilos Widerspenstigkeit abgeflaut war, fragte er sanft: „Lilo, was zögerst du? In einem Monat, plus oder minus, hast du eine wertvolle Publikation mehr. Nutze die Gelegenheit!"

„Einen Artikel. Wir zwei?", sagte sie zaghaft. „Wir sollten ihn besser zu viert schreiben."

„Wie du dich zierst, Lilo. Auch meine Geduld ist einmal zu Ende." Er beherrschte sich und schaute sie an. „Wiederhole bitte: was hast du vor Wochen über die Kluft zwischen den Geschlechtern gesagt?"

„Karl, du bist unausstehlich ... und ganz und gar unverbesserlich. Wieso lässt du mich nicht nachdenken und in Ruhe entscheiden?"

„Was hast du vor Wochen gesagt?"

„Ich vermute, dass sich die Kluft zwischen den Geschlechtern gegenwärtig in der Kindheit und Jugend schließt, sich dafür aber später, zwischen zwanzig und dreißig, öffnet."

„Das ist der Leitgedanke unseres Artikels."

Was ist, was wälzt du hinter deiner hübschen Stirn, drängte es ihn zu fragen. Er sagte: „Lilo, jede Veröffentlichung zählt. Denk an deine Publikationsliste."

Sie wandte sich den Grafiken auf dem Tisch zu. „Hast du noch mehr?"

Ja sicher, dachte er, beherrschte sich und reichte ihr stumm die restlichen Blätter.

„Wann hast du das alles gemacht?"

„Gestern und heute Morgen."

Schon ließ sie das Köpfchen nicht mehr hängen, dachte er. Bald würde auch ihre Freude erwachen. Er sah zu, wie Lilo alle Scheren ausbreitete und darüber zu brüten begann. Nach einer Weile schob sie einzelne über den Tisch, rückte zwei zusammen, probierte eine Reihenfolge aus.

Er trat neben sie und verfolgte neugierig, was sie tat.

„Ich entwerfe den Artikel", murmelte sie und hantierte weiter, ohne sich von ihm ablenken zu lassen.

„Voilà! Siehst du ihn?"

Als er schwieg, schaute sie ihn kurz an, vergewisserte sich seiner Aufmerksamkeit, und wandte sich wieder ihrer Auslage zu. „Hier, als Übersicht, zuerst dein Säulendiagramm mit den zwölf Hauptlebensbereichen. Danach neun Scheren, die meine These belegen. Sechs große und die kleine Berufsschere, und dort rechts außen zwei Spezialfälle, uneindeutig, aber interessant, zum Beispiel die Politik."
„An die Arbeit", sagte er.
„Wir alle vier oder doch eher ich allein?"
Also nein! „Wir zwei", sagte er ruhig. „Ich setze mich gleich an den Computer." Er spürte ein Kribbeln in den Fingern. Wie bleich Lilo war! Sollte er sie an den See schicken und den Artikel allein verfassen? „Was hast du, Lilo? Dieses Wenn und Aber immer."
„Die Resultate sind traurig", murmelte sie.
Vor Überraschung griff er sich an den Hals. „Die Resultate sind großartig!"
„So?" Auch sie schluckte vor Überraschung leer. „Weit über die Hälfte der Frauen zwischen zwanzig und dreißig sind immer noch, oder noch fast stärker, als es unsere Groß- und Urgroßmütter waren, ganz auf den Nahbereich, und, wie andere Studien zeigen, auf den Haushalt ausgerichtet. Also Hausarbeit halbe-halbe und andere Gleichstellungsanliegen ade. Findest du das großartig?"
„Für dich trifft das nicht zu, Lilo. Du gehörst zu dem knappen Drittel von Frauen, das nach zwanzig ähnliche oder gleiche Interessen verfolgt wie die jungen Männer. Ihr Weiblein seid frei, Lilo, ihr habt heutzutage die Wahl, zu tun und zu lassen, was ihr wollt. Freue dich! Außerdem solltest du dir nicht über jede Zahl, die der Computer ausspuckt, den Kopf zerbrechen."
„So, soll ich nicht mehr denken, nur noch mit Zahlen jonglieren?"
Was für ein schriller Ton! „Mit Zahlen jonglieren ist allemal besser, als sich wegen Zahlen zu hintersinnen", gab er ähnlich schnippisch zur Antwort und holte sich hinter dem Schreibtisch

einen Notizblock. Schweigend skizzierte er, wie Lilo den Artikel entworfen hatte, und hielt ihr den fertigen Entwurf hin. „Möchtest du dieses Blatt kopieren?"

Lilo starrte zu Boden.

Er wartete, bis sie aufblickte.

„Ja, ich kopiere mir alles, auch deine Grafiken."

Er räumte die Blätter auf dem Tisch zusammen. „Ist etwas?", fragte er, als er ihr den Stapel reichte.

„Nein, nichts", erwiderte sie und ging wortlos hinaus.

Auch Trotz steht dir gut, mein Herz, dachte er und schob die Stühle an den Tisch zurück. Fenster auf, ein wenig frische Luft schadete nie. Er würde beginnen, den Text etwa in der Hälfte an Lilo senden und ihr den Rest überlassen, beschloss er und machte sich auf den Weg hinter den Schreibtisch. Der Artikel eignete sich gut für eine Tageszeitung. Welche Ehre für sie, mit ihm zu publizieren! Ja, sein Herz durfte sich glücklich schätzen, einen Chef wie ihn zu haben, der sie verehrte und förderte.

Guter Laune saß er in seinem Sessel, als Lilo zurückkam. „Kopf hoch!", lachte er, „willst du nicht mehr Professorin werden?" Er streckte beide Hände über den Schreibtisch hinweg nach den Papieren aus.

„Doch", antwortete sie, drehte sich um und ging hinaus.

Er ließ die Blätter sinken. Lilo kam ihm verändert vor. Sie war frecher geworden. Nicht erst jetzt. Schon vor den Sommerferien hatte sie aufbegehrt, ihm widerwärtige Dinge an den Kopf geworfen. Und vorhin? „Soll ich nicht mehr denken, nur noch mit Zahlen jonglieren?" So etwas hätte sie vor ein paar Wochen nie gesagt. So kannte er Lilo gar nicht.

Hatte sie etwa ...?

Nein, was für ein Gedanke! Nein, absurd. Wie kam er darauf? Den Brief verdankte er der Blonden vom Freitagsseminar, nicht Lilo. Das Liloherz wusste genau, dass sie mit einer Anwältin weder Frau Doktor noch Frau Privatdozentin wurde. Ihr stieg wohl die Doktorarbeit zu Kopf. Sie wollte sich mit spitzen Bemerkungen und Aufmüpfigkeit ein wenig Geltung verschaffen. Sollte sie! Steckte nicht in jedem Engel ein Bengel? Die verleumderischen Worte stammten ... Wie hieß die Dame, die den Brief ... Frau Hebel, Henkel? Er rollte mit dem Sessel vor den Computer und öffnete das Onlinetelefonbuch. Mit den Zeigefingern hackte er *Rechtsanwalt* in die Tasten. H... Hauser, Hasler, ... Henkel. Katrin Henkel. Das war sie.

Frauenverachtende irgendetwas, Amtsmissbrauch, körperliche Annäh... Nein! Eine Unverschämtheit, eine Beleidigung, solche Worte über ihn zu schreiben. Doch mehr als die Henkel gehörten die Initiantinnen des Briefes bestraft. Er wollte die Dämchen das Fürchten lehren. Ihn herabwürdigen, ihn verunehren, nein, Lilo war zu so einer Tat nicht fähig. Sein Herz ganz bestimmt nicht. Der Blonden war das zuzutrauen. Sie spielte die Lebedame, dann verbreitete sie Lügen über ihn. So sah sie aus. Hochmut gepaart mit Hinterhältigkeit. Er hätte ihr keinen Seminarschein aushändigen dürfen. Wie hatte sie ihn nur dazu gebracht, ihre Gedanken faszinierend zu finden, ihr sogar eine Hilfsassistenz anzubieten?

Schluss, aus. Er legte die Brille ab und rieb sich die Augen. Was für ein Tag war heute? Es kam ihm vor, als sei es erst Dienstag oder Mittwoch.

Er schaute im Computer auf die Datumsanzeige. Freitag, 18. August ... Freitag? Ja, Freitag nach seinen Sommerferien. Freitags hatte er am Nachmittag Sitzungen mit Studierenden. Hatte Frau Gloor vergessen, ihn am Morgen an die Termine zu erinnern? Er wählte ihre Telefonnummer. Keine Antwort. In der Mittagspause. Auf ihrem Schreibtisch würde er seinen Terminkalender finden. Er erhob sich und ging hinüber ins Sekretariat.

Tatsächlich, er hatte nach dem Mittag über ein halbes Dutzend Besprechungen. Vor allem Prüfungsvorbesprechungen.

Schaffte er es, sich davor noch die Bücher zum Seminar „Kommunikation und Ritual" zusammenzustellen? Auch mit dem Artikel über die Geschlechterschere hätte er gern begonnen. Und wann flog er an den Kongress, schon nächste oder erst übernächste Woche?

Rasch schloss er die Sekretariatstür wieder ab und ging in sein Büro zurück. Wo war die Skizze, die er von Lilos Idee angefertigt hatte? Hier. Er schaute sie nochmals genau an. Keine Frage, sehr gut. Sechs große und eine kleine Schere. Ab drei-, vierundzwanzig begannen sie sich zu öffnen. In seinem Kopf war der Artikel beendet. Wie es sich gehörte, saugte die private Welt und die Alltagsorganisation immer noch die Mehrheit der Frauen nach zwanzig auf. Die Revolution kriegt keine Kinder, meine Damen. Die gute Stunde bis zur ersten Besprechung galt es zu nutzen. Er ließ sich in seinen Sessel fallen und rollte vor den Computer. Doppelklick auf den Ordner „Interessenspektrum der 20- bis 30-Jährigen".

Nach dem Kongresswochenende sah er verwundert aus dem Fenster. Eine gleichmäßige Blässe hing über der Stadt. So fahl wie dieser Septemberhimmel wäre das Leben ohne Rituale: Politik ohne Zeremonien, Gespräche ohne persönliche Botschaften. Ja, blonde Dame, richtig, sehr richtig. Ob beim Grüßen oder Reden, drei unscheinbare Sekunden, selbst ein einziger Augenblick genügte, um dem Gegenüber eine Ehrerbietung zu erweisen oder ihm zu erklären, wer den Ton angab.

Und erst das Schenken! War der Tausch von Gaben, das Geben, Nehmen und Erwidern, als wichtigste Form rituellen Handelns zu betrachten? Eine Frage für das Seminar. Notieren!

Er tänzelte durch das Büro, ging hinter den Schreibtisch und machte es sich in seinem Sessel bequem. Früher als erwartet hatte er das Buch *Ritual und Spiel* zu Ende gelesen, tippte in Stichworten seinen Inhalt in den Computer und begann mit dem Wälzer *Rituelles Handeln*. Auch am folgenden Tag nahmen ihn die ritualisierten Botschaften, welche die Menschen aussandten und empfingen, oft, sogar meistens, ohne dass sie es sich bewusst waren, ganz gefangen. Zwischendurch dachte er an das Liloherz oder besuchte Frau Gloor im Sekretariat, dann versank er wieder in seiner Lektüre.

„Ja?", rief er erschrocken, als es laut an seine Tür klopfte. Er verharrte mit gesenktem Kopf über dem Buch, während Knoll, als sei er bei sich, durch das Büro zum Sitzungstisch trabte.

„Weißt du inzwischen, wer hinter dem Brief steckt?"

„Was für ein Brief?"

„Lass endlich die Witze!"

Das Ritual gestaltet die Welt, die Tat ist der Beweis ...

„Ich habe meine Assistentin Anna Maria Stauffer auf den Brief angesprochen", erklang Knolls Stimme.

Die Buchstaben verschwammen vor Großholz' Augen. Der zarte Mund, die feinen Haare ... Seine Anna Maria, mollig, gemütlich. Sie hatte ihn gern besucht. Wie oft waren sie zusammen am Sitzungstisch gesessen! „Wieso Anna Maria Stauffer?", fragte er. Unglaublich. Wie kam Knoll auf Anna Maria?

„Hat sie nicht ihre Diplomarbeit bei dir geschrieben?", fragte Knoll forsch.

„Ihre Diplomarbeit, bei mir ...? Ja, hat sie, vor ... ich weiß nicht vor wie langer Zeit", stotterte Großholz. Er hatte Anna Maria überschätzt. Ihre Selbstsicherheit trog. Ihr Auftreten hatte ihn irregeführt. In Wahrheit war sie unsicher, unreif, ein Kind.

„Mir schien, sie wisse etwas von diesem Brief, wollte mir aber keine Auskunft geben", sagte Knoll.

Großholz hörte sein Herz schlagen. Anna Maria Stauffer eine Lügnerin, eine Verräterin? Sie, Anna Maria? Ihn schwindelte es.

Knoll ruderte auf den Schreibtisch zu. „Ich antworte der Anwältin, wie du weißt, dass ich als Direktor des Instituts selber mit den Frauen sprechen möchte, die dir ein Fehlverhalten vorwerfen." Er faltete ein Papier auseinander. „Ich schließe mit folgendem Satz: *Im persönlichen Gespräch, vielleicht auch mit Professor Großholz, der sich ebenfalls gern dazu bereit erklärt, werden wir bestimmt für alle Probleme eine Lösung finden.*" Er sah auf. „Ist dir das recht?"

„Der sich ebenfalls wozu bereit erklärt?", fragte Großholz.

Knolls Hand wehte das Buch *Rituelle Handlung* zur Seite. „Lies selber." Er legte das Schreiben vor ihn hin.

Sehr geehrte Frau Henkel. Großholz las wie von einer unsichtbaren Macht gezwungen. *In Ihrem Brief vom 15.8. erheben Sie verschiedene Anschul...digungen ...* Musste er sich das antun? *... gegen Professor ...* Er blickte in das breite Gesicht von Knoll. „Wieso schreibst du nicht, die Vorwürfe gegen Professor Großholz entbehrten jeder Grundlage? Der Brief sei eine Beleidigung, eine Verleumdung. Was sie sich eigentlich erlaube."

„Hast du noch nicht begriffen, dass ich mich der Anwältin verständig zeigen muss?"

Großholz senkte den Kopf. *Im persönlichen Gespräch, vielleicht auch mit Professor Gro...ß...* Er hörte auf zu lesen. „Schreib, was du willst. Mich geht das nichts an." Er streckte Knoll den Brief entgegen.

Knoll riss das Papier an sich. „Also gut. Ich lasse ihn so, wie er ist." Er eilte davon. „Über die angenehmen Dinge sprechen wir später." Die Tür schlug zu.

Knoll irrte sich. Anna Maria gehörte nicht zu den Frauen, die ihn schlecht machten. Wie Lilo nicht zu einer Anwältin lief, würde ihm auch Anna Maria das nicht antun. Seit ihren Abschlussprüfungen hatte sie sich nie mehr bei ihm gemeldet. Schade. Wo hatte sie ihr Büro? Mit wem arbeitete sie zusammen? Anna Maria war eine besondere Studentin gewesen. Anschmiegsam, an allem interessiert, immer zu einem Gespräch bereit. Er wollte bei Gelegenheit wieder einmal ein paar Worte mit ihr wechseln, sie fragen, wie ihr die Stelle bei Knoll gefalle, woran sie arbeite. Es lohnte sich nicht, Zeit mit dem lächerlichen Brief zu vergeuden. Knoll schickte vermutlich die Antwort noch heute an die Anwältin. Danach würde sich niemand bei ihm melden. Wer wollte sich ihm schon anvertrauen! Und wieso auch! Punkt. Erledigt.

Er las *Rituelles Handeln* zu Ende. Der nächste Leckerbissen hieß *Geheime Botschaften.* Die Sätze rieselten wie kühler Sekt durch ihn hindurch. *Halt die Ohren steif. Hals und Beinbruch. Ja, Herr Doktor.* Und was für Botschaften erst ein Schweigen enthielt!

Am Nachmittag vertrat er sich nach den ersten drei Freitagsbesprechungen auf dem Flur die Beine. Als Nächstes war die Sportlerin an der Reihe. Er musste schmunzeln, wenn er an den letzten, ihren ersten Termin bei ihm dachte. Sie war nicht dumm, nur in einem Maße unsicher, dass es ihn gereizt hatte, sie aus ihrer Einsilbigkeit zu locken. Es war ihm gelungen! Sie war aufgetaut, wurde gesprächig, teils fast zu sehr, sogar zutraulich, und hatte sich schon bald zu einem weiteren Gespräch eingetragen.

Er ließ die Tür offen und ging zum Sitzungstisch. Im Stehen schlug er den Prüfungsordner beim K auf. Kleinert, Erna Kleinert hieß sie. Ja, Germanistik im Hauptfach. Er erinnerte sich gut. Eine Literaturwissenschaftlerin, die sich für Technik interessierte, gab es nicht alle Tage. Sie hatte sein Telefonseminar besucht. Über das Telefonieren wusste sie gut Bescheid, auch über das elektrische Licht. Trotzdem ihr Blick immer: Verzeihen Sie mir, helfen Sie mir. Köstlich.

„Guten Tag, Herr Großholz", sagte jemand.

War sie das? Ihre Stimme klang anders, heiter. Er schaute zur Tür.

Ja, da stand die Pummelige. Letztes Mal hatte sie den Termin vergessen, kam ganz außer Atem und zerknirscht bei ihm an. Und heute?

Wäre er doch hinter dem Schreibtisch. Zu spät. Wollte sie nicht hereinkommen?

„Guten Tag, treten Sie ein", rief er und setzte sich.

Täuschte er sich? Freute sie sich? Wieder hatte sie ihre sperrige Sporttasche dabei, die sie mit Leichtigkeit trug. „Sie kommen wohl vom Mittagssport?", sagte er.

Sie senkte den Blick.

Schon wieder oder immer noch schüchtern?

„Ja, wir haben oben beim Zoo trainiert", sagte sie fast fröhlich, während sie ihre Tasche vor dem Sitzungstisch abstellte.

Also doch keine Scheu mehr. Er ließ sich seine Verwunderung nicht anmerken, zeigte auf den Stuhl ihm gegenüber.

Sie war zwar pummelig, aber auch kräftig vom vielen Sport. Wie

munter sie war! Wie ausgetauscht. Ihr Thema war „Technik im Alltag". Er wusste es, ohne seine Notizen zu lesen. Ihr Spiralheft hatte sie wieder dabei. Natürlich. Auf die Sichtmäppchen mit den Exzerpten verzichtete sie heute. Oh, schon bereit? „Wie geht es der Technik?", fragte er und schmunzelte. „Immer noch uferlos?"
„Nein, überhaupt nicht", wischte sie seinen Satz zur Seite. „Ich verstehe jetzt, wie sie sich entwickelt hat."
Nanu! Wirklich wie ausgetauscht.
„Seit es Menschen gibt, seit der Steinzeit, verwenden sie Geräte", erklärte sie mit Eifer. „Zuerst solche aus Geröll, dann Faustkeile. Auch Steinlampen mit Öl und Docht sind uralt, viel älter als zum Beispiel Rad und Achse oder neuere Erfindungen wie der Buchdruck oder das Fernrohr. Richtig stürmisch wird es in der Technik aber erst mit der industriellen Revolution vor gut zweihundert Jahren. Von da an werden immer mehr Maschinen erfunden und hergestellt, die immer mehr Aufgaben übernehmen."
Großholz blickte auf seine Notizen aus der ersten Sitzung. *Technik im Alltag*, las er. Das war es, was sie für ihre Prüfung verabredet hatten. Im Besonderen *Eisenbahn, Telefon, elektrisches Licht, TV* ... Vorsichtig sagte er: „Reden wir nicht ein wenig am Thema vorbei?"
„Nein, ich finde nicht", antwortete sie, ohne zu zögern. „In der Industrialisierung wird zuerst die Arbeit revolutioniert. Nicht mehr die Menschen, sondern Dampfmaschinen pumpen Wasser aus den Bergwerken, Spinnmaschinen ersetzen das Spinnrad und so weiter. Später bringt die Glühlampe Licht in jedes Haus, sogar in jedes Zimmer, und das Telefon verändert das Sozialleben im Kern. Auch der menschliche Körper wird technisiert. Wir tragen nicht nur Brillen und Prothesen, wir leben mit Herzschrittmachern und künstlichen Organen und schlucken Medikamente, die von Maschinen hergestellt werden. Die Technik hat nach und nach alle Lebensbereiche erfasst und ist sogar in den Menschen eingedrungen."
Großholz hörte immer ratloser zu. Sie schien sich mit ihm über

die Technisierung im Allgemeinen unterhalten zu wollen. Oder hatte sie die Fragestellung geändert?
„Sehen Sie das anders?", fragte sie.
„Nein, nein, ich sehe das genauso", antwortete er. Falsch war es nicht, was sie sagte. Nur, wieso holte sie so weit aus? In ihre Einsilbigkeit zurückwerfen wollte er sie nicht. Wie ...
„Ich glaube, es ist der Mikroprozessor, der die Technik allgegenwärtig gemacht hat", spann sie ihren Gedanken fort. „Dieses fingernagelgroße Ding kann nämlich genauso in den Computer oder in einen Automotor wie in eine Küchenuhr oder in den menschlichen Körper eingebaut werden. Seine universelle Verwendbarkeit hat die Technisierung aller Lebensbereiche, wie die Industrienationen sie gegenwärtig haben, möglich gemacht."

Großholz sprang vom Stuhl auf. Sie wollte reden, sich mit ihm austauschen, nicht die verabredeten Themenbereiche durchgehen. Für heute sollte sie ihren Willen haben: Statt „Technik im Alltag" „Technisierung im Allgemeinen" oder „die Allgegenwärtigkeit ..." Diese Stimme ... Wovon sprach sie? Noch immer vom Mikrochip, seiner Grandiosität? Nein, er wollte nicht neben sie an den Tisch treten. Schon bei der ersten Besprechung hatte er diese Einfälle gehabt.

„Ja, der Mikroprozessor hat vieles möglich gemacht", sagte er und setzte sich vor seinen Ordner zurück. „Nur wenige begreifen die Genialität dieser Erfindung, und die allerwenigsten sehen sein Entwicklungspotenzial, das gewaltig ist."

Die Pummelige hörte ihm aufmerksam zu. Interessant, sprechen Sie weiter, schienen ihre Augen zu sagen.

„Solange man den Mikroprozessor nicht begreift, hat man den technischen Fortschritt und vor allem die Informationsgesellschaft nicht begriffen", sagte er. Was wollte diese Studentin von ihm? Sie hatte zweifellos viel gelesen, war fleißig, interessierte sich für die großen Zusammenhänge. *Technik im Alltag*, las er auf dem Blatt im Ordner. ... *TV, Auto, Computer*.

Plötzlich schlug sie ihr Spiralheft auf und nahm einen Zettel in die Hand. Wieder fiel ihm ein, wie eifrig sie in der ersten Sitzung Notizen gemacht hatte. Er hatte sein Buch über den Computer aus dem Regal geholt und es ihr empfohlen. Dankbar hatte sie sich den Titel abgeschrieben, sie wolle das Buch gleich als Erstes lesen.

„Diesen Satz über die Informationsgesellschaft habe ich im Internet gefunden", erklang ihre Stimme. *„Informations- und Kommunikationstechniken auf der Basis von Mikroelektronik dehnen sich in alle Bereiche des menschlichen Lebens aus.* Ich glaube, man kann ihn so ergänzen: Informations- und Kommunikationstechniken mit einem Mikrochip als elektronischem Gehirn dehnen sich in alle Bereiche des menschlichen Lebens und in den menschlichen Körper aus."

Dumm war sie nicht, das wusste er. Wieso starrte sie auf diesen Zettel? „Richtig. Sehr gut", sagte er energisch. „Erst der Mikroprozessor als elektronisches Gehirn nicht von der Größe eines Eisenbahnwagens, sondern von der eines Fingernagels ermöglichte die ungehinderte Ausbreitung der Informations- und Kommunikationstechniken. Das sehen Sie ganz richtig."

„Ja", murmelte sie andächtig, „Informationsgesellschaft bedeutet, dass sich Techniken mit einem winzigen unsichtbaren mikroelektronischen Gehirn in alle Bereiche des Lebens ausbreiten." Sie sah ihn an, als zweifle sie an der Richtigkeit ihrer Worte. Dieser Blick, wie in der ersten Sitzung: Verzeihen Sie mir, helfen Sie mir!

Er beherrschte sich. Er wollte sie nicht erschrecken oder gar einschüchtern. Sie würde bestimmt immer zutraulicher und anhänglicher. „Ich sehe, Sie haben sich einiges überlegt in den letzten Wochen. Sehr gut. Bravo. Sie sind eine intelligente Studentin. Sie begreifen, was die Informationsgesellschaft ausmacht. Es ist eine Gesellschaft mit einer unsichtbaren Grundlage, eine Gesellschaft mit einem unsichtbaren virtuellen technischen Kern."

„Informationsgesellschaft bedeutet, dass Milliarden Chips, Milliarden unsichtbarer virtueller Gehirne in Büros und Betrieben, in Wohnungen, Fahrzeugen, Handys, überall unser Leben steuern." Mit einem verklärten Lächeln im Gesicht lauschte sie ihrer Einsicht nach.

Brav, bravo, kleine Erna, hätte er am liebsten gerufen oder sie mit einem Händedruck belohnt. Er sagte: „Ich staune nur, wenn ich die Erna Kleinert vom Telefonvortrag und von unserer ersten Besprechung mit der von heute vergleiche. Wie verwandelt."

Sie blinzelte, wurde ganz ernst und still.

„Wie ein anderer Mensch", sagte er leise zu ihr. „Was Sie sagen, wirkt jetzt viel klarer, alles sprudelt, und die Ängstlichkeit scheint überwunden." Er sah sie liebevoll an.

„Ich weiß", hauchte sie nach einer Weile, „es ist, als hätte ich mich entpuppt. Ich staune selber."

Sie wollte reden, sich austauschen, brauchte Zuwendung. Sachte. Wieso schwieg sie?

„Aus der unsicheren Studentin, die kaum einen Satz spricht, ist eine selbstbewusste Prüfungskandidatin geworden", sagte er. „Selbst ihre Stimme kam mir verändert vor. Sie sprechen jetzt wie eine Studentin, die weiß, was sie will."

„Haben Sie das bemerkt?"

„Mir scheint, mit Ihnen ist viel geschehen in den Sommerwochen. Habe ich recht?"

„Ja, das stimmt."

Weiter. Sprich dich aus. Du wirst es nicht bereuen!

Sie rang mit sich, dann schaute sie ihn an: „Nach der letzten Sitzung mit Ihnen habe ich gemerkt, dass ich meinen Gedanken nicht traue", sagte sie leicht verlegen. „Die Besprechung mit Ihnen hat mich aufgeweckt."

Großholz konnte sich kaum fassen vor Staunen. Dass sie ihren Gedanken nicht traute? Wirklich ein seltsames Geschöpf, diese Erna Kleinert. „Interessant", hauchte er, darum bemüht, so sanft wie sie zu klingen. „Wie haben Sie das gemerkt?"

Es fiel ihm ein, was sie letztes Mal so beeindruckt haben

könnte. Er war neben sie getreten, hatte sich mit beiden Händen auf den Tisch gestützt, und als er sein Gesicht dem ihren näherte, war sie furchtsam zur Seite gewichen ...

„Es wurde mir bewusst, weil Sie mir verboten haben, auf meine Notizen zu schauen", unterbrach ihre Stimme seine Gedanken. „Ich habe rasch gemerkt, dass ich gut ohne sie auskomme. Für diese Einsicht bin ich Ihnen sehr dankbar."

Seine Erinnerung war glasklar. Sie hatten vom elektrischen Licht gesprochen. Er hatte sie nach den Auswirkungen von Edisons Glühlampe auf das tägliche Leben gefragt. „Nein", hatte er gesagt und seine Hand auf ihre Sichtmäppchen gelegt, nach denen sie greifen wollte, anstatt sich die Antwort selbst zu überlegen. „Sie sind eine intelligente Person. Wieso kleben Sie an den Notizen?" Sie hatte auf seine Hand gestarrt und gemurmelt: „Ohne Mäppchen." – „Ja, wir wollen das eigene Köpfchen gebrauchen, wenn wir eins haben", hatte er väterlich geantwortet und seine Hand zurückgezogen. Näher war er in der letzten Sitzung nicht an sie herangetreten.

„Mit Ihnen zu sprechen hat mir sehr geholfen", erklärte sie. „Ich habe danach sofort Ihr Buch über den Computer gelesen, das Sie mir empfohlen haben. Ich war begeistert. Mein Freund geriet ganz aus dem Häuschen."

Großholz lachte auf. Dieses Gerede! Er unterdrückte den aufkeimenden Ärger. „Der Freund war wohl eifersüchtig auf Bücher", spöttelte er.

„Ja, das war er", antwortete sie ernst. „Es hatte ihn schon immer gestört, wenn ich viel las. Er ist kein intellektueller Mensch, müssen Sie wissen. Wir kennen uns vom Sport. Er ist Skispringer. Dass ich so begeistert war von Ihrem Computerbuch, fand er unerträglich. Unsere Streitereien wurden jeden Tag heftiger. Schließlich haben wir uns getrennt."

Getrennt? Diese jungen Frauen! „Wegen der Technikforschung haben Sie sich von Ihrem Freund getrennt? Oder sogar meinetwegen?"

„Nein, nein. Wir haben uns in den letzten Jahren oft getrennt. Die Trennung diesen Sommer war die fünfte und endgültige. Es war immer dasselbe. Für ihn ist es unheimlich, wenn ich in Büchern versinke. Seit der Trennung lese ich jetzt ohne schlechtes Gewissen. Ich merke, wie gern ich lese, und genieße jeden Satz. Vorher ... Ich weiß nicht ..."
Die Intensität ihres Blicks schmerzte ihn. Doch was immer sie von ihm möchte, er wollte für sie da sein, bis sie einander ganz vertrauten, ja, bis sie offen sprechen, sich verstehen und über alles austauschen konnten. Er hatte Zeit und ließ ihr Zeit. Seine Geduld würde belohnt.

„Ich habe mir lange nicht wirklich gestattet, das zu tun, was ich am liebsten tue", erklärte sie. „Ich weiß nicht, ich oder etwas in mir drin stand mir selbst im Weg. Auch hatte ich immer Lust auf geistige Arbeit, bewertete sie aber geringer als andere Tätigkeiten. Bücher habe ich mir jahrelang nicht wirklich zugestanden und jahrelang meine eigenen Gedanken nicht ernst genommen. So ist es. Unglaublich."

Der stille Ernst, mit dem sich ihm diese Studentin anvertraute, rührte Großholz. Sie war keine Schönheit, aber sie brauchte jemanden wie ihn, der ihr zuhörte, sie verstand und auf sie einging.

„Stellte sich nicht auch Ihr Vater, fällt mir jetzt ein, genau wie Ihr Freund gegen das Studium und die Universität?", fragte er und erinnerte sich, wie sie in der ersten Sitzung von Kafkas *Urteil* und ihrem eigenen Vater gesprochen hatte, noch ganz die furchtsame Studentin, die sich kaum getraute, den Professor anzuschauen.

Zu den Bildern, die ihm von der ersten Sitzung mit ihr durch den Kopf zogen, hörte er ihre Stimme ihm gegenüber am Tisch. Sie habe ihrem Vater sein Buch über die Textilindustrie geschenkt. Seitdem interessiere er sich für Technikforschung. Sie läsen jetzt zusammen Bücher ...

Hatte sie ihm das nicht bereits erzählt, sogar mit denselben

Worten? Er bemühte sich, nicht unwirsch zu wirken, und stellte sich vor, er würde ein paar Schritte durch das Büro gehen, dann ruhig neben sie treten, sich langsam vorbeugen, die Hände auf den Tisch stützen oder ganz beiläufig den Stuhl neben ihr herausziehen. Wenn er ihre Hand ergriffe, oder ihren Arm, würde sie erschrecken? Mit was für Augen sähe sie ihn an, wenn er sie berührte? Nein, was für Einfälle! Rasch blinzelte er die seltsamen Vorstellungen aus seinem Kopf heraus. „Jetzt sind wir aber ziemlich abgeschweift", sagte er streng, mehr zu sich als zu ihr, und blickte auf den Prüfungsordner. *Erna Kleinert.* Die erste Sitzung mit ihr hatte am 9. Juni stattgefunden. Sie sprachen über das elektrische Licht und das Telefon. Für die Prüfung hatten sie sich auf die sieben Großen des modernen Alltags geeinigt: *Eisenbahn, Telefon, elektrisches Licht, Auto, ...*

„Ich wollte Ihnen das alles gar nicht erzählen", drang die Stimme der Pummeligen in seine Gedanken.

Ihm war es, als würden ihre Worte ihn angreifen. „Was wollten Sie mir nicht erzählen?", fuhr er hoch. Er fasste sich an den Hals. Etwas drückte ihm die Kehle zu.

„Das über meinen Freund", sagte sie leise.

„Sie haben es mir aber erzählt", herrschte er sie an. Die seltsamen Vorwürfe der Anwältin fielen ihm ein. „Freuen Sie sich doch, dass Sie mich gefunden, sich mir anvertraut haben", redete er auf sie ein. „Sie brauchen jemanden, der Sie versteht, einen Menschen, mit dem Sie über alles sprechen können."

„Ich habe Ihnen von meinem Vater erzählt, von meinem Freund, dass sich diesen Sommer mein Leben verändert hat. Ich habe Ihnen zu viel von mir erzählt", jammerte sie. „Ich wollte das gar nicht."

„Dann scheren Sie sich zum Teufel", rief er aufgeregt. „Schließen Sie Ihr Studium woanders ab."

Undankbare Person, war er im Begriff, sie zu schelten. Stattdessen sprang er vom Stuhl auf. Die Pummelige rannte weg. Geistesgegenwärtig überholte er sie und stellte sich ihr in den Weg. Sie prallte in ihn. „Nicht so heftig, liebe Erna", sagte er und packte sie.

Sie erschrak und riss sich los. Er, bereit, stand vor ihr bei der Tür, fasste sie forsch an den Schultern und griff an ihre Brust. Bevor ein Schrei aus ihrer Kehle kam, drückte er ihren Mund zu. „Still, kein Muckser, still!", herrschte er sie leise an, presste die eine Hand auf ihren Mund und bändigte mit der anderen den aufbegehrenden Körper. In seiner Erregung stieß er die Störrische ins Büro zurück. Kräftig war sie. Er ebenso. Er drängte sich an sie und sie gegen das Bücherregal. Je mehr sie sich wehrte, umso stärker griff er zu.

„Nein, bitte nicht", flehte sie, weinte sie, „bitte nicht. Ich will das nicht." – „Doch, du willst das, ich weiß, dass du das willst", raunte er. Immer wieder fasste er ihren Hals, die Schultern und strich über die großen Brüste. Er fasste und griff den drallen Körper, bis ihr Widerstand erlahmte und sie seine Hände duldete.

Sanft schubste er die kleine Person zum Tisch und drückte sie auf ihren Stuhl. „Brav." Sein Gesicht näherte sich den verweinten Augen. „Keine Angst. Dein Freund hat dich doch jeweils auch berührt", flüsterte er. Während ihr Blick ohnmächtig aufflammte, liebkoste er die Furchtsamkeit aus ihr heraus, streichelte den hilflosen Körper und drängte sich immer von Neuem an sie. Er konnte nicht satt werden von diesem Geschöpf.

Plötzlich stieß sie ihn weg und rief: „Nein, ich will das nicht."

Er erschrak. Rasch fasste er sich. „Was willst du nicht?", fragte er und drückte sie auf den Stuhl. „Was willst du nicht?", wiederholte er leiser. „Was, was?", raunte und bettelte er und hielt die Pummelige neben sich fest.

„Dass Sie mich umarmen, überhaupt dass Sie mich anfassen", sagte sie verstört. „Ich will das nicht. Lassen Sie mich." Ihr Kopf sank auf den Tisch.

Großholz hörte sie weinen und war ganz durcheinander. „Sie reden von Ihrem Freund, dann wollen Sie nicht von Ihrem Freund reden. Sie wollen sich mir anvertrauen, und wenn ich Ihnen zuhöre, ist das auch nicht recht. Was wollen Sie denn?"

„Mit Ihnen über die Prüfung reden", wimmerte sie.

Er langte über den Tisch und zog seinen Ordner zu sich. „Hier.

Eisenbahn, Telefon, elektrisches Licht, Auto, ... Haben wir uns nicht in der letzten Besprechung auf „Technik im Alltag" geeinigt und uns für die Prüfung die sieben Großen des modernen Lebens von Eisenbahn bis Internet vorgenommen?"

„Ja, das haben wir."

„Und als ich vorhin das Gespräch gern auf das Thema gelenkt hätte, worüber wollten Sie dann sprechen?"

„Ich weiß es nicht."

„Aber ich weiß es", sagte er streng. „Über die Technisierung im Allgemeinen, wie die Technik nach und nach alle Lebensbereiche erfasst hat, und über ihre Allgegenwärtigkeit wollten Sie sprechen."

Schweigen. Ganz in sich versunken saß die Pummelige neben ihm.

„Sie wissen nicht, was Sie wollen, Sie sind durcheinander", schalt er sie. „Bald weiß auch ich nicht mehr, wie ich mich verhalten soll."

Er schob energisch den Prüfungsordner vor sich gerade.

„Wollten Sie heute etwa nicht über den Mikroprozessor und die Informationsgesellschaft sprechen?"

„Entschuldigen Sie", jammerte sie. „Ich weiß nicht, ich wollte das nicht."

„Ich auch nicht", sagte er versöhnlich. „Wir wollten es beide nicht. Deshalb ziehen wir am besten einen Schlussstrich unter alles und konzentrieren uns auf den Prüfungsstoff."

Keine Antwort? Vorsicht! Falls sie plötzlich aufspringen würde, musste er sie festhalten. „Wollen wir nächstes Mal über die Eisenbahn und das Auto sprechen? Auch Computer und Internet stehen zur Auswahl."

Ihm wurde bang. Trotz seiner Angst, sie könnte aufspringen, kam sie ihm immer lebloser vor.

Vorsichtig fasste er ihren Arm.

Kein Zucken, kein Zur-Seite-weichen. Sie war ganz kraftlos.

Sanft ergriff er sie mit beiden Händen und begann, sie zu schütteln. „Aufwachen", flüsterte er in ihr Ohr, „aufwachen, die Besprechung ist zu Ende."

Er umarmte und schüttelte sie, bis sie den Kopf hob und Leben in ihren Körper zurückkam. Dunkle Haarsträhnen klebten an ihren Schläfen. Mit ihren kleinen Fingern wischte sie sich die Tränen aus dem Gesicht.

„Hallo guten Tag, hallo, Frau Kleinert", sagte er und zog seine Hände zurück.

Sie saß benommen, wie abwesend da. „Entschuldigen Sie, ich weiß gar nicht, was geschehen ist", wandte er sich erneut an sie. „Sind Sie okay?"

Verzeihen Sie mir, helfen Sie mir, sagten ihre Augen.

„Ich mache mir Sorgen um Sie", flüsterte er. „Sind Sie okay?"

Er verstand nichts anderes als „Verzeihen Sie mir, helfen Sie mir."

„Überlegen Sie sich, ob Sie das nächste Mal über Computer und Internet oder lieber über Eisenbahn und Auto sprechen möchten."

„Ja", hauchte sie.

„Also." Er lächelte sie an. Immerhin ein Wort. Bald würde sie wieder sprudeln. „Abgemacht", sagte er und stand auf.

Die Pummelige rührte sich nicht.

Er griff nach ihr und zog sie vom Stuhl hoch. „Frau Kleinert, hallo, die Sitzung ist um."

Sanft, aber bestimmt zog er die Studentin hinter dem Tisch hervor.

Sie schwankte, suchte Halt am Bücherregal.

Ängstlich beobachtete er, wie sie das Gleichgewicht fand und einen Fuß vor den andern setzte.

„Alles i. O.?", fragte er.

Sie nickte.

„Ich bin nicht nachtragend", sagte er auf dem Weg zur Tür. „Ruhen Sie sich am Wochenende aus. Nächste Woche geht es munter weiter."

„Wo ist meine Tasche?", erklang leise ihre Stimme neben ihm.

Er blickte zum Sitzungstisch zurück. „Dort." Seine Hand zeigte auf die Tasche. Die Pummelige kehrte um und holte mit Schritten, die er als sicher einschätzte, die grüne Sporttasche. Er wartete bei der Tür auf sie.
„Sport und Bücher und eigene Gedanken", sagte er heiter. „Stimmts?"
Sie lächelte. Also! Kein Regenwetter mehr? „Wir machen alle Fehler. Dann sind wir großzügig und das Leben geht weiter. Nicht wahr?"
„Ja."
Er öffnete die Tür und schubste sie auf den Flur hinaus. „Auf Wiedersehen."
Seine prüfenden Blicke folgten ihr, bis sie die Treppe erreichte und im Treppenhaus verschwand. Rasch ging er in sein Büro zurück. Er drückte von innen die Tür ins Schloss. Bevor sie schreien konnte, hatte er ihren Mund zugehalten und den aufbegehrenden Körper gebändigt und nicht aufgegeben, bis ihre Muskeln erlahmten. Brav, braves Pummelchen.
Hatte er ...? Nein, er hatte ihr den Weg hinaus nicht versperrt. Er versperrte keiner Studentin den Weg. Die Pummelige war in ihn gerannt. Wie durcheinander sie gewesen war! In ihrem Wissensdurst wollte sie von den Geröllgeräten bis zur Nano- und Transbioelektronik alles verstehen. Dabei war sie schon mit ihrem Vater und dem Freund überfordert. Seltsam, dass sie sich nicht, wie abgemacht, auf die sieben Großen des modernen Lebens beschränken wollte. Schon diese würden für drei Prüfungen reichen. Ohne die Vorbesprechungen wäre sie verloren. Er hatte ihr die Hilflosigkeit gleich angesehen. Verzeihen Sie mir, helfen Sie mir. So etwas war angeboren. Was war schon dabei, wenn er sie ab und zu anfasste. Ihr Freund hatte sie auch berührt. Er war kein schlechter Mensch. Er meinte es gut mit ihr. Wenn ihr Interesse an ihm und an der Technik anhielt, würde er ihr zunächst als Probe eine Viertel- oder

sogar gleich eine Drittelstelle anbieten. Sie würden sich aneinander gewöhnen. Sie war bestimmt anhänglich und dankbar. Mehr brauchte es ja gar nicht. Auch die Pummelige konnte es zu etwas bringen. Lieber bot er jemandem wie ihr eine Chance als einer wie der hochmütigen Blonden, die nur auf die Männer herabschaute und sich nicht einmal davor scheute, ein ehrlich gemeintes Kompliment zurückzuweisen.

Hinter ihm klingelte das Telefon. Frau Gloor? Wie spät war es? Er trat vor den Schreibtisch und griff nach dem Hörer. „Ja?"
„Der nächste Kandidat wartet", sagte Frau Gloor.
„Ich bin in zwei, drei Minuten im Sekretariat."
Eine kleine Verspätung. Nicht schlimm. Wie es bei ihm aussah! Er schob die Stühle zurecht und trug den Prüfungsordner zum gewohnten Platz. *Erna Kleinert. Technik im Alltag.* Was hatten sie heute besprochen? Ja, *8. September,* notierte er im Stehen, *Technisierung aller Lebensbereiche, Allgegenwart von Technik. Mikrochip/Computer, Informationsgesellschaft.*

Eigentlich verstand die Pummelige genug. Wie alle, die danach trachteten, alles zu wissen, würde sie sich noch eine Weile quälen, damit sie schließlich Grund hatte zu sagen: *Habe nun, ach!* ...

Sein Hemd hing aus der Hose, bemerkte er. Peinlich. Er brachte seine Kleider in Ordnung und strich sich durch die Haare. Alles okay? Frische Luft für die nächste Besprechung! Fenster auf.

Im Sekretariat unterhielt sich Frau Gloor mit einem Studenten. Herr Schell sei Informatiker, erklärte sie. Er sei begeistert von den Büchern des Technikforschers Großholz, hätte keine Zeile ausgelassen. Er wünsche sich, die Diplomarbeit bei ihm zu schreiben.

In Großholz' Kopf überschlugen sich die Gedanken. Er könnte einen Informatikstudenten gebrauchen! Seine Netzuniversität war seit wenigen Wochen online. Leider erst als bescheidener Anfang: die Eingangshalle, ein Café, ein Seminarraum, erst einer, und der Park. Für das Netzseminar im Herbst, das gänzlich online stattfinden würde, benötigte er Gruppenräume. „So, ein Informatiker", sagte er und reichte dem groß gewachsenen Studenten die Hand.

„Angenehm. Wenn Sie nicht zu genaue Vorstellungen von Ihrer Diplomarbeit haben, sind Sie vielleicht bei mir richtig."

Herr Schell senkte den Kopf. Frau Gloor sah ihn aufmunternd an. „Ich lasse mich gern überraschen", sagte er.

„Gehen wir in mein Büro."

Ewig habe er von einer eigenen virtuellen Universität geträumt, erzählte er dem Studenten. Nun habe er sich diesen Wunsch erfüllt. Bauetappe eins sei vollendet, stehe im Netz, bereit für sein erstes Online-Seminar. Ziel und Zweck der Netzuniversität, seiner *nu*, sei es, zu wachsen, größer zu werden; Ziel und Zweck des Online-Seminars, 3D-Lernen zu erproben und zu fördern.

„Ich habe Ihre *nu* natürlich besucht, schon mehrmals", sagte Herr Schell. „Mit Multimedia und Echtzeitanimationen habe ich mich im Studium befasst, aber nicht speziell mit dem Bereich VR-Lernen."

Großholz ging hinter seinen Schreibtisch. „Ich suche eine Hilfskraft für mein Netzseminar, das im Herbst beginnt, Donnerstag, nachmittags von zwei bis vier. Sie wären mein Seminarassistent. Zudem bekämen Sie die Aufgabe, Arbeitsräume für Kleingruppen zu programmieren. Ich stelle mir eine Anstellung von zehn bis fünfzehn Wochenstunden vor. Wenn Sie gleichzeitig über Online-3D-Welten beziehungsweise das VR-Lernen diplomieren möchten, wäre das ideal."

„So."

Großholz versteckte seine Enttäuschung. Gerade begeistert wirkte der Herr Informatikstudent nicht. „Danke für das Angebot", hörte er ihn nuscheln. „Ich bin nicht abgeneigt." Er schaute kurz zu Großholz, bevor er in Gedanken versunken zum Sitzungstisch schlenderte, wo er ein Notizheft aus seiner Tasche zog.

Lilo war partout nicht für eine Mitarbeit in der *nu* zu gewinnen, dachte Großholz. So war es sicher nicht verkehrt, einen Informatikstudenten einzustellen. Er hatte bis jetzt alles selbst programmiert. Ohne eine Hilfskraft konnte er seine *nu*-Pläne begraben. „In einer Woche gebe ich Ihnen Bescheid. Okay?", sagte Herr Schell. „Gut", antwortete Großholz und gab sich heiter. „Möchten Sie einen Blick in die Innenwelt der *nu* werfen?" Die Augen des Studenten leuchteten auf. „Ja! Wieso nicht?", nuschelte er, langte am Sitzungstisch nach einem Stuhl und trug ihn durch das Büro. Bevor Großholz begriff, was vor sich ging, kam der Student zu ihm hinter den Schreibtisch. Bitte! Durfte jemand unaufgefordert in sein Heiligtum treten? Mit dem Stuhl über dem Kopf stand Herr Schell neben ihm. Seine Unbekümmertheit verunsicherte Großholz. Nicht besonders erfreut darüber, dem Eindringling damit noch mehr Raum zu überlassen, schob er seinen Sessel vor den Computer und setzte sich. Sofort landete der Stuhl des Studenten zu seiner Linken neben dem Sessel, und Herr Schell sprang wegen der Raumknappheit kurzerhand über die Lehne. Als seine langen Beine unter dem Computertisch endlich zur Ruhe gekommen waren, drehte er Großholz das Gesicht zu. „Ich fand Ihre *nu* witzig", sagte er. „Ich auch", antwortete Großholz. Er klickte auf das Logo der *nu*.

3. Kapitel

Keine Woche nach der Besprechung mit dem Professor stieg Ernas Mutter bei der Haltestelle Kantonsschule aus dem Tram. Sie stand in einem Glashäuschen mitten auf der Straße. Als das Tram weiterfuhr, ging sie zur Ampel. Sie war zum ersten Mal hier in Ernas Welt. Das Institut für Sozial- und Technikforschung liege etwa hundert Meter oberhalb der Haltestelle, auf der linken Straßenseite. Nur ganz widerwillig war Erna damit herausgerückt. Frau Kleinert überquerte die Zebrastreifen. Auf der rechten Straßenseite, gleich nach der Kreuzung, nicht zu übersehen, das mehrstöckige Gebäude, von dem Erna öfters gesprochen hatte. Dort kannte sie sich aus, in der Bibliothek im Erdgeschoss habe sie ihre Diplomarbeit geschrieben. Links, auf einer Anhöhe, tauchte ein weiteres, nicht weniger stattliches Gebäude auf. Helle Fassaden mit Rundbogenfenstern, davor weit in den Himmel ragende Bäume. Das musste das Institut sein, wo der Professor arbeitete, dorthin wollte sie.

Eine Treppe führte von der Straße her hinauf zu einem Eingang. Richtig, wie Erna es beschrieben hatte. Über einer zweiflügeligen Holztür, die zwischen Säulen stand, war mit goldenen Buchstaben Museum angeschrieben. Das war zwar nicht der Eingang zum Institut für Sozial- und Technikforschung, dieser befinde sich auf der Schmalseite, doch dort vorbei führe der Weg. Frau Kleinert verließ aller Mut, als sie oben ankam und am majestätischen Haupteingang vorbei um das Gebäude herumging. Wie wollte sie hier drin jemanden finden? Der Professor heiße Großholz, habe sein Büro im obersten Stock.

Nahezu eine Stunde hatte sie gebraucht, um in die Stadt und dann mit dem Tram an die Universität zu kommen. Es war gegen zehn Uhr, Donnerstagvormittag. Sie hatte Erna am vergangenen Freitag fast nicht wiedererkannt. Erst am Montag, ganze drei Tage später, hatte sie ihr Schweigen gebrochen. Der Professor habe sie ... Erna zuliebe wollte sie diesem Rotz die Meinung sagen. Sie stemmte die schwere Holztür auf und trat ein. Es hallte, Schritte waren zu hören. Ein junger Mann in Bluejeans kam die Treppe herunter. „Guten Tag, kennen Sie einen Professor Großholz?", sprach Frau Kleinert ihn an, als sie sich kreuzten. Der junge Mann blieb stehen. „Haben Sie einen Termin bei Professor Großholz?", fragte er und blickte sie verwundert von Kopf bis Fuß an.

„Nein", antwortete Frau Kleinert und schaute ebenfalls an sich hinunter. Stimmte etwas mit ihrem Mantel nicht?

„Sind Sie ...? Studieren Sie bei ihm?", erkundigte sich der Mann und ergriff den Handlauf des Geländers.

„Nein, ich nicht, meine Tochter", rechtfertigte sich Frau Kleinert.

In das Staunen auf dem Gesicht des Mannes mischte sich Unmut. „Er hat ... Meine Tochter ist ...", stotterte Frau Kleinert. „Der Professor hat sie ..." Vor Scham hätte sie sich am liebsten weggedreht. „Der Professor hat sie malträtiert." Sie wusste nicht, was sagen. Malträtiert? Misshandelt? Sie brauchte Hilfe, sie musste Erna helfen.

„Was hat Professor Großholz? Ihre Tochter ...?"

Frau Kleinert wich dem vorwurfvollen Blick aus. „Ja, er hat sich über meine Tochter hergemacht", beharrte sie und spürte, wie der junge Mann sie am Arm die Stufen hoch auf den Querflur zog.

Trotz seiner Ungeduld bemühte er sich, freundlich zu sein. Seine Hand deutete auf eine Tür.

„In diesem Büro dort arbeiten zwei Assistenten und eine Assistentin von Professor Großholz. Wie wäre es, wenn Sie zuerst einmal mit seiner Assistentin reden würden? Sie heißt Lilo Blum." Er sah Frau Kleinert an. „Was sagten Sie, was hat Professor Großholz? Ihre Tochter ...?"

Der Mann war ihr nicht unsympathisch. Sie schätzte, er sei ungefähr gleich alt wie ihr Sohn, nur einen Kopf größer. „Erna ist immer noch wie betäubt. Sie hatte einen Termin bei ihm. Wegen der Prüfung."

Sie verstummte. Seine Neugier wurde ihr unangenehm. „Hier geht es in den obersten Stock, nehme ich an, zum Büro des Professors." Sie zeigte auf die Treppe.

„Ja, hier hinauf. Oder dort ist der Lift. Oben, im Dachgeschoss, führt ein einziger Gang längs durch das gesamte Stockwerk. Das Büro von Professor Großholz ist von Treppenhaus her gesehen das zweite rechts."

„Ich danke Ihnen."

„Nichts zu danken. Aber vielleicht reden Sie doch besser mit seiner Assistentin." Er stieg die Treppe hinunter.

Zuerst zur Assistentin gehen und dann zum Professor, wieso nicht, dachte Frau Kleinert und ging auf die Tür zu, auf die der Mann gezeigt hatte. Auf einem Schild standen drei Namen. Davon eine Frau. *Lilo Blum, lic. phil. I.* Sie klopfte.

Ein Herein erklang. Sie trat ein.

Geradeaus, vor einem großen Fenster, saß eine Frau mit dem Rücken zu ihr am Computer. Sie trat neben ihren Schreibtisch. Die Frau beachtete sie nicht.

„Lilo, Besuch", rief nach einer Weile ein Mann in einem anderen Teil des Büros.

„Augenblick!", antwortete sie. Man hörte die Tasten ihres Computers. Sie schrieb rasch. Frau Kleinert blickte zu Boden. Ihr Herz klopfte immer stärker.

„Ja", hörte sie plötzlich laut die Stimme der Frau. Sie hatte sich auf dem Bürostuhl ihr zugedreht. Sie war sehr jung.

„Guten Tag", sagte Frau Kleinert, „hätten Sie eine Minute Zeit?"

„Jetzt?"

Frau Kleinert war gekränkt. Fast eine Stunde Weg, um von diesen jungen Menschen abgewiesen zu werden? Was wurde erst ihrer Erna hier angetan? „Ja, jetzt, es ist wichtig", bekräftigte sie, drehte sich um und ging zur Tür. Die junge Frau folgte ihr.

Draußen blieb sie beim Lift stehen. Ein Fenster erhellte den kleinen Nebenflur. „Sind Sie die Assistentin von Professor Großholz?", fragte sie.
„Ja."
Frau Kleinert nahm allen Mut zusammen. „Der Professor hat ... Er ist über meine Tochter hergefallen."
Die zierliche Frau wirkte plötzlich finster. „Ich weiß, er scheint sich an Studentinnen heranzumachen" presste sie hervor. „Nur weiß ich nicht, weshalb Sie sich deswegen an mich wenden."
Frau Kleinert wurde es schwarz vor Augen. Erna lag dumpf, ohne Lust zu leben und zu studieren daheim herum, und diese Frau ließ das kalt. „Soll ich meine Tochter zu einem Arzt schicken oder was raten Sie mir?", fragte sie verzweifelt und zugleich zornig. „Ihre Gleichgültigkeit nützt uns nichts."
„Was hat Ihre Tochter denn?", sagte die Assistentin.
„Ich weiß nicht, was sie hat. Irgendwie apathisch ist sie", erklärte sie. „Wenn ich mit ihr reden möchte, ist sie auch gereizt. Der Professor hat sich nicht an sie herangemacht. Er ist über sie hergefallen. Meine Tochter ist nicht mehr dieselbe, seit sie mit ihm die Prüfung besprochen hat."
„Wann war das?"
„Morgen ist es eine Woche her."
Es war, als gehe die Assistentin grußlos davon. Doch sie hatte sich nur mit einem Ruck weggedreht und schien sich etwas zu überlegen.
Vielleicht wäre es doch besser gewesen, sie hätte sich gleich den Übeltäter vorgeknöpft, dachte Frau Kleinert, oder sich ein wenig länger mit dem Mann auf der Treppe unterhalten. Zuerst Kälte, jetzt Schweigen. Was wollte sie von dieser Frau?
„Ich kenne eine Studentin, die etwas Ähnliches erlebt hat", erklang ihre Stimme leise. „Sie hat mir vor den Sommerferien erzählt, Großholz hätte sie angefasst. Es kann sein, dass sie etwas vorhat. Ich weiß es nicht genau. Die Studentin heißt

Sibylle Beckenhofer. Vielleicht könnte sich Ihre Tochter mit ihr in Verbindung setzen. Ich habe ihre Adresse im Büro. Wenn Sie möchten, kann ich sie Ihnen holen."

Etwas musste Erna aus ihrem Dahinbrüten und Daheim-Herumliegen reißen, dachte Frau Kleinert. Was sie der Mutter aus Scham nicht erzählen wollte, käme ihr bei einer Kollegin vielleicht leichter über die Lippen. „Eigentlich wollte ich zu diesem Professor", sagte sie, „aber wenn ich meine Tochter zu etwas ermuntern könnte, wäre mir das sogar lieber."

„Sie wollten zu Professor Großholz?"

„Ja, was erstaunt Sie so daran?"

„Es ist vielleicht besser, wenn Sie oder Ihre Tochter zuerst mit Sibylle Beckenhofer Kontakt aufnehmen, bevor Sie mit Professor Großholz sprechen."

Seltsam, schon der Mann auf der Treppe war ganz verwundert, als sie gesagt hatte, sie wolle zu Professor Großholz. „Haben Sie einen Termin ...?"

„Heißt Ihre Tochter Alice?", wandte sich die Assistentin an sie. Wie kam diese Frau auf den Namen Alice? „Nein, meine Tochter heißt Erna. Wieso Alice?"

„Eine Studentin namens Alice hat vielleicht auch Schwierigkeiten mit Professor Großholz. Doch ich kenne diese Alice nicht. Ich habe nur von ihr gehört. Ich hole Ihnen die Adresse von Sibylle Beckenhofer. Okay?" Ihre braunen Augen blickten fragend aus dem hübschen Gesicht.

„Ja, gern", sagte Frau Kleinert, folgte ihr und sah von der Bürotür aus zu, wie sie über den Schreibtisch gebeugt etwas schrieb. Mit einem Zettel in der Hand kam sie auf den Flur zurück. „Richten Sie Frau Beckenhofer Grüße von mir aus."

„Ja, danke." Frau Kleinert nahm den Zettel und las: *Sibylle Beckenhofer, Böcklinstraße ...*

„Und wie heißen Sie?", fragte die Assistentin.

„Ich? Habe ich mich nicht vorgestellt? Entschuldigen Sie. Ich heiße Frau Kleinert." Sie nahm eine Visitenkarte aus der Handtasche. „Mein Mann ist Steuerberater, selbständig. Hier: Name, Adresse, Telefon ... Für alle Fälle. Steuern oder anderes." Sie reichte ihr die Karte.

„Danke. Ihre Tochter heißt also Erna Kleinert."

„Ja."

Sie gaben sich die Hand.

Sehr jung, zierlich und hübsch, und gar nicht so unfreundlich, wie es zuerst den Anschein gemacht hatte, dachte Frau Kleinert. Ihre zarte Stimme klang in ihr nach, als sie zurück ins Treppenhaus ging. „Ich kenne eine Studentin, die etwas Ähnliches erlebt hat." „Eine Studentin namens Alice hat vielleicht auch Schwierigkeiten mit Professor Großholz." Hatte Erna Schwierigkeiten mit diesem Professor? Wie lautete der Name dieser jungen Frau, seiner Assistentin? „Ich weiß, er scheint sich an Studentinnen heranzumachen", kalt, wie unbeteiligt hatte sie das aus sich herausgepresst. Frau Kleinert kehrte um und schaute nochmals auf das Schild bei der Tür. *Lilo Blum, lic. phil. I.* Sibylle, Alice, Erna ... Wenn sie vor ihn treten, ihm die Leviten lesen würde, würde er sich auch an ihr ...? Sie griff nach dem Papier in der Manteltasche mit der Adresse, verließ das Gebäude und ging zur Haltestelle zurück, wo sie aus dem Tram gestiegen war.

Auf dem Heimweg kaufte sie für das Mittagessen ein. Sie waren zu dritt, ihr Mann, der im Haus, in einem Anbau, arbeitete und so auch immer zu Hause aß, Erna und sie. Am Tisch vermutlich wieder nur zu zweit. Erna würde sich später, wenn die Küche leer war, allein ihr Essen wärmen.

Daheim hörte sie Musik in Ernas Zimmer. Also ging es ihr besser, dachte sie erleichtert. Während des Kochens wartete sie vergeblich darauf, dass sich Erna nach ihrem Besuch im Institut für Sozial- und Technikforschung erkundigen würde. Vor dem Essen klopfte sie bei ihr. Keine Antwort.

Als sie und ihr Mann zu essen angefangen hatten, setzte sich Erna dazu. Auf ihrem gewohnten Platz, auf der Bank hinter dem Tisch, dem Vater gegenüber, schöpfte sie sich von allem, aß Kroketten, Blumenkohl und zwei Scheiben Kalbsbraten. Sie sprachen alle drei wenig. Frau Kleinert mied es, das heikle Thema anzusprechen. Schon vor den Halb-ein-Uhr-Nachrichten entschuldigte sich Erna wieder. „Wie empfindlich sie ist", sagte Frau Kleinert zu ihrem Mann. „Und bleich wie ein Leintuch", antwortete er. Erna schämt sich, dachte sie und schämte sich mit. Nachdem ihr Mann in sein Büro zurückgegangen war, räumte sie die Küche auf. Danach klopfte sie nochmals bei Erna. Sie hatte den Zettel dabei, den ihr die junge Assistentin gegeben hatte.

„Jaa", erklang Ernas Stimme. Frau Kleinert streckte vorsichtig den Kopf ins Zimmer und trat ein. Erna lag auf dem Bett. Sie fühle sich besser, gehe am Abend trainieren. Also, sehr gut. Frau Kleinert setzte sich auf den Bettrand. Erna, auf dem Rücken, den Blick zur Decke gerichtet, rührte sich nicht. „Ich habe etwas für dich", sagte sie. „Hier." Sie reichte ihr den Zettel.

Erna las ihn. „Ich kenne keine Sibylle Beckenhofer", sagte sie und gab ihn zurück.

„Sie soll etwas Ähnliches wie du erlebt haben. Du könntest sie anrufen", versuchte es Frau Kleinert erneut.

„Ich rufe niemanden an", wehrte Erna ab und drehte sich gegen die Wand.

Frau Kleinert stand auf. „Wenn du nichts dagegen hast, rufe ich sie an", sagte sie.

„Wie du willst", antwortete Erna.

Schweigen.

Frau Kleinert schlurfte zur Tür. „Ich bin am Nachmittag im Garten."

Nach dem Abendessen stellte sie das Telefon auf den Esstisch. Sie setzte sich hinter dem Tisch auf die Bank. Im Wohnzimmer lief wie immer zu dieser Zeit der Fernseher. Erna würde erst spät zurückkehren. Sie sei nach dem Training noch mit ihren Freundinnen verabredet. Traf Erna eigentlich auch Freundinnen, mit denen sie studierte, fragte sich Frau Kleinert. Oder teilte sie ihre Begeisterung für Technik einzig mit ihrem Vater? Sie blickte auf den Zettel. *Sibylle Beckenhofer, Böcklinstraße ... 044 289 10 25.* Sie wählte die Nummer.

„Beckenhofer", meldete sich eine Stimme laut, nicht unsympathisch.

Frau Kleinert griff den Hörer fester und nannte ihren Namen. Da sie Unmut zu spüren glaubte, fügte sich rasch hinzu: „Frau Blum, die Assistentin von Professor Großholz, hat mir Ihre Telefonnummer gegeben. Ich soll Ihnen Grüße von ihr ausrichten."

„Grüße von Lilo Blum?"

„Es geht um meine Tochter", fügte Frau Kleinert schnell hinzu.

„Sind Sie noch am Apparat?"

„Ja."

„Meine Tochter ist auch Studentin. Sie hat die Prüfung mit Professor Großholz besprochen. Dabei hat er ... Meine Tochter ist ... Ich weiß gar nicht, wie ich mich ihnen verständlich machen kann. Es ist alles so furchtbar."

„So? Das ist ja allerhand! Wann hat Ihre Tochter denn mit ihm die Prüfung besprochen?"

„Wann?" Frau Kleinert atmete auf. „Am letzten Freitag. Morgen ist es eine Woche her."

„Das ist unglaublich! Das ist nicht zu fassen! Am letzten Freitag, sagen Sie? Dann hat der Brief, den die Anwältin dem Direktor des Instituts geschickt hat, nichts bewirkt. Das darf nicht wahr sein!"

Wovon sprach diese Studentin? Von einem Brief? „Ich verstehe Sie nicht ganz", sagte Frau Kleinert. „Sprechen Sie von einem Brief?"

„Ja. Der Direktor des Instituts hat von einer Anwältin einen Brief erhalten. Sie forderte ihn auf, Professor Großholz zurechtzuweisen und Maßnahmen zu ergreifen, damit an seinem Institut Übergriffe auf Studentinnen ab sofort und für immer unterbleiben. Professor Großholz hat sich nun offenbar trotz dieses Briefes Ihrer Tochter genähert."

„Er hat sich ihr nicht genähert. Er hat ... Er ist über sie hergefallen." Frau Kleinert kämpfte mit den Tränen und drückte den Hörer mit beiden Händen an ihr Ohr. „So wie am letzten Freitag habe ich meine Tochter noch nie gesehen. Sie ist nicht mehr dieselbe."

„Umso schlimmer. Professor Großholz ködert Studentinnen, erpresst Verabredungen, fällt über Ahnungslose her. Das geht auf keine Kuhhaut, was an diesem Institut geschieht. Das Problem ist nur ... Nein, sagen Sie mir zuerst, wie kennen Sie Lilo Blum, die Assistentin von Professor Großholz?"

„Ich war heute Vormittag bei ihr, sonst nicht näher. Sie sagte mir, Sie hätten etwas Ähnliches erlebt wie meine Tochter."

„So, ...!" Ihre Stimme brach ab. Schweigen.

Hatte sie etwas Falsches gesagt und die Frau, die mehr wie eine Anwältin als eine Studentin klang, verärgert?

„Ja, das ist wahr", sagte Frau Beckenhofer leiser, plötzlich fast sanft. „Mir hat die Assistentin gesagt, ihr Chef habe einen Tick. Es werde immer schlimmer mit ihm. Offenbar hat sie recht. Sie selber will damit aber nichts zu tun haben. Sie gab Ihnen nur meine Adresse?"

„So ungefähr."

„Es ist okay, dass Sie mich anrufen", sagte die Studentin, wieder mit ihrer Anwältinnenstimme. „Das Problem ist nur, dass ich mich im Augenblick nicht damit befassen kann. Ich arbeite noch bis Ende September als Praktikantin in einem Spital. Jemand anderes als ich müsste sich morgen mit der Anwältin in Verbindung setzen. Ich will kurz mit einer Kollegin telefonieren. Kann ich Sie in fünf Minuten zurückrufen?"

„Ja, gut." Frau Kleinert nannte ihre Telefonnummer und hängte auf.

Brief, Anwältin... Wollte Erna das, half es ihr? Im Käfig an der Wand scharrten die Hamster. Vielleicht machte Erna von selbst, was ihr am besten tat. Mit niemandem über das schreckliche Ereignis sprechen. Schweigen, Vergessen. Wieso nicht? Immerhin klangen die Worte dieser Studentin ohne Studentinnenstimme überlegt. Abwarten. Sie ging zum Hamsterkäfig. Das Männchen quietschte laut. Sie nahm es heraus und streichelte sein weiches Fell, bis das Telefon klingelte.

Frau Beckenhofer sprach aufgeregt. Sie habe mit Anna Maria Stauffer, einer Assistentin des Instituts für Sozial- und Technikforschung, telefoniert. Auch den Angestellten dort sei ein weiterer Fall – ein Fall? – bekannt geworden, allerdings vom Frühjahr. Professor Großholz habe im ersten Halbjahr offenbar eine Prüfungskandidatin über Monate hinweg übel bedrängt. Anna Maria Stauffer sei entsetzt gewesen, dass nun trotz des Briefes an den Direktor eine weitere Studentin in die Fänge des Professors geraten sei. Sie werde morgen mit einem Assistenten-Kollegen sprechen, der mit dem Fall vom Frühjahr genauer bekannt sei, und die Anwältin informieren.

„Sie oder Ihre Tochter könnten Anna Maria Stauffer morgen Abend oder nächste Woche anrufen. Oder bei ihr im Büro vorbeigehen."

Frau Kleinert erschrak. „Ich bin nicht Erna, ich entscheide nichts für meine Tochter." Sie sprach so aufgeregt, wie ihr die Studentin von ihrem Gespräch mit der Kollegin vom Institut berichtete hatte. „Ich bin mit Ihnen in Kontakt getreten, weil ich mich um Erna sorge, weil ich nicht mitansehen kann, wie sie leidet. Vielleicht war das ein Fehler." Am liebsten hätte sie das Gespräch beendet und sagte: „Vielleicht will Erna das alles gar nicht."

„Weiß Ihre Tochter denn nicht, dass Sie mich angerufen haben?" Die Studentin klang überrascht.

„Doch, doch, sie weiß es", erwiderte Frau Kleinert. „Sie weiß auch, dass ich ans Institut für Sozial- und Technikforschung gegangen bin. Sie hat mir den Weg erklärt, zwar nur widerwillig. Doch seither schweigt sie. Sie scheint sich gegen alles zu verschließen, was sie an die Besprechung mit dem Professor erinnert."

„Ihre Tochter muss nichts. Auch Sie nicht", sagte die Studentin mit ruhiger Stimme. „Anna Maria Stauffer wird sich an meiner Stelle um die Sache kümmern. Sie weiß aus eigener Erfahrung, was es heißt, eine auserwählte Prüfungskandidatin von Professor Großholz zu sein. Ihr erging es vor zwei Jahren ähnlich wie Erna jetzt. Wenn Sie möchten, gebe ich Ihnen ihre Telefonnummer."

Frau Kleinert zögerte. Mehr um nicht unhöflich zu sein als aus Interesse sagte sie: „Ja, bitte", und notierte sich Namen, Büroadresse und zwei Telefonnummern, Büro und privat. Unverbindlich, betonte Frau Beckenhofer. Mit Anna Maria Stauffer könne man gut reden. „Ich hoffe, dass ich Ihnen damit weiterhelfen konnte."

„Ja, ich glaube schon", murmelte Frau Kleinert.

„Vielleicht hören wir nochmals voneinander. Oder treffen uns. Alles Gute."

Frau Kleinert war entmutigt. Sie hatte doch vor den Professor treten wollen. Mit diesem Vorsatz war sie in die Stadt gefahren. Stattdessen hatte sie nun mit einer Handvoll junger Leute Adressen getauscht. Wozu das?

Die Hamster quietschten. Sie stellte das Telefon auf das Regal zurück, strich das Tischtuch glatt und betrachtete den Strauß, den sie am Nachmittag im Garten geschnitten hatte. Was für Kunstwerke, diese Dahlien. Die Farben, schmerzhaft schön. Wieso war Erna nur an diesen Professor geraten? Ja, Mais, ihr Hamster! Sie ging in die Küche. Heute Abend würde sie sich zu ihrem Mann vor den Fernseher setzen. Das Fernsehgeriesel würde sie davor bewahren, Ernas Unglück zu wälzen. Sie brach den Maiskolben entzwei. Salatblätter. Hatte sie Erna jetzt in etwas hineingestoßen, das sie gar nicht wollte, das für sie womöglich alles nur verschlimmerte? Erna, liebe Erna, wenn ich könnte, ich täte etwas für dich.

Am nächsten Tag aß sie mit ihrem Mann allein zu Mittag. „Ist sie immer noch so einsilbig?", fragte er, und sie dachte an ihren nächsten, einen letzten Anruf. Erna schwieg, wollte mit niemandem darüber sprechen, also wollte sie noch diese Assistentin – wie hieß sie, Anna Maria, und wie noch? – kontaktieren und ihr sagen, sie rufe nur an, um sich zu verabschieden, sie danke vielmals, auch im Namen von Erna. Dann rasch ade, leben Sie wohl, Schluss mit diesen jungen Menschen.

Mit diesem Vorsatz setzte sie sich am Abend hinter den Esstisch. Die Hamster quietschten. Im Wohnzimmer lief der Fernseher. Sie wählte die private Nummer von Anna Maria Stauffer, Assistentin vom Institut für Sozial- und Technikforschung. Es klingelte lange. Auch gut. Freitagabend. Was nützte es Erna, dachte Frau Kleinert.

Plötzlich meldete sich doch eine Stimme. Frau Stauffer sprach warm und freundlich. „Ich hätte Sie nächste Woche auch angerufen", sagte sie. „Wie geht es Ihrer Tochter?"

Frau Kleinert seufzte. Sie hatte aufgehört, auf diese Frage zu warten. „Es geht ihr besser. Sie unternimmt wieder etwas. Nur an den Professor will sie nicht erinnert werden, scheint es mir."

„Oh, sie will offenbar nicht darüber reden."

„Ja, so ist es, kein Wort."

„Hat sie Ihnen gesagt, was an der Besprechung vorgefallen ist?"

„Ich glaube, der Professor hat sie gepackt, und als sie sich wehrte ... Den Mund hat er ihr zugedrückt, sie sogar gewürgt ... Ich weiß nicht ... Er hat sich über sie hergemacht. Es ist schrecklich. Meine Tochter glich einem Gespenst, als sie von dieser Besprechung nach Hause kam. Sie sprach drei Tage nicht mit uns. Sie lag im Bett und weinte. Ich glaube, sie weint immer noch viel. Aber wie gesagt, sie unternimmt wenigstens wieder etwas."

„Schlimm klingt das, furchtbar", sagte Frau Stauffer. „Großholz wird immer brutaler. Ich weiß von einem Assistenten-Kollegen, dass Großholz einer Studentin, die bei ihm Prüfungen ablegte, nach der ersten Sitzung mit ihm Briefe schickte mit weiteren Besprechungsterminen, an denen er sie dann bedrängte und ihr drohte, sie durch die Prüfungen fallen zu lassen, wenn sie sich seinen Wünschen nicht füge."

Angst packte Frau Kleinert. „Was ist, wenn Erna nun auch Briefe mit Besprechungsterminen erhält?"

„Dann wenden Sie sich an mich. Die Anwältin ist informiert. Außerdem sind Großholz' Tage als Missetäter, vielleicht sogar als Professor gezählt. Mein Assistenten-Kollege ist der Meinung, dass die Assistierenden des Instituts nicht länger zusehen sollten. Es sind ..." Sie überlegte. „Mit Ihrer Tochter sind jetzt am Institut fünf Studentinnen bekannt, die von Großholz benutzt oder missbraucht wurden für seine höchstpersönlichen, wenn nicht sogar krankhaften Bedürfnisse."

„Fünf Studentinnen!" Frau Kleinert war empört. Sie beherrschte sich. „Ist eine Alice dabei?", fragte sie. Die zierliche Assistentin des Professors war ihr eingefallen, wie sie plötzlich wissen wollte, ob ihre Tochter Alice heiße.

„Alice, wieso Alice?" Frau Stauffer klang aufgeregt.

Frau Kleinert schilderte ihr Gespräch mit der Assistentin Lilo Blum, und dass diese meine, eine Alice hätte vielleicht auch Schwierigkeiten – so habe sie das genannt – mit dem Professor.

„Alice, Moment, ich glaube, ich kenne eine Studentin, die Alice heißt. Dunkle Haare, punkig, spielt in einer Jazzband. Ich glaube, Alice Liebmann heißt sie. Meinte Lilo Blum Alice Liebmann?"

Vor Frau Kleinerts Augen verwandelte sich die kleine, hübsche Assistentin des Professors in eine punkige Studentin und diese in ihre kräftige Erna, von der sie immer geglaubt hatte, sie wisse einem unflätigen Mann entgegenzutreten. „Ich weiß nicht, wen Frau Blum gemeint hat", antwortete sie, „sie nannte nur den Namen Alice."

„Hat sich Großholz etwa auch Alice Liebmann genähert?", rief Frau Stauffer, noch immer fassungslos. „Es kann sein, dass diese Alice bei ihm die Diplomarbeit schreibt. Ich werde mich erkundigen. Unheimlich. Vor Großholz scheint niemand mehr sicher zu sein!"

Frau Kleinert schauderte es. „Und Erna muss bei ihm Prüfungen ablegen", sagte sie mutlos und dachte daran, dass ihre Tochter schon ohne den Wirrwarr mit diesem Professor dem Studienabschluss ängstlich entgegensah. Wieso war sie nur an diesen geraten? Gab es darauf Antworten?

„Sind Sie noch am Apparat?", hörte sie Frau Stauffers Stimme.

„Ja."

„Ich glaube, mein Assistenten-Kollege hat recht, wenn er meint, es müsse rasch etwas geschehen, so dürfe es nicht weitergehen. Auch dass Großholz der einzige Prüfer für Technikforschung ist, muss diskutiert werden. Hören Sie mich?"

„Ja."

„Ein Ersatzprüfer käme auch Ihrer Tochter zugute."

„Ja. Vielleicht."

„Es ist wirklich höchste Zeit, dass an unserem Institut etwas geschieht", wiederholte Frau Stauffer. „Ich werde mit meinem Assistenten-Kollegen sprechen. Großholz hat den Bogen endgültig überspannt. Wenn Erna möchte, kann sie mich im Büro besuchen. Hat Sibylle Ihnen meine Büroadresse gegeben?"

„Ich werde Erna zu nichts drängen."

„Natürlich nicht. Vielleicht hat sie plötzlich von sich aus das Bedürfnis, mit jemandem darüber zu sprechen." Frau Stauffer erklärte, wo sie arbeitete, und Frau Kleinert glaubte, sie spreche von dem großen, hellen Gebäude nach der Kreuzung, welches sie bei ihrem Besuch im Institut für Sozial- und Technikforschung gesehen hatte – das Haus, in dem Erna im Erdgeschoss in einer Bibliothek ihre Diplomarbeit schrieb. Ja, sie hatte sich alles notiert.

„Darf ich mich an Sie wenden, wenn von uns her noch Fragen auftauchen?", erklang Frau Stauffers Stimme.

„Ja, bitte."

„Rufen Sie mich an, sollte Erna einen Brief von Professor Großholz erhalten, oder wenn sonst etwas geschieht. Oder kommen Sie vorbei. Wir bleiben in Kontakt."

Frau Kleinert saß wie gelähmt am Esstisch. Die Studentin

Sibylle Beckenhofer hatte von einem Brief und einer Anwältin gesprochen. Der Assistentin Anna Maria Stauffer reichte das nicht aus. Für sie musste rasch etwas geschehen. Doch was? Wer konnte da einschreiten? Frau Kleinert sah einmal den Professor, dann den Unhold, einen jungen, gleichzeitig einen gealterten Mann, wie er die Studentinnen umgarnte, ihnen seine Bücher empfahl, sich mit ihnen unterhielt, dabei sein Gelüst nach ihnen nährte und sie schändete. Der Professor hatte in Erna die Begeisterung für Technik- und Computerbücher geweckt, und der Unhold hatte ihr danach die ganze Freude und ihre Ehre zerstört.

Was sie seit dem Besuch an der Universität erfahren hatte, getraute sie sich ihrem Mann gar nicht zu erzählen. Fünf Studentinnen. Und die punkige Alice. Also sechs? Überrumpelt, geschändet, entwürdigt? Frau Kleinert wurde es übel. Sie ging in die Küche und stellte den Geschirrspüler an. Im Schrank über dem Backofen bewahrte sie das Magenelixier auf. Sie nahm das Fläschchen herunter. In ein Glas maß sie vier Teelöffel von der dunkelbraunen Flüssigkeit ab. Freitagabend. Erna war im Training. Gut. Erna zu nichts drängen, das stimmte. Sie prostete dem Professor zu.

Auf der Mauer, auf der Lauer, sitzt 'ne kleine ...

4. Kapitel

Nach dem Anruf von Frau Kleinert unterdrückte Anna Maria das Bedürfnis, sofort die Nummer von Ernst Amberg, ihrem Assistenten-Kollegen und Vertrauten besonders auch in der Angelegenheit Großholz, zu wählen. Freitagabend. Auch Ernst brauchte seine Ruhe, dachte sie. Seit sich Frau Kleinert telefonisch bei Sibylle gemeldet hatte beziehungsweise bekannt wurde, dass der Brief der Anwältin nicht die gewünschte Wirkung zeigte, vertrat Ernst die Ansicht, mit dem Fall vom Frühjahr und mit Erna Kleinert sei das Maß für Großholz voll, sogar übervoll. Er hatte sie gefragt, was sie davon halte, eine Versammlung der Assistierenden einzuberufen, an der die Situation besprochen und Knoll, dem Direktor des Instituts, gegebenenfalls deutlicher vor Augen geführt werden könne, dass Schritte zum Schutz der Studentinnen nötig seien. Anna Maria hatte skeptisch reagiert, fand, für Ernst müsse plötzlich alles zu rasch gehen. Doch jetzt, nach dem Telefongespräch mit Frau Kleinert, kam ihr sein Vorschlag wie auch das Tempo, das er einschlagen möchte, nicht mehr wirklich übertrieben vor. Diese Mutter hatte zu Recht Angst um ihre Tochter. Zudem war da neu auch noch die Sache mit Alice Liebmann. Alice, falls es sich um diese Alice handelte, die sie kannte, war ohne Zweifel eine kecke, aufgeweckte Studentin. Ließ Großholz keine Gelegenheit aus? Grausam.

Anna Maria beschloss, sich am Wochenende nicht bei Ernst zu melden, sondern sich in der neuen Woche zuerst bei Lilo zu erkundigen, ob eine Alice Liebmann in der Abteilung Großholz studiere beziehungsweise ihre Diplomarbeit schreibe. Sie genoss ihr Wochenende und versuchte abzuschalten. Am Montag ging sie früh ins Büro, kam gut voran und aß, wie oft, mit ihrem Arbeitskollegen Klaus Zingg, mit dem zusammen sie seit fast einem Jahr für ihren gemeinsamen Chef Knoll an einem Projekt war, in einem Restaurant unweit der Universität zu Mittag. Es war gegen zwei Uhr, als sie wieder an ihrem Schreibtisch saß und Lilos Telefonnummer auf der Liste der Mitarbeiterinnen und Mitarbeiter suchte. Intern 166.

Zu ihrer Überraschung meldete sich Lilos Bürokollege Oliver. Lilo sei noch in der Mittagspause. „Isst sie in der Mensa?", fragte sie. „Vermutlich schon", antwortete Oliver. „Okay, danke." Sie nahm ihre Handtasche und machte sich auf den Weg. Tatsächlich, schon vom Park aus bemerkte sie Lilo unten auf der Terrasse. Sie saß mit den beiden Knoll-Assistenten, die fast ausnahmslos immer zu zweit anzutreffen waren und daher die Unzertrennlichen genannt wurden, an einem Tisch vor der Mensa. Gut. Anna Maria holte sich einen Kaffee und schlenderte an fröhlichen Studentinnen und Studenten vorbei auf sie zu.

„Störe ich?"

Natürlich nicht. Die drei unterbrachen ihr Gespräch, um sie zu grüßen. Anna Maria stellte ihren Kaffee hin. Am Nebentisch fand sie einen freien Stuhl. Lilo blickte ganz erstaunt, als sie sich neben sie setzte. Ja, sie hatten noch nicht oft Kaffee getrunken zusammen. Die zwei Unzertrennlichen erzählten von den Überraschungen, die ihnen ihre gegenwärtige Studie bereitete. Anna Maria hörte eine Weile zu. Als die Unterhaltung stockte, wandte sie sich an Lilo: „Kann ich dich bitte kurz sprechen?" Lilo drehte ihr den Kopf zu und schaute sie fragend an. „Wegen Großholz", fügte Anna Maria hinzu. „Nur fünf Minuten."

Kurz danach verließen sie zusammen die Terrasse. Seite an Seite schlenderten sie die Treppe zum Park hinauf. „Was ist?", brach Lilo das Schweigen, als sie den Gartenweg erreichten. Sie klang nicht sonderlich erfreut.

Anna Maria schaute sie aus den Augenwinkeln an. „Schreibt eine Alice Liebmann bei Großholz die Diplomarbeit?"

„Wieso fragst du das?"

„Das spielt keine Rolle. Ich möchte wissen – von dir, oder Susanne Gloor kann mir sicher auch Auskunft geben –, ob eine Alice Liebmann bei ihm die Diplomarbeit schreibt."

„Ich weiß es nicht", antwortete Lilo.

Sie gingen stumm durch den Park. Lilo zupfte im Vorbeigehen

Blättchen von den Sträuchern, die den Plattenweg säumten. Als sie nach links hinauf zum Institut für Sozial- und Technikforschung bogen, wollte Anna Maria einen weiteren Versuch wagen, etwas aus Lilo herauszulocken, bevor sie sich ergebnislos verabschieden musste.

„Kennst du Alice Liebmann?", fragte sie.

Lilo schaute sie an. „Kennen, nein. Ich habe nur mitbekommen, wie Großholz mit einer Alice telefoniert hat", sagte sie. „Das war vor den Sommerferien. Sie rief an, als ich bei ihm im Büro war. Er saß am Schreibtisch. Ich sehe noch jetzt, wie verzweifelt er am Hörer hing. ‚Alice, Alice! Alice, so hör doch! Alice, hör mir zu!' Es klang, als spreche er mit einer Geliebten. Das ist alles, was ich weiß."

Dieser Schurke! Anna Maria stampfte über die Steinstufen auf den Kiesweg hinauf. Vor dem Institut, wo sich ihre Wege trennten, sagte sie, mehr im Ärger als mitfühlend, zu Lilo: „Lässt er dich eigentlich in Ruhe?" Sie merkte auf Lilos Gesicht, dass diese die Frage ernster nahm, als sie beabsichtigt gewesen war.

„Ich bin alles in allem gut mit ihm zurechtgekommen, außer in diesem Frühjahr", antwortete Lilo und blieb ebenfalls stehen.

Eigentlich wollte Anna Maria an die Arbeit, die Nachmittagsstunden nicht ungenutzt verstreichen lassen. Gleichzeitig interessierte es sie, was im Frühjahr vorgefallen war. Bevor sie aus ihrer Unschlüssigkeit herausfand, hörte sie, wie Lilo leise und klar, wie ein Echo an einem windstillen Tag, zu sprechen begann. „... das war vor über drei Jahren, kurz nachdem er mir die Stelle angeboten hat. Wieso ich in seinem Büro war, weiß ich nicht mehr. Plötzlich stand er neben mir, ergriff meinen Arm und faselte Dinge über Vertrauen und enge Beziehungen. Ich war ziemlich verwirrt. Er ebenso. Angst hatte ich keine. Was fingert er da an meinem Arm herum, dachte ich und schubste ihn weg. Er benahm sich derart unbeholfen, dass er mir leidtat. Nachher fragte ich mich, ob das etwa ein tollpatschiger Antrag gewesen sei. Ein absurder

Gedanke damals für mich. Bevor ich den Arbeitsvertrag unterschrieb, wollte ich wissen, woran ich bin. Ich sagte ihm, dass ich ihn sehr schätze, dass sich das aber auf das Fachliche und unsere Gespräche beziehe, etwas anderes komme für mich nicht in Frage, prinzipiell nicht. Das hat er anscheinend verstanden und akzeptiert. Er hat mich nie mehr angefasst." Sie seufzte und sah aus wie jemand, der eine Prüfung bestanden hat, sich aber nicht darüber freuen kann.

Anna Maria war ihrer Schilderung nur widerwillig gefolgt. Es war ihr nicht gleichgültig, was Großholz trieb. Doch musste sie sich jetzt von allen Seiten Geschichten über ihn anhören und für alle, die mit ihm haderten, Verständnis aufbringen?

Ja, dachte sie, so war es. Sie hatte Lilo angesprochen. Sie hatte mit diesem Schritt beschlossen, nicht mehr wegzuschauen. Oft genug noch würde sie die Gelegenheit haben, bloß sich selbst die Nächste zu sein. „Und was war im Frühling?", fragte sie.

Lilo blickte erstaunt auf. „Im Frühling habe ich fast gekündigt", sagte sie leise. „Er ist so mühsam geworden. Du kennst ihn ja, seine Art zu drängeln, einen zu bestürmen wie ein Kind, das keine Ruhe geben, immer etwas erzwingen will. So war er immer, seit ich ihn kenne, mehr oder weniger. In diesem Jahr aber eher mehr als weniger. Ich darf gar nicht daran denken, worüber er immer sprechen will. ‚Lilo, Lilo, Lilo!' Ich fand ihn einfach nur noch unausstehlich. Er ist ganz hingerissen von seiner Netzwelt, vor allem von der virtuellen Universität, seiner *nu*, die er auf- und groß ausbauen will. Planet Cytopia. Das ist sein Leben."

Lilo schob mit der Schuhspitze Steinchen hin und her. „Eines Tages brach mein Ärger unverhofft aus mir heraus. Es war wie ein Gewitter. Ich habe mich bei ihm beklagt, ziemlich offen beklagt. Er war sehr betroffen. Danach wurde es besser, zumindest gibt er sich Mühe. Er hat mir kurz nachher angeboten, ich könne bei ihm doktorieren, sogar zu einem Thema meiner Wahl. Sehr großzügig."

„Und du hast angenommen?"

„Ja ..."

Anna Maria glaubte, das „Leider", das Lilo verschluckt hatte, zu hören. „Du weißt, was er sich mit Studentinnen erlaubt", sagte sie zu ihr. „Es ist haarsträubend."

„Was geht uns das an, Anna Maria?"

„Nichts, ich weiß. Ich säße jetzt auch lieber an meiner Arbeit. Ich habe eine Idee."

„So! Was für eine?"

Als fühlte sie sich beobachtet, drehte sich Lilo zum Institut. Ihr Blick glitt suchend die Fassade hinauf. Sie bemerkten beide gleichzeitig, dass Großholz' Fenster vom Park und der Zufahrtstrasse aus nicht zu sehen waren.

Anna Maria fragte: „Was hältst du von einer Versammlung der Assis?"

Lilo erschrak. „Ohne mich!", rief sie empört und rannte auf die Straße hinaus. Nach ein paar Schritten kehrte sie um.

Anna Maria fühlte ihren Schmerz im Nacken, der sie seit ihrem Prüfungswinter begleitete. „Ich finde, die Assis sollten sich treffen", sagte sie mit fester Stimme. „Knoll hat keine Eile, die Sache anzugehen. Also sollten wir beraten, wie Großholz Einhalt geboten werden kann."

„Ich will darüber nachdenken", sagte Lilo, drehte sich um und ging über die Straße zum Institut.

Anna Maria stutzte, dann folgte sie ihr. Sie wollte sich noch bei Susanne Gloor über Alice Liebmann erkundigen. Wer A sagt, muss auch B sagen. Sie bog um das Gebäude zum Eingang. Lilo war nicht mehr zu sehen.

Die Hände müsste man diesem Knüttelkrüppel abhacken, damit er begriffe, was sich gehörte, dachte sie voller Zorn. Wie vielen Studentinnen hatte er schon das Studium versaut, die Prüfungen in ein Gruselkabinett verwandelt? Wie viele, auch Assistierende, umdrängelt, gegängelt, verarscht? Sie sah auf die Uhr. Zwanzig nach zwei.

Spätestens in einer halben Stunde würde sie wieder in ihrem Büro sein. Es war still im Institut. Alle an der Arbeit, die Studis in den Ferien. Nur ihre eigenen Schritte hallten durch das Treppenhaus. Genug ist genug, Karl! Sie klopfte beim Sekretariat von Großholz und trat ein. Susanne saß am Computer. Ihre Augen leuchteten auf, als sie Anna Maria erblickte. Ja, seit sie das Studium abgeschlossen hatte, sahen sie sich immer seltener, fast nie mehr. „Gut, danke." – „Ja gut, mehr oder weniger." – „Nein, keine Ferien." Im Plauderton brachte Anna Maria das Gespräch auf Alice Liebmann. „Ja, Alice Liebmann ist Diplomandin bei uns", antwortete Susanne ohne nachzudenken. Sie schien Alice Liebmann zu kennen. „Dunkle Haare, ein bisschen strähnig, pink, punkig", beschrieb sie sogar ihre markante Erscheinung. Mehr brauchte Anna Maria nicht zu wissen. Sie fragte nach Kugelschreiberminen. Susanne stand auf. Draußen vor dem Materialschrank zuckte Anna Maria zusammen. Großholz' Tür könnte sich öffnen. Seine Ohren reichten überallhin hier oben. Sie dämpfte ihre Stimme und fürchtete trotzdem, er könnte jeden Augenblick zu ihnen auf den Flur hinaustreten. Sie war schon auf seinen Gruß, auf eine Bemerkung von ihm gefasst.

Vergeblich zwang sie sich, nicht an ihn zu denken. Wusste Susanne, was sich in seinem Büro abspielte? Eine Frage lag ihr auf den Lippen, als sie etwas Dünnes, Hartes spürte. In ihrer Hand glänzten zwei Kugelschreiberminen. „Danke." Sie entzifferte den kleinen Aufdruck. Bleue. Gut. Ob sie vielleicht noch eine rote und eine grüne erhalten könne? Sicher. „Danke". Sie drehte die dünnen Stifte durch ihre Finger. Ist dir aufgefallen ...? Nein. Vor seiner Bürotür über ihn sprechen! Zudem, wusste er nicht in kürzester Zeit alles, worüber man sich mit Susanne Gloor unterhielt?

„Hast du etwas, Anna Maria?"

Anna Maria griff sich an den Nacken. „Dasselbe wie vor den Prüfungen."

„Ein Schal täte dir gut", sagte Susanne und schloss den Schrank.
„Ein Schal, ja, du hast recht."
Schon September, schon wieder kühler. Jeder hatte sein Kreuz, einer trug es im Nacken, der nächste woanders.
„Bis bald wieder."
Anna Maria kam es vor, als hätte sie gestern und nicht vor zwei Jahren mit Großholz darum gerungen, wie nahe er an sie heranrücken durfte, wie vertraulich sie miteinander umgehen wollten. Es war November gewesen und schon dunkel, als die Sitzung begonnen hatte, an der sie plötzlich seine Hand am Arm gespürt hatte. Unfassbar! Das konnte, das durfte nicht sein! Nach all den Gesprächen, die sie geführt hatten in der Zeit, in der sie bei ihm die Diplomarbeit schrieb. „Geht's noch!", rief sie entsetzt und stieß ihn weg. Vergeblich.
Sie klammerte sich ans Treppengeländer. Ihr Prüfungswinter war vorbei! Großholz hatte sie auf ein Karussell gezerrt, das außer Kontrolle geraten war. Als es ihr endlich gelungen war abzuspringen, fürchtete sie, keinen Boden mehr unter sich zu haben, und fiel doch auf die Füße. Himmel, durch was für einen Horror war sie gegangen!
Schritte ertönten vom Dachgeschoß her. Großholz? Erschrocken eilte sie die Treppe hinunter in die mittlere Etage. Damit das Klacken der Schuhe nicht weithin zu hören war, lief sie nur auf den Ballen über den Flur in die Bibliothek. Allein schon beim Gedanken an ihren Assistenten-Kollegen Ernst Amberg wurde ihr leichter ums Herz. Sie flog den Bücherregalen entlang zu seinem Büro und klopfte. Ohne auf sein Herein zu warten, öffnete sie die Tür und streckte den Kopf hinein. Ernst saß vor dem herabgezogenen Rollo am Computer, gut aufgehoben in seinem Kabäuschen, in dem mit Ausnahme des einen riesigen Fensters alles klein wirkte.
„Störe ich?", fragte sie in seine Stille hinein.

„Anna Maria! Du nie! Einen Augenblick bitte." Seine Finger glitten über die Tasten.

Sie trat ein. Als er sich ihr nach einer Weile zudrehte, erschrak er. „Was ist?", fragte er besorgt, „Großholz?"

Er holte ihr einen Hocker.

„Ja", sagte sie und setzte sich zu ihm an den Computer. „Was er treibt, ist zum Schreien. Ich schließe mich deinem Vorschlag an. Ich finde auch, dass wir uns treffen sollten. Ja, ich bin ebenfalls für eine Versammlung der Assis."

„Oh! Was macht dich plötzlich so entschieden?"

Anna Maria wusste nicht wo anfangen. Sie erzählte ihm, dass sich Frau Kleinert nochmals gemeldet hatte, diesmal bei ihr, und was sie von Lilo erfahren hatte, wie ‚seltsam' Großholz sich ihr gegenüber schon vor über drei Jahren benommen hatte. „Bitte vertraulich behandeln."

Ernst war erstaunt. „Schon vor über drei Jahren von Vertrauen und engen Beziehungen gesprochen? Du warst also nicht die Erste."

Er holte in seinem Schreibtisch ein Sichtmäppchen und blätterte in den Notizen. „Im Frühjahr hat er der Prüfungskandidatin Susanne Schäfer bis zu ihren Prüfungen im Mai seine Wünsche aufgezwungen. Danach hat er sich der Psychologiestudentin Sibylle Beckenhofer genähert. Jetzt hat er sich bereits wieder ein Opfer gesucht. Und das allein in diesem Jahr!"

„Zudem scheint gegenwärtig auch noch eine Diplomandin namens Alice Liebmann in Bedrängnis zu sein", fügte Anna Maria bitter hinzu.

„So! Und woher weißt du das?"

„Mit Umwegen von Lilo."

„Unglaublich! Dabei sieht er nicht nach einem Schürzenjäger aus."

„Umso mehr ist er einer", sagte Anna Maria. „Spezialisiert auf Studentinnen. Schreiben sie eine Arbeit bei ihm, oder wenn sie wegen Prüfungen in seine Abhängigkeit geraten, will er ihnen seinen Willen aufzwingen, über sie verfügen, sie klein machen. Er ist pervers, ein perverser Professor."

Ihr war es, als würde sie von einer Welle aus Wut in die Luft geschleudert. Ernsts Augen fingen sie auf. „Weißt du", sagte sie unter Tränen, „einen Vorgesetzten oder Professor oder gar den Prüfungsprofessor zurückzuweisen, wie bei mir, ist unendlich viel schwieriger, als einem Kollegen auf die Finger zu klopfen. Das macht er sich zunutze. Er zieht für sich persönlich Vorteile aus dem hierarchischen Gefälle. Er missbraucht seine Macht, sein Amt."

„Nach mir dürfte ein Mensch wie Großholz, egal wie gescheit und tüchtig er ist, nicht Professor sein."

„Ich glaube, Knoll wird diese Einschätzung nicht teilen", sagte Anna Maria skeptisch.

„Ich hoffe, er beurteilt die Situation mit Vernunft und gesundem Menschenverstand", antwortete Ernst.

„Knoll fasst Vernunft und Verstand leider immer noch zu männlich auf, das weißt du ja", konnte sich Anna Maria nicht verkneifen zu sagen. „Großholz ist zudem sein Zögling."

„Wenigstens wir Assis sollten einen klaren Kopf behalten", sagte Ernst zuversichtlich.

Anna Maria sah plötzlich Lilo vor sich, wie sie verängstigt „ohne mich" gerufen hatte, als sie ihr vorschlug, ein Treffen der Assistierenden über ihren Chef Großholz einzuberufen.

Ernst kniff sie in den Arm. „Wankt deine Entschlossenheit, Anna Maria? Verlässt dich der Mut wieder?"

Sie überwand ihre Zweifel. „Nein, Ernst! Nein, ich bin für die Versammlung", sagte sie entschlossen. „Am besten, wir warten bis zum neuen Semester; bis dann werden alle Kolleginnen und Kollegen von den Ferien zurück sein. Natürlich müssen wir alle Assis des Instituts erreichen."

Sie waren sich schnell einig. Anna Maria würde als Erstes mit Sibylle sprechen und versuchte, von Alice Liebmann mehr zu erfahren. Ernst übernahm den Kontakt zu der Anwältin, die sich bereits am Telefon positiv über die Idee einer Versammlung geäußert und spontan angeboten hatte, sie beratend zu unterstützen.

Als Datum wählten sie den Donnerstagabend in der ersten Semesterwoche, das war Ende Oktober. So blieb ihnen auch genügend Zeit für die Vorbereitung.

„Abgemacht!"

Anna Maria stand vom Computertisch auf. Je näher die Assi-Versammlung rückte, desto unruhiger wurde sie. Hatte sie Angst? Angst vor Knoll? Unsinn. So weit, dass sie sich überlegte, bevor sie etwas tat, ob das Knoll genehm sei, war sie noch nicht. Die Versammlung war dringend nötig. Wo kämen wir hin, wenn alle nach zwanzig ihre Zivilcourage ablegten, um damit den Vorgesetzten ihre Tauglichkeit als Arbeitskraft zu beweisen?

Bald siebzehn Uhr. Vom Nebengebäude waren nur noch die zwei oberen Stockwerke goldgelb beleuchtet. Das Wetter verhieß schon den ganzen Tag nichts als Erfolg. Bald würde sich die Sonne ganz zurückziehen. Eine E-Mail von Ernst in der Mailbox? Nein. Also nichts Neues, keine Änderungen in letzter Minute. Anna Maria schaltete den Computer aus, packte ihre Unterlagen ein und beschloss, sich abseits der Mensa, wo vermutlich Kolleginnen und Kollegen über die bevorstehende Konferenz rätselten, mit einem guten Essen zu stärken.

Keine Viertelstunde später löste sie im Restaurant an der Straße oberhalb ihres Büros die Gräten aus einer silbrig litzernden Forelle. Sie ließ sich das helle Fleisch und die Schnittlauchkartoffeln schmecken, biss genüsslich in zartgrüne Salatblätter, während die wenigen Stimmen um sie herum wie das Wasser plätscherten, in dem die Forelle zu ihren Lebzeiten geschwommen haben musste. Als sich ihr die Gedanken über die Assi-Versammlung zu sehr aufdrängten, holte sie sich eine Zeitung und las ohne viel Interesse, was ihr gerade in die Augen sprang. Um zwanzig vor sechs bestellte sie sich einen Kaffee, bezahlte und brach auf.

Ruhig Blut, besänftigte sie sich auf dem Weg ans Institut, es konnte nichts schiefgehen, sie hatten sich gut vorbereitet. Einmal schlug für jeden Herrn Don Juan die Stunde. Hätte er sich früher besonnen! Sie überquerte die Fußgängerstreifen und wählte die ruhige Seitenstraße. Plötzlich schien ihr feuriges Licht ins Gesicht. Über dem Uetliberg glühte die Abendsonne. Als glutrote Kugel balancierte sie auf dem Gebirgsgrat, genau auf dem Grat. Ein Ball, ein Feuerball, riesig.

Anna Maria kniff die Augen zusammen und trank. Sie blickte über die Stadt, blinzelte und bemerkte, wie die glühende Riesin sich bewegte, wie sie, kaum wahrnehmbar, langsam hinter den Grat sank. Sie sinkt nicht, dachte sie, nicht die Sonne bewegt sich, die Erde schiebt sich nach oben, ich sehe, wie sich die Erde dreht und den Feuerball langsam verschluckt.

Als wieder Leben in ihre Beine kam und sich ihre Füße vom Asphalt lösten, war die Scheibe halbiert, saß nur noch eine Halbkugel auf dem Gebirgsgrat. Glutrot quollen Flammen wie aus einem Feuermund daraus hervor und über die Stadt, während sich der Horizont rot färbte. In einem Meer von Strahlen trieb Anna Maria die Straße hinauf auf das Institut zu. Im Treppenhaus fröstelte sie. Sie wickelte den Schal fester um den Hals, drückte die Tasche an sich und stieg hinauf in die mittlere Etage, wo sie einen Seminarraum für die Versammlung reserviert hatten.

Ernst saß bereits vorne an einem Tisch, ganz in sich gekehrt. Anna Maria blieb bei der Tür stehen. Nach dem Schauspiel draußen und dem kühlen Treppenhaus kam ihr der Eckraum mit seinen Rundbogenfenstern fast wie die Seitenkapelle einer Basilika vor. Ihr Blick glitt über die u-förmig aufgestellten Tische. Die Fensterreihe der Tür gegenüber war erst zur Hälfte besetzt, eng beieinander die zwei unzertrennlichen Knoll-Assistenten Marc und Christian und anschließend drei Assistentinnen von Frau Professor Hartmeier. In der hinteren Reihe bemerkte sie rechts außen ihren Projektkollegen Klaus Zingg. Er war übereck mit der Hartmeier-Assistentin Eva Bazzig in ein Gespräch vertieft. Sibylle, wo war Sibylle? Nicht da? Ernst hob den Kopf und schaute sie an. Die Wiedersehensfreude, die still über sein Gesicht flog, vertrieb die Angst, die Anna Maria zu packen drohte. Für Sekunden tauchten sie in die Seligkeit des Wir-können-uns-aufeinander-Verlassens ein. Als sie eintreten wollte, kam Sibylle die Treppe herauf. Ruhig stieg sie über die letzten Stufen. „Gewaltig", staunte sie. Ihr Gesicht strahlte. „Ja, wirklich", stimmte Anna Maria bei, „ja, überwältigend! Ist sie jetzt untergegangen?" – „Noch der obere Rand schaut heraus und versprüht unaufhörlich glutrotes Feuer, wie ein spuckender Vulkan", antwortete Sibylle und blickte in den Seminarraum. „Hier drin fing es für mich an, nach Ostern." Sie zeigte hinüber in die Fensterreihe. „Dort, am zweiten Tisch, saß er jeweils." Ihr Blick blieb auf dem leeren Platz hängen.

Dieter, der IT-Verantwortliche, grüßte Anna Maria und ging an ihnen vorbei in den Seminarraum. Nach ihm trat Lilo ein und hinter ihr folgten die andern drei Großholz-Assis. Lilo erschrak, als sie Sibylle erblickte. Anna Maria war überrascht, dass Lilo doch teilnahm. Sie hatte sich nur ablehnend geäußert. Selbst der Oberassistent von Großholz, Hansjörg Giger, war der Einladung gefolgt. Erfreulich.

Neueintreffende und -eintretende schoben Anna Maria und Sibylle vorwärts. Vor der breiten Wandtafel standen nebeneinander zwei Tische, offensichtlich für die Leitung gedacht. Ernst hatte sich rechts außen eingerichtet. Er stand auf und ging auf Sibylle zu. „Ernst, Ernst Amberg", sagte er und reichte ihr die Hand. „Sibylle Beckenhofer", entgegnete sie. Ernst hieß Sibylle willkommen. Ihr, dem Gast und der einzigen Nicht-Assistentin, wurde der Platz zwischen ihm und Anna Maria angeboten. Während sie sich setzten und ihre Papiere zurechtlegten, füllten sich die Tischreihen. Die vier Großholz-Assis hatten Plätze an der Innenwand, gleich bei der Tür, gewählt. Wollten sie sich rasch wieder verabschieden? Als Höfner, der Oberassistent von Knoll, laut grüßend eintrat, schauderte es Anna Maria. Würde er, was sie hier verhandelten, brühwarm ihrem gemeinsamen Chef Knoll erzählen? Steif und in der Haltung eines Siegers stelzte Höfner hinter ihnen zur Fensterreihe, setzte sich an den noch leer gebliebenen Platz zwischen den Unzertrennlichen Marc und Christian und dem IT-Verantwortlichen Dieter, der sich am vordersten Tisch nicht unwohl zu fühlen schien, und begann, mit Christian zu seiner Rechten – nicht mit Dieter zur Linken – zu plaudern. Anna Maria spürte, wie Sibylle neben ihr versteinerte. Höfner hatte den Platz gewählt, der in ihrer Erinnerung Großholz gehörte. „Kennst du Höfner?", fragte Anna Maria. Sibylle verneinte. „Das ist der Oberassistent von Knoll", sagte Anna Maria.

Nach achtzehn Uhr verstummten die Gespräche. Nahezu alle Assistierenden des Instituts waren anwesend. Die Blicke richteten sich auf die drei vor der Wandtafel. Lilo stand auf und schloss die Tür.

Kein Mucks war zu hören, sogar der Verkehr draußen schien für Augenblicke innezuhalten, als Ernst die Kolleginnen und Kollegen begrüßte. Er stellte ihnen den Gast, Sibylle Beckenhofer, Psychologiestudentin im sechsten Semester, vor und dankte ihr für den Mut, sich hier zu äußern. Etwas Bedrückendes, ja Peinliches bilde den Anlass zu dieser Versammlung, erklärte er. „Nichts Geringeres als der Verdacht, dass Professor Großholz Arbeitsbesprechungen und Bewerbungsgespräche in seinem Büro dazu benutzt, sich Studentinnen gegen ihren Willen zu nähern oder sie zu persönlichen Treffen mit ihm zu drängen", habe sie heute zusammengeführt. Anna Maria und er, vielleicht auch weitere Angestellte des Instituts, seien in diesem Jahr wiederholt von Betroffenen oder deren Angehörigen um Rat und Hilfe gebeten worden. Dies habe zu der Idee geführt, das Problem anzugehen, statt es weiter zu verschleppen oder gar zu verdrängen. Einige Studentinnen schienen sich bereits vor Sitzungen mit Professor Großholz zu fürchten oder würden das Fach Technikforschung meiden. „Wir, die Assistierenden des Instituts, sind oft die ersten Ansprechpartner für die Studentinnen und Studenten. An uns wenden sie sich bei Problemen und Nöten. Deshalb sollten wir die Situation besprechen und, wenn nötig, Professor Knoll, den Direktor des Instituts, zum Eingreifen auffordern."

Ernst sprach ruhig. Seine Stimme klang warm und eine Spur traurig. Anna Maria lauschte seinen Worten und sah in die Gesichter der Anwesenden. In der hinteren Reihe saß links außen in der Ecke mit halb gesenktem Kopf der behäbige Georg Maag, Oberassistent von Professor Paul Huber, und an seiner Seite, schmal wirkend, Georg Feurich, ebenfalls Huber-Assistent. „Ich selbst bin vor einigen Wochen aufgerüttelt worden", sagte Ernst, „als eine ehemalige Prüfungskandidatin von Professor Großholz meine Sprechstunde besuchte. Was mir die junge Frau damals auf Anraten ihrer Psychologin anvertraute, will ich euch nun als Erstes vortragen."

Er blätterte in seinen Unterlagen. „Die junge Frau hat mir bei der Vorbereitung dieser Versammlung geholfen, möchte selbst aber anonym bleiben", sagte er halblaut in die aufmerksame Stille hinein. „Sie hat ihr Studium in diesem Sommer erfolgreich abgeschlossen. Folgendes hat sich ereignet:

Die Studentin hatte an einem Freitagnachmittag Mitte Januar, also vor ungefähr neun Monaten, eine erste Prüfungsvorbesprechung mit Professor Großholz. Diese war für sie überraschend kurzweilig. Ihr Prüfungsthema, ‚Computernetze/Internet', sprach Professor Großholz sehr an, vor allem die Tatsache, dass sie verschiedene Netzerfahrungen besaß und Homepages für Vereine und kleinere Unternehmen gestaltete. Es entspann sich mühelos ein Gespräch zwischen ihnen, aus dem sie das Telefon riss. Seine Sekretärin rief an. Der nächste Kandidat warte seit einer Weile. Staunen. Sie hatten beide die Zeit vergessen. Schluss der Sitzung.

Kurz danach erhielt sie einen Brief von Professor Großholz. Er möchte das angeregte Gespräch, das sich zwischen ihnen ergeben hätte, gern fortsetzen. Sie vereinbarte bei Frau Gloor einen weiteren Besprechungstermin, ohne sich viel dabei zu denken. In der zweiten Besprechung setzte er sich gleich zu Beginn neben sie an den Sitzungstisch. Das war ihr aufgefallen, hatte sie aber nicht beunruhigt oder allzu negativ berührt. Erst nachträglich, in ihrer Therapie, hatte sie sich genauer an ihr Staunen erinnert, ihn plötzlich so nahe zu sehen, an ihr kurzes Aufmerken, wie wenn zu Hause oder irgendwo auf Besuch plötzlich eine Fliege an einem vorbeischwirrt, die man leicht gestört bemerkt, aber nicht weiter beachtet. Wichtiger als wo er sich hingesetzt hatte, war ihre Unterhaltung. Nicht sie sprach nämlich über ihr Prüfungsthema und die Prüfung, sondern er von seinen Projekten. Gleich von Beginn der Sitzung an zog er sie über seine Pläne ins Vertrauen. Er erzählte ihr, dass er daran sei, den bescheidenen Anfang einer eigenen virtuellen Universität ins Netz zu stellen, und dass im kommenden Semester, also jetzt, sein erstes Online-Seminar stattfinden werde, und er fragte sie nach ihrer Meinung dazu. In der Begeisterung, mit der er sprach, habe er sie ab und zu wie zufällig am Arm gefasst, bald auch mit einer Hand ihre Schulter gedrückt. Sie, irritiert, habe, was ein Fehler gewesen sei, diese Berührungen zunächst ignoriert, vielleicht weil sie ihr wie unbeabsichtigt vorgekommen seien. Weil sie sich aber zunehmend beengter und unwohler fühlte, stieß sie ihn mit einem Mal, als er sie wieder anfasste, heftig mit dem Ellbogen weg, sagte von Widerwillen erfüllt: ‚Lassen Sie das, ich mag das nicht', und wandte sich von ihm ab.

Doch kaum aus der Bedrängnis befreit, habe sie laut aufgeschrien. Hände packten ihre Arme, der Professor riss sie herum. Sie blickte in ein großes, vor Empörung gerötetes Gesicht. ‚Ich lasse mir nicht von Studentinnen sagen, was ich zu tun und zu lassen habe', schimpfte er. Der Schreck raubte ihr fast den Atem. Vermutlich sei sie so verwirrt gewesen, dass sie für Momente nicht gewusst habe, wo sie sich befand. Wieder bei Besinnung, hätte sie ein neuer Schreck ergriffen. Seine Hände strichen über ihre Arme, die Schultern, ihre Brüste. Sie sei vor Angst und Scham

nicht mehr sie selbst gewesen. Wie ein Vogel, der bei starkem Wind in der Luft an Ort flattert, sei sie über dem Tisch geschwebt und habe von oben auf die Szene herabgeblickt. Als er noch näher rückte, stieß sie ihn in einem Anflug von Entsetzen erneut von sich weg. Er: ‚Wenn Sie sich wehren, sieht es schlecht für Sie aus!'
Er packte und bedrängte die Verängstigte, drohte ihr, sie durch die Prüfung fallen zu lassen, wenn sie sich nicht gefügig zeige, bis sie, oder diese Person am Tisch, verschüchtert eingewillgt hätte, seine Annäherungen zu dulden.

Nachdem sie eine neue schriftliche Einladung erhalten hatte, vereinbarte sie – oder der Teil von ihr, der sich von ihm beherrschen ließ – ohne Widerspruch einen dritten Termin. In ihrer Angst, Angst vor dem Professor, Angst vor den Prüfungen, Angst vor noch Schlimmerem als den Berührungen, ließ sie ihn gewähren. Sie habe wie unter einem Bann gestanden, sie müsse sich seinem Willen unterwerfen, wenn sie die Prüfung bestehen wolle. Diese fand in diesem Mai statt, wie gewöhnlich unter Anwesenheit eines Beisitzers. Die Briefe von Professor Großholz schenkte sie mir. Sie sei froh, dass der Spuk vorüber sei."

Ernst hatte fast alles abgelesen. Sibylle saß halb zurückgelehnt auf ihrem Stuhl. Anna Maria schaute an ihr vorbei auf Ernsts Unterlagen. „Ich war schockiert über das, was mir die junge Frau erzählt hat, und habe ihr versprochen, mich damit zu befassen", sagte er und zog die Briefe, die ihr Großholz geschrieben hatte, aus einem Sichtmäppchen. „Hier: ‚Ich freue mich auf unser nächstes Treffen. Herzlich ...'" Er stand auf und reichte sie Dieter, dem IT-Verantwortlichen zuvorderst in der Fensterreihe. Dieter starrte entgeistert auf die Blätter. Nach einer Weile hob er den Kopf, blinzelte und gab sie Höfner weiter, der sie mit gleichgültiger Miene seinem Nachbarn Christian zuschob.

Die Briefe gingen teils ungelesen, wie von Höfner, oder von kritischen Blicken und Staunen begleitet, reihum. Ein Tram, das vom Zoo herabkam, quietschte vor der Universität um die Kurve und ratterte am Institut vorbei. Ernst stand auf und ergriff eine

Kreide. Während das Kratzen auf dem Schiefer mit jedem Wort lauter zu werden schien, schrieb er:

Januar - Mai: Prüfungsvorbesprechung
→ *Berührungen aufzwingen*
→ *Androhen von Nachteilen bei der Prüfung*

mitten auf die ganze Breite der Tafel und schob sie in die Höhe. Ein Rascheln zog die Aufmerksamkeit auf Höfner in der Fensterreihe. Er öffnete eine Tafel Schokolade. Begleitet von einem lauten Klacken, brach er einen Riegel ab. Blicke glitten zwischen ihm und der Wandtafel hin und her. Ernst wischte sich den Kreidestaub von den Fingern. Als sich niemand zu Wort meldete, sagte er: „Unser Gast, Sibylle Beckenhofer, wird uns jetzt schildern, was ihr im Sommersemester als Teilnehmerin des Seminars ‚Soziale Interaktion und Kommunikation' von Professor Großholz zugestoßen ist. Ihre Erlebnisse schließen sich zeitlich mehr oder weniger nahtlos an jene der Prüfungskandidatin vom Frühjahr an." Er wandte sich an Sibylle. „Bitte."

Sibylle erwiderte seinen Blick und richtete sich im Stuhl auf. „Ich studiere im Hauptfach Psychologie, nicht Sozial- oder Technikforschung, wie das Ernst Amberg schon gesagt hat", begann sie. „Zuerst werde ich als Selbstbetroffene etwas erzählen, danach, was zwei Kolleginnen von mir, die anonym bleiben möchten, erlebt haben."

Sie schilderte, wie spannend das Seminar von Professor Großholz für sie gewesen war und dass sie sich von Anfang an aktiv an der Diskussion beteiligt hatte. Besonders sei auch, dass der Professor sie gleich nach der ersten Doppelstunde angesprochen habe. Sie erinnere sich genau: „Er kam auf mich zu und lobte einen Gedanken, den ich geäußert hatte. Er sagte, das sei sehr interessant, das Grüßen als eine abgetrennte Interaktionseinheit anzusehen, welche die eigentliche Interaktion einleitet und am Ende wieder abschließt, den Gruß also sozusagen als Mini-Interaktion vor und nach einer Interaktion zu behandeln. Ob ich nicht meine Seminararbeit über die verschiedenen Arten des Grüßens schreiben wolle."

Sein Vorschlag war ihr sehr willkommen. Schon nach einem Monat, Mitte Mai, reichte sie die Arbeit ein. Kurz danach habe Professor Großholz sie erneut persönlich angesprochen. „Er war begeistert", erzählte sie, „fand meine Seminararbeit ausgezeichnet, die Gedanken originell, und bot mir eine Semesterassistenz für sein Seminar ‚Kommunikation und Ritual' an, welches im nächsten Semester, also jetzt, stattfinden werde." Diese Hilfsassistenz habe er zudem auf der Stelle näher mit ihr in seinem Büro besprechen wollen, was sie ablehnte, worauf es schließlich zum Besprechungstermin vom Mittwoch, 7. Juni, vierzehn Uhr, gekommen sei.

Es wurde klar, wie frech sich Großholz bereits an der Tür benommen hatte, was sich an seinem Sitzungstisch ereignete, die Unterhaltung, seine Komplimente, der Spott, als sie ihn zurückwies, und wie er mitsamt Stuhl neben ihr landete. Als hätte sie den Faden verloren, schaute Sibylle suchend auf ihre Notizen und begann vorzulesen, was seine freche Hand sich erlaubte, ihre misslungene Flucht, wie er sie erneut packte bis zu der Tasche, die sie ihm voller Empörung um den Kopf schlug. „Ich habe das Interaktionsseminar danach nicht mehr besucht", erklang ihre Stimme, plötzlich heiser, neben Anna Maria. „Aber ich habe mich im Institut umgeschaut. Ich wollte wissen, ob ich die Einzige bin, die Professor Großholz in die Falle gelaufen ist. Lange musste ich nicht suchen."

Eine Aufwallung von Zorn ergriff Sibylle. Sie senkte den Kopf und legte sich die Haare mit einer Bewegung, als würde sie einen Pferdeschwanz knoten, ohne Eile auf den Rücken. Es war mucksmäuschenstill, als sie von Karo zu sprechen anfing. Die Kollegin aus der Gymnasialzeit habe im Sommersemester vergangenen Jahres im Rahmen eines Seminars über Mikroelektronik bei Großholz eine Arbeit über das Transistorradio geschrieben, für die sie keinen Seminarschein erhielt. Das habe sie verunsichert.

„So fragte sie den Professor gegen Ende des Semesters, wie es mit ihrer Arbeit aussähe. Er antwortete, dass er sich gern noch persönlich mit ihr darüber unterhalten würde, und bestellte sie an einem Freitagmorgen, schon in den Semesterferien, zu sich ins Büro.

Besonders toll fand die Kollegin ihre Arbeit nicht. Aber ungenügend? Kaum. Sie hatte öfters im Seminar gefehlt und wusste nicht, ob eine regelmäßige Teilnahme etwa Voraussetzung für den Schein war. Um einigermaßen sicher bei ihm antreten zu können, bereitete sie sich wie auf eine Prüfung auf den Termin vor. In der Hoffnung, er habe nicht allzu viel zu bemängeln, ging sie an das Treffen. Er wirkte zerstreut, schien mit anderem beschäftigt. Sie solle sich bitte setzen. Nach einer Weile nahm er ihr gegenüber am Sitzungstisch Platz. Sie traute ihren Ohren nicht. Er fand ihre Arbeit ausgezeichnet, wollte gar nicht aufhören, sie zu loben. Sie empfand seine Begeisterung als übertrieben. Je mehr er schwärmte, umso unsicherer wurde sie. Was sie aber geradezu ängstigte, war sein Blick. Während er sprach, betrachtete er sie unverhohlen, starrte sie sogar an. Bevor ihr klar wurde, was sich abspielte, begann er von ihrem Aussehen zu sprechen. Er erklärte, ihre körperliche Erscheinung hätte ihn vom ersten Augenblick an stark angesprochen. Sie sei sehr attraktiv, hätte ausdrucksstarke Augen und so weiter.

Sie versuchte, das Gespräch auf ihre Arbeit zu lenken. Vergeblich. Schon im Seminar sei er nervös geworden, wenn sie den Raum betreten hätte. Ob sie das gespürt habe, ob ihr bewusst sei, was für eine starke Wirkung sie auf ihn ausübe. Er sparte nicht mit Blicken, trieb sie mit Komplimenten über ihr für ihn so hinreißend wirkendes Aussehen ganz in die Enge. Sie war total schockiert, fühlte sich mehr als überrumpelt. Als es ihr gelang, seine Essenseinladung abzulehnen, erpresste er sie kurzerhand. Er würde ihr die Bescheinigung für ihre Arbeit erst aushändigen, wenn sie in ein Abendessen mit ihm einwillige. Weil sie nichts wie weg wollte, sagte sie gegen ihren Willen zu. Doch o Schreck, damit war der Irrsinn nicht zu Ende. Herr Großholz stellte sich ihr in den Weg. Erst da sei ihr lähmendes Entsetzen in Wut umgeschlagen. Wollte er sie auch noch anfassen? Dann würde sie schreien, ihn treten, verunstalten, egal was. Sie sei sich plötzlich ganz sicher gewesen, dass er keine Chance mehr gegen sie hatte, totsicher keine mehr. Er sei triumphierend vor der Tür gestanden und sie habe gedacht, Kleinholz, lieber Großholz, wenn du mich hier nicht rauslässt, wirst du Kleinholz. Zu allem bereit, in einem sehr, sehr seltsamen, sehr entschlossenen Zustand, sei sie auf ihn zugegangen. Er schmolz wie ein Eiszapfen in kochendem Wasser.

Die Verabredung zum Essen, die erpresste, sagte die Kollegin ab. Professor Großholz hat ihr den Schein für die Seminararbeit gleich nach der Besprechung zugeschickt. Leider war für sie nach diesem Erlebnis auch die Technikforschung vorbei. Ihre Diplomarbeit schreibt sie bei Professor Huber."

Mit einem Zettel in der Hand stand Ernst auf. Er nahm eine Kreide und fasste Sibylles eigene Erlebnisse mit der Semesterassistenz auf der Tafel zusammen, danach die ihrer Kollegin mit dem verweigerten Seminarschein. Sibylle hatte sich auf dem Stuhl umgedreht und schaute zu, wie er schrieb. „Stimmt es so?", fragte Ernst, als er die beiden Beispiele dem ersten hinzugefügt hatte. Sibylles Augen glitten über die weißen Wörter. Sie nickte.

Anna Maria war gespannt, wie sich das nächste Beispiel für sie anhören würde. Um ihre Assistenzstelle nicht zu gefährden, wollte sie sich bedeckt halten. Deshalb würde Sibylle anonym vortragen, was für eine böse Überraschung sie damals in ihrer Prüfungszeit mit Großholz erlebt hatte.

„Was ich nun schildern werde, ereignete sich vor ungefähr zwei Jahren", ertönte laut Sibylles Stimme. Sie hatte zwei handgeschriebene Blätter vor sich. „Diese Kollegin schrieb ihre Diplomarbeit bei Professor Großholz und legte danach die Prüfungen bei ihm ab. In der Zeit ihrer Abschlussarbeit ergaben sich teils lange, über das Fachliche hinausgehende Gespräche zwischen den beiden. Er zeigte sich ihr als einfühlsamer Mensch, nahm Anteil an ihrem Geschick, sprach auch von sich und öffnete sich ihr. Sie kannte ihn schon über ein Jahr, mochte ihn, vertraute ihm, betrachtete ihn fast wie einen Bruder, als sie sich an einem Novemberabend vor knapp zwei Jahren für die Vorbesprechung ihrer Prüfung in sein Büro begab. Anstatt das Prüfungsthema zu besprechen, verwickelte er sie in ein persönliches Gespräch, suchte ihre Körpernähe und erklärte ihr, wie gern er sie habe. ‚Richtig gern.'"

Im Seminarraum dunkelte es, Schatten lagen auf den Gesichtern der Assis. Vor Anna Maria tauchte der Sitzungstisch von Großholz aus der Dämmerung auf und begann sich wie ein Karussell zu drehen, während neben ihr Sibylle ihre Erlebnisse jenes Winters in Worte kleidete. „Beide genossen die Vertrautheit, die zwischen ihnen entstanden war, bis er ihr erklärte, er möge sie so sehr, dass er auch Körperkontakt wünsche, ja, dass er nicht anders könne, als sie anzufassen. Als besäße er ein Recht, das er als ihr Prüfer einlösen durfte, drängte er sich ihr auf. Ihre verzweifelten Versuche, Distanz herzustellen, riss er mit neuen Annäherungen und mit der Beteuerung, wie sehr er sie möge und was für eine besondere Studentin sie für ihn sei, immer wieder ein. Begleitet von einer schrecklichen Angst begriff sie, dass sie ihm ausgeliefert sein würde, bis die Prüfungen vorüber waren."

Sibylle hielt inne. Alle lauschten ihrer Erzählung. „Warum er sie erst in der Prüfungszeit körperlich bedrängte, wissen wir nicht", fuhr sie fort. „Was wir wissen: Je größer die Abhängigkeit und das Machtgefälle, vielleicht auch der Stress, desto schwieriger ist es, sich gegen Annäherungen zu wehren. Das spüren Belästiger und wissen es sehr gut für sich auszunützen."

Sibylle gab Ernst ein Zeichen. Er stand auf, und während er die Stichworte des vierten Beispiels über die ganze Breite der Tafel schrieb, ordnete sie ihre Unterlagen. Kaum saß Ernst wieder, sagte sie: „Ich war also nicht die Einzige, die ihm in die Falle gelaufen war. Das wusste ich bald. Aber das Gefühl, hereingelegt und benutzt worden zu sein, war damit nicht überwunden. Wir fanden es unerhört, was sich dieser Professor erlaubt. Er müsste bestraft werden. Er müsste aufhören, sich Studentinnen zu nähern. Es durfte an diesem Institut keine weitere Studentin, sei sie Haupt- oder Nebenfachstudentin, bedrängt oder überrumpelt werden. Da sich die beiden Kolleginnen sehr vor Nachteilen im Studium fürchteten, handelte schließlich eine Anwältin in unserem Namen. Sie schickte Professor Knoll, dem Institutsdirektor, einen Brief. Das war im August. Darin schilderte sie ihm, wie sich Professor Großholz Studentinnen gegenüber benimmt, und forderte ihn auf, den Übeltäter zurechtzuweisen. Mit diesem Vorgehen wollten wir Professor Großholz die Gelegenheit geben, sein Verhalten zu ändern. Wie es scheint, bewegte der Brief ihn nicht zur Einsicht. Was sich danach ereignete, wird uns jetzt Anna Maria berichten."

Sie drehte den Kopf. Anna Maria blickte in ihre hellwachen Augen. „Danke für deine Ausführungen, Sibylle", übernahm sie das Wort. Nur Mut, nur den Mut nicht verlieren! Sie wandte sich der Innenwand zu, wo nebeneinander die vier Großholz-Assis saßen, Lilo mit gesenktem Kopf zwischen ihren zwei Bürokollegen Oliver und Rolf.

„Sorry, Lilo", sprach Anna Maria Lilo an. „Gestattest du, dass ich deinen Namen erwähne?" Sie untersagte sich einen Blick zu Höfner in die Fensterreihe. War er nicht Knolls Spion? Und Knoll sowohl sein wie auch ihr Chef? Und Klaus Zingg, ihr Projektkollege …

„Bitte, wenn es der Klärung dient", hörte sie Lilos Stimme.

Anna Maria nuschelte einen Dank und heftete ihre Augen an die Wörter vor ihr auf dem Papier.

„Im September suchte die Mutter einer Studentin zuerst bei Lilo und dann über Sibylle bei mir Hilfe wegen ihrer Tochter. Sie sagte, der Professor habe sich bei der Vorbesprechung der Prüfung ‚über ihre Tochter hergemacht'." Anna Maria schilderte den Kolleginnen und Kollegen ihr Telefongespräch mit der Mutter. „Offenbar hat Großholz ihre Tochter gepackt, gewürgt und übel körperlich benutzt", erklärte sie. „Und das, obwohl er, wie anzunehmen ist, vorher von Knoll verwarnt worden ist. Was sich an dieser Prüfungsvorbesprechung in Großholz' Büro zugetragen hat, wissen vermutlich nur die Studentin, die wegen des Schocks, den das Treffen bei ihr hinterlassen zu haben scheint, immer noch kein Wort darüber spricht, und Großholz selbst." Die Mutter sorge sich sehr um ihre Tochter, die seit der Besprechung empfindlich und verschlossen sei und leider jede Hilfe ablehne, schloss Anna Maria ihre Ausführungen.

Nacken, entspanne dich, gleich ist alles vorüber, dachte sie und drückte ihre Füße auf den Boden.

„Diese Prüfungsbesprechung fand Anfang September, also vor ungefähr eineinhalb Monaten statt", fügte sie hinzu und drehte sich zur Tafel mit den vier Fällen, die Ernst und Sibylle vorgetragen hatten. „Es ist unser fünftes Beispiel. Wir waren sehr beunruhigt, als wir davon erfuhren."

Für die Fortsetzung brauchte sie die Unterlagen nicht mehr. Alice Liebmann hatte ihr nicht erzählen wollen, was genau sich zwischen ihr und Großholz ereignet hatte.

„Ich schließe mit einem sechsten und letzten Beispiel", wandte sie sich von neuem ans Plenum. „Großholz scheint zur Zeit auch eine Diplomandin zu bedrängen. Sie hat ihm Stillschweigen vesprochen. Deshalb will sie nicht erzählen, was sich zwischen ihr und ihm ereignet hat und eventuell weiter ereignen wird. Nach ihrer Diplomarbeit, die sie bei Großholz schreibt, wird sie auch die Prüfungen bei ihm ablegen. Sie sagte uns lediglich, Professor Großholz hätte sich bei ihr entschuldigt und ihr versichert, in Zukunft die Grenzen zu wahren."

Ernst vervollständigte die Übersicht. Unbeirrt vom Stuhlrücken und Räuspern, das hinter ihm den Seminarraum erfasste, kratzte seine Kreide über den Schiefer. Wie abgemacht, hatte er die Fälle zeitlich geordnet dargestellt und versah sie jetzt noch mit Nummern.

Als alle sechs aufgelistet waren – zuoberst die Prüfungsvorbesprechung, Anna Marias eigene, von vor zwei Jahren mit den Hinweisen → *Freundschaft als Sprungbrett*, → *Gefühle und Körperkontakt aufdrängen*, zuunterst die Prüfungsvorbesprechung vom September mit der Erläuterung → *über die Studentin herfallen* –, ergriff sie nochmals das Wort.

„Ein Fall vor zwei Jahren, einer vor einem Jahr, in diesem Jahr vier, das fanden wir alarmierend. Nicht nur Großholz' Hunger nach Studentinnen scheint zu wachsen, offenbar greift er auch zunehmend brutaler auf seine Opfer zu, wie das unser letztes Beispiel mehr als erahnen lässt. Wenn Knoll nicht einschreitet, sollten wir Assis Flagge zeigen. Großholz verbreitet Angst und Schrecken. Schon ein Ersatz- oder Zweitprüfer respektive eine -prüferin für das Fach Technikforschung würde die Lage entspannen. Dazu müssten weitere Schritte zum Schutz von Studentinnen eingeleitet werden. Durch eine Abklärung der einzelnen Vorfälle könnte Großholz zur Rechenschaft gezogen werden. Das Ziel sollte sein, dass in Zukunft alle jedes Fach, auch das Fach Technikforschung, unbehelligt studieren und abschließen können."

Anna Maria hatte sich ereifert. Die Dunkelheit ärgerte sie. Sie stand auf und drückte bei der Tür auf die Lichtschalter. An der Decke zuckten die Neonröhren auf. „Wir sollten Knoll zum Handeln auffordern", sagte sie und ging auf ihren Platz zurück.

Im hell erleuchteten Seminarraum senkten sich die Köpfe. Auch Anna Maria fühlte sich ausgestellt. Sie wickelte den Schal enger um den Hals. Der Nacken schmerzte. Sie wollte Sibylle, wollte Ernst anschauen und starrte nur vor sich hin, so bewegungslos und stumm wie alle im Raum.

Eine Stimme löste, wie nach einem unendlich langen Schweigen, leise den Bann. Der Oberassistent von Großholz, Hansjörg Giger, flüsterte seinem Tischnachbarn und Assistentenkollegen Oliver etwas ins Ohr. Fast gleichzeitig erklang gegenüber, vorne in der Fensterreihe, ein Räuspern, als bereite sich jemand für ein Votum vor. Tatsächlich, Dieter, der IT-Verantwortliche, richtete sich entschlossen in seinem Stuhl auf.

Er schaute Ernst an: „Sprecht ihr wirklich von unserem Großholz, von Karl Großholz, dem Technikforscher hier am Institut?"

Ernst bemerkte, dass er die Tafel nicht hinaufgeschoben hatte, und holte das nach. Als Antwort auf Dieters Frage leuchteten weiß die sechs Beispiele in den Raum. An Ernst' spitzer, exakter Schrift schien Dieters Vorwurf abzuprallen.

„Ich habe Mühe, mir Großholz als Belästiger oder Missetäter vorzustellen", doppelte Dieter nach.

Ja natürlich! Anna Maria griff sich vor Schreck an den Nacken. Deswegen, um das Unglaubliche dem Unvorstellbaren zu entreißen, hatten sie diese Versammlung einberufen. Schwang sich der IT-Dieter jetzt zu Großholz' Anwalt auf? Hatte Knoll, der sein Institut gern ohne Makel sehen möchte, oder Höfner, der Knoll sowieso hörig war, ihn engagiert?

In Sibylles Augen glühte die Entschlossenheit, sich zu wehren, sich ihr Recht zu erkämpfen. Sie war drauf und dran, Dieter zu widersprechen. Nur zu, dachte Anna Maria, melde dich vor Dieter, heraus mit der Sprache. Und schon erklang Sibylles Stimme, laut wie vorher Dieters. „Ich habe von Karl Großholz gesprochen, der hier Professor ist und im oberen Stock sein Büro hat. Das Büro 202. Dorthin hat er mich an die Besprechung gelotst. Um euch als Betroffene zu schildern, was er sich mit Studentinnen erlaubt, bin ich hierhergekommen."

Ernst nickte. Anna Maria fasste sich ein Herz. „So ist es, Dieter, was Großholz in seinem Büro treibt, ist unglaublich, immer von Neuem unglaublich. Meinst du vielleicht, Sibylle habe ihren Bericht erfunden?" Sie verbot sich weiterzusprechen. Zu schnell würde ihr in dieser Debatte Unbedachtes über die Lippen kommen.

Dieter blickte herausfordernd in die Runde. „Die Briefe sind doch bei Weitem ..."

„Ich habe auch Mühe, mir Großholz als Studentinnenjäger vorzustellen", fiel ihm jemand aus der hinteren Reihe ins Wort. Es war der drahtige Huber-Assistent Ulrich Feurich, der zu sprechen angefangen hatte. „Großholz, Shootingstar des Instituts, ein brillanter Kopf, Vielschreiber. Er genießt zu Recht ein beneidenswertes Ansehen. An seinen fachlichen Verdiensten zweifelt niemand. Als Mensch wirkt er eher schüchtern, sogar gehemmt, und als

Mann hält man ihn gewiss nicht für einen Draufgänger- oder gar Täter-Typ. Deshalb will ich etwas erzählen: Ich traf vor ein paar Wochen hier am Institut unten im Treppenhaus die Mutter einer Studentin. Sie suchte Professor Großholz. Großholz habe ihre Tochter, ich glaube, malträtiert, sagte sie." Ulrich schilderte in ruhigen Worten seine Begegnung mit Frau Kleinert, wie sie ans Institut gekommen war und zu Großholz wollte, um ihm die Leviten zu lesen. „Ich dachte, ohne Termin zu Großholz, das könnte leicht schief gehen, und schickte die Frau zu dir, Lilo. Was mir diese Mutter gesagt hat, scheint mit dem letzten Beispiel übereinzustimmen, das Anna Maria vorgetragen hat. *September, Prüfungsvorbesprechung → über die Studentin herfallen.* Die Mutter kam mir ehrlich erschüttert vor. Ich glaube nicht, dass daran etwas erfunden ist. Wieso auch", sagte er zu Dieter gewandt. „Gleichzeitig finde ich die Vorstellung, Großholz würde Studentinnen zu perversen Handlungen zwingen, Großholz führe sozusagen in einer Zweit- oder Schattenexistenz ein Leben als Belästiger und Studentinnenschänder, jedes Mal, wenn ich daran denke, total absurd." Ulrich Feurich drehte sich seinen Nachbarn links und rechts zu: „Deshalb würde ich jetzt gern von euch hören, am liebsten von allen, die hier anwesend sind, ob und, wenn ja, wie ihr von Großholz' Missetaten erfahren habt."

Paul Rauber, ein stiller Huber-Assistent Ulrich Feurich schräg gegenüber an der Innenwand, reckte den Kopf und blickte nach vorn zur Tafel. „Das zweite Beispiel, *Seminarschein verweigern, Essensverabredung erpressen, Anstarren* ... vom letzten Sommer kenne ich, kommt es mir vor." Er schaute Sibylle an. „Der Vorname deiner Kollegin, von deren Erscheinung Großholz so unwiderstehlich fasziniert war, fängt mit K an. Habe ich recht?"

Sibylle schwieg, senkte abweisend den Kopf. „Ja, das stimmt", murmelte sie. „Aber sie möchte hier auf keinen Fall namentlich erwähnt werden."

„Kein Problem", sagte Paul Rauber und wandte sich an seinen Assistentenkollegen Ulrich Feurich. „Ich betreue ihre Diplomarbeit. Sie kam zu mir und wollte als Abschlussarbeit eine Studie über die ersten Hightechkonsumgüter durchführen, die in den 1960er- und 1970er-Jahren die Märkte überschwemmten. Ich sagte ihr, für Technikthemen sei Professor Großholz zuständig. Sie sagte ganz entschieden, Großholz käme für sie als Betreuer nicht in Frage. Ich fragte, wieso nicht. Da hat sie mir die ganze Geschichte erzählt. Das Seminar über Mikroelektronik, das sie besucht hat. Ihre Arbeit über Transistorradios. Wie sie auf die Bescheinigung wartete. So ziemlich genau das, was du, Sibylle, vorhin von deiner Kollegin geschildert hast. Auf diese Weise habe ich von Großholz' Schattenexistenz erfahren. Ich fand das Ganze höchst seltsam, sogar bizarr. Den Schein nicht aushändigen, sie in sein Büro zitieren, ihr dort dann praktisch ohne Umschweife eröffnen, wie fasziniert er von ihr sei. Sie fühlte sich höchst bedrängt, sogar mehr als das. Ich dachte mir, Großholz habe sich in sie verguckt. Das kann vorkommen. Sie ist wirklich attraktiv. Sie sagte mir, ich solle das bitte nicht herumerzählen. Großholz kommt für sie in absolut jeder Hinsicht nicht mehr in Frage. Sie hat das Thema ihrer Diplomarbeit geändert, und ich habe die Sache für mich mehr oder weniger zur Seite gelegt."

Er blickte zur Tafel. „Meine Antwort auf deine Frage, Ulrich, ob und, wenn ja, wie wir von Großholz' Übergriffen erfahren haben, lautet: Das zweite Beispiel mit dem verweigerten Seminarschein ist mir ziemlich sicher bekannt. Die Studentin selbst hat es mir erzählt. Etwas beunruhigend finde ich, dass sich Großholz nach diesem Vorfall vom letzten Sommer offenbar bereits in vier weitere Studentinnen ‚verguckt' hat, gelinde gesagt."

„Zwischendurch scheint er sich auch nach einer zweiten Assistentin umzusehen", ergriff die Hartmeier-Assistentin Eva Bazzig hinten in der Fensterreihe das Wort. Sie blickte nicht minder angriffig, als sie geklungen hatte, zu Lilo. Eine Antwort von Großholz' erster Assistentin blieb aus. Auch die anderen Großholz-Assis schwiegen. So wandte sich Eva an Sibylle: „Einer Studentin, die in der Abteilung Hartmeier die Diplomarbeit schreibt, erging es ähnlich wie dir, Sibylle. Nur stellte ihr Großholz eine reguläre Assistenzstelle, nicht bloß eine Hilfsassistenz für ein Semester in Aussicht. – Übrigens eine, die er erst in naher Zukunft neu einrichten wollte", fügte sie, ins Plenum gewandt, hinzu. „Die Studentin besuchte also Großholz' Seminar. Er sprach sie wie Sibylle früh im Semester an und bat sie zu sich ins Büro, wo er ihr zu ihrer Überraschung eine Stelle anbot. Schon in der zweiten Besprechung nahm sie diese an. Außerdem willigte sie ein, als Vorbereitung für die Assistenz die Diplomarbeit bei ihm zu schreiben. Da sie viel zu besprechen hatten, begleitete sie ihn in den folgenden Wochen jeweils nach dem Seminar in sein Büro. Bald merkte sie, dass er sich auch für Persönliches interessierte. Sie glaubte, oder redete sich ein, das gehöre dazu, er wolle seine zukünftige Mitarbeiterin ein wenig näher kennen lernen. Dass es ihr unangenehm war, wie er ins Private eindrang, schob sie beiseite oder nahm es in Kauf, bis er, während er sprach, seine Hand auf ihre legte und sie mit vielsagenden Blicken zu einem Abendessen einlud. Sie sei fürchterlich erschrocken. Seine große Hand hätte die ihre mit sanftem, aber zwingendem Druck ganz unter sich begraben. In diesem Moment sei ihre tolle Karriereaussicht wie die Glaskugel eines Glasbläserlehrlings in tausend Stücke zersprungen. Er habe seine Hand zurückgezogen und weitergeredet, als sei nichts gewesen. Ja, er sei seelenruhig über ihre Erschütterung hinweggegangen. Beim Abschied habe er gesagt: ‚Also, bis nächsten Donnerstag. Ich freue mich.' Nichts weiter, kein Wort von der Essenseinladung. Am folgenden Donnerstag begleitete sie ihn wie üblich nach dem Seminar in sein Büro, wo sich ihre Befürchtung bestätigte. Professor Großholz gestand ihr, er habe sich Hoffnung auf eine engere Beziehung gemacht. Das ereignete sich, ich glaube, im vergangenen Winter. Die Studentin schreibt nun, nach ihrem ‚Reinfall mit Großholz', wie sie es nennt, bei mir und Frau Professor Hartmeier ihre Diplomarbeit. Für die Prüfungen kommt sie aber nicht um Großholz herum, denn sie hat drei Jahre lang und mit viel Interesse als Schwerpunkt Technikforschung studiert."

„Ist seine neue Assistenz nicht bis heute vakant?", sagte Ulrich Feurich, nicht ohne Spott in der Stimme, zu den Großholz-Assis. Die vier Angesprochenen saßen stumm wie eine Mauer nebeneinander da. Nach einer Weile schaute Hansjörg Giger, Großholz' Oberassistent, zu Ulrich. „Ja, sie ist vakant, vermutlich", sagte er trocken.

Eva Bazzig reckte den Kopf, und bevor Ulrich Feurich Hansjörg etwas erwidern konnte, sagte sie zu Ernst: „Nach dem zweiten Beispiel, dem von Sibylles Kollegin, *Seminarschein verweigern, anstarren, Essensverabredung erpressen ...*, kannst du hinzufügen, was ich vorhin erzählt habe: *Stellenangebot ...*, ich weiß nicht, wie ich das nennen soll, vielleicht *Stellenangebot mit besonderen Bedingungen, Essenseinladung mit eindeutiger Absicht, Hoffnung auf eine engere Beziehung.*"

Während Ernst die Aufstellung an der Tafel ergänzte, wandte sich Ulrich Feurich erneut an die Großholz-Assis: „Kann ich nicht von euch hören, wie ihr das Problem betrachtet? Ihr seid seine Angestellten, seid näher dran als wir. Wisst ihr von Großholz' Doppelexistenz oder von einzelnen Vorfällen? Und wie steht ihr dazu?"

„Oh, viele Fragen, Ulrich!", sagte Hansjörg. Gleichzeitig flüsterte ihm Oliver etwas ins Ohr. Auch Lilo und Rolf begannen zusammen zu sprechen. Ungeachtet der Blicke, die sie auf sich zogen, schienen sich die vier Großholz-Assis untereinander zu beraten.

„Wie allgemein bekannt ist", richtete Oliver sich schließlich an die Anwesenden, „bespricht Großholz als einziger Professor des Instituts die Seminar- und Diplomarbeiten selbst. Deshalb haben wir wenig Kontakt mit den Studentinnen und Studenten. Viel weniger als ihr alle, vermuten wir. Rolf und ich wissen von Lilo, dass unser Chef offenbar Probleme mit Studentinnen hat. Lilo wusste auch früher als wir von dieser Versammlung."

„Dann möchte ich dich fragen, Lilo, seit wann du von einzelnen Vorfällen weißt, und wie du dazu stehst", hakte Ulrich Feurig nach.

Anna Maria hatte plötzlich die Szene vor Augen, wie sie und Lilo auf dem Kiesweg unterhalb des Instituts gestanden waren und sie Lilo gefragt hatte: „Lässt er dich eigentlich in Ruhe?" Lilos Antwort hatte sie nicht besonders überrascht. Sie hatte ihren Verdacht bestätigt, es werde nur schlimmer mit Großholz und er sei weit davon entfernt, sich zu bessern oder etwas zu bereuen. Dort mit Lilo vor dem Institut wurde ihr auch klar, dass sie Ernsts Idee von einer Versammlung ...

„Ich möchte mich nicht dazu äußern", hörte sie Lilos Stimme. Laut und entschieden hatte Lilo Stellung bezogen. Sie wollte weiterhin, auch hier in der Assi-Runde, schweigen.

Ulrich gab sich Mühe, seinen Missmut zurückzuhalten. Er rang noch mit sich, als sich Hansjörg, der Oberassistent von Großholz, zu Wort meldete. „Ich glaube nicht, dass diese Versammlung einberufen wurde, um uns Großholz-Assis zu verhören", sagte Hansjörg ruhig. „Großholz freut sich nicht über diese Zusammenkunft, sollte er je davon erfahren. Noch unerfreulicher muss es für ihn sein, dass seine eigenen Angestellten daran teilnehmen oder ihn sogar belasten. Gleichwohl will ich etwas vorbringen, das sich zwar vor über fünf Jahren ereignet hat, doch mit dem, was wir hier besprechen, und speziell mit dem, was Eva gerade erzählt hat, zusammenzuhängen scheint."

In der Fensterreihe rückte ein Stuhl von der Stelle. Es war der Stuhl von Dieter, dem IT-Verantwortlichen. Ein Rascheln und Rumoren setzte ein. Höfner zerknüllte sein Schokoladenpapier, Ulrich Feurig streckte die Arme aus und stöhnte, Eva sprach halblaut auf ihre Nachbarin Corinne ein.

Hansjörg, im Gegensatz zu Lilo ganz offenbar zum Sprechen bereit, saß gefasst zwischen Paul Rauber und Oliver. „Kurz bevor Großholz seine Professur antrat, führte er mit verschiedenen Mitarbeitern des Instituts Gespräche wegen einer Anstellung", sagte er in nüchternem Ton in die Unruhe hinein. „Beispielsweise mit mir und mit einer Kollegin von mir. Diese Kollegin und ich arbeiteten damals am gleichen Forschungsprojekt. Es sah so aus, als würden wir beide nach dessen Abschluss bei Großholz Assistenzen bekommen, also feste Anstellungen. Eines Tages sagte diese Kollegin fast beiläufig zu mir: ‚Ich habe Großholz übrigens abgesagt.' ‚Abgesagt?' Ich wollte wissen wieso. Die Kollegin sagte, Großholz suche eine Freundin. Auf meine Frage, was das mit der Stelle zu tun habe und woher sie das wisse, antwortete sie, er habe sie zu einem Essen eingeladen, welches einen sehr unerfreulichen Verlauf genommen habe. Unmittelbar danach hätte er sie angerufen und ihr erklärt, er würde sie gern nochmals sehen. Sie verabredeten ein neues Treffen, an dem sich für sie die Peinlichkeit noch steigerte. Großholz sprach von Liebesgefühlen. Die Kollegin habe nur noch Bildstörung gesehen, eine, zwei, drei Minuten nichts anderes. Das Flimmern habe nicht mehr aufhören wollen. Sie hätte sich von Großholz losgerissen und die Assistenz in einem Schreiben an ihn dankend abgelehnt.

Ich war mehr als verblüfft, als ich diese Geschichte hörte. Großholz – eine Freundin? Er ist doch verheiratet! Jedenfalls trat die Kollegin die Stelle nicht an. Sie folgte einem Angebot aus der Privatwirtschaft." Hansjörg senkte den Kopf. „Ich möchte hinzufügen, muss noch hinzufügen", sagte er leiser, „Hans Knoll, unserem Direktor, war damals zu Ohren gekommen, dass diese Mitarbeiterin außerhalb des Instituts eine Anstellung gefunden hatte, das Institut also verlassen wollte, und soll sehr erstaunt darüber gewesen sein. Er hat sich bei der Kollegin erkundigt, weshalb sie die Assistenz bei Großholz ausgeschlagen hätte. Wie ich von ihr weiß, hat sie Knoll daraufhin erzählt, und zwar so unmissverständlich wie mir, in welche Richtung sich die Einstellungsgespräche entwickelt hatten."

Knoll weiß Bescheid und lässt ihn gewähren, schrie es in Anna Maria. Ihr war, als würde das Entsetzen sie zerreißen. Weit weg hörte sie Hansjörgs Stimme. Sie vergegenwärtigte sich die Assi-Versammlung und versuchte, der Diskussion zu folgen.

„Ich möchte niemanden belasten, möchte aber auch eine Untersuchung des Sachverhalts nicht behindern", sprach Hansjörg sie und Ernst an. „Sollte es nötig werden, könnte ich euch den Namen der Kollegin bekannt geben."

Hansjörg schaute hinüber in die Fensterreihe. „Du kennst übrigens die Frau auch, die vor fünf Jahren wegen Großholz das Institut verlassen hat", wandte er sich an Dieter. „Sie ist eine Studienkollegin von uns. Es war für uns alle höchst seltsam, dass sie genau zu dem Zeitpunkt, als bei uns im Zusammenhang mit der Professur von Großholz neue Stellen geschaffen wurden, dem Institut den Rücken kehrte."

Anna Maria hätte sich am liebsten in ihren Schal verkrochen. Schon vor über fünf Jahren Anbändelungsversuche. Schon vor über fünf Jahren andern seine Zuneigung aufgedrängt. Wie viele Angebetete, wie viele „besondere Studentinnen" gab es in Großholz' Leben? Offenbar ließen sich selbst mit den angeblich positivsten Gefühlen, die es gab, andere Menschen terrorisieren.

„Gottlob bestehen wir darauf, dass wir uns das nicht gefallen lassen", flüsterte Sibylle ihr zu. „Der ist ja seit Jahren am Werk."

„Himmelschreiend ist das", sagte Anna Maria und nestelte an ihrem Schal herum. Das Neonlicht blendete sie. Ernst protokollierte wie verabredet die Versammlung. Sein Kugelschreiber glitt flink über den Notizblock. Was für ein Irrsinn, was für einen Frevel! Seit Großholz Stellen zu vergeben hatte, missbrauchte er sie für seine privaten Wünsche. Seit er sein Amt angetreten hatte, benutzte er es für seine zweifelhaften persönlichen Bedürfnisse. Und niemand, niemand bremste ihn! Anna Maria wollte sich mit ihrer Entrüstung an Sibylle wenden und hörte eine Stimme sagen: „Was ist eigentlich mit Großholz' erster Sekretärin? Wie hieß sie schon wieder? Frau Gräber, Frau Gerber?"

Ein Raunen lief durch die Anwesenden. Es war Georg Maag, der Oberassistent von Professor Huber, der begonnen hatte, von

Frau Gerber zu sprechen. „Ist sie nicht von einem Tag auf den andern aus Großholz' Sekretariat verschwunden?", klang Georgs Bass unaufgeregt durch den Seminarraum.

Frau Gerber war ihnen bei der Vorbereitung der Versammlung nicht eingefallen, dachte Anna Maria.

Die Großholz-Assis flüsterten erneut, und Höfner redete heftig auf seinen Nachbarn Christian ein, der den Kopf auf die Hände stützte und ihm, ohne ihn anzuschauen, geduldig zuzuhören schien.

Sibylle drehte sich zu Anna Maria. „Was ist mit Frau Gräber, oder Gerber?"

In das Stimmengewirr hinein, das Georg Maag ausgelöst hatte, sagte Anna Maria zu Sibylle: „Plötzlich hing ein Zettel an Großholz' Sekretariatstür. Geschlossen. Nichts weiter. Keine Begründung. Kein Hinweis auf eine Vertretung. Kein Datum, wann das Sekretariat wieder geöffnet sein würde." Anna Maria erinnerte sich nur undeutlich an Frau Gerber. Schon älter, scheu, eine eher kleine, drahtige Person. „Großholz' Sekretärin habe einen Nervenzusammenbruch erlitten, sie sei im Spital, sagten einige. Andere mutmaßten, in einer psychiatrischen Klinik. Niemand wusste Bescheid. Dann saß eines Tages Frau Gloor frisch und selbstbewusst an Frau Gerbers Platz. Nein, sie sei keine Aushilfe. Frau Gloor wusste nichts von Frau Gerber, kein Wort, als hätte sie gar keine Vorgängerin gehabt."

Sie musste im vierten oder fünften Semester gewesen sein, als Frau Gerber spurlos verschwunden war, dachte Anna Maria. Hatte sich Großholz dieser eigentlich verschüchterten, bereits etwas älteren Person genähert? Langsam traute sie ihm alles zu. Wie übel hatte er sich ihr gegenüber benommen! Hatte er Frau Gerber besser, anständiger behandelt? War er überhaupt in der Lage, mit jemandem anders umzugehen? Kaum. Nicht einmal die Tatsache, dass sie nach der Tortur mit ihm die Prüfung bestanden hatte, konnte den Knick glätten, den er ihr zugefügt hatte. Vielleicht sagte sich Frau Gerber eines Tages: Fort von hier, mit oder

ohne Kündigung, gesund oder krank, einfach nur fort, weg aus diesem Büro.
Jemand rüttelte sie am Arm. „Alles okay?", fragte Sibylle. „Ja, alles okay", antwortete Anna Maria. Ihr Blick glitt über das noch sommerlich gebräunte Gesicht von Sibylle, traf ihre hellwachen Augen, während der Bass von Georg Maag ruhig durch den Seminarraum klang. Georg sprach von der Kommission, die zur Zeit eine neue Prüfungsordnung ausarbeite. Bald werde von den Hauptfächlern eine dritte mündliche Abschlussprüfung verlangt. Das bedeute zusätzliche Arbeit auch für die Professorenschaft. „Sollte Großholz den Studentinnen wirklich seine perversen Handlungen aufzwingen, ist es unbillig, ihm zusätzliche Aufgaben zu übertragen. Ich finde, die Vorwürfe gegen ihn bedürfen einer Abklärung. Bis dahin müsste die Änderung der Prüfungsordnung zurückgestellt werden. Zudem sollte, zumindest den Opfern von Übergriffen, ein Ersatzprüfer oder eine Ersatzprüferin zur Verfügung stehen, wie du das vorgeschlagen hast, Anna Maria. Wir, die Assistierenden des Instituts, vielleicht auch die Mitglieder der Prüfungskommission, sollten mit diesen Anliegen an Knoll herantreten."

„Ich bin ganz deiner Meinung, Georg, wir sollten unsern Direktor zum Handeln auffordern", rief Eva Bazzig von ihrem Platz hinten in der Fensterreihe aus in den Raum hinein. Sie reckte erneut ihren Kopf, um nach vorne zu sehen. „An der Tafel sind jetzt sieben, mit der Assistentin, welcher Großholz schon vor mehr als fünf Jahren seine 'Liebe' gestanden hat, sind es acht Beispiele. Sollte er auch seiner ersten Sekretärin zu nahe getreten sein, ergäbe das Hinweise auf sage und schreibe neun Vorfälle. Ich habe leider im letzten Winter, als mir unsere Diplomandin von ihrem 'Reinfall mit Großholz' erzählte, den Ernst der Lage nicht erkannt. Was jetzt hier ans Licht kommt, finde ich aber beängstigend, sogar alarmierend. Es besteht der Verdacht, dass Professor Großholz über einen Zeitraum von fünf bis sechs Jahren bis zum heutigen Tag Studentinnen und Stellenbewerberinnen sexuell belästigte und belästigt, und dass er wiederholt seine Macht und sein Amt als Professor missbrauchte. Unser Direktor Knoll oder eine juristische Fachperson oder sogar eine zu diesem Zweck gebildete Kommission müsste den Vorfällen nachgehen. Dazu wären über die Prüfungen hinaus Maßnahmen zu treffen, damit weitere Übergriffe auf Studentinnen verhindert werden. Auch soll an unserem Institut niemand mehr mit einem zweideutigen Stellenangebot oder mit einer nicht ernst gemeinten Arbeitsbesprechung getäuscht werden."

„Was wir besprechen, ist in der Tat nicht harmlos", ergriff IT-Dieter wiederum das Wort. „Bewahrheitet es sich, wäre es für Großholz u n d für das Institut eine Katastrophe. Deshalb sollten wir vorsichtig sein. Großholz müsste das Recht erhalten, sich zu verteidigen, bevor wir ihn als Belästiger hinstellen oder gar zum Missetäter abstempeln und Maßnahmen fordern."

Ernst hörte auf zu protokollieren. „Wir wollen Großholz bestimmt nicht verurteilen, Dieter, es ist nicht unsere Aufgabe, zu richten. Und natürlich gilt auch für ihn wie immer die Unschuldsvermutung, solange kein Urteil vorliegt. Wie schon mehrmals gesagt, verfolgt unsere Sitzung andere Prioritäten. Wir haben sie einberufen, damit rasch Schritte zum Schutz von Studentinnen eingeleitet werden, sollte sich der Verdacht erhärten, dass sie an unserem Institut belästigendem Verhalten ausgesetzt sind. Mir scheint, unsere Diskussion zeigt, dass Maßnahmen unabdingbar sind, und leider auch, dass Großholz womöglich einiges auf dem Kerbholz hat. Knoll hat im Sommer einen Brief bekommen mit der Bitte, ihn zurechtzuweisen. Nach dem neuen Fall, der Prüfungsvorbesprechung, die im September stattfand, von der Ulrich Feurich, Lilo und Anna Maria Kenntnis haben, sollten wir jetzt bestimmter werden, Knoll darauf hinweisen, dass das Problem in dringlicher Weise weiter existiert und dass zu dessen Lösung ein entschiedeneres Einschreiten, als er es bis jetzt getan hat, notwendig geworden ist."

„Dass den Vorfällen nachgegangen wird, wie Eva es formuliert hat, und die Vorkommnisse genau untersucht werden, ist das eine, das ich, übrigens wie andere hier, mittlerweile für nötig erachte", war Georgs Stimme erneut zu hören. „Das andere, und genauso wichtig, ist der Schutz von Studentinnen vor Belästigungen, also die Verhinderung weiterer Fälle. Wenn es Knoll, wie Hansjörg meint, seit über fünf Jahren bekannt ist, dass Großholz bei Frauen merkwürdige Nebenbedingungen an Stellenangebote knüpft, ist es an der Zeit, dass er Vorkehrungen trifft, damit an unserem Institut, zumindest offiziell, nichts dergleichen mehr geschieht. Das ist die Pflicht eines jeden Direktors. Das heißt, wir brauchen Maßnahmen, die bei den Prüfungsvorbesprechungen greifen, die aber auch unlautere Stellenangebote, nicht ernst gemeinte Arbeitsbesprechungen und weitere Belästigungen jedweder Art sowohl strikt verbieten wie verhindern. Wir hier haben zur Zeit von acht oder neun Fällen mehr oder weniger vage Kenntnis. Ich finde das skandalös, Dieter."

„Wir sollten mit konkreten Vorschlägen, wie das Problem angegangen werden kann, an unseren Direktor herantreten", sagte Ernst. „Genannt wurden bis jetzt ..." – er blickte auf seine Notizen –, „keine Änderung der Prüfungsordnung, bis die Lage geklärt ist, einen Ersatzprüfer oder eine Ersatzprüferin für Geschädigte, Maßnahmen zum Schutz von Studentinnen vor Belästigungen und Übergriffen, also generelle Maßnahmen zur Verhinderung weiterer Fälle, Vorkehrungen gegen nicht ernst gemeinte Arbeitsbesprechungen und seltsame Nebenbedingungen bei Stellenangeboten sowie Abklärung der Vorfälle. Ich könnte in den nächsten Tagen einen entsprechenden Brief an unseren Direktor aufsetzen."

„Könntest du bitte an die Tafel schreiben, was der Brief an Knoll enthalten soll?", schlug Eva Bazzig vor.

Ernst wartete eine Weile. Als auch Dieter, der IT-Verantwortliche, und Knolls Oberassistent Höfner, die beiden Skeptiker in der

Fensterreihe, schwiegen, stand er auf und ging zur Tafel. Mit den Notizblättern in der Hand begann er, die Vorschläge aufzulisten. Einige im Raum notierten sich die Punkte. Sibylle drehte sich zur Tafel und las, was Ernst aufschrieb. Die Hartmeier-Assistentin Eva Bazzig wollte noch etwas anfügen, bemerkte Anna Maria, und forderte sie auf zu sprechen.

„Wir könnten Knoll unsere Unterstützung bei der Abklärung der Vorfälle anbieten?", regte Eva an. „Ich könnte das Beispiel von der Assistenzstelle, das mir bekannt ist, mit deren Hilfe Großholz eine 'engere Beziehung' suchte, so wie vorhin euch auch Knoll erzählen. Ihr anderen dito. Auf diese Weise könnten wir Knoll mit unseren Kenntnissen behilflich sein, wenn er sich ein Bild darüber verschaffen möchte, was sich in Großholz' Büro abspielt.

Der scheue Paul Rauber und Ulrich Feurich, beide Huber-Assistenten, sahen sich an und nickten.

„Ich protokolliere die neuen Anregungen aus dem Plenum", sagte Anna Maria zu Ernst und ergriff einen Stift.

„Ich würde ausdrücklich im Brief erwähnen, dass wir das Problem für dringlich halten", erklang Georg Maags Bass, „und dass wir es begrüßen würden, wenn Knoll schnell handeln würde."

„Weitere Ergänzungen oder Fragen?", wandte sich Anna Maria an die Kolleginnen und Kollegen.

Schweigen.

Ernst vervollständigte an der Tafel in Stichworten den Brief. Als alle Fragen besprochen waren und niemand mehr eine Änderung wünschte, schlug er vor, mit einer Abstimmung zu klären, wer mit diesem Inhalt einverstanden sei.

IT-Dieter und Höfner wollten sich der Stimme enthalten, ohne Begründung. Lilo und ihr Kollege Oliver aus der Abteilung Großholz schlossen sich den beiden an, fügten aber hinzu, dies geschehe aus Loyalität ihrem Vorgesetzten gegenüber, mit dem sie weiterhin zusammenarbeiten müssten.

Durch Handerheben einverstanden mit dem, was an der Tafel

skizziert war, erklärten sich alle Huber- und alle Agnes-Hartmeier-Assis, dazu die anwesenden Knoll-Assis ohne Höfner, und, wie Anna Maria mit Erleichterung feststellte, auch ihr Projektkollege Klaus Zingg, weiter aus der Abteilung von Großholz der Oberassistent Hansjörg Giger und Rolf Schicke, Büro- und Projektkollege von Lilo, womit sich insgesamt 19 Assistierende für den Brief aussprachen.

Nicht einverstanden: Niemand.

Beschluss des Plenums: Ernst und Anna Maria würden das Schreiben für Knoll in den nächsten Tagen verfassen und anschließend die Unterschriften der Kolleginnen und Kollegen einholen.

„Jeder Übergriff ist ein Übergriff zu viel. Jeder neue Fall einer, der mit entsprechenden Maßnahmen hätte verhindert werden können", sagte Ernst. „Deshalb war es wichtig, dass wir Assis uns heute über dieses Thema ausgetauscht und verständigt haben und uns dafür einsetzen, dass an unserem Institut niemand diskriminiert wird. Die Versammlung ist geschlossen."

5. Kapitel

„Also gut", sagte Großholz, „lass die Schlussfolgerungen so stehen, es ist deine Arbeit." Er blickte sie an. Oh, was für ein Gesicht! Vor Staunen griff er in den Papierwirrwarr hinein, der in der hitzigen Debatte entstanden war. Er sammelte die losen Blätter und ordnete sie. Behutsam legte er den Stoß auf den Tisch. „Du hast es geschafft, Alice. Freust du dich?"
Da sie nicht aufschaute und nicht antwortete, zog er die Arbeit näher zu sich. Er betrachtete das Inhaltsverzeichnis. „... Ja, in der Einleitung stellst du deine Gedanken kurz vor. Gut. Sehr gut. Dann – Kapitel eins: bisherige Forschung, am Schluss deine Fragestellung – Kapitel zwei: deine Interviews mit den Computermädchen – drei: die Auswertung ... und ebenfalls genehmigt, Alice, deine Schlussfolgerungen. – Gut. Sehr gut. – Jetzt fehlt dir nur noch ein ansprechender Titel."

„Ja."

Er fühlte einen Stich. Kein einziger versöhnlicher Blick, nur Trotz, Trotz, und jetzt auch noch diese Kaltschnäuzigkeit. Bitterer als beabsichtigt sagte er: „Frauen neigen offenbar zu Heimlichkeiten."

„Also Karl, nein! Die Mädchen ..." Sie verstummte, legte ihren Stift auf den Tisch und setzte sich gerade hin. „Es geht nicht um Heimlichkeiten, Karl", sagte sie ruhig. „Die Mädchen fühlen sich in bestimmten Situationen gezwungen, ihre Fähigkeiten herunterzuspielen. Sie getrauen sich nicht, ihr Können zu zeigen. Das ist der Punkt."

Er schwieg.

Sie schaute ihn an. „Du kennst doch meine Interviews mit den Teenies. Sie schaffen es nicht, in der Schule und in der Familie als produktive und erfolgreiche Computermädchen aufzutreten. Jasmin hat oft ein schlechtes Gewissen der Mutter gegenüber, weil sie so begabt ist im Programmieren. Sandra wurde ausgelacht, als sie vorschlug ..."

„Alice!", rief er und sprang vom Stuhl hoch. „Sei doch nicht so garstig!"
Sie fuhr zusammen. „Was hast du, Karl, was ist?"
Langsam ging er um den Tisch herum auf sie zu. „Ich spreche von deinen Heimlichkeiten", presste er hervor.
„M e i n e Heimlichkeiten?"
„Ja, Alice. Deine." Er setzte sich auf den Stuhl neben ihr. „Auch du warst heimlich aktiv", sagte er vorwurfsvoll und legte seine Hand auf ihren Arm.
Sie schüttelte seine Hand ab. „Lass das bitte. Wovon sprichst du?"
Er drückte ihren Arm auf den Tisch. „Ich spreche von deinen heimlichen Aktivitäten, Alice, von deinen Aktivitäten gegen mich."
Sie riss sich los und rückte mit dem Stuhl von ihm weg. „Hör auf!", zischte sie zornig. „Du hast mir im Sommer versprochen, mich nie mehr anzufassen." Sie schaute ihn grimmig an. „Wie abgemacht, Karl, du lässt mich in Ruhe. – Jetzt. Sofort!"
Ihm schien es, ihre dunkel geschminkten Augen würden schwarz und schwärzer. Ja, ja, so waren sie, die Frauen. Pechschwarz. Mutlos ließ er die Arme auf den Tisch fallen, sein Kopf sank vornüber. Hinter seinem Rücken Lügen verbreiten, dann die Zimperliese spielen. Was war nur aus der kecken, aufgeweckten Alice geworden? Schwärzer als im schwärzesten schwarzen Loch des Weltalls sah es in ihr aus. Schrecklich, ja. – War sie weg? Nein. „Bitte, Alice, antworte! Hast du mich angeschwärzt? Bist du heimlich zu einer Anwältin gelaufen?"
„Ich? Was soll das? Ich weiß nicht, wovon du sprichst." Sie langte nach ihrer Kartonmappe. Während sie die Arbeit in die Mappe steckte, sagte sie leise: „Ich bin hier, um das letzte Kapitel meiner Diplomarbeit mit dir zu besprechen. Ich hätte gern geschrieben, wie selbstverständlich die Mädchen mit den Spielen und Programmen, die sie selbst entwickelt haben, umgehen, wie leicht es ihnen fällt, als Computerexpertinnen aufzutreten. Leider scheint es für sie nicht so einfach zu sein."

Ausweichen. Natürlich! „Alice!" Energisch richtete er sich auf. „Gehörst du zu den Studentinnen, die hinter meinem Rücken zu einer Anwältin gelaufen sind und Lügen über mich verbreiten?"
„Herrjemine! Ich weiß wirklich nicht, wovon du sprichst." Ohne ihn anzusehen begann sie, ihre Stifte, die über den Tisch verstreut waren, in die Etuischachtel zu räumen.
„Du weißt, wovon ich spreche."
„Nein, ich hatte noch nie mit einer Anwältin zu tun. Nur einen Anruf habe ich erhalten. Jemand fragte mich, ob ich Probleme mit dir hätte."
„Wer, was?" Vor Schreck packte Großholz sie am Arm.
„Karl!", schrie sie, riss sich los und flüchtete hinter den Tisch. Auch Großholz sprang auf. Er wollte zur Tür rennen, ihr den Weg hinaus versperren. Doch kaum war er losgerannt, blieb er stehen. Alice war nicht weggelaufen. Sie stand hinter dem Tisch. Ihre drahtigen Haare glänzten wie Teufelshörner, und in den dunklen Augen funkelte Zorn. „Hör auf!", zischte ihr Riesenmund. „Hör endlich auf!"
Wenn sie nur nicht losschrie! Alle würden es hören, wenn sie wieder mit ihrem Geschrei begann. „Alice! Alice, sei vernünftig, sei still!", stammelte er. „Ich weiß es! Ich weiß es doch! Sie wollen mich verunglimpfen. Du hast einen Anruf erhalten. Bitte sag mir, wer dich angerufen hat. Bitte, bitte, Alice, sag es mir."
„Ich weiß nicht, wer mich angerufen hat", erklärte sie ruhig. „Ich sagte der Frau, ich wolle nicht mit ihr sprechen, ich würde eine Diplomarbeit über Computermädchen schreiben und im Frühjahr auch die Prüfungen bei dir ablegen. Das war alles. Es war ein sehr kurzes Gespräch." Ohne ihn weiter zu beachten, ging sie zu ihrem Platz zurück und räumte ihre Unterlagen in die Tasche.
„Eine Frau hat dich angerufen, eine Studentin?", fragte er.
„Ja, eine Frau, ob es eine Studentin war, weiß ich nicht."
„Wie hieß sie?"
„Keine Ahnung. Ich weiß es wirklich nicht. Bitte lass mich jetzt in Ruhe damit." Sie zeigte auf das Exemplar der Diplomarbeit, das sauber gebündelt dalag. „Möchtest du das behalten?"

„Alice, bitte erinnere dich! Sie wollen mir schaden. Was hat sie dich gefragt? Ob du Probleme mit mir hättest?"
„Ja, aber jetzt hör auf! Möchtest du diese Kopien behalten?" Sie ging um den Tisch herum, holte sich sein Exemplar und stopfte es in ihre Tasche.
„Wann hat sie dich angerufen? Im Sommer?"
Sie murmelte: „Nein, nicht im Sommer."
„Wann denn, wann hat sie ...?", hustete, jammerte er.
Alice blickte ihn an und erschrak. „Was ist? Irgendwann. Kürzlich. Was hast du, Karl?", stammelte sie.
Kürzlich? Ihm drehte sich alles. Im Sommer, im August hatte Knoll den Brief von der Anwältin erhalten. Und Alice wurde kürzlich angerufen? „Alice!" Wo war sie nur? Ihn schwindelte es. „Wann kürzlich, wann hat sie dich angerufen?", rief er und schwankte auf sie zu.
Sie wich mitsamt Tasche hinter den Tisch.
„Wann kürzlich, wann?", flehte Großholz. Er hielt sich an einer Stuhllehne fest und blickte sie an. „Wann hat sie dich angerufen? Bitte, Alice, sag es mir! Es ist wichtig."
„Vielleicht im Oktober", antwortete sie. „Aber wie gesagt, ich erinnere mich kaum."
„Im Oktober? Bist du sicher, dass es im Oktober war?"
„Nein!", schrie sie ihn an. „Ich habe doch gerade gesagt, dass ich nicht sicher bin!" Sie zerrte aufgebracht an ihrer Jacke herum. „Soll ich Frau Gloor ein Exemplar der Diplomarbeit geben, wenn ich so weit bin?"
„Bitte erinnere dich, Alice! Es ist wichtig. War es im Oktober?"
„Ich würde sagen, im September oder Oktober. So genau weiß ich es nicht."
„Es war also im Herbst, nicht im Sommer?", hakte er nach und hielt sich an der Stuhllehne fest. Er durfte Alice den Weg hinaus nicht versperren. Er versperrte keiner Studentin den Weg. Sie würde schreien wie eine Herde Elefanten. „Alice, warte!", rief er. „Kennst du eine Sibylle Beckenhofer?"

Sie drehte sich um. „Keine Ahnung, von wem du sprichst. Ich gebe Frau Gloor ein Exemplar. Einverstanden?"

„Alice!" Er ließ sich auf den Stuhl fallen. Angerufen worden. Ob sie Probleme mit ihm hätte. Unerhört. Im Sommer, im Oktober ... Die Studentinnen hatten sich gegen ihn verschworen. Hatten sie etwa auch Frau Gloor angerufen? Und Lilo? Oder hatte Alice ihn angeschwindelt? Ihrem Riesenmund war alles zuzutrauen. Die Mädchen seien kreativ und kompetent am Computer, aber sie würden ihre Erfolge oft verschweigen. Schon Teenager neigten zu diesen Heimlichkeiten. Gleich mit den ersten Schritten lernten die Frauen ihre Lügennetze spinnen. „Es gelingt ihnen nicht, sich als begabte und computerbegeisterte Mädchen darzustellen." Oje! Er musste die Lügnerinnen finden, die Schreihälse zum Schweigen bringen. Zuerst waren sie zu einer Anwältin gelaufen und jetzt hetzten sie Studentinnen, vielleicht sogar Frau Gloor und Lilo gegen ihn auf.

„Guten Tag, Herr Großholz", erklang eine Stimme.

Großholz blinzelte. Nichts als Novembergrau vor den Fenstern! Langsam drehte er den Kopf. „Oh, Herr Schell!" Mario Schell stand im Türrahmen. Was wollte sein Netzseminarassistent jetzt von ihm?

Verstört blickte er über den Tisch. Aufgeräumt, leer. Wo war Alice? Sie hatte ihn mit ihren Schlussfolgerungen nur provozieren wollen. Sollte sie. Trotzrotz. Richtig, ja, Alice, und jetzt war Mario Schell an der Reihe. Heute nicht als Echtzeit-Virtuose, heute wollte er mit ihm seine Diplomarbeit besprechen. Er hatte ein Exposé eingereicht. Nicht übel, gar nicht übel. Großholz fuhr sich durch die Haare, stand auf und ging mit ausgestreckter Hand zur Tür: „Erfreut, Herr Schell."

„Hi", grüßte er, und seine hellblauen Augen blickten so wach und ohne Scheu, dass Großholz sich schnell wegdrehte.

„Moment, Herr Schell."

Wie von selbst fanden seine Füße hinter den Schreibtisch. Zuoberst auf dem Stapel der Diplomarbeiten lag Mario Schells Exposé: *Lernen in virtuellen 3D-Welten*. Gut. „Nehmen Sie Platz!" Er wies auf den Sitzungstisch.

Mario Schell trat ein, durchquerte das Büro wie ein Fußballer, der das Siegestor geschossen hatte, und schwang seine Sporttasche auf den Tisch. Er zog, während er ruhig aus dem Fenster schaute, einen Notizblock und ein grellgelbes Sichtmäppchen heraus.

Jemand hatte Alice angerufen, dachte Großholz. Ob sie Probleme mit ihm hätte. Nicht im Sommer, im September, Oktober. Ihn schwindelte es. Er hatte keine ...! Wer hatte sie ...? Laut klatschte Mario Schells Tasche auf den Boden.

Großholz umklammerte seine Sessellehne. Wieso war er ...? Ja, das Exposé ... Was war mit Alice' Diplomarbeit? Machte sich einfach davon, die Dame. Mario Schell setzte sich an den Sitzungstisch und wandte sich ihm zu. „Übermorgen geht es in die dritte Runde", rief er heiter.

„Ja. Ja. Das Netzseminar", stammelte Großholz. Ja, dachte er, eins, zwei, war auch die dritte Semesterwoche vorbei. „Sind die Gruppenräume online?" fragte er und ergriff das Exposé.

„Vier sind bezugsbereit", sagte Mario Schell stolz. „Für Berechtigte mit Doppelklick oder Command ‚o' zu betreten, wie die anderen Räume in der *nu* auch. Falls wir doch mehr als vier Gruppenräume brauchen, sind die weiteren jetzt Kleinigkeiten für mich."

Großholz seufzte zufrieden. „Vier Räume online. Ausgezeichnet." Er richtete sich auf, sein Körper spannte sich. „Dann können wir am Donnerstag wie geplant die Gruppen bilden und ihnen je einen Raum zuweisen." Was für ein tüchtiger Netzseminarassistent! Abgesehen von seinem etwas sehr zwanglosen Gebaren übertraf er jede Erwartung.

Mit dem Exposé in der Hand ging er zum Sitzungstisch, wo Mario Schell ohne ein Zeichen von Ungeduld auf ihn wartete. „Wir haben Glück mit dem Netzseminar, alles hochmotivierte Teilnehmer", sagte er zu ihm. „Ich werde morgen die dritte Runde en détail planen. Spätestens am Abend um halb sechs finden Sie das Programm in Ihrer Mailbox."

„Sehr gut. Ich bin gespannt", antwortete Mario Schell. „Möchten Sie die neuen Räume vor dem Seminar noch testen?"

Großholz schob sich den Stuhl beim Fenster zurecht, auf dem Alice gesessen war. „Wieso nicht? Ja, eine gute Idee." „Vorschlag: Wir könnten uns morgen um zwölf in der Eingangshalle der *nu* treffen", sagte Mario Schell.

Morgen war Mittwoch. Großholz überlegte. Am Vormittag schreiben – das Buch über den Cyberspace duldete keinen Verzug –, am Nachmittag den Donnerstag vorbereiten – Industrialisierung der Schweiz, das Netzseminar ... „Morgen um zwölf?", fragte er.

Mario Schell nickte.

„Gut, ja. Ich werde mich morgen um zwölf einloggen." Er setzte sich an den Tisch und vertiefte sich in das Exposé.

Ja, diesem Informatikstudenten strömte die Virtualität durch die Adern. Einzig die Gliederung der Diplomarbeit wollte ihn nicht richtig überzeugen. „Wie wäre es, wenn Sie die Arbeit mit Teil zwei beginnen würden", wandte er sich an ihn.

Mario Schell lehnte in seinem Stuhl und tat keinen Mucks. Nach einer Weile fischte er Blätter aus seinem grellgelben Sichtmäppchen und breitete sie vor sich aus. „Mir scheint es unerlässlich, dass die Arbeit mit der Präsentation bestehender virtueller Universitäten beginnt", verteidigte er sein Konzept.

Großholz saß reglos da und ließ ihn zappeln.

„Sie meinen wohl", brach Mario Schell das Schweigen, „ich müsste als Erstes Beispiele von Lernen in VR-Welten zeigen?"

Großholz schluckte seinen Triumph hinunter. „Wieso nicht gleich auf den Kern zielen? Ihre Arbeit trägt den Titel ‚Lernen in virtuellen 3D-Welten', nicht ‚... in virituellen 3D-Universitäten'."

Schells Blick wanderte über die ausgebreiteten Blätter. „Ich sehe in Ihrer Umstellung keinen rechten Sinn."

So, so. Großholz ließ sich nicht beirren. „Ich meine in der Tat, dass Sie als Erstes das Lernen in virtuellen 3D-Welten vorstellen sollten, und zwar eines, das diesen Namen verdient. Was dazu gehört, wissen Sie ja." Er führte aus, wie er sich ein gelungenes Echtzeit-Lernen vorstellte, und staunte, dass Mario Schell sich nicht die Mühe nahm zu notieren, was er erklärte. „Wie Sie ja ebenfalls wissen", sagte er eine Spur lauter, „schafft das 3D-Lernen die Vorlesungen und Präsenzseminare nicht ab, es eröffnet zusätzliche Lernmöglichkeiten. Haben Sie das Besondere und Neue des Lernens in VR-Umgebungen erst einmal vorgestellt und vielleicht auch theoretisch herausgearbeitet, wird es Ihnen leicht fallen, die echten virtuellen Universitäten zu erkennen und dann auch von den halbechten und den unechten zu unterscheiden."

„Ich verstehe", sagte Mario Schell langsam. „Virtuelles 3D-Lernen in der Praxis und in der Theorie sehen Sie als Kern der Arbeit. Praxis heißt: Wo stehen wir heute, wie weit sind wir schon? Theorie meint ... meint sozusagen eine VR-Lerntheorie. Zum Schluss die virtuellen Universitäten. Nicht Universitäten mit einfachen E-Learning-Angeboten oder Selbstlernprogrammen, die bloß Interaktivität, aber kaum Immersion bieten." Er lachte leise. „Richtige, echte virtuelle Universitäten, wie unsere *nu*."

Großholz blickte auf die Uhr. Kurz nach halb vier. Er musste herausfinden, was sich hinter seinem Rücken abspielte. „Stellen Sie die Möglichkeiten der VR-Technologie dar, arbeiten Sie heraus, wie VR-Welten das traditionelle Lernangebot erweitern." Er erhob sich. „Damit haben Sie einen Trumpf in der Hand."

„Vielleicht wäre es sinnvoll, ich meine im Hinblick auf meine Diplomarbeit, wenn ich übermorgen im Netzseminar auch noch der Gruppe ‚Lernen' beitreten würde", sagte Mario Schell. „Natürlich zusätzlich zur Programmiergruppe, ihrem VR-Labor, das betreue ich weiter, keine Sorge."

Anstatt sich hinter den Schreibtisch zurückzuziehen, kehrte Großholz nochmals um. Zerstreut sagte er: „Wenn Sie es sich einrichten können zeitlich, treten Sie auch der Lerngruppe bei. I. O. für mich."

Mario Schell lehnte sich zurück. „Ja, ich glaube fast, die Gruppe ‚Lernen' kommt mir wie gerufen ..." Halb liegend in seinem Stuhl, schaute er zu Großholz auf. „Edutainment ist das höchste Gut der VR-Lerntheoretiker, nicht wahr?"

Großholz hörte nur mit halbem Ohr zu. Hatte auch Frau Gloor Anrufe bekommen? Alice, Frau Gloor, Lilo, wen wollten die Lügnerinnen noch gegen ihn aufhetzen? „Ringen Sie sich zu einer Diplomarbeit durch, die den Titel ‚Lernen in virtuellen 3D-Welten' verdient", sagte er auf dem Weg hinter den Schreibtisch. Er musste noch mit Frau Gloor sprechen, bevor sie nach Hause ... Im Oktober? War es möglich, dass Alice im September oder Oktober ... Er nahm den Kalender und blätterte zum August zurück. Vielleicht hatte sie sich geirrt.

Mario Schell stand auf. Die Hände in den Hosentaschen, sann er vor sich hin. Erst als Großholz kräftig hinter dem Schreibtisch zu hantieren begann, packte er seine Sachen. „Eine echte virtuelle Universität fühlt sich der VR-Technologie verpflichtet, strebt danach, die multimedialen 3D-Welten zu perfektionieren", sagte er. „Auch Ihre *nu* soll eine VR-Brutstätte sein. Habe ich recht?"

Großholz blätterte in einer Seminararbeit. „Ja, gewiss", murmelte er wie abwesend und sah über den Brillenrand hinweg zu, wie Mario Schell vor den Schreibtisch trat. „Morgen um zwölf die Gruppenräume", hörte er den Studenten sagen. „Eigentlich gefällt es mir ja, dass Sie so hoch hinauswollen. Nur ist mein Konzept für die Diplomarbeit jetzt Makulatur."

„Nicht doch!", antwortete er und blickte väterlich in das hagere Gesicht seines Netzseminarassistenten. „Wir haben es bloß ein wenig zugespitzt."

Mario Schells Augen zuckten. „‚Wer immer strebend sich bemüht ...', oder wie heißt es?" Aus dem Zucken wurde ein Zwinkern, dann wandte er sich ab und verließ ohne ein weiteres Wort das Büro.

Rasch schloss Großholz die Seminararbeit und legte sie auf die Ablage zurück. Nicht vergessen, unbedingt die Änderungen im Exposé von Mario Schell notieren, mahnte er sich selbst und holte die Blätter vom Sitzungstisch. Als er auf den hell erleuchteten Flur hinaustrat, kam ein Student auf ihn zu. Der nächste Kandidat? Der finstere Blick unter strähnig zurückgekämmten Haaren kam ihm bekannt vor. „Nehmen Sie schon Platz", sagte er und hielt dem Studenten die Tür auf.

Es war ruhig auf dem Flur. Nur vom unteren Stockwerk drangen einzelne Stimmen herauf. Was wollte er Frau Gloor fragen? Ob sie Anrufe ... Plötzlich war ihm, als ginge nicht er auf die Sekretariatstür zu, als bliebe nicht er vor der weißen Tür, die auch eine Spitaltür sein könnte, stehen. Seine Hand drückte auf die Klinke. Drin stand Frau Gloor, rechts bei der Wand, fast zum Greifen nah am Bücherregal. Sie drehte den Kopf und schaute ihn verwundert über die Schulter an. Er trat grußlos ein und ging hinter ihr und um die Theke herum zu ihrem Schreibtisch. ... Anrufe bekommen. Ob sie Probleme ... Nein, er hatte kei...ne ... „Wie viele Sitzungen sind heute noch eingetragen?", fragte er laut. Der Terminkalender lag neben dem Telefon. Er schlug ihn auf. „Noch zwei. Zwei Prüfungsbesprechungen", beantwortete er sich die Frage selbst.

Frau Gloor schwieg. Sie ordnete, offenbar ohne sich von ihm ablenken zu lassen, die Broschüren im Regal. Die farbigen Streifen des Pullovers spannten sich über ihren Schulterblättern. „Wollte Sie jemand gegen mich aufhetzen?", fragte er.

Sie drehte sich zu ihm um. Ihre Brauen hoben sich, sogar die Mundwinkel zogen sich nach oben. Lachte Frau Gloor?

„Was Sie wieder fragen!", erklang tief die vertraute Stimme. „Nein, nein, ich glaube nicht."

Sie glaubte ... Frau Gloor g l a u b t e ... Ein Kloß geriet ihm in den Hals, gleichzeitig stach jeder Buchstabe ärger als eine Nadel zu. „Sie haben also auch Anrufe bekommen?", presste er hervor. Frau Gloor schwoll mächtig an vor seinen Augen, kam auf ihn zu. Angstvoll taumelte er rückwärts. „Was haben Sie den Lügnerinnen geantwortet?", rief er und drohte dem Ungetüm. Endlich stand es still, verzog sich wie eine Regenwolke bei Wind und türmte sich über der Theke neu auf.

Großholz kam sich wie ein Schatten vor. Ja, ja, sie hatten auch Frau Gloor gegen ihn aufgehetzt. Diese Lügnerinnen! Sie machten vor nichts halt. Niemand war vor ihnen ... „Sie bilden sich wieder etwas ein", drang die Stimme von Frau Gloor zu ihm.

„Sagen Sie mir wenigstens, wer Sie angerufen hat! War es eine Frau?"

Aus der Wolke über der Theke schälte sich Frau Gloor. „Mich hat niemand angerufen", sagte sie ruhig, wie wenn nichts geschehen wäre. „Wer wollte mich denn gegen Sie aufhetzen?"
Lügnerin, Verräterin! Kaum zu glauben! Er richtete sich zu seiner vollen Größe auf. „Eine Diplomandin hat mir von dem Anruf erzählt. Die Studentinnen verbreiten Lügen über mich, wollen mir schaden."
„Also mich haben keine Studentinnen angerufen", sagte sie. „Schlagen Sie sich die Sache aus dem Kopf."
„Sie lügen mich an!", rief er aufgeregt.
„Was denken Sie von mir! Habe ich Sie je angelogen?" Sie war empört. „Bitte, Herr Großholz, antworten Sie mir. Habe ich Sie je angelogen?"
Er taumelte ... Wo war er? Was war geschehen? Plötzlich sah er Frau Gloor. Seltsam, sie stand wie eine Studentin an der Theke. Hilfesuchend wandte er sich ihr zu. Oh, Augen wie Steine starrten ihn böse an. „Was ist, was haben Sie gesagt?", fragte er verwirrt. Er hatte den Faden verloren.
„Ich habe gefragt, ob ich Sie je angelogen hätte."
Ja genau, die Lügerinnen. „Nein, nicht Sie, Sie nicht, Sie lügen mich nicht an", stotterte er und gab sich versöhnlich.
„Ich lüge Sie nicht an, Herr Großholz, das wissen Sie genau!", sagte Frau Gloor. Sie schenkte ihm einen liebevollen Blick und wartete, bis er ihn erwiderte.
Nein, dachte Großholz, nein, Frau Gloor war keine Lügnerin, keine Verräterin. Vielleicht hatte sich Alice doch geirrt.
Er wollte sicher sein und sagte: „Sollte Sie jemand anrufen und gegen mich aufhetzen, fragen Sie gleich nach dem Namen. Teilen Sie mir diesen unverzüglich mit. So finden wir die Lügnerinnen. Einverstanden?"
„Einverstanden", murmelte sie und drehte sich zum Bücherregal. Ohne ein weiteres Wort wischte sie mit dem Staubtuch über ein Brett.

Der nächste Kandidat wartet, dachte Großholz. Im Terminkalender fand er seinen Namen. Martin Eckart. Gut. So wusste er schon etwas.
„Frau Gloor", sprach er sie nochmals an, bevor er das Büro verließ.
„Was ist?"
„Eine letzte Frage."
„Gut, aber wirklich die letzte."
„Sie haben also keine Anrufe erhalten?"
Frau Gloor wandte sich ihm zu. Sie sah ihn ernst und streng an. „Nein, Herr Großholz", sagte sie feierlich, „ich habe keine Anrufe erhalten."
Großholz senkte den Kopf. „Ich glaube Ihnen", hauchte er, öffnete die Tür und ging hinaus.
Ja, er durfte Frau Gloor glauben. Sie hatte keine Anrufe erhalten. Nun wollte er sich noch bei Lilo erkundigen. Wenn Lilo gleich ahnungslos wie Frau Gloor reagierte, wollte er die Sache begraben. Nicht verrückt werden.

Nachdem sich der letzte Kandidat verabschiedet hatte, öffnete er ein Fenster. Nasskalte Luft strömte herein. Er legte die Stifte auf den Schreibtisch und räumte den Prüfungsordner ins Regal. Frau Gloor war wie immer höflich und aufmerksam, aber Lilo hatte sich verändert, ging ihm durch den Kopf, als er die Stühle ordentlich um den Sitzungstisch herumstellte. Lilo gab schnippische Antworten und benahm sich zusehends kühler. Ja. Er trat ans Fenster. Halb fünf und schon dämmrig? Winterzeit. In ein paar Tagen würde er sich wieder an die dunklen Abende gewöhnt haben. Gut möglich, dass die Lügnerinnen dem Liloherz einen Floh ins Ohr gesetzt hatten. Schnell schloss er das Fenster. Lilo anrufen, bevor sie ... Am Schreibtisch griff er nach dem Hörer und tippte im Stehen auf die Eins und zweimal auf die Sechs. Er richtete sich auf und horchte, wie es klingelte.

„Lilo Blum."
„Lilo, hier ist Karl. Ich muss mit dir sprechen. Komm in mein Büro."
„Jetzt gleich?"
„Jetzt gleich."
„Gut."
Gut, wenn es sein musste! Womit hatte er das verdient? Missmutig legte er den Hörer auf das Telefon zurück. Er behandelte selbst ein Blatt Papier freundlicher als Lilo ihn. Immer noch hatte sie ihm nicht verraten, in welcher Bibliothek es ihr abends offenbar so viel besser gefiel als in ihrem Büro. Ja, mit dem Heimlichtun stand sie Alice' Computermädchen in nichts nach. Wahr, wahr. Bald wusste er mehr!

Alles aufgeräumt? Er reckte den Kopf, blickte prüfend über den Schreibtisch und durch das Büro. Auch sich selbst bedachte er mit kritischen Blicken. Im Herbst, im Oktober, oder wann wollte Alice den Anruf erhalten haben? Und seit wann zeigte ihm Lilo die kalte Schulter?

Er fuhr sich durch die Haare und ging hinaus auf den Flur. Vor seiner Tür vertrat er sich die Beine. Da! Ohne Eile stieg das Liloherz die letzten Stufen herauf. Sie senkte den Kopf, als sie ihn bemerkte. Langsam kam sie auf ihn zu, ohne ihn auch nur einen winzigen Augenblick lang anzusehen. Er schluckte die Enttäuschung hinunter. Heiter sagte er: „Hallo Lilo!", und schob seine Bürotür für sie auf. „Bitte. Tritt ein. Ich muss dich etwas fragen. Es ist dringend."

Lilo blieb stehen, murmelte: „Hallo Karl", und blickte ihn traurig an.

Was war jetzt wieder los? Ihre Blässe verschloss ihm den Mund. Ohne zu fragen, was sie habe, floh er ins Büro und ließ sich hinter dem Schreibtisch auf seinen Sessel fallen. Bei so viel Trübsinn blieb ihm nichts anderes übrig, als ebenfalls den Kopf hängen zu lassen. Was hatte er sie fragen wollen?

Sie folgte ihm, ließ die Tür angelehnt und kam näher.

Jäh stieß er den Sessel zurück, dass er quietschend an die Wand prallte. Ihm war eingefallen, weshalb er Lilo zu sich gerufen hatte! Hastig verschränkte er die Arme, drückte den Rücken an die Sessellehne und fragte: „Lilo, wollte dich jemand gegen mich aufhetzen?"

Erstaunt schaute sie ihn an. „Mich gegen dich aufhetzen? Wie meinst du das?" Ihre Stimme klang leise, schwach.

„Eine Diplomandin erzählte mir von einem mysteriösen Anruf. Jemand fragte sie, ob sie Probleme mit mir hätte." Er ließ Lilo nicht aus den Augen. „Hast du auch Anrufe bekommen? Wollte dich jemand gegen mich aufhetzen?"

Sie wurde noch stiller, nachdenklich. „Nein, Karl", sagte sie langsam, kurz bevor er nachgehakt hätte, „ich habe keine Anrufe bekommen."

„Ich vermute, dass Studentinnen Lügen über mich verbreiten", rief er ungeduldig. „Kennst du sie? Weißt du, was sie gegen mich im Schilde führen?"

Sie trat nahe an den Schreibtisch heran. „Karl, am Institut hat eine Versammlung stattgefunden. Hast du davon gehört?"

Sie ist informiert, schrie es in ihm, womöglich gehörte sie selbst zu den Lügnerinnen. „Es interessiert mich nicht, was für Versammlungen am Institut stattfinden. Ich möchte wissen, wer dich angerufen hat. Sag mir, wer die Lügen über mich verbreitet!"

„Karl, am Institut hat eine Versammlung stattgefunden, eine Versammlung über dich, über dein ..."

„Spotte ruhig!", höhnte er. „Ich weiß, die ganze Belegschaft bis hinauf zu Knoll versammelt sich zu Ehren des Technikforschers Karl Großholz. In lächerlich wenig Jahren hat er dem Provinzinstitut zu Ruhm und internationaler Anerkennung verholfen. Seine Forschung über die Mikroel...ek..."

„Über dich hat eine Versammlung stattgefunden, Karl", unterbrach Lilo ihn, „über dein angeblich seltsames Verhalten Studentinnen gegenüber."

Er spürte es wie einen Schlag ins Gesicht. Unerhört! Sie verspottete ihn. Zu allem Überfluss auch noch mit Worten, wie sie ihm ähnlich schon begegnet waren: ... „seltsames Verhalten ... „Ich habe es geahnt, du gehörst zu ihnen. Du bist zu einer Anwältin gelaufen. Du agierst hinter meinem Rück..."

„Nein! Hör auf, mich zu beschuldigen!", schrie Lilo ihn an. „Ich agiere nicht hinter deinem Rücken! Begreif das endlich! Ich habe nichts mit der Kampagne gegen dich zu tun. Gar nichts. Ich will damit nichts zu tun haben."

Ihr Gesicht war bleich und starr wie Gips. Er starrte sie an und presste die Arme auf den Bauch. In seinem Kopf hämmerte ununterbrochen ein Wort: Kampagne, Kampagne, Kampagne. „Eine Kampagne gegen mich?", brachte er endlich hervor. „Habe ich dich richtig verstanden? Eine Kampagne?"

„Das versuche ich dir die ganze Zeit zu sagen! Du hörst mir ja gar nicht zu! Kampagne ist falsch, entschuldige, das stimmt nicht, aber am Institut hat eine Versammlung über dich stattgefunden. Eine Versammlung über dein Verhalten Studentinnen gegenüber."

„Was für eine Versammlung?" Großholz saß in einer Kugel. Der Boden wurde zur Decke geschleudert, die Wände, Fenster bogen sich nach außen, alles drehte sich, alles tobte, raste, wirbelte herum.

„Die Assistentinnen und Assistenten haben sich getroffen und über dich beraten", hörte er weit weg eine Stimme.

„Wann denn? Wann haben sie sich getroffen?", fragte ein Mund, der nicht ihm gehörte.

„Vor zehn Tagen vielleicht, in der ersten Semesterwoche", antwortete die Stimme.

„Über mich ... Über was ... Über ...", stammelte er. „Eine Versammlung über ..." Er erstickte fast, keuchte und schnaufte. Doch nicht er war am Ersticken, nur ein Überbleibsel von ihm schnaufte im Sessel. Eine Hülle, dünn und leicht, lag da, atmete, füllte sich langsam und begann ihm zu gleichen. Unmöglich ... Er wusste nicht, was geschehen war. Vor ihm stand Lilo, sein Liloherz. Ihre Anwesenheit löschte die Worte aus, die das fahle Gipsgesicht herausgeschleudert hatte. Er tauchte in ihre Augen und schwebte.

Das Gelächter der Kollegen zerfiel und alle Grimassen starben. Er schwebte zusammen mit Lilo. Ein Hauch von Seligkeit trug sie durch Nebel und Gewitterwolken. Lilos Stimme klang wie Musik. Er hörte sie ganz nahe an seinem Ohr. Plötzlich sagte er: „Ich weiß nicht, was geschehen ist, Lilo. Wirklich, ich weiß nicht, was los ist." – „Dann sprich mit Knoll", antwortete sie. „Knoll weiß bestimmt mehr."
Er schien wie von weit her hinunter auf seinen Sessel zu stürzen. „Knoll?" Voller Schrecken drückte er die Arme auf den Bauch. Nein! Er war Professor. Er war ein renommierter Technikforscher. Über ihn wurden keine Versammlungen abgehalten. Er versuchte, etwas zu sehen. „Lilo, Lilo!", rief er.
„Sprich mit Knoll!", sagte sie. „Ich muss gehen. Ich habe um fünf einen Termin."
Als er die Augen öffnete, saß er am Schreibtisch, auf seinem Sessel, ganz allein. Die Schreibtischlampe schnitt einen goldenen Kreis aus der Dunkelheit. Er blinzelte, bis sich seine Augen an das Licht gewöhnt hatten. Eine schwarze Nacht drückte schwer gegen die Fensterscheiben. Ihm war es, als habe sich etwas Schreckliches ereignet. Er wollte nach Hause.

Am nächsten Morgen kämpfte er sich durch Wind und Regen über einen glitschigen Herbstblätterteppich zum Institut. Er fuhr mit dem Lift ins Dachgeschoss, sagte Frau Gloor guten Morgen und schloss sein Büro auf. Knoll hatte von zehn bis zwölf sein Mittwochseminar. Davor hielt er sich gewöhnlich in seinem Büro auf, also sollte er da sein.

Alles nass, Hose, Schuhe, Schirm. Er legte die Mappe auf den Schreibtisch, auspacken wollte er sie später, trocknete mit dem Taschentuch die Hände, putzte sich die Nase. Seine Schreibzeit vom Mittwochmorgen durfte sich nicht zu arg verkürzen. Der Titel für das Buch über den Cyberspace ... – Universum der Computernetze? – Herausforderung Cyberspace? – Wollte er im Mantel zu Knoll?

Nein. Er hängte ihn an die Garderobe. „Sprich mit Knoll!" Was wäre er ohne das Liloherz, seine Lilosonne? Er richtete sich auf, fuhr sich durch die Haare. Feucht. Machte auch nichts. Ja, Knoll, der wusste immer Bescheid, kam mit allem zurecht. Er schloss sein Büro ab und klopfte nebenan an die Tür des Direktors. So ruhig und gefasst, dass er sich über sich selbst wunderte, trat er ein.

„Ich habe dich erwartet", brummte Knoll hinter seinen Bücherbergen.

„So? Wieso das?", hörte sich Großholz sagen.

„Blick den Tatsachen endlich ins Auge, mein Lieber!"

Großholz spähte zum Schreibtisch und fragte: „Wieso hast du diese Versammlung nicht verhindert?"

Aus der Lücke zwischen zwei Bücherstapeln schossen grimmige Blicke. „Soll ich den Assistierenden jetzt auch noch Versammlungen verbieten?"

Das Brummen und Knurren trug Großholz durch das Büro zu den beiden Sitzungstischen, zu der einzigen aufgeräumten Oase in Knolls Bücher- und Papierwirrwarr. Die Tische hemmten seine Schritte. Doch er glitt über sie hinaus. Ihm war es, als lebte er draußen in den Baumwipfeln oder hauste in den grauschwarzen Wolkenfetzen, die über der Stadt hingen und mit zahllosen Fingern nach den Bäumen und Kaminen griffen. Hinter ihm rauschte und raschelte es, als würde eine Schar Vögel auffliegen. Seltsam, dass er plötzlich Schritte hörte. Zu seiner Rechten tauchte ein Kopf mit kurzen, dunklen Haaren auf ... – Ach, er befand sich nicht draußen, er war in Knolls Büro. Der Kopf gehörte Knoll, der sich neben ihm auf den Tischrand gesetzt hatte.

„Hier!" Knoll streckte ihm ein Blatt Papier entgegen.

Als er nicht danach griff, legte Knoll es auf den Tisch. „Ich habe diesen Brief heute Morgen erhalten."

Großholz fühlte sich leerer als die winterkahlen Pappeln draußen. Das hatte nichts mit ihm zu tun, gar nichts, und er wusste nicht, was es zu sagen, zu fragen oder zu antworten gäbe.

„Es soll acht oder neun betroffene Frauen geben", brummte Knoll. Ohne sich zu rühren, fast ohne Atem fragte Großholz in den Nebel hinaus: „Wovon sprichst du?"
Eine Hand klatschte auf das Papier. „Davon. Und von der Zusammenkunft, die ich hätte verhindern sollen. Hast du dich informiert?"
„Nein."
Das hatte nichts mit ihm zu tun. Gar nichts. Er hing regenschwer über den Baumwipfeln, im nasskalten Nebel, der ihm nichts anhaben konnte, nichts, gar nichts.
„Ernst Amberg und Anna Maria Stauffer haben die Sitzung organisiert und geleitet."
„So! Diese ...!" Großholz beherrschte sich. Diese Lügnerin, diese Verräterin, unerhört! Und Knoll wusste wieder alles. Er wusste wirklich immer Bescheid. Er fragte: „Was weißt du sonst noch von dieser Versammlung?"
„Eine Nebenfachstudentin habe teilgenommen und von ihren Erlebnissen mit dir berichtet."
„Was für eine Nebenfachstudentin?"
„Sie erzählte, sie habe dein Interaktionsseminar besucht. Du hättest ihr – angeblich vor allem, um sie in dein Büro zu locken – eine Semesterassistenz angeboten und ihr dann in der Besprechung bei dir an den Busen gegriffen."
„Hat sie erzählt? Wie sah die Lügnerin aus?"
„Ich glaube, lange Haare, blond, Psychologie im Hauptfach."
„Warst du an der Sitzung?"
„Nein. Höfner. Wenn du den Brief hier lesen würdest, sähest du, dass ihn, kaum zu glauben, dreizehn Assistentinnen und Assistenten, also fast die Hälfte aller Assistierenden des Instituts, unterschrieben haben. Selbst deine eigenen Angestellten hast du gegen dich."
„Ich kann dir nicht folgen. Lilo ist bestimmt nicht gegen mich."
Knoll ergriff den Brief.

Mit Staunen bemerkte Großholz, dass er länger als eine Seite war. Auf der zweiten kamen Unterschriften zum Vorschein. „Hier." Knoll fuhr mit dem Zeigefinger auf einer hin und her. „Rolf Schiecke. Ist das nicht dein Assistent?" „Ich werde ihn fristlos entlassen. Hoffentlich ergreifst du ähnliche Maßnahmen bei Anna Maria Stauffer und Ernst Amberg." „An meinem Institut, speziell in meiner Abteilung, sind Aufrührer nicht erwünscht. Das ist nichts Neues. Im Übrigen sollen sich die betroffenen Studentinnen bei mir melden. Das habe ich der Anwältin schon vor Wochen geschrieben." Der Brief flatterte auf den Tisch. Knoll schritt davon.

Großholz angelte nach den zwei zusammengehefteten Blättern und begann zu lesen.

Unglaublich! Unerhört! ... *in Zukunft jede Art von Missbrauch* ... Er erstarrte. Nur noch seine Hand bewegte sich. Sie schlug das erste Blatt zurück. Unterschriften stürzten wie ein Schwarm Insekten auf ihn ein. Also nein! Lilo hatte recht. Da war eine Kampagne gegen ihn im Gang. Schon hetzten sie die gesamte Assistentenschaft gegen ihn auf.

Plötzlich wurde er hellwach. Er stand mit beiden Beinen fest in Knolls Büro. Draußen war es neblig trüb, doch er sah klar. So eine Hetzkampagne musste er sich nicht bieten lassen.

Seine Augen flogen über die Unterschriften. Dreizehn? Ja. Und Rolf Schiecke, der Blonde im Eckzimmer, einzig der war von seinen eigenen Angestellten an der Kampagne dabei. Ansonsten hatten sich vor allem die Hartmeier- und Huber-Angestellten gegen ihn aufwiegeln lassen. Von Knolls Abteilung hatten nur die beiden Drahtzieher Anna Maria Stauffer und Ernst Amberg unterschrieben. Danke, ihr zwei Lieben, dachte Großholz. Eine Aufwallung fegte wie ein Sturm jede Trägheit von ihm fort. Er fühlte sich wie eine Eiche. Voller Kraft schritt er auf Knolls Schreibtisch zu. Gewichtig blickte er auf Knoll hinunter. „Hans", sagte er, „ich werde diese Hetzkampagne gegen mich stoppen, womöglich noch heute." Er streckte den Arm aus und ließ den Brief auf den Schreibtisch fallen.

„Sachte, Karl, morgen ist auch noch ein Tag", brummte Knoll, ohne von seinem Laptop aufzublicken. „Was mich betrifft, so werde ich vermutlich selbst eine Versammlung einberufen."
Noch eine Versammlung, etwa nochmals über ihn? Großholz missfiel diese Idee. „Mach besser kurzen Prozess mit den Drahtziehern!", sagte er. „Danach werden die Mitläufer ihre Fahnen wie von selbst drehen."
„Wenn ich dich wäre, würde ich mich nach einem Anwalt umsehen und endlich die Finger von den Studentinnen lassen."
Großholz rührte sich nicht von der Stelle. Ja, er brauchte einen Anwalt. Richtig! Richtig überlegt. Lange Haare, blond, Psychologie im Hauptfach. Die Dame schreckte vor nichts zurück, scharte Helfershelfer um sich und griff ihn mit einer Bosheit und Kaltblütigkeit an, die ihresgleichen suchte. Sie würden kein Haar von ihm übrig lassen. Ja, er brauchte einen ... Er blickte auf Knoll hinunter. Der schien woanders zu sein. Gut, au revoir! Auch er hatte zu tun. Mehr als genug. „Ich muss einschreiten, bevor die Lügnerinnen ihre Attacke gegen mich fortsetzen", sagte er auf dem Weg zur Tür.

Hinter sich hörte er Knolls Stimme: „Ich an deiner Stelle würde nachdenken, sehr gründlich nachdenken, bevor ich ..."

„Ich werde, ich werde!", rief er und trat auf den Flur hinaus. Ein Schmerz durchzuckte ihn. Was war mit seinem Kopf? Mit zittrigen Fingern schloss er das Büro auf. Ja, er wollte nachdenken, sehr gründlich, wie er ... Taumelnd erreichte er den Schreibtisch. ... Wie er die Schreihälse ... Au, der Kopf! Ein Krampf marterte sein Gehirn. Unter seiner Schädeldecke tobte ein Turnier. Er sank auf seinen Sessel.

Wie in einem Film sah er eine Gruppe Studentinnen, unter ihnen die Blonde, die sich Lügen wie Bälle zuspielten. Mit Schlägern fingen sie die Geschosse auf und warfen sie weiter. Von überall her wirbelten neue Spielerinnen und Spieler herbei. Laut hämmerten die Bälle. Pausenlos flogen sie durch die Luft. Mit immer neuen Lügen hielten sie ihr wildes Spiel in Gang.

Plötzlich sprang er hoch. Mittwoch. Morgen war sein Vorlesungstag. Dritte Semesterwoche. Das Proseminar vorbereiten, wichtiger, zeitraubender, das Netzseminar ... Etwas tobte und hämmerte in seinem Kopf. Er musste die Großmäuler finden, die Schreihälse zum Schweigen bringen, bevor sie einen noch größeren Schaden anrichteten.

Ganz im Dunkeln tappte er nicht. Die Blonde, Anna Maria Stauffer und Ernst Amberg waren ihm bekannt. Diese drei würde er sich möglichst bald vorknöpfen. Knoll war doch auf der richtigen Spur gewesen, als er Anna Maria im Sommer verdächtigt hatte, sie sei am Brief der Anwältin beteiligt. Auch den Schiecke durfte er nicht vergessen. Schlimm genug, wenn Studentinnen, noch schlimmer, wenn Assistierende von Professorenkollegen gegen ihn agitierten, doch der eigene Assistent! Ja, das Gift der Blonden zerfraß bereits seine Abteilung.

Jetzt gleich musste er unten im Eckzimmer Ordnung schaffen! Er stürzte zur Tür, riss sie auf und erschrak. Die beiden stets schwarz gekleideten Knoll-Assistenten standen vor Höfners Tür. Einmütig drehten sie ihre Köpfe, blickten über den hell erleuchteten Flur zu ihm, starrten ihn an.

Zwei, zehn Augenpaare fühlte er auf sich gerichtet. Zwei, zehn, dreizehn Assistentinnen und Assistenten glaubten zusammen mit Rolf Schiecke den Lügnerinnen. Dreizehn, zwanzig, unendlich viele Blicke trafen ihn, bohrten sich in ihn, durchbohrten ihn.

Er wich rückwärts in sein Büro zurück und drückte von innen die Tür ins Schloss. Ein Donnerwetter von Gelächter erschallte. Vom Sitzungstisch, vom Regal, von überallher dröhnte Gelächter. Selbst die Tür schüttelte sich vor Lachen. Er presste die Hände an seine Ohren, zog den Kopf ein, bebte. Die Lügnerinnen hatten ihn zum Gespött des Instituts gemacht! Augenblicklich musste er vom Schiecke erfahren, mit wem und wie lang er schon gegen seinen Chef agitierte, seit wann der Kerl schon am Ast sägte, auf dem er sich sonnte. Entschlossenen Schrittes ging er hinter den Schreibtisch. Ein Vorhang aus Wolken, Regen, Nässe hing vor den Fenstern. Er eilte zur Tür zurück und schaltete das Licht ein. Wieder am Schreibtisch, fand er den Schiecke im Telefonverzeichnis. Intern 168. Er wählte die Nummer und rief ihn zu sich.

Auf die Unterarme gestützt, wartete er am Schreibtisch auf den Verräter.

„Herein", rief er laut, als es endlich klopfte.

Der Blonde öffnete die Tür.

„Setz dich", befahl Großholz, „du bist gefeuert."

Rolf Schiecke erblasste, hielt sich benommen an der Tür fest.

„Du hast dich einer Lügenkampagne gegen deinen Chef angeschlossen. Dafür gibt es keine Entschuldigung", schimpfte Großholz. „Setz dich und erkläre, was du mir vorwirfst!"

Der Schiecke fasste sich, schloss die Tür und kam näher. „Wovon sprichst du, Karl", fragte er, „sprichst du von der Versammlung der Assistierenden?"

Großholz rang nach Luft. „Ich spreche von der Hetze, die seit Wochen gegen mich in Gang ist. Ich will von dir hören, warum du auf die Idee kommst, dich an dieser böswilligen Kampagne gegen mich zu beteiligen."

„Karl ... ich ..." Er verstummte.

Die Zögerlichkeit seines Assistenten reizte Großholz noch mehr. Hätte er dem Kerl früher auf die Finger geschaut! „Also! Wie kommst du auf die Idee, diese böswillige Kampagne gegen deinen Vorgesetzten zu unterstützen?", stieß er hervor.

„Ich weiß von keiner Kampagne gegen dich, Karl", sagte Rolf Schiecke langsam, „noch unterstütze ich eine." Er schaute ihn an. „Ich nahm an einer Versammlung teil, an der wir über die Vorwürfe und Anschuldigungen beraten haben, die gegen dich erhoben werden."

„Soo! Du warst an einer Versammlung, mit der ihr eure Lügen nun auch noch in die Assistenschaft hinein verbreitet!"

„Lügen verbreiten, Hetze, Kampagne?", murmelte Rolf Schiecke, als spräche er mit sich selbst.

„Warst du an dieser Versammlung oder nicht?", polterte Großholz.

„Ja, ich war an dieser Versammlung!", rief Rolf Schiecke, nun auch verärgert. „Aber es geht doch nicht um Lügen oder gar um eine bös..."

„Mit wem und wie lange agierst du schon gegen mich? Was hast du sonst noch gegen deinen Vorgesetzten angezettelt?"

„Nimm dich zurück, Karl!", rief Rolf. Rasch beherrschte er sich. „Ich habe an der Versammlung der Assistierenden teilgenommen, und ich habe den Brief unterschrieben, den du vermutlich gesehen hast. Wir stehen damit für Maßnahmen gegen Belästigungen ein, was Usus ist heutzutage, und finden, den Vorwürfen, die gegen dich erhoben werden, müsste nachgegangen werden. Das ist alles. Ich agiere nicht gegen dich."

„Nein, du agierst nicht gegen mich! Du gehst bloß an Versammlungen und unterzeichnest Briefe mit den übelsten Bezichtigungen gegen mich." Er fixierte den Übeltäter. „Erkläre endlich, was du mir vorwirfst!"

„Ich? Ich selbst werfe dir nichts vor. Wie gesagt, verlangt der Brief ..."

„Du agierst also für andere, handelst in fremdem Namen gegen deinen Vorgesetzten?"

„Hör auf!"

„Wer ist es denn? Du kennst sie. Du weißt, wer mich seit Wochen angreift und beschuldigt!"

„Nein Karl, ich weiß nicht, wer dich seit Wochen angreift und beschuldigt."

„Du kennst sie nicht?" Erwischt! Unglaublich! Jetzt packte er den Lügner! „Was ist beispielsweise mit der blonden Psychologiestudentin, die nicht nur dich, sondern die halbe Assistentenschaft gegen mich aufhetzt? Hast du sie an der Versammlung übersehen?"

„Nein. Mir reicht es. Lass uns ein anderes Mal ..."

„Was verschweigst du mir sonst noch? Wie lange kennst du die Dame schon? Seit wann beteiligst du dich an ihrer Kampagne?" Triumphierend blickte er in das scheinheilige Gesicht seines Assistenten.

Rolf wollte zur Tür gehen, schien sich anders zu besinnen und kam ins Büro zurück. „Wie gesagt, Karl, ich weiß von keiner Kampagne gegen dich", erklärte er. „Zudem solltest du den Brief nicht als Anklageschrift auffassen. Die Assistierenden möchten, dass die Situation am Institut geklärt wird, was auch du, so hoffe ich, anstrebst."

„Ist dir wenigstens an der Versammlung oder sonst wo zu Ohren gekommen, dass Knoll bereits im Sommer einen Brief von einer Anwältin erhalten hat?"

„Ja, ich glaube, an der Versammlung wurde ein Brief erwähnt."

Großholz bebte. „Hat die blonde Psychologiestudentin von diesem Brief gesprochen?"

„Karl, mir reicht es wirklich. Was bringen dir diese Angriffe auf alles und jeden? Nimm dich besser an der eigenen Nase."

„Ich habe dich gefragt, ob die blonde Psychologiestudentin von dem Brief an Knoll gesprochen hat."

„Möglicherweise ..."

Großholz glaubte zu bersten. Diese ...! Der Brief an Knoll. Die Anrufe. Die Versammlung am Institut ... Er presste die Unterarme auf den Schreibtisch. Wo war der Schiecke? „Seit dem Sommer agiert eine Gruppe von Studentinnen aus dem Hinterhalt gegen mich", keuchte er. „Begreifst du das nicht? Die Hetze unter den Assistierenden ist nur ein weiterer Anschlag auf meine Ehre und meinen Ruf." Er sah zu, wie die Jeansbeine seines Assistenten zur Tür stelzten. Entweder war der Schiecke mit diesem Teufelsweib verbündet oder der Kerl war wirklich nicht ganz hell. „Ich verlange von dir," rief er ihm hinterher, „dass du erstens deine Unterschrift vom Brief entfernst, den Knoll heute Morgen erhalten hat, zweitens schriftlich erklärst, du hättest mir nichts vorzuwerfen, drittens versicherst du mir, dich in Zukunft nie mehr an der Ausbreitung falscher Gerüchte gegen deinen Chef zu beteiligen. Auf Wiedersehen."

Rolfs Lippen bewegten sich, zu hören war nichts. „Auf Wiedersehen, Karl", sagte er gequält, während er die Tür hinter sich zuzog. Klack – die Tür fiel ins Schloss. Klack, klack, hallte es in Großholz' Kopf. Entsetzt sprang er vom Sessel hoch. Vergeblich. Schlag auf Schlag schossen Lügen wie Bälle an ihm vorbei. Spielerinnen und Spieler rannten von allen Seiten herbei. Neben ihm, hinter ihm, überall klackte und knackte es. Hilflos duckte er sich. Trotzdem hagelte es Bälle, hämmerten kleine, harte Bälle gnadenlos auf ihn ein.

Plötzlich packte ihn die Wut. Nein. Er griff nach der Sessellehne. Nein! Sein Körper spannte sich. – Wieso arbeitete er nicht? Er reckte den Kopf. Sein Mantel hing an der Garderobe, aber die Mappe ... Wie spät ...? Halb zehn? Halb zehn und ... Da erinnerte er sich an das Unerhörte. Die Attacken! Immer neue Attacken gegen ihn.

Eine Horde von Ballspielerinnen und -spielern johlte wie wild um ihn herum. Höhnisch verzogen sie die Gesichter, schwangen ihre Schläger und feuerten Lügenbälle ab. Ununterbrochen feuerten sie ... Zu Hilfe! Sie fielen über ihn her.

Großholz wollte fliehen, sich in Sicherheit bringen, doch seine Beine knickten ein. Sein Herz raste. Wie Blitze schossen unablässig neue Bälle aus den Zerrgesichtern. Wo er hinschaute, begann es zu blitzen. Geblendet von den grellen Lichtern, angelte er nach seinem Sessel und schaffte es, sich an den Computer zu retten. Seine Augen hefteten sich an den herumspringenden Bildschirm. Überall zuckte, blitzte, feuerte es, und er starrte auf die dunkle Scheibe, er hörte nicht auf, in das Schwarz hineinzustarren.

Als es ruhiger wurde, bemerkte er einen Schatten. Er sah genauer hin und erkannte Schultern, Arme, einen Kopf. Es war kein Schatten, es war sein Spiegelbild. Es schaute ihn aus dem Computer heraus an. Er betrachtete es eine Weile. Nein, dachte er, nein, er ließ sich nicht von einer beutegierigen Horde zerstören. Er wollte einschreiten und zuschlagen, bevor sie Zeit hatten für die nächste Attacke.

Die Blonde war überführt. Ohne Zweifel agitierte sie seit dem Sommer gegen ihn. Dass sie es gewagt hatte, ihre Ansichten öffentlich an einer Institutsversammlung zu äußern, bewies nichts als ihre Skrupellosigkeit. Noch unklar war, wie viele Anhängerinnen und Anhänger sie unter den Studierenden besaß. Womöglich waren die vier oder fünf so genannten Betroffenen, von denen Knoll gesprochen hatte, bloß zwecks Aufwiegelung der Assistentenschaft erlogen. Oder besaß sie etwa bei den Studentinnen bereits eine Hand voll Verbündete?

Mit den dreizehn Assistentinnen und Assistenten, die sich freundlicherweise mit ihrer Unterschrift verraten hatten, würde Knoll fertig werden. Nichts widerstand ihm mehr, als Rebellen und Aufrührer zu ernähren. Sehr gut. Und er selbst musste lediglich klären, was für eine Rolle Ernst Amberg und Anna Maria Stauffer spielten, und ob es außer den beiden weitere Drahtzieher in der Assistentenschaft gab.

Also! Alles halb so schlimm. Er hatte die Sache viel zu schwarz gesehen. Wichtig war, dass er die Blonde mit all ihren Helfern und Helfershelfern in der Studentenschaft und sämtliche Drahtzieher am Institut zu fassen kriegte. Dieser kleine Kreis von Bösewichten gehörte sauber vom Rest geschieden. Danach wurde ihrem Spiel der Garaus gemacht. Ja, dieser aggressive Klüngel, das waren die eigentlichen Übeltäter. Diese musste er sich schnappen.

Wie von selbst drückte sein Zeigefinger auf die Einschalttaste. *Sie haben sieben neue Nachrichten.* Unwichtig. Befehl „Neue Datei". Ohne zu überlegen wusste er, wie sie heißen sollte. Er tippte *Täterinnen und Täter* in die Titelzeile und speicherte, während er in Gedanken schon die drei Köpfe packte, die sich so sehr hervortaten. Der Reihe nach führte er sie auf, die Blonde zuerst, dann Ernst Amberg, leider auch Anna Maria, und hielt all ihre Vergehen in Stichworten fest.

Spätestens nachdem er mit den drei Hauptschuldigen ein Hühnchen gerupft hatte, würde ihm die ganze Brut, die ihn vernichten wollte, lückenlos bekannt sein. So wahr er hier am Computer saß, so gewiss wurde jede Täterin, jeder Täter bestraft. Wer immer es wagte, sich auf die falsche Seite zu stellen, würde es büßen.

Dringend. Einen Anwalt beiziehen. Auch musste er nicht nur den Schiecke in der eigenen Reihe, sondern alle Assistentinnen und Assistenten des Instituts dazu bringen, ihre Verdächtigungen gegen ihn zu widerrufen. Zehn Uhr vorbei! Die Arbeit! Um zwölf mit Mario Schell in der *nu* verabredet ... Zu lange hatte er die Damen und Herren gewähren lassen, zu lange ihrem bösen Spiel zugeschaut.

Befehl „Quit". Die Datei schloss sich. Er platzierte sie prominent am oberen Rand des Bildschirms. So waren ihm die Täterinnen und Täter stets vor Augen, und die Liste war schnell geöffnet, wenn es galt, sie zu vervollständigen. Es wäre ja gelacht, wenn er diesen Fratzen nicht beikäme.

Er lehnte sich im Sessel zurück und blickte am Computer vorbei in den Nebel hinaus. Obwohl der Mittwochmorgen zu seinen Schreibmorgen zählte, stellte er das Buch über den Cyberspace für heute zurück. Die Netzseminarsitzung morgen stellte Weichen für die Zukunft der *nu*. Sie bedurfte der genausten Vorbereitung. Er sprang auf, nahm seine Mappe, die noch immer auf dem Schreibtisch war, und brachte sie zur Garderobe. Mit zwei großen Schritten erreichte er das Regal, wo zu seinen Füßen säuberlich aufgereiht die Ordner standen. Langsam bückte er sich. Zur Prüfung des Gleichgewichts hielt er inne, bis Beine und Oberkörper nicht mehr schwankten. Er betrachtete seine Hosenstöße, die

Schuhe, das Linoleum darunter, dann zog er den Netzseminarordner heraus und richtete sich auf. Alles okay? Ja. Ohne Eile ging er zurück hinter den Schreibtisch.

Die drei Gruppen, die er vor einer Woche im Netzseminar bereits vorgestellt hatte, standen für ihn ganz zuoberst auf der Wunschliste. Sie waren auch für den Ausbau seiner Netzuniversität, seiner *nu*, unabdingbar. Gruppe „Lernen", Gruppe „Spaß und Spiel" und natürlich die Programmiergruppe, die Keimzelle seines weit ausstrahlenden VR-Labors, geleitet von Mario Schell. Nicht ungern sähe er auch eine Gruppe „Netz ABC" rund um die grundlegenden Computerkompetenzen. Von Informationssuche und Präsentation sowie E-Mail-Kommunikation über das Erstellen kleiner Programme bis hin zum Erleben und Erschaffen von Simulationen könnten so die Möglichkeiten der digitalen Welt erforscht und später als Basiskurs in der *nu* angeboten werden. Morgen würden die Seminarteilnehmer zunächst Gelegenheit bekommen, eigene Projekte vorzuschlagen. Mario Schell würde sie sammeln, ordnen und posten. Danach wurden sämtliche Ideen online im Plenum so lange weiterbesprochen, bis alle eine möglichst genaue Vorstellung davon besaßen, woran sie in Zukunft arbeiten möchten. In der zweiten Stunde, gegebenenfalls eine Woche später, würden sich die Gruppen bilden. Einundzwanzig Teilnehmer plus Mario Schell. Bei fünf Mitgliedern je Gruppe ergab das vier, bei vier Mitgliedern fünf, bei drei sogar sieben Teams.

Von der ersten Online-Sekunde an durfte im Netzseminar nichts dem Zufall überlassen bleiben. Eine nachlässige oder ungenaue Moderation würde nicht nur die Begeisterung der Seminarteilnehmer zerstören und damit den Schwung des ganzen Seminars, auch der Ausbau der *nu* würde gebremst. Nur motivierte, engagierte Gruppen würden mit Freude Spiele und Abenteuerwelten erfinden, den Park der *nu* vergrößern, eine Bibliothek ins Leben rufen, die bescheidene, kleine *nu* Schritt für Schritt in einen Planeten, sogar in einen Stern verwandeln, der hell durch den Cyberspace leuchtete.

In den Weiten der Computernetze, wo die Kommunikation in Lichtgeschwindigkeit ablief, war der Mensch verloren. Er brauchte beschaulich dreidimensional und multimedial gestaltete VR-Welten, damit sein Bewusstsein wenigstens eine Ahnung von der Metaphysik der Netze erhaschen konnte. Er, Großholz, wollte die Computernetze nicht den Superhirnen und elektronischen Organismen überlassen. Er wollte bei ihrer Besiedlung dabei sein. Mit seiner *nu* hatte er einen Fuß ins Reich der Elektronen gesetzt. Nun musste daraus ein Umschlagplatz für VR-Ideen werden, ein Treffpunkt für Cyberfreunde, ein Magnet für Hobbysurfer bis hin zu Netzprofessionellen jeder Art.

Höchste Zeit war es nun auch, dass er einen zweiten VR-Spezialisten fand, der wie Mario Schell zehn bis zwölf Wochenstunden für ihn arbeitete. Damit der Ausbau der *nu* zügig genug voranging, reichte es nicht, nur für das VR-Labor einen Verantwortlichen zu haben. Mindestens die Gruppe „Spaß und Spiel" benötigte ebenfalls einen Leiter mit festen Verpflichtungen. Er wollte Mario Schell fragen, wie er sich einen Spaßspezialisten an seiner Seite vorstellte. Vielleicht suchte ein Kollege von ihm einen Teilzeitjob. Womöglich befand sich auch unter den einundzwanzig Seminarteilnehmern ein geeigneter Kandidat.

Im Stehen loggte er sich in die *nu* ein. In der Eingangshalle war wenig los. Er ließ die Halle auf dem Bildschirm und schob den Sessel zum Schreibtisch. Je nachdem, wie gut er mit der Planung des Netzseminars vorankam, hatte er am Nachmittag vielleicht Zeit für Ernst Amberg und Anna Maria Stauffer. Die Blonde musste er telefonisch erreichen, das Treffen mit ihr in die nächste Woche, allenfalls auf den Freitag schieben ... Frau Gloor hatte nach der Mittagspause mit den Arbeitsblättern für das Proseminar zu tun. War der zweite Gastbeitrag für die Festschrift jetzt bei ihr eingetroffen? Später. Zuerst musste er der Lichtgeschwindigkeit eine weitere Seminarsitzung abtrotzen. Nächste Woche wurde der Arbeitsplan wieder wie gewohnt eingehalten. Mit dem

Cyberbuch durfte er nicht in Verzug geraten, die Konkurrenz schlief nicht. Er breitete seine Handnotizen für das Netzseminar übersichtlich auf dem Schreibtisch aus und setzte sich. Spätestens für halb sechs Uhr abends hatte er Mario Schell das Programm versprochen ... Jawoll, ja gewiss, Herr Netzseminarassistent, vielleicht schon früher, en détail.

6. Kapitel

Anna Maria schaltete das Licht an. Schnell drückte sie die Bürotür hinter sich zu und schloss sie mit dem Schlüssel ab. Ihr Herz hämmerte. Sie hatte Schritte gehört auf dem Flur, vielleicht auch nur gemeint, sie höre Schritte, und sofort an Großholz gedacht. Lauerte er ihr auf?

Sie legte ihre Tasche auf den Computerstuhl und knöpfte den Mantel auf. Die Blätter ihrer Spatha-Pflanze hingen welk herab. Sie griff nach der Gießkanne. Leer.

War sie vorhin allein wegen eines Geräuschs in Panik geraten? Stand es so um sie? Seit letzter Woche arbeitete sie nur noch stunden-, sogar halbstundenweise und hinter verriegelter Tür in ihrem Büro, weil sie Angst hatte, Großholz könnte sie erneut aufsuchen.

Vorletzte Woche, am Donnerstagabend, sie hatte einen Text korrigiert, da stand er plötzlich vor ihrem Schreibtisch. Bevor sie ihn gegrüßt und Worte für ihre Überraschung gefunden hatte, tappte er, ohne Gruß und ohne sie zu beachten, am Schreibtisch vorbei zum Computer und setzte sich auf ihren Computerstuhl.

Sie war nicht erschrocken, saß lediglich beklommen vor ihrem Artikel. Großholz wirkte nicht aufgeregt oder böse, war im Gegenteil in eine derart seltsame Ruhe gehüllt, dass sie nicht zu fragen getraute, was er wolle und wieso er ohne anzuklopfen hereingekommen war. Sie überlegte sich, wie sie ihm beibringen könnte, dass sie arbeiten wollte und er sie störe, da sagte er: „Wir haben uns immer gut verstanden, Anna Maria", und versicherte ihr, wie sympathisch er sie fand. Sehr sympathisch, seit jeher, betonte er, das wisse sie so gut wie er und daran habe sich nichts, gar nichts geändert bis zum heutigen Tag.

Während sie sich über seine Liebenswürdigkeit wunderte, benahm er sich, als hätte sie ihn hergebeten oder gar zu einem Gespräch aufgefordert. Mit leiser Stimme sprach er von Fehlern, die jeder mal mache, wie leicht man auf Abwege gerate oder sein Ziel aus den Augen verliere. Voller Reue sann er darüber nach, wie viel schneller als aufgebaut doch etwas zerstört sei.

Sie wollte ihren Text vor Feierabend korrigiert haben und hörte ihm nicht mehr zu. Mit einem Mal horchte sie auf. Sie könne noch umkehren, für sie sei es noch nicht zu spät. Er sei bereit, ihr alles zu verzeihen. „Bei dir, Anna Maria, will ich Nachsicht walten lassen, mich auch bei Knoll für dich verwenden. Du bist bestimmt in die Angelegenheit hineingeschlittert, ohne die Konsequenzen zu bedenken, die Aufrührer zu gewärtigen haben."

Er sah sie an: „Denk an deine Zukunft, Anna Maria. Willst du deine Stelle verlieren wegen dieser Sache?"

Sie kam aus dem Staunen nicht mehr heraus, wollte etwas erwidern, immer kam er ihr zuvor. „Ich weiß, dass du die Blonde persönlich kennst. Nimm dich vor ihr in Acht. Mitgegangen, mitgefangen."

War das ein Erpressungsversuch? Wollte er sie einschüchtern? Ausgerechnet mit Liebenswürdigkeiten! Was sollte sie da sagen? Verschwinde, scher dich fort?

Unhöflich zu werden getraute sie sich nicht, stattdessen rang sie nach Worten und spürte mit einem Mal, wie etwas Schweres, Lähmendes auf sie zu und über sie hinwegkroch. Es ging von Großholz aus, dessen Schmeichelstimme verstummt war. Den Kopf eingezogen, mit verschränkten Armen, saß er, wiederum in die seltsame Ruhe gehüllt, gefasst und wie abgeklärt, auf ihrem Computerstuhl.

Plötzlich kam die Erinnerung zurück. Sie kannte diese stumme Wucht aus der Zeit vor ihrer Abschlussprüfung. Er verstand es, in einem harmlosen Tarngewand aufzutreten, dabei war er fordernder als ein Befehl, durchdringender als ein Schrei. Beim kleinsten Nachgeben war sie verloren, würde umgarnt, betäubt, verschlungen. Ihr wurde klar, nicht ihre Höflichkeit, nicht das Gebot, brav zu sein, keine Faser von ihr durfte sich mit dieser Kraft verbünden, die von ihm ausging, wenn er in dieser Verfassung war. Zumindest so viel hatte sie aus ihrem Vorprüfungsdesaster mit ihm gelernt.

Diesmal würde sie sich ihm widersetzten. Beschlossen. Egal

wie heftig sie sein lähmendes Schweigen erfasste, wie machtvoll es sie zu biegen versuchte, sie knickte nicht ein. Nein, lieber Herr Großholz, nein und nochmals nein, sagte sie immer wieder zu sich selbst, diesmal würde es ihr gelingen, sich treu zu bleiben. Da stand Großholz plötzlich auf.

In ihr drin zuckte es, ihre Muskeln verkrampften sich, begannen zu schmerzen, als er langsam auf sie zukam.

„Wenn du aus dieser Kampagne gegen mich aussteigst, Anna Maria, biete ich dir meine Hand zur Versöhnung."

Er war nicht zu ihr hinter den Schreibtisch gekommen, er stand davor, streckte den Arm aus und hielt ihr seine große Hand hin.

Ihr war es, als würde sie versteinern.

„Überleg es dir", sagte er und öffnete die Tür. „Mein Angebot gilt. Wir haben uns immer gut verstanden."

Als ihre starren Glieder sich lösten, fiel ihr der Kugelschreiber aus der Hand. Statt erleichtert zu sein, kam es ihr vor, als würden Würmer in der Größe wie Blindschleichen durch die Bürowände und die Decke zu ihr hereinkriechen. Bevor sie nach ihr züngelten, hatte sie ihren Text, und was sie sonst noch zum Arbeiten brauchte, zusammengepackt und war aus ihrem Büro geflohen.

Nur schon die Erinnerung an Großholz' Besuch erschütterte Anna Maria. Sie betrachtete die welk gewordenen Blätter ihrer Spatha. Auch die Stängel begannen sich bereits zu biegen. Merkwürdig, sie war an jenem Donnerstag auf einen Besuch von Großholz vorbereitet gewesen. Beim Mittagessen hatte Ernst ihr erzählt, Großholz sei am Vortag außer sich in sein Büro gestürzt und hätte ihn bedroht. Deshalb hatte sie ihn halbwegs erwartet, aber nicht, dass er auf leisen Sohlen bei ihr hereinschlich und sie, gelinde ausgedrückt, mit Sympathiebekundungen bezirzte. Dass ihr Kontakt seit fast zwei Jahren abgebrochen war, hatte er mit keiner Silbe erwähnt.

Sie hatte ihm nicht geantwortet, und würde es wahrscheinlich auch nicht tun. Am wenigsten getraute sie sich, sein „Angebot" abzulehnen. Er würde ihr Nein bestimmt genauso missachten, sogar für ein Ja nehmen, wie vor zwei Jahren. Da sie selten in ihrem Büro war, wusste sie nicht, ob er versucht hatte, sie nochmals zu erreichen. Zum Glück hatte er nicht bei ihr zu Hause angerufen, wie bei Sibylle. Sibylle bekam ihren ersten Anruf von ihm keine zwei Stunden nachdem er bei ihr, Anna Maria, den Sanftmütigen gespielt hatte. Er lud sie zu einem Gespräch in sein Büro ein. Es gäbe einiges zu klären zwischen ihnen. Sibylle schlug die Einladung aus, bat ihn, sich an die Anwältin, Frau Henkel, zu wenden. Trotzdem rief er bei ihr an. Wenn sie nicht bereit sei, mit ihm zu sprechen und die unwahren Verdächtigungen, die sie über ihn verbreite, zurückzunehmen, werde er gerichtlich gegen sie vorgehen. Die Anrufe hörten erst auf, als Sibylle ihm androhte, ihr Telefon überwachen zu lassen und ihn wegen Telefonbelästigung zu verklagen.

Anna Marias Herz klopfte laut. Ihre Angst wuchs nicht grundlos. In einer knappen halben Stunde fand am Institut die Versammlung der Assistierenden mit Knoll statt. Wenn Großholz davon wusste, was wahrscheinlich war, fürchtete er wohl, sie könnte ihn belasten, wie Sibylle öffentlich bekennen, was zwischen ihnen vorgefallen war, und wollte daher seinen Vorschlag, sie zu protegieren, vorher noch bekräftigen oder sie gar dazu drängen einzuwilligen. Für sie würde das heißen, dass sie ab sofort zu schweigen hätte. Mehr als das. Es fröstelte sie. Schutz gegen einen Maulkorb? Karriere gegen den Verrat von Freundinnen?

Sie nahm die Gießkanne, schloss die Bürotür auf und spähte auf den Flur hinaus. Als ihr nichts ungewöhnlich vorkam, ging sie in den Kaffeeraum und füllte die Kanne mit Wasser. Auf dem Rückweg leerte sie ihr Postfach und ging danach rasch in ihr Büro zurück. Warum hatte sie Großholz nicht klipp und klar gesagt, seine Übergriffe hätten trotz Ermahnungen nicht aufgehört, deshalb hätten sich die Assistierenden getroffen und die Misere, die am Institut herrsche, besprochen? Wäre sie in der Lage gewesen, ehrlich und offen mit ihm zu sprechen? Wäre, hätte, würde, dachte sie und schaute zu, wie der Wasserstrahl silberglitzernd aus der Kanne in den Blumentopf strömte. Nicht absterben, liebe Spatha. Erhol dich gut! Nicht vergessen, sie wollte ein Buch mit nach Hause nehmen.

Sie stellte die Kanne unter das Teetischchen und ging zum Regal. Es war ein Sammelband, in dem ihr Projektkollege Klaus Zingg und sie im Auftrag von Knoll, dem Familienforscher, alle Argumente für eine außerfamiliäre Kinderbetreuung übersichtlich dargestellt hatten. Sie steckte das Buch in ihre Tasche, stieß den Computerstuhl, an dem immer noch das Großholzgespenst zu kleben schien, auf die Seite und ging an den Schreibtisch.

Die Post war schnell durchgesehen. War sie noch aus einem anderen Grund hier?

Es fiel ihr nichts mehr ein. So griff sie nach dem Umschlag mit der Einladung von Knoll. ... *18.15 Uhr, Raum 101 ... Ihr Brief an mich vom 8. November wirft eine Reihe von Fragen auf, von denen ich meine, dass sie am besten in einem direkten Gespräch zwischen Ihnen allen und mir beantwortet werden können ...* Freundlich und diplomatisch. Ganz Knoll. Es lohnte nicht, lange zu überlegen, was er genau damit meinte. Früh genug würden sie es erfahren. Sie nahm den Ordner, in dem sie die Unterlagen zu den Anschuldigungen gegen Großholz sammelte. Wie andere auch, hatte Sibylle ein Gedächtnisprotokoll über ihre Erlebnisse mit Großholz verfasst. Sie las es nochmals, denn Sibylle war Studentin, nahm nicht an der Versammlung mit Knoll teil, vielmehr sie hatte keine Einladung erhalten. Sie, Anna Maria, würde an ihrer Stelle sprechen. Über Erna Kleinert hatten sie nach wie vor nur Aussagen von deren Mutter. Lilo würde bestimmt wieder schweigen, sodass es am Huber-Assistent Ulrich Feurich und ihr liegen würde, das vorzutragen, was sie von Erna Kleinert, dem bis jetzt letzten bekannten Vorfall, wussten. Den Brief mit den Unterschriften, auf den Knoll Bezug nahm und den er vor knapp zwei Wochen erhalten hatte, überflog sie nur. Seine Argumente waren ihr noch gegenwärtig. Ebenso das Protokoll, das Ernst von der Assi-Versammlung geschrieben hatte. Sie packte ein, was für das bevorstehende Gespräch mit Knoll nützlich oder hilfreich sein könnte, dazu einen Notizblock. Ernst erwartete sie um achtzehn Uhr in seinem Büro.

Vor dem Gebäude krochen Autoschlangen im Feierabend-Lichtergewirr über die regennasse Straße. Anna Maria überquerte den Zebrastreifen. Da Großholz, falls er herumschlich, wahrscheinlich wie früher die ruhige Parkseite bevorzugte, nahm sie die Hauptstraße zum Institut. Schon von Weitem sah sie links auf der Anhöhe die Fenster des Seminarraums 101 goldgelb in die Dunkelheit hinausleuchten. Sie stieg die Freitreppe hoch und eilte um das Gebäude herum zum Eingang. Im Treppenhaus kamen ihr Scharen von Studentinnen und Studenten entgegen. Also war es kurz nach achtzehn Uhr. Im Vorbeigehen sah sie, wie im Seminarraum 101 zwei Personen vom Hausdienst die Tische für die Versammlung umräumten. Sie ging über den Flur in die Bibliothek und klopfte bei Ernst.

„Wir sind entlastet. Georg Maag wird das Gespräch leiten", empfing Ernst sie aufgeregt. „Ich habe Georg das Protokoll von der ersten Sitzung und eine Auflistung der Vorfälle gegeben."

Ernst, den sonst nichts aus der Ruhe brachte, plötzlich so außer sich? „Und wer berichtet, was sich wie, wo, wann ereignet hat?", fragte sie.

„Das bleibt wie besprochen. Ich schildere zwei Prüfungsvorbesprechungen, deine und die von Susanne Schäfer, die ich schon an der Assi-Versammlung vorgetragen habe, und du, ich weiß nicht auswendig, was du ...?"

„Ich? Ich trage zusammen mit Ulrich Feurich und anderen den Fall Erna Kleinert vor, und natürlich alles, was Sibylle erlebt hat. Wieso bist du so aufgelöst? War Großholz nochmals hier?"

„Nein, Gott behüte! Wenigstens das nicht", sagte Ernst. „Großholz hat aber ... Oje! Du wirst bald erfahren, was geschehen ist. Georg Maag wird es an der Versammlung schildern. Hast du jetzt Artikel 181 des Strafgesetzbuches gelesen?"

Als sie nicht antwortete, ging Ernst an den Computer. „Nötigung. *Wer jemanden durch Gewalt oder Androhung ernstlicher Nachteile oder durch andere Beschränkung seiner Handlungsfreiheit nötigt, etwas zu tun, zu unterlassen oder zu dulden, wird mit Gefängnis bis zu drei Jahren oder Geldbuße bestraft.*" Er wandte sich ihr zu.

„Großholz darf uns also nicht daran hindern, über die Vorfälle am Institut zu sprechen und Stellung für belästigte Studentinnen zu beziehen."

Anna Maria bereute immer mehr, sich überhaupt für diese Sache engagiert zu haben. „Vielleicht wäre es besser gewesen, ich hätte wie Lilo geschwiegen", sagte sie. „Seit Großholz mich 'besucht' hat, graut mir vor meinem eigenen Büro. Bald wage ich mich nicht einmal mehr ans Institut."

„Großholz ist im Unrecht, Anna Maria. Er wird sich beruhigen." Er schaltete den Computer aus und griff nach der Pralinenschachtel. „Eine kleine Versüßung, Annama?"

„Mir ist mehr nach einem Schnaps zumute."

„Alkohol am Arbeitsplatz ist streng verboten", sagte Ernst mit einem Augenzwinkern und zog einen durchsichtigen Beutel aus seiner untersten Schreibtischschublade.

„Du bist unverbesserlich!" Sie schnappte danach.

Ernst öffnete seine Pralinenschachtel und sie die knisternde Tüte, die mit Champagnertrüffeln gefüllt war. Während sie an ihren Leckerbissen knabberten, hörten sie, wie die Büronachbarin von Ernst, Corinne Zweifel, Assistentin von Frau Professor Hartmeier, nebenan ihr Büro abschloss. Anna Maria schaute auf die Uhr. „Zehn nach sechs. Corinne geht ... du weißt wohin." Mit einer letzten Süßigkeit im Mund verließen sie Ernsts Büro. Von der Straße her fiel Licht in die schon nächtlich dunkle Bibliothek. Ernst schloss sie hinter sich ab. Am andern Ende des Flurs drangen Stimmen aus dem Seminarraum. Als sie näher kamen, hallten Schritte durch das Treppenhaus. Dieter, der IT-Verantwortliche, sprang die letzten Stufen hinunter und grüßte. Sie erwiderten den Gruß und traten nach ihm in den Seminarraum.

Die hellbraunen Tische glänzten im grellen Neonlicht. Sie waren im Quadrat aufgestellt, mit Stühlen nur außenherum. Hinten im Raum saßen Assis dicht gedrängt nebeneinander, an den beiden Seiten gab es Lücken, die vordere Reihe bei der Tafel war leer. Ernst und Anna Maria setzten sich an der Innenwand nahe der Tür. Ernst wechselte Blicke mit Georg Maag, dem Oberassistenten von Professor Huber, der sich, wie schon in der ersten Versammlung, links außen in der hinteren Reihe eingerichtet hatte, wo er mit seinem Tischnachbarn Ulrich Feurich redete. Lilo fehlte, ebenso die andern Großholz-Assis, stellte Anna Maria fest. Kaum saßen Ernst und sie, fiel hinter ihnen die Tür zu. Knoll war eingetreten.

Nicht nur sein weißes Hemd, seine ganze Person strahlte vor Gepflegtheit. Etwas schien ihm zu missfallen. Sein Blick glitt fragend über die leeren vorderen Tische. Als er Höfner, seinen Oberassistenten, in der Fensterreihe bemerkte, ging er zu ihm hin. Höfner begriff rasch und erteilte seinem Tischnachbarn Marc zur Rechten eine Anweisung. Marc, der sich nur widerwillig von seinem Kollegen Christian zu trennen schien, schob träge seinen Stuhl zurück und stand auf, während Höfner bereits das Katheder fasste, das zusammengeklappt in der Zimmerecke stand, und es mitten in der Vorderreihe aufbaute. Marc, unbeeindruckt von Höfners Tempo, rollte den Hellraumprojektor herbei. Höfner ließ die Leinwand hinunter. Zusammen schoben sie die leeren Tische zur Seite.

Knoll verfolgte vom Fenster aus, wie die beiden Assistenten ihren Auftrag erfüllten. Nach einem flüchtigen „Danke" trat er ans Rednerpult, setzte die Brille auf und legte seine Unterlagen zurecht.

Er begrüßte die Anwesenden in das letzte Gemurmel hinein und teilte beiläufig mit, die Assistierenden von Professor Großholz hätten sich entschuldigt.

„Seit dem Sommer sind Gerüchte beziehungsweise Anschuldigungen gegen Professor Großholz im Umlauf, mit denen wir uns heute befassen müssen", erschallte seine Stimme. „Im August bekam ich einen Brief von einer Anwältin, in dem sie seinen Umgang mit Studentinnen rügte. Nach Rücksprache mit Professor Großholz schrieb ich ihr, ich sei sehr an einer Klärung der Vorwürfe interessiert. Die Studentinnen seien gebeten, sich mit ihren Beschwerden an mich, den Direktor des Instituts, zu wenden. Im persönlichen Gespräch mit mir, wenn erwünscht auch mit Professor Großholz, der sich ebenfalls gern dazu bereit erkläre, lasse sich bestimmt eine Lösung finden. Et cetera. Trotz dieser Aufforderung gelangte keine der betroffenen Frauen an mich. Offen gesagt, hielt ich das Problem deshalb für erledigt. So war ich nicht wenig überrascht, als ich vor knapp zwei Wochen ein Schreiben von Ihnen erhielt, in dem Sie auf die Gerüchte vom Sommer Bezug nehmen." Er schaltete den Projektor ein. „Es enthält einige Formulierungen, zu denen ich Sie um nähere Angaben bitte."

Über ihm auf der Leinwand erschien der Brief, genau so, wie ihn Ernst und sie, Anna Maria, an der Assi-Versammlung von Ende Oktober und in den Tagen danach im Auftrag der damals Anwesenden verfasst hatten, ohne die Unterschriften. Knoll suchte einen Stift. „Ihrem Schreiben entnehme ich, dass Sie vermuten, Professor Großholz ... *belästige* ..., ja, ich betone, Sie vermuten, Professor Großholz *belästige seit einigen Jahren Studentinnen und Stellenbewerberinnen.* Sie alle wurden, ganz im Gegensatz zu mir, dem sich leider bis heute niemand anvertrauen wollte, ... *immer wieder mit diesen Vorwürfen und Anschuldigungen konfrontiert,* ... sogar ... *von Betroffenen und deren Angehörigen um Hilfe gebeten.* Ferner lese ich: ... *Angesichts der Anzahl Vorfälle ... Abklärung ... Prüfungsordnung ...*" Er unterstrich mit kräftiger Hand die Stellen und Wörter, die er vorlas, sodass über ihm bald fette, grüne Striche wie Raupen über den Brief krochen.

Ernst blickte nach hinten zu Georg Maag, der bedächtig mit dem Oberkörper wippte, während Knoll in einem fort sprach. Niemand protokollierte die Sitzung, fiel Anna Maria auf.

„Da Sie ... *das Problem für dringlich halten* ..., würden Sie es begrüßen, wenn ich ... *schnell handeln würde*", sagte Knoll, stülpte den Deckel auf den Stift und betrachtete sein Werk. Gefasst wandte er sich an die Assistentinnen und Assistenten: „Vielleicht beginnen wir gleich mit Ihrem zweiten Satz: *Es besteht der Verdacht, dass Professor Großholz seit einigen Jahren ...* Dieser Satz scheint mir mehrfach erläuterungsbedürftig. Bitte."

Als sich niemand dazu äußerte, ging er mit kleinen Schritten an seinem Rednerpult vorbei auf Ernst zu und blieb vor ihm stehen. Ernst saß eine Weile bewegungslos, dann hob er langsam den Kopf.

„Was uns, die Assistentinnen und Assistenten des Instituts betrifft, Herr Knoll", erklang gleichzeitig Georg Maags Bass in der hinteren Reihe, „so haben wir heute von Professor Großholz einen Brief erhalten, der uns einen offenen Austausch mit Ihnen nicht leicht macht."

Knoll gab sich unbeeindruckt.

„Professor Großholz schreibt uns nämlich", fuhr Georg ebenso unbeeindruckt fort, „nach Ansicht seines Rechtsanwalts sei der Brief, den wir Ihnen geschrieben hätten, und den wir gerade vor uns projiziert sehen, ehrverletzend. Ihm sei aber bekannt, dass die meisten von uns durch Hetze verleitet worden seien. Deshalb sähe er vorerst von Strafanzeigen ab. Er fordert uns aber auf, ihm entweder, ich zitiere, *die Namen der Täterinnen und Täter zu nennen, die in böser Absicht falsche Gerüchte über ihn verbreiten,* Zitatende, oder die Verdächtigungen, die wir gegen ihn erhoben hätten, schriftlich zu widerrufen."

Anna Maria schaute Ernst erstaunt an.

Ernst flüsterte: „Wir beide haben diesen Brief nicht erhalten, aber vermutlich alle andern."

„Sie sind in der Tat besser informiert als ich, Herr Maag", wandte Knoll sich an Georg. „Sie wünschen, dass ich eingreife, den Wirbel um Großholz stoppe. Verstehen Sie bitte auch meine Seite. Ich kann nicht, darf nicht lediglich aufgrund von Gerüchten Maßnahmen gegen einen Mitarbeiter ergreifen. Als Direktor

des Instituts sind mir die Hände gebunden, solange sie sich hinter Verdächtigungen der allgemeinsten Art verstecken und keine Studentin zu mir kommt, um mir zu schildern, was sich aus ihrer Sicht genau zwischen ihr und Professor Großholz zugetragen hat."
„Weiß Großholz morgen, oder etwa schon heute, worüber wir hier sprechen?", fragte Ernst.

Knoll gereizt: „Ich bin nicht allwissend, Herr Amberg, ich kenne Professor Großholz' Informationskanäle nicht." Ein grimmiger Blick verfehlte das Ziel. Wiederum erklang in der hinteren Reihe Georg Maag: „Wenn Sie uns, die wir die Seminar- und Diplomarbeiten der Studierenden betreuen und zudem bei Problemen oft deren erste Ansprechpartner sind, als ihre Vertrauenspersonen akzeptieren, Herr Knoll, und dafür sorgen, dass Professor Großholz uns morgen und übermorgen in unseren Büros nicht bedroht, könnte jetzt das Gespräch zwischen Ihnen und uns beginnen, zu dem Sie uns ja hierher eingeladen haben."

Knoll ging ans Rednerpult zurück. „Wie gesagt, wirft ihr Schreiben eine Reihe von Fragen auf, die ich gern in diesem Kreis mit Ihnen diskutiert hätte. Ich schlage vor, dass Sie mir nun ..."
– Er blickte auf den Projektor – „ ... als Erstes den Satz ... *Es besteht der Verdacht, dass Professor Großholz seit einigen Jahren Studentinnen und Stellenbewerberinnen sexuell belästigt* ... genauer erläutern."

Georg Maag nahm Papiere aus einer Mappe, wohl jene, die Ernst ihm vor der Sitzung übergeben hatte. „Aufgrund unserer ersten Versammlung, Herr Knoll, in der wir Assistierenden uns über die Situation am Institut ausgetauscht haben, lässt sich Folgendes sagen: Es zeichnen sich neun Fälle von Belästigungen unterschiedlicher Art ab, die sich in einem Zeitraum von ungefähr sechs Jahren ereignet haben. Ich fasse sie zusammen. Danach können wir Ihnen die Geschehnisse im Einzelnen schildern, wenn Sie das möchten." Er schwieg.

„Beginnen Sie!", brummte Knoll.

„Vier der neun Vorfälle ereigneten sich allein in diesem Jahr, von Januar bis September", erklärte Georg. „Dabei handelte es sich in zwei Fällen um derart schwerwiegende Übergriffe, dass mit einer zunehmenden Gewalttätigkeit von Professor Großholz gerechnet werden muss. Stichwort Dringlichkeit der Angelegenheit. Auch ist zu vermuten, dass das, was im Laufe der Zeit zu uns Assis gedrungen ist, nur die Spitze des Eisbergs bildet."

„Schildern Sie, was Sie wissen, nicht was Sie vermuten!", fuhr Knoll auf.

„Kein Problem", entgegnete Georg freundlich. „Bei drei der neun Fälle, die uns zu Ohren kamen, handelt es sich um Stellenangebote, bei denen Professor Großholz nebst der fachlichen auch eine intime Beziehung zu der Bewerberin wünschte oder sich ihr bei Einstellungsgesprächen körperlich näherte, oder beides." Weiter habe Großholz in einem Fall die Bescheinigung für eine Seminararbeit, wie sich herausstellte, lediglich aus persönlichen Gründen nicht ausgehändigt, worüber sein Kollege Paul Rauber Genaueres berichten könne. Er blickte kurz zu Paul, links von ihm in der hinteren Reihe, kam auf den heiklen Punkt Prüfungsvorbesprechungen zu sprechen, wo Großholz ebenfalls in drei Fällen, die den Assistierenden bekannt seien, Körperkontakt zu den Kandidatinnen erzwungen hätte, auch unter Androhung von Nachteilen bei der Prüfung, und wies auf eine Diplomandin hin, die nicht erzählen wollte, was zwischen ihr und Großholz vorgefallen sei, weil sie ihm Stillschweigen versprochen habe.

„Sie scheinen wirklich mehr Vertrauen bei den Studentinnen zu genießen als ich", brummte Knoll und blätterte in seinen Unterlagen. „Ich verstehe immer weniger, Herr Maag, wieso nie jemand zu mir gekommen ist. Ich habe doch den Studentinnen meine Hilfe ausdrücklich angeboten. Natürlich kann man seine Hilfe niemandem aufzwingen. Trotzdem würde ich gern erfahren, wieso ich von den betroffenen Frauen systematisch übergangen wurde."

„Ich möchte dazu gern etwas sagen", ergriff Eva Bazzig, Assistentin von Frau Professor Hartmeier, hinten in der Fensterreihe das Wort.

Knoll umfasste das Katheder mit beiden Händen. „Ja." Eva beugte sich vor, blickte an ihrer Tischnachbarin Corinne vorbei nach vorn zum Rednerpult. „Ich glaube nicht, dass Sie 'systematisch übergangen wurden', Herr Knoll", wandte sie sich an ihn. „Aus Ihrer und Großholz' Sicht mag das zutreffen. Für Studentinnen sieht die Lage anders aus. Ich betreue eine Diplomandin, die das Studium bei Professor Großholz abschließen wollte, doch zu uns in die Abteilung Hartmeier wechselte, nachdem Großholz sie mit der Aussicht auf eine Assistenzstelle übel an der Nase herumgeführt hat. Genau gesagt, nach mehreren Einstellungsgesprächen und einer vieldeutigen Einladung zu einem Nachtessen gestand er ihr, er 'habe sich Hoffnungen auf eine engere Beziehung gemacht'. Ich erzählte ihr von unserer Versammlung vom Oktober. Als sie hörte, die Vorfälle seien im Einzelnen zur Sprache gekommen, erschrak sie. Ihr 'Reinfall mit Großholz', wie sie es nennt, sei für sie vorbei und abgeschlossen. Sie bat mich, alles, was sie mir erzählt hatte, unbedingt vertraulich zu behandeln, besonders auf keinen Fall ihren Namen zu erwähnen. Ein Gespräch mit dem Institutsdirektor oder sonst mit einer fremden Person, insbesondere mit einer männlichen Geschlechts, käme für sie nicht in Frage. Vermutlich ist es bei anderen Studentinnen ähnlich. Sie sind froh, dass sie mit einem blauen Auge davongekommen sind. Nicht zuletzt auch, weil sie es beschämend finden, überhaupt in eine solche Situation geraten zu sein, möchten sie sich nicht exponieren. Sie lösen das Problem, indem sie Großholz aus dem Weg gehen. So, glauben sie, könnten sie zudem ihr Studium mit dem geringstmöglichen Schaden und Zeitverlust fortsetzen."

„Einen weiteren Punkt sollten wir beachten", ergriff nun auch Anna Maria das Wort. „Die Studentinnen wagen es nicht, sich zu beschweren, oder nicht, sich offiziell zu beschweren, weil sie Nachteile für das Studium befürchten, wenn sie das Verhalten eines Professors rügen oder ihn sogar anklagen."

„Bei Prüfungskandidatinnen im Fach Technikforschung, wo

Großholz leider immer noch Alleinprüfer ist, spitzt sich die Lage noch mehr zu", sagte Ernst. „Eine junge Frau kam einige Monate nach Abschluss ihres Studiums in meine Sprechstunde. Sie hatte nicht nur geschwiegen, sondern die Belästigungen geduldet. Großholz hat sie zu mehreren Vorbesprechungen aufgeboten, in denen er ihr androhte, sie durch die Prüfung fallen zu lassen, wenn sie sich seinen Forderungen widersetze. Selbst Monate danach kam sie nur auf Anraten ihrer Psychologin zu mir. Sie sagte mir, Großholz habe in ihr jeden Mut und die Kraft, sich zu wehren, erstickt."

Knoll nahm einen Stift aus seiner Jackettinnentasche. „Gut", sagte er nach einer Weile. „Frau Bazzig hörte von einer Studentin, Großholz habe ihr eine Assistenzstelle angeboten und zugleich eine engere Beziehung zu ihr gesucht. Bei Herrn Amberg beklagte sich eine ehemalige Studentin, Großholz sei ihr vor den Prüfungen zu nahe getreten." Er faltete ein Papier auseinander und schrieb sich etwas auf. „Das wären zwei Fälle", resümierte er. „In seiner Übersicht wies Herr Maag aber auf mehr als ein halbes Dutzend Beschwerden hin. Sind Ihnen weitere konkrete Vorwürfe gegen Professor Großholz bekannt?"

Durch die Huber-Assistenten, die Schulter an Schulter neben Georg Maag in der hinteren Reihe saßen, lief ein Beben. Paul Rauber, Knoll genau gegenüber, strich sich nervös über die Stirn. „Georg hat es erwähnt", nuschelte er. „Ich betreue die Diplomarbeit der Studentin, welcher Großholz im letzten Sommer den Schein für ihre Seminararbeit verweigert hat." Wie schon an der ersten Versammlung schilderte Paul nun auch Knoll, was Karo an der angeblichen Besprechung ihrer Seminararbeit im Büro von Professor Großholz erlebt hatte. „Nach dieser für sie übrigens sehr beängstigenden Erfahrung hat sich diese Studentin von der Technikforschung, die sie sehr interessiert hat, abgewandt und schreibt ihre Diplomarbeit jetzt bei uns in der Abteilung von Professor Huber", schloss er seinen Bericht.

Knoll machte sich Notizen.

Paul Rauber gab seinem Kollegen Ulrich Feurich ein Zeichen, er könne jetzt sprechen. Ulrich wartete, bis Knoll von seinen Unterlagen aufsah. „Und ich traf zufällig im Treppenhaus des Instituts die Mutter einer Studentin", begann er. „Sie beklagte sich, Großholz sei bei einer Prüfungsvorbesprechung über ihre Tochter 'hergefallen'. Sie sagte auch, wörtlich übrigens, Großholz habe ihre Tochter 'malträtiert'. Ich schlug ihr vor, in der Abteilung von Großholz vorzusprechen. Leider sind die Assistierenden von Professor Großholz heute nicht anwesend. Sie scheinen sich ..."

„Herr Feurich, ich hielt Sie immer für einen intelligenten Wissenschaftler", unterbrach ihn Knoll forsch. „Glauben Sie wirklich, ich wolle irgendwelche Schauergeschichten hören? Über ... was? Über eine Studentin hergefallen, sagten Sie?" Er schüttelte verständnislos den Kopf und schaute hoch zur Leinwand, von der aus der Brief mit den grün untermalten Stellen in den Raum hinausleuchtete. „Sie schreiben mir: *Mitarbeiterinnen und Mitarbeiter des Instituts werden immer wieder mit diesen Vorwürfen und Anschuldigungen konfrontiert,* und jetzt erzählen Sie mir, Sie hätten zufällig im Treppenhaus gehört, Großholz 'malträtiere' Studentinnen. Also ich bitte Sie, bleiben Sie sachlich!"

Anna Maria nahm allen Mut zusammen. „Wir fanden es alarmierend, dass eine Mutter aus Sorge über ihre Tochter ans Institut kommt. Sie berichtete uns, ihre Tochter habe nach der 'Besprechung' mit Professor Großholz mehrere Tage lang fast nur geweint."

Knoll legte die Brille ab: „Haben Sie auch mit dieser Mutter gesprochen, Frau Stauffer?"

Seine Stimme klang derart anklagend, dass Anna Maria zusammenfuhr. Was ist daran falsch, mit einer Mutter zu sprechen, wollte sie zurückfragen, antwortete aber nur kleinlaut: „Ja", und während sie mit dem verurteilenden Blick ihres Chefs kämpfte, hörte sie aus der hinteren Reihe Ulrich Feurichs Stimme: „Ist es erlaubt, Herr Knoll, Ihnen eine Frage zu stellen?"

Knoll horchte auf, rief: „Wer die Antwort nicht scheut!", und wandte sich mit gespielter Munterkeit Ulrich zu.

Ulrich, der neben dem behäbigen Georg drahtig wirkte, schaute ihn ruhig an: „Seit wann wissen Sie eigentlich, dass es bei Professor Großholz nicht ganz lauter zugeht?"

„Dass es bei Professor Großholz 'nicht ganz lauter zugeht' Herr Feurich, ist Ihre Formulierung", bemerkte Knoll trocken. „Wie gesagt, erhielt ich dieses Jahr im August einen Brief von einer Anwältin, der verschiedene Anschuldigungen gegen Professor Großholz enthielt. Meine Antwort dazu kennen Sie ja."

„Und was spielte sich zum Beispiel zwischen Professor Großholz und seiner ersten Assistentin, oder besser Beinahe-Assistentin, vor, ich weiß nicht, vor vielleicht fünf Jahren ab?", hakte Ulrich nach. „Erinnern Sie sich an sie?"

Knoll stand reglos da, wie in Stein gemeißelt. Unnahbar.

„Und was war eigentlich mit der Vorgängerin von Frau Gloor, mit Großholz' erster Sekretärin?", ließ Ulrich nicht locker.

Niemand hustete, kein Flüstern oder Räuspern war zu hören, und Ulrichs Stimme verhallte.

Knolls Gesicht löste sich. „Sie sind hier die Gerüchtesammler, nicht ich", entgegnete er gefasst. „Deshalb sei die Frage an Sie gestellt: Was haben Sie über Großholz' erste Assistentin und über seine erste Sekretärin herausgefunden?" Er ließ seinen Blick über die Gesichter der Assistentinnen und Assistenten gleiten.

Der nicht anwesende Hansjörg Giger, Oberassistent von Großholz, käme hier zu Wort, dachte Anna Maria. Wer sprach an seiner Stelle? Wer wagte es, Knoll die Stirn zu bieten? Sie? Ernst?

„Seine erste Sekretärin ist bekanntlich von einem Tag auf den andern nicht mehr zur Arbeit gekommen", erklang Georg Maags Bass ohne Aufregung. „Vielleicht sollten wir ihren merkwürdigen Abgang einmal im Licht der hier diskutierten Ereignisse betrachten."

„Gratulation, Herr Maag!", sagte Knoll und bemühte sich, seinen Ärger zu bezwingen. „Ich habe den Eindruck, dass Sie alles Erdenkliche aufgeschnappt, kein Gerücht ausgelassen, jedes mögliche belastende Detail gegen Professor Großholz gesammelt haben. Daraus ziehen Sie offenbar den Schluss, das Problem sei dringlich. Wohlan! Sie haben mir endlich ein paar Hinweise gegeben, worum an unserem Institut seit dem Sommer gestritten wird. Dafür danke ich Ihnen. Für Professor Großholz wie für Sie alle gilt: Belästigendes Verhalten ist inakzeptabel. Belästigungen werden an meinem Institut nicht geduldet. Das sei hier an dieser Stelle wiederholt und bekräftigt. Obwohl mir nur Gerüchte, also kein konkretes Fehlverhalten von Professor Großholz bekannt ist – und bis heute auch, soviel ich weiß, von keiner Seite ein solches bewiesen wurde, werde ich mir wahrscheinlich für die Prüfungsvorbesprechungen und darüber hinaus 'Maßnahmen' überlegen, wie Sie es nennen. Damit käme ich Ihrem Wunsch nach, Studentinnen in Zukunft besser gegen Belästigungen zu schützen. Das ist nicht nur Ihres, das ist auch mein Anliegen. Ich bitte die betroffenen Frauen einmal mehr, sich mit ihren Beschwerden an mich, den Direktor, zu wenden. Professor Großholz und ich stehen sowohl Ihnen, meine Damen und Herren, wie allen Studentinnen und Studenten jederzeit für Gespräche zur Verfügung." Er schaltete den Hellraumprojektor aus. „Verehrte Anwesende, habe ich Ihre Fragen damit beantwortet?"

Niemand rührte sich.

Auch Knoll stand schweigend da, und es war, als würde die Stille mit jeder Sekunde, die sie andauerte, ein Stück Einverständnis und Einvernehmen erzeugen. Langsam drehte er sich seinem Oberassistenten Höfner in der Fensterreihe zu. Höfner begann eifrig zu nicken und nickte weiter, als Knolls Blick schon über die gesenkten Köpfe von Marc und Christian und an Corinne und Eva Bazzig aus der Abteilung Hartmeier vorbei in die hintere Reihe glitt, wo sich Klaus Zingg, Anna Marias Projektkollege, und Daniela Hinz, ebenfalls Knoll-Assistentin, einen Tisch teilten. Einen Moment lang schauten Anna Maria und Klaus sich an. Fast gleichzeitig entzog sich Klaus ihrem Blick und begann wie Höfner zu nicken, nicht so eifrig wie er, doch auf eine Weise nachdrücklich, dass mindestens sein Chef Knoll nicht an seiner Ergebenheit zu zweifeln hatte. Neben ihm beeilte sich Daniela Hinz zwar nicht, stimmte aber in das Nickkonzert ein. Da stand plötzlich einige Tische weiter Georg Maag auf. Alle saßen, klebten an ihren Stühlen, fügsam, betreten, mit Empörung ringend – Anna Maria wusste nicht, was alles sich noch in ihnen abspielte; nur Georg Maag und Knoll standen. Die zwei musterten einander, nicht gerade auf die friedlichste Weise, und zogen bald alle Aufmerksamkeit auf sich. Es sah danach aus, als würden sie in ein Wortgefecht geraten, als wollte die Sitzung auf ein verbales Kräftemessen der beiden hinauslaufen. Da riss sich Georg abrupt von Knoll los, bevor das erste Wort gefallen war, und drehte sich von ihm und vom Plenum weg.

Knolls Gesicht zuckte, dann sammelte er seine Unterlagen, sprach einen Gruß und schritt davon.

Höfner sprang auf. Draußen ratterte ein Tram vorbei. Es wurde geschäftig um Ernst und Anna Maria herum. „Lasst uns essen gehen", erklang Georgs Stimme hinter ihnen.

7. Kapitel

Seltsam, da war etwas, weit weg, außerhalb seiner Gedanken! Großholz wunderte sich über die merkwürdigen Geräusche, während ungestört davon eine Fülle von Sätzen aus ihm in den Computer strömte. Er formulierte, tippte und las gleichzeitig. ... *errichtet sich jeder Benutzer online seine eigene 3D-Welt. Wie in der wirklichen Welt gibt es in diesen 3D-Siedlungen Häuser, Städte, Landschaften, auch Tiere, Flüsse, Ozeane. Mit dem Erwerb von Online-Land, der Miete eines Online-Appartements ...* Seltsam, das waren Stimmen. Wo kamen die her? *... eines Online-Appartements, der Gründung eines Unternehmens etc. sichern sich die Nutzer ihre eigene 3D-Existenz. Durch die jedem Menschen vertraute 3D-Räumlichkeit ...*

Er hörte auf zu schreiben. Es klang wie das Geschnatter von Studentinnen und Studenten, das jeweils nach einer Vorlesung ... Da fiel es ihm ein. Rasch drehte er sich auf dem Sessel zur Tür.

Ja, tatsächlich. Offen! Er hatte nicht mehr daran gedacht. Ab heute schloss er seine Bürotür nicht mehr. Was für ein Lärm! Vielleicht sollte er sie doch besser erst am Nachmittag öffnen. Dann hätte er wenigstens einen halben Tag lang Ruhe. Er überlegte. Nein. Entschieden war entschieden. Er verabscheute das Einmal-zu, Einmal-offen. Ab heute ließ er seine Tür von früh bis spät mindestens einen Spalt breit geöffnet.

Vom Flur her fiel ein heller Lichtstreifen auf sein Linoleum und das Pausengekreisch aus der mittleren Etage wurde lauter und lauter.

Ja, Vormittags-, Mittags-, Nachmittagslärm. Auch das verdankte er der Blonden und ihren Komplizinnen. Erneut packte ihn die Wut. Er verschluckte sich vor Ärger, musste husten. Nicht mehr lange, nicht mehr lange liefen diese Schreihälse frei herum. Welche Schande, welche Frechheit, einen Professor derart zu entehren.

Nicht aufregen, weiterschreiben. Nach ein paar Wochen würde die Hetze gegen ihn vergessen sein. Im Sommer, wenn erneut die Bruthitze unter dem Dach klebte, würde da oben sowieso wieder niemand mehr die Tür schließen. Überhaupt, zu oder offen, Winter oder Sommer, wen kümmerte das. Er war gut vorangekommen mit dem Cyberbuch. Das zählte, daran wollte er sich halten. Eine gute halbe Stunde blieb ihm noch, dann war seine Schreibzeit für diese Woche vorbei und er musste den Donnerstag und das Freitagsseminar vorbereiten.

Die multimedialen 3D-Welten gehörten zu den erfolgreichsten Online-Angeboten. Sie lockten Millionen ins Netz.

Er überflog die letzten Sätze, die er geschrieben hatte. Seine Finger strichen über die Tastatur. Ja. ... *Durch die jedem Menschen vertraute 3D-Räumlichkeit ... wird der digitale Raum der zusammengeschalteten Computer für das menschliche Bewusstsein erfahrbar. Die Nutzer „wohnen" in diesen Online-Siedlungen, geben Partys, halten Haustiere, die sich nach und nach zu intelligenten Haustieren entwickeln werden, gehen einer Beschäftigung nach etc. Nichts, was im wirklichen Leben existiert, fehlt. Die bekannte räumliche Welt wird vom Klo bis hin zu Planeten, Sonnensystemen, Galaxien imitiert. Auch die Prototypen von 3D-Simulationen, die 3D-Abenteuerwelten, die 3D-Spiele, die 3D-Chatterias, natürlich auch die reinen 3D-Fantasieschöpfungen, finden zunehmend als Extras in diesen Anwendungen einen Platz.* ... Rasch kam er wieder in Fluss und schrieb nieder, was er über die Mainstream-3D-Siedlungen sagen wollte, für die und deren Benutzerfreundlichkeit es unbedingt eine Lanze zu brechen galt. Zum Schluss skizzierte er die sehr einfach gebaute *My-Life-in-3D*-Anwendung, in der sich Neusiedler rasch zurechtfanden, und *Erobere-dir-einen-Planeten*, wo die Nutzer als vogelartige Existenzen zwanglos durch Sonnensysteme fliegen konnten oder wie kleine Prinzen über eigene Planeten herrschten.

Als er den Abschnitt nochmals las, riss ihn Knolls Stimme heraus. „Tag, Karl. Ich habe gute Nachrichten", klang es hinter ihm. Bitte nicht stören! Großholz verkniff sich seinen Widerwillen und drehte sich zur Tür.

Da stand Knoll, das Jackett offen, und verströmte breit seine Unerschütterlichkeit. In der Linken schwenkte er einen Briefumschlag. Bestimmt nichts Erfreuliches, dachte Großholz. Er wollte sich wieder seinem Text zuwenden, doch Knoll trat ein, schloss die Tür und schritt schnurstracks zum Schreibtisch.

Sie bleibt ab heute von früh bis spät geöffnet, dachte Großholz, das gilt für jedermann, und während sich Knolls Augen in seine bohrten, schlenderten in seinem Kopf kunstvoll gestaltete Avatare durch helle 3D-Räume. *Sie besuchen Galerien, erwerben Bilder und Kunstschätze für ihre Appartements, treffen sich zu Drinks, alles wie im wirklichen Leben,* formulierte es in ihm weiter, als er aufstand und zur Tür ging.

„Sie bleibt ab heute den ganzen Tag geöffnet", erklärte er und kehrte hinter seinen Schreibtisch zurück.

„Ich will mich ungestört mit dir unterhalten", entgegnete Knoll, ging ohne zu zögern hin und schob sie ins Schloss. „Wir dürfen zufrieden sein mit unserer Maßnahme, Karl. Die Rebellen schweigen."

Nein, nein, niemand schweigt, regte sich Großholz auf. Knoll brachte wieder alles durcheinander. Dreizehn Assistierende hatten ihn mit ihrer Unterschrift verurteilt, und noch niemand hatte sich bei ihm entschuldigt, niemand auch nur einen einzigen Vorwurf zurückgenommen. An Ernst Amberg, der die Hetze organisiert hatte, wollte er gar nicht denken. Anna Maria hatte er persönlich die Hand zur Versöhnung gereicht. Nichts. Kein Einlenken. Damit wollte Knoll zufrieden sein?

Großholz bemühte sich nicht, seinen Unmut zu verbergen. „Du hattest recht mit deiner Assistentin Anna Maria Stauffer. Sie war vermutlich am ersten Brief beteiligt. Womöglich hat sie die Kampagne gegen mich sogar angezettelt. Ich wollte mit ihr sprechen, wäre zur Versöhnung bereit gewesen. Die Dame zeigt sich nicht einmal gesprächsbereit."

„Spar dir deinen Ärger", antwortete Knoll. „Anna Maria Stauffer und Ernst Amberg sind nur noch mit einem Bein am Institut. Lass uns zum Erfreulichen kommen." In Großholz' Kopf drehte sich alles. Nur noch mit einem Bein? Das wäre wirklich erfreulich. Ernst Amberg ebenfalls. War das der Grund für Knolls gute Laune? Genüsslich, als wären es Tausendernoten, zog dieser Blätter aus seinem Umschlag und entfaltete sie.

„Karl, höre!", rief er. „Die Zeitschrift der Universität widmet uns zum Jubiläum eine Nummer. Sie wird pünktlich im Mai zur Eröffnung der Feiern erscheinen. Wir dürfen das Institut und unsere Forschungsschwerpunkte vorstellen. Um die zehn Beiträge sind erbeten."

Großholz senkte den Kopf. „Ja, doch", murmelte er.

„Mit den Beiträgen für diese Zeitschrift trennen wir die Spreu vom Weizen", fuhr Knoll fort. „Wer die Kampagne gegen dich unterstützt hat, kommt ab sofort nicht mehr zu Wort. Was mich betrifft, werde ich meine Assistenten Höfner und Klaus Zingg für ihre loyale Haltung belohnen. Du könntest, natürlich nebst einem Beitrag von dir, zum Beispiel Lilo Blum und deinen Oberassistenten beiziehen. Ganz wie du möchtest. Huber werde ich nahelegen, Georg Maag und Ulrich Feurich zu erklären, Artikel von ihnen seien nicht erwünscht. Huber ließ seinen Leuten bei dieser Angelegenheit eine zu lange Leine. Ebenso Agnes Hartmeier. Auch sie werde ich beauftragen, ihrer Assistentin Eva Bazzig eine bittere Pille zu verabreichen. Von Ernst Amberg und Anna Maria Stauffer sprechen wir wie gesagt nicht mehr. Den restlichen Großmäulern wird ebenfalls langsam die Luft ausgehen. Spätestens zu Beginn unseres Jubiläumssemesters wird jede Spur von Aufruhr an unserem Institut getilgt sein. Hier, für dich." Er legte eine Kopie des Briefes auf den Schreibtisch.

Großholz ging alles viel zu schnell. Er griff nach dem Papier. Der Chefredakteur lud Knoll, den Direktor des Instituts für Sozial- und Technikforschung, ein, sein Institut in der Universitätszeitschrift vorzustellen. Dazu kurz und knapp die Termine sowie Hinweise für die Abfassung der Beiträge.

„Auflage 20'000", sagte Knoll. „Das sind 20'000 Gratulationen zum Jubiläum." Er schob sich den Krawattenknopf zurecht.

„So klingen die guten Nachrichten, Karl."

Großholz musste husten. Die Drahtzieher am Institut wären abgestraft. Doch vom Schreihals Nummer eins hatte Knoll kein Wort gesagt. Sie hatte ihn öffentlich verleumdet. „Und die blonde Psychologiestudentin, was ist mit ihr?", fragte er.

„Ich bin hier Direktor. Ich sorge hier und nicht bei den Psychologen für Ordnung", antwortete Knoll. Er steckte den Briefumschlag in die Jackettinnentasche und schaute Großholz an. „Wie sieht es aus mit deinem Festvortrag? Hat er schon Umrisse?"

„Mein Festvortrag?" Großholz fühlte sich ausgehorcht. Wie unverschämt Knoll ihn musterte! „Ja, hat er", sagte er. „Du wirst staunen."

„Ich habe für den Festakt in der Aula alles in die Wege geleitet", sagte Knoll. „Nach mir werden der Rektor und der Bildungsminister ein paar Worte an die Gäste richten. Danach kommst du, wie geplant, mit deinem Feuerwerk über die Technikforschung." Er lachte.

Knoll lachte? Großholz hielt die Kopie des Briefes mit beiden Händen fest. Wie? Was? Worum ging es?

„Wir sehen uns", rief Knoll und wedelte davon. „Ich will noch zu Huber und Agnes Hartmeier." Bevor er auf den Flur trat, drehte er sich nochmals um. „Vernünftig, sehr vernünftig, deine Tür eine Weile gar nicht mehr zu schließen. So werden auch die letzten Schreie verebben."

Der Gruß blieb Großholz im Hals stecken. Alle, selbst die Aufrührer, sahen vom Flur aus zu ihm herein, und weit schlimmer, die Täterinnen liefen ungeschoren herum. Das nannte Knoll verebben! Er kapitulierte vor der Blonden. Ja, selbst einer wie Knoll war dieser Dame nicht gewachsen. Großholz hörte ihre laute Stimme, als würde sie neben ihm stehen. Er sah den stolzen Blick und wie sie, wenn etwas nicht nach ihrem Kopf lief, die Mähne aus dem Gesicht warf. Hatte er es nicht von Anfang an geahnt, sogar gewusst! „Nein, wenden sie sich an meine Anwältin. Nein, Herr Großholz, wenn Sie nochmals anrufen, werde ich Sie wegen Telefonbelästigung verklagen." So sprach der Kopf einer Zerstörungskampagne. So benahm sich eine Studentin, vor der sich die Männerwelt in Acht nehmen sollte.

Plötzlich fuhr ihm Angst kalt in die Knochen. Die Blonde könnte in der *nu* inkognito, sogar mit einem Männernamen getarnt, ihr Unwesen treiben. Nicht einmal er, ihr Gründer und Besitzer, würde sie erkennen. Weil Knoll ein paar deutliche Worte an die Assistierenden gerichtet hatte und die Aufrührer jetzt abstrafte, glaubte er, die Sache sei vom Tisch. Er übersah ganz und gar, dass die Blonde weiter Komplizinnen um sich scharen, unermüdlich für ihre Sache kämpfen, nicht von ihrem Zerstörungswerk ablassen würde. Allen Schreihälsen, nicht nur denen am Institut, musste die Luft ausgehen. Allen, allen, dachte Großholz. Erst dann würde er sich wieder sicher fühlen in seiner Haut.

Eine Täterin nach der andern würde er in sein Büro bestellen. „Treten Sie ein! Treten Sie ein!" Die Tür würde er zunächst offen lassen, sie erst im richtigen Augenblick zustoßen. Die Täterin konnte sich frei bewegen, durfte stehen bleiben, sich an den Tisch setzen, ganz wie sie möchte. Nach einer Weile, wenn sie aufgetaut war und ihre Zurückhaltung abgelegt hatte, würde er ihr die Frage stellen. „Wieso verbreiten Sie überall Lügen über mich?" Er sah schon jetzt ihr Staunen und wie sie unsicher wurde und hörte sie antworten: „Lügen? Ich, lügen?" Abstreiten, das Unschuldslamm spielen, ja, das beherrschten sie alle. Er würde gelassen auf sie zugehen. „Ja, meine Dame, lügen!" Sie würde sich seinem Blick entwinden, sich ängstlich umschauen. Natürlich war er auf alles gefasst. Wollte sie wegrennen, kam er ihr zuvor. Spätestens jetzt fiel die Tür ins Schloss. Zu! Gefangen! Bevor sie aufschrie, würde er ihr den Mund zudrücken. „Still, kein Muckser! Still!" Dann würde er die Täterin mit beiden Händen packen, dass sie von Kopf bis Fuß erstarrte. „Kein Muckser, keine Widerrede!", würde er nicht müde, ihr zu befehlen. Sie würde nicken, mit schreckensstarrem Blick nur noch nicken. „Hörst du auf, bereust du deine Lügen?", würde er sie fragen und seinen Griff nicht lockern, kein Haar breit von der Übeltäterin ablassen, solange sich Widerstand in ihrem Körper regte, das Nicken zahm, die Reue halbherzig blieb. Des Aufbäumens müde, würde sie ihm versprechen, ihn nie mehr zu verleumden, und willig ihrem Teufelswerk abschwören.

Seine Brille lag auf dem Schreibtisch. So würde er sich eine Täterin nach der andern schnappen. Ohne ihre Helfershelferinnen hatte die Blonde ausgespielt. Die laute Stimme würde ohne Echo verhallen. Das stolze Gehabe niemanden mehr beeindrucken. Ja, allein war die schöne Dame nichts als lächerlich, Opfer ihres Hochmuts, eine bemitleidenswerte Kreatur. Er strich sich mit beiden Händen über das Gesicht.

Auf dem Flur waren Schritte zu hören. Frau Gloor? Nein. Jemand war an seiner Tür vorbeigegangen.

Tage-, wochenlang dieses trübe Wetter! Wie viel lieber sähe er Schnee fallen draußen! Frau Gloor musste sich am Nachmittag um die Kalender für das neue Jahr kümmern. Natürlich wollte sie im Dezember wieder Tannenzweige und Kerzen aufstellen. Sollte sie. Dezember?

Am ersten Montagnachmittag des Monats besprach er jeweils mit Lilo ihre Doktorarbeit. Schnell setzte er die Brille auf und griff nach dem Kalender. Ja, am nächsten Montag, 4. Dezember, 14 Uhr, war Lilo eingetragen.

Sie war ganz aufgeregt zu ihm gekommen. „Entschuldige, Karl!

Entschuldige die Störung, Karl!" Als er nicht sogleich von der Arbeit aufgeschaut hatte, lief sie zappelig vor Ungeduld im Büro umher. So kannte er Lilo gar nicht! Gefasst fragte er: „Lilo, ja, was hast du?"

„Uhrenunternehmer, mit denen ich in Kontakt bin, möchten die Resultate meiner Umfrage an einer Tagung diskutieren."

„Oh!"

In ihrem Terminplan war keine Tagung vorgesehen, sie hatte eigentlich gar keine Zeit dafür, und was die Mittel anbelangte, müsste er ihr einen Zusatzkredit sprechen. Allzu gern hätte er auf der Stelle eingewilligt. Ja, mein Herz, ja, ja, ja, tue, was immer dich voranbringt. Doch er hatte geschwiegen und es gelang ihm wie durch ein Wunder, Lilo einfach nur zu betrachten.

„Wärst du einverstanden, dass ich eine Tagung organisiere?", fragte sie, schon etwas gedämpfter. „Und noch etwas: Würdest du selbst teilnehmen und ein paar Worte an die Tagungsgäste richten?"

Als er zu lächeln anfing und ihre Aufregung und Begeisterung mit einem Schmunzeln genoss, errötete sie. „Das ist schon alles. Ich wollte es dir schon mal mitteilen."

Nun wartete das Liloherz auf seine Antwort.

Er griff nach der Mappe mit den Unterlagen zu ihrer Doktorarbeit. Die Interviews würde sie von Januar bis März führen. Danach, bis zur Sommerpause, war die Auswertung vorgesehen, parallel dazu würde sie das zweite und dritte Kapitel für die Publikation entwerfen. Ihre Arbeit von März bis zum Sommer würde sich um Wochen verschieben, wenn sie die Resultate der Umfrage an einer Tagung diskutieren wollte.

Die Urteile und Meinungen aus der Praxis waren ohne Zweifel bedeutend mehr wert als der eine Monat, den eine Tagung sie und ihn kosten würde. Und wo sonst könnte der Kern ihrer Doktorarbeit, die Überlebensstrategien der Betriebe in der globalen Wirtschaft, kompetenter diskutiert werden als an einer Tagung mit Unternehmern? Fazit: Es sprach nichts gegen ihren Wunsch. Warum sollte er Lilo also nicht gewähren lassen?

Schon jetzt sah er sein Herz an seinem Tisch strahlen. Sie würden den Kredit aufstocken, ihren Zeitplan ändern, und nachdem er zugesagt hätte, selbst an der Tagung teilzunehmen, mussten sie noch einen Termin finden. Dass dafür nur ein Tag in den Semesterferien in Frage kam, war natürlich beiden klar. Trotzdem würde Lilo scheu vorschlagen: „Was meinst du mit Ende August, oder vielleicht spätestens Anfang September?"
Er würde warten, jede Sekunde auskosten, die sie an seinen Lippen hing, sogar Bedenken anzubringen versuchen, bis er schlussendlich sein letztes Ja sprechen würde. „Ja, in den Semesterferien, ja, Ende August, das ist gut. Das ist sehr gut." Ja, ja, ja, mein Herz. Habe ich dir je eine Bitte abgeschlagen?
Der stille Jubel im Gesicht seiner Sonne heilte ihm alle Wunden. Was immer sie zusammen anpackten, es glückte. Was immer sie zusammen planten, es durfte sich sehen lassen. Wie Lilos Buch *Die Uhr am Handgelenk* würde auch ihre Doktorarbeit ein Erfolg. Ebenso gut wie ihr gemeinsamer Artikel über die Geschlechterschere bei den jungen Erwachsenen würde ihnen die Tagung mit den Uhrenunternehmern gelingen. Während Lilo für sich selbst ihre Diss vorantrieb, würden sie und ihre zwei Kollegen im Eckzimmer zusammen die Umfrage über die Interessen der Zwanzig- bis Dreißigjährigen abschließen und danach rasch mit einer Studie über die Neuen Medien beginnen. Im diesem Projekt ging es darum, wer, wer weshalb und wer wie, wann und wie lange das Internet nutzte. So konnte sich endlich auch das Liloherz mit den Computernetzen anfreunden. Wenn nicht, falls sie weiterhin stur bei ihrer Skepsis blieb, würde ihr dann sein Buch über den Cyberspace die Einzigartigkeit dieser Errungenschaft nahebringen. Ja, spätestens bei der Lektüre seines neuen Buches würde auch das Liloherz für die modernen Kommunikationstechniken erglühen.

Vielleicht überraschte ihn das fleißige Blümchen noch diese Woche mit dem ersten Kapitel ihrer Doktorarbeit. Teil eins – eine

Übersicht über die Schweizer Uhrenindustrie von den Anfängen im sechzehnten Jahrhundert bis zur Gegenwart – wollte sie nämlich bis Ende Jahr abgeschlossen haben. Er legte die Mappe mit ihren Unterlagen beiseite und stand vom Schreibtisch auf. Was für ein Lärm! Natürlich, die Tür. Da drang nicht nur die Unruhe des ganzen Gebäudes herein, immer wieder kam es ihm vor, als könne jeder Neugierige vom Flur her in seine Gedanken blicken. Unsinn! Er schüttelte den Kopf. Nicht nur Lilo, auch er wollte vorankommen. Rasch schob er den Sessel vor den Computer. Im Stehen drückte er auf die Leertaste.

Wohl war die Datenwelt in den Abermillionen von zusammengeschalteten Computern schon jetzt riesig. Doch war sie deswegen auch reif? Nein, war sie nicht. Die MIT-Wissenschaftlerin Sherry Turkle hatte recht, wenn sie sagte: „Wir denken, das Internet sei erwachsen, bloß weil wir damit aufgewachsen sind." Die Frage lautete nämlich: Wie geht es weiter? Wie wächst dieses Datenwirrsal aus seinen Anfängen hinaus, in denen es trotz seiner Riesenhaftigkeit noch immer steckte? Schon seine Entstehung damals im Jahre 1969 geschah gleich einem zweiten Urknall ganz unerwartet selbst für die Computertechniker. Noch verblüffender und ganz gewiss noch unvorstellbarer für das menschliche Gehirn waren die Wege, auf denen es sich entfalten und weiterentwickeln würde.

Je länger er sich über die Zukunft des Cyberspace den Kopf zerbrach, umso deutlicher erkannte er, wie jung eigentlich alle technischen Schöpfungen, nicht nur die Computernetze, waren.

Das Universum durfte sich aller Wahrscheinlichkeit nach und gemäß der Urknall-Theorie eines Alters von gut 14 Milliarden Jahren rühmen. Ebenfalls aus dieser Frühzeit des Universums stammten die Anfänge der Milchstraße. Unser Sonnensystem hingegen entstand erst vor gut vier Milliarden und der erste biologische Lebenskeim auf der Erde vor knapp vier Milliarden Jahren. Bis sich dann aus dem Bakterium ein komplexes Lebewesen entwickelt hatte, nahm sich die Evolution erneut fast vier Milliarden Jahre Zeit. Erst vor höchstens 6 bis 7 Millionen Jahren soll ein erster Zweibeiner über die Erde gewankt sein. Seine Vorderfüße entwickelten sich von Kletter- zu Greifhänden und er begann, Steine als Werkzeuge zu gebrauchen. Die Technik war geboren. Das war in der Zeit der Vormenschen, vor 3 bis 4 Millionen Jahren. Geröllgeräte, einfache Werkzeuge aus großen Kieselsteinen und erste echte Steinwerkzeuge stellte dann die Gattung Homo vor ungefähr 2,5 Millionen Jahren her. Der Faustkeil, das erste universelle Werkzeug der Menschheit, entstand vor 1,7 bis 1,6 Millionen Jahren. Betrachtet man die echten Steinwerkzeuge des Homo als Ursprung der Technik, ist sie 2,5 Millionen Jahre alt. Also nichts, verglichen mit den gut 14 Milliarden respektive 14'000 Millionen des Universums oder den nahezu 4'000 Millionen, vor denen das erste biologische Leben auf der Erde keimte.

Später, im zwanzigsten christlichen Jahrhundert, erklomm die Technik einen Gipfel nach dem andern. Ein Computer genanntes Gerät, mit Röhren und noch monströs, spuckte erste Berechnungen aus. Im Jahre 1971, vielleicht bedeutender als der Computer, erfanden Tüftler den Mikroprozessor, der die Röhren ablöste und die Mikroelektronik ermöglichte. Ebenfalls in den 1970er-Jahren erzeugte die Gentechnologie ein erstes genetisch verändertes Bakterium.

Alle diese und weitere Spitzenleistungen galt es nun zu überbieten. Daran führte kein Weg vorbei. Würde es der Technik nicht gelingen, über das Erreichte hinauszuwachsen, drohte ihr dasselbe wie der biologischen Evolution. Diese hatte mit der Ausgestaltung des menschlichen Gehirns Unvergleichliches geschaffen, war damit aber an ihr Ende gelangt.

Lilo, mein Liloherz! Wieso weigerte sie sich, das zu sehen: Die Technik musste ihren Schöpfer, den Menschen, hinter sich lassen, wollte sie nicht wie die biologische Evolution stagnieren. Der nächste evolutionäre Sprung würde nicht von biologischen Hirnen ausgehen. Dorthin, ins Ungewisse einer vielleicht post-

oder transbiologischen, aus der Technik geborenen Welt, führte das dritte Kapitel seines Cyberbuches. Dort, jenseits des für Menschen Denk- und Vorstellbaren, lag die Zukunft der Computernetze und der Technik überhaupt.

Bevor er sich in diese Zukunft vortasten würde, protokollierte er im zweiten Kapitel seines Buches die Spielarten des gegenwärtigen Cyberspace, den 2D-, den 3D- und den VielD-Cyberspace. Diese Übersicht würde später, wenn das Unvorstellbare Wirklichkeit geworden war, als Erinnerung an die Anfänge dienen. Seine Augen glitten über den Bildschirm. ... *folgen Millionen von Nutzern dem Aufruf: Errichte dir deine eigene 3D-Welt! Sie schaffen sich nicht eine Website, wie im 2D-Cyberspace üblich, sie beginnen ein zweites Leben, bauen sich online eine Existenz jenseits der physischen Wirklichkeit auf ...*

Knoll hatte ihn aus der Arbeit gerissen. Wieso schon wieder? Ja, natürlich, das Jubiläum. Zum Glück hatte er den Abschnitt über die Mainstream-3D-Siedlungen vorher zu Ende geschrieben. Er scrollte zum Anfang zurück und las ihn nochmals.

Gut.

Nächste Woche würde es um den Reiz des 3D-Cyberspace gehen, womit dieser seine Nutzer verblüffte, ja sogar zu fesseln vermochte. Während er seine Notizen zusammenräumte, klirrte draußen der Schlüsselbund von Frau Gloor. War sie allein? Er horchte. Ja, keine Stimmen. Gut gespeist, Frau Gloor? Eine Viertelstunde, eine Viertelstunde noch, der Nachmittag beginnt heute einen Augenblick später! Er griff nach dem Kalender. Mittwoch, 29. November. Sechste Semesterwoche. Doppelklick auf den Ordner *„Vorlesungsunterlagen"*. Doppelklick *Proseminar „Industrialisierung der Schweiz"*. Vierte, fünfte, sechste Woche.

Genau, im Proseminar, Donnerstagvormittag, war nochmals die Maschinenindustrie an der Reihe. Letzte Woche hatte er die mechanischen Spinn- und Webereien behandelt, die ersten Fabriken, in denen Menschen Maschinen bedienten und Maschinen

Arbeit verrichteten, und gezeigt, wie das Reparieren, Nachbauen und Weiterentwickeln von Spinn- und Webmaschinen gewissermaßen den Ursumpf bildete, aus dem heraus sich die Schweizer Maschinenindustrie entwickelt hatte. Diesen Donnerstag stellte er ein weiteres Glanzlicht der Schweizer Industrie vor: die Dampfmaschine der Gebrüder Sulzer. Danach ging es zu den Lokomotiven und Elektrolokomotiven und am Schluss konnte er hoffentlich mit den Dieselmotoren wenigstens noch beginnen.
Am Nachmittag im Netzseminar durfte er sich endlich einmal zurücklehnen. Die Gruppe „Spaß und Spiel", die sich nun Gruppe „Fun" nannte, stellte ihre Pläne für ein 3D-Abenteuerland vor. Pit, der neue Fun-Chef in der *nu*, ein Kollege von Mario Schell, sprühte vor Ideen und Tatendrang. Zudem würde sich erstmals die Gruppe „Netzperspektiven", eine philosophisch orientierte Diskussionsgruppe, zu Wort melden. Am Freitag, im Seminar „Kommunikation und ..." Das hatte Zeit. Zuerst das Proseminar ... Frau Gloor wartete. Er strich sich mit beiden Händen durch die Haare und machte sich auf den Weg ins Sekretariat.

Am Montag war er früher wach als sonst und fuhr schon mit dem 7-Uhr-38-Zug in die Stadt. Noch ganz in Dunkelheit gehüllt, schritt er auf das Institut zu. Im Eckzimmer brannte Licht. Lilo? Nein, ihr Kollege Oliver. Lilo gehörte nicht zu den Morgenmenschen. Heute war er vor ihr da. Er wollte am Cyberbuch schreiben und gut vorankommen, bevor sie sich um vierzehn Uhr trafen. Sie hatte ihm am Donnerstag stolz den ersten Teil ihrer Doktorarbeit überreicht. Wüsste er die Bibliothek, in der sie sich Abend für Abend verkroch, er würde sie überraschen. Still würde er an den Tisch treten, wo sie, in ihre Bücher versunken und Diss sowie Karriere im schönen Köpfchen, nur an ihre Uhren dachte, bis sie ihn erblicken würde. Gefunden, mein Herz! Freust du dich? – Beglückt vom Staunen im Gesicht seiner Sonne verließ er im Dachgeschoss den Lift. Im Vorbeigehen drückte er auf die Klinke seines

Sekretariats. Zu. Einzig Knoll arbeitete bestimmt schon. Immer der Erste, ließ er die Ruhe der frühen Stunden nie ungenutzt. Vor dem eigenen Büro trübte sich seine Laune. Was für ein Lärm wieder, bis alle über den Flur getrampelt waren. Ein Hin und Her und Auf und Ab, bis sie endlich vor der Arbeit saßen.

Knoll und allen Aufrührern zum Trotz wollte er die Tür auch diesen Morgen offen lassen. Nur zu, nur zu, streckt eure Nase, so viel und so oft ihr wollt, zu mir herein, ärgerte er sich. Wie viel freie Sicht bitte darf es sein? Eine Stuhlbreite? Ja? Kein Problem! Als er sicher war, dass die Tür da stehen blieb, wo er sie haben wollte, trat er ins Büro. Mit noch immer klammen Fingern knöpfte er den Mantel auf und hängte ihn an die Garderobe.

Hinter dem Schreibtisch rieb er sich die Hände warm. Den Blümchentext hatte er am Wochenende gelesen. Hut ab! Die Schweizer Uhrenindustrie von Beginn an bis in die 1980er-Jahre hinein, ein knapp gehaltener Überblick. Er nahm die Seiten aus der Mappe und legte sie zu den anderen Unterlagen von Lilo. Bis um vierzehn Uhr! Beschwingt tänzelte er hinüber zum Computer. Sein Zeigefinger drückte auf die Einschalttaste.

Gestern Sonntag war er in das MUD eingetaucht, in dem einst seine Begeisterung für den Cyberspace erwacht war. Wie früher hatte er als Elbe, 2 Meter 20 groß, in den Wäldern Monster bezwungen. Die Zeit – drei Stunden mochten es gewesen sein – hatte er vergessen. Seine Frau Elsa, in Sorge, ihm sei etwas zugestoßen, fand ihn am Computer, ganz in das Spiel versunken.

Widerwillig, nur weil die Kollegen damals in Amerika kaum einen aufregenderen Gesprächsstoff kannten, hatte er sich eines Tages den Nicknamen Vinzenz gegeben und sich eingeloggt. Den Augenblick nachdem er die Entertaste gedrückt hatte, vergaß er nie mehr.

Urplötzlich fand er sich in eine Finsternis gestellt, die unvergleichlich dunkel und anders war als alles, was er kannte. Sie schien zu atmen, kam ihm lebendig vor, war endlos weit und zugleich übersichtlich und zum Anfassen nah. Dazu fühlte er sich so sehr bei sich und so sich selbst, wie er es nie für möglich gehalten hätte. Obwohl er keinen Boden spürte, fiel er nicht. Obwohl er nichts sah und keine Orientierung besaß, wagte er Schritte und zweifelte nicht im Geringsten daran, dass er durch eine nächtlich dunkle Ruinenstadt tappte. Etwas wie ein Rauschen gab ihm das Gefühl, er sei nicht allein, sondern von vielen Spielern, so wie er, umgeben, die mit ihm in Kontakt treten möchten. Ganz selbstverständlich begann er, Worte an ein Gegenüber zu tippen. Dieses antwortete umgehend, gab sich ihm als Nichtspieler-Charakter zu erkennen und bot Vinzenz, dem Neuling, seine Hilfe an. Das war seine erste Begegnung mit einer Cyberintelligenz.

In einer Schenke nahm er zum ersten Mal in seinem Leben einen virtuellen Gegenstand in die Hand, ein Glas Wasser, und trank es leer. Schon bei seinem zweiten Besuch des MUDs zimmerte er sich ein Schwert, trat einer Gruppe von Spielern bei und zog mit ihnen in die Wälder.

Leider existierte Vinzenz, seine VR-Existenz Nr. 1, nur wenige Tage. Fast gleichzeitig mit der Begeisterung für die finsteren Online-Abenteuerverliese erwachte in ihm auch die Leidenschaft, sich immer neue Alter Egos zu schaffen. Er tauchte als Veronika, Karoline, Liselotte, als Samuel, Maya und viele andere in das Spiel ein und genoss es, wie leicht er seine Identität wechseln konnte. Nur gerade in einem MUD, dem MaMUD, durchlief er sämtliche Spielstufen mit ein und demselben Spieler. Dieser hieß Georg und war ihm so unvergesslich wie Vinzenz. Als Georg wurde er ein Zauberer, der Einblick in die Bits- und Bytesreihen hinter dem Spiel erhielt, und erlernte das Programmieren. Mehr als das. Als Georg entschied er mit, wie das MaMUD ausgebaut wurde, was erlaubt und nicht erlaubt war, und erfand zusammen mit Zaubererkollegen und Weisen neue Rätsel, bessere Fackeln, schlauere Monster. Georg erklomm die höchsten Würden, die einem MUD-Spieler zuteilwerden konnten.

Doppelklick *Buch „Cyberspace"*, Doppelklick *zweites Kapitel, viertens* ... Ja, warum lockten die Online-3D-Welten Millionen und Abermillionen Nutzer in die Datenkanäle? Was war das Faszinierende an Häusern, in denen sich durch Wände und Mauern hindurchgehen ließ? Wieso mochten wir Berge, die vor unseren Augen größer wurden oder zu schrumpfen begannen? Weil in diesen Welten unsere Körper und jede weitere sonst so träge Materie beweglich wie Gedanken sind? Weil eine Million Jahre nicht mehr unüberwindlich lange dauert, sondern mit einem Klick vergeht? Weil wir uns aufspalten, verdoppeln, sogar völlig neu erfinden, leicht in ein Tier, ein Musikinstrument, einen Stein oder was auch immer verwandeln können? Von allem, was wir kannten, zeigte uns der 3D-Cyberspace neue und überraschende Seiten. Daran glaubte er, solang er Karl Großholz hieß und war. Raum und Zeit, die eigene Person – nichts, was in den Online-VR- und Multimedia-3D-Welten nicht neu und anders erlebt werden könnte. Wer wollte bei solchen Möglichkeiten die 3D-Schöpfungen in den Computernetzen für plump halten?

Gegen Mittag sprang er vom Sessel hoch. Wie Wasser aus einem Felsen waren die Sätze aus ihm hervorgequollen. *Verrückte Welten schaffen, grenzenlos erfinderisch sein,* sagte Jaron Lanier, Schöpfer des Begriffs „Virtuelle Realität", schon im Jahre 1989 über den 3D-Cyberspace. Ja, im Netz wurden Träume Wirklichkeit. Aus der kleinen *nu,* seiner Netzuniversität, würde ein Campus, aus dem Campus die Hauptstadt des Planeten Cytopia, Cytopia erhielte Schwesterplaneten, die in virtuellen Sonnensystemen um virtuelle Sonnen kreisten. Während die Fantasten in seinem Netzseminar Abenteuerwelten erfanden, die Grübler nicht ruhten, bis Cytopia von unterirdischen Fantasiewelten durchzogen einem Maulwurfsplaneten glich, würden die Kosmonauten eine Raumstation errichten und zu Expeditionen aufbrechen. Er konnte nicht satt werden von der Vorstellung, wie sein virtuelles Reich mit der Keimzelle *nu* wuchs, sich ausdehnte, unaufhörlich größer und größer wurde und sich als prachtvolle 3D-Insel in den Weiten des Cyberspace behauptete. Dass seine Tür nicht geschlossen war, hatte ihn den ganzen Morgen nicht gestört. Gut, also! Frische Luft könnte nicht schaden. Er stampfte durch das Büro, spürte am Fenster endlich seine Füße wieder, und drehte den Griff. Über der Stadt lag Winterdunst, vom Uetliberg war nichts zu sehen, seit Tagen schon. Kalte Luft wehte ihm über die Stirn. Er genoss die Abkühlung. Bald würde Lilo da sein. Sie hatten so viel zu besprechen, wie schon lange nicht mehr. War sein Büro aufgeräumt?

Der Sitzungstisch sah ordentlich aus. Trotzdem begann er, an den Stühlen zu rücken. Auf welchen würde sich Lilo setzen? Und er?

Plötzlich durchzuckte ihn ein Gedanke. Ein Seminar über Uhren. Ganz deutlich sah er diese Idee vor sich. Er und das Liloherz würden gemeinsam ein Seminar über die Schweizer Uhrenindustrie durchführen. Im nächsten Winter, allenfalls ein Semester später.

So hätte er Lilo nicht nur an der Tagung an seiner Seite. Woche für Woche, ein ganzes Semester lang, könnte er ihr das Wort erteilen und ihrer zarten Stimme lauschen, wenn sie stolz neben ihm von ihrer Arbeit sprach.

Ja, das war es! Lilo und er. Ein Seminar über Uhren ... Er hörte Stimmen. Das war seit langem fällig, und Lilo hatte von den Anfängen bis zur Globalisie... Dieser Lärm!

Er ging zur Tür und spähte durch den Spalt hinaus. Höfner diskutierte auf dem Flur mit einer Gruppe Studierender.

Redet, redet, ärgerte er sich. Verlegt eure Palaver vor mein Büro. Schaut regelmäßig zu mir herein, damit euch nichts entgeht. Stoßt sogar die Tür auf, öffnet sie sperrangelweit, damit ihr genau mitbekommt, wie das Blümchen an meiner Seite zur ersten Uhrenexpertin des Landes aufsteigt. Ja, ja, ja, alle durften zusehen, wie er das Liloherz förderte, und ihn getrost einen Frauenschänder nennen.

Noch eine halbe Stunde schreiben, dann wollte er sich etwas zu essen gönnen, Bauch und Kilos hin oder her. Vor sieben gefrühstückt, also durfte er heute ein feines Mittagsmahl genießen. Wollte er Lilo fragen, ob sie mit... Nein. Er warf einen bösen Blick auf den Flur hinaus und kehrte hinter den Schreibtisch zurück. Nichts und niemand, kein Knoll und kein Aufrührer und schon gar keine Täterin konnte ihn von seinem Herz trennen. Ganz gewiss nicht. Er setzte sich an den Computer. Wie von selbst drückten seine Finger auf die Tasten.

8. Kapitel

„Bin ich zu früh?"

Das Liloherz! Wie vertieft er gewesen war! Dabei hatte er nur schnell einen weiteren Gedanken notieren wollen. Tatsächlich, *13:59.* Er drehte sich im Sessel vom Computer weg. Oh, da stand sie, dunkel gekleidet, eine Mappe an sich gedrückt. Wann war sie eingetreten? „Lilo! Hallo Lilo, guten Tag, nimm Platz." Hatte sie nicht angeklopft?

„Möchtest du etwas zu Ende schreiben?", fragte sie scheu.

„Ich? Nein, nein!", sagte er. „Schließ die Tür und setz dich."

„Nein, Karl. ich will die Tür offen lassen", erklang ihre Stimme liebenswürdig.

Ihm war es, als würde er zerbrechen, wie ein Glas in tausend Stücke springen. Lilo paktierte mit den Verrätern, sie gehörte zu den Täterinnen. Sie hatte ihn angelogen, betrogen, nützte ihn aus.

„Ihr habt euch gegen mich verschworen, ihr wollt mir schaden, mich ruinieren."

„Hör auf, Karl!", rief Lilo. „Wieso verdächtigst du mich immer? Das stimmt nicht. Niemand will dir schaden. Das bildest du dir alles nur ein."

Sie trat näher zum Schreibtisch. Ihre Augen funkelten böse.

„Bitte, Karl, hör auf, mich zu beschuldigen."

Wenn sie nur aufhörte, so von oben herab mit ihm zu sprechen. War er ein Kind? Er beherrschte sich und fragte leise: „Wieso willst du die Tür nicht schließen?"

„Mir ist wohler so."

„Ich bin nur bei Sitzungen mit Studentinnen verpflichtet, sie nicht zu schließen. Bist du eine Studentin?"

„Nein. Aber es ist besser für uns, wenn sie offen ist." Sie blickte abwechselnd zu ihm und zum Computer. „Hast du heute pausenlos geschrieben? Dann sollten wir die Besprechung vielleicht eine halbe Stunde verschieben."

„Nein." Kaum da, will sie wieder gehen. Natürlich, ihn zurückstoßen. Ja, das verstand sie. „Nein, ich habe nicht pausenlos geschrieben", sagte er. „ich war essen, ganz allein. Ich habe mich nicht getraut, dich ..."

Lilo schaute auf den Computer. „Du bist ganz hingerissen von deinem Buch über den Cyberspace. Habe ich recht? Wenn du möchtest, kannst du mir einen Teil davon zu lesen geben."

Ein Wunder! Das Liloherz interessierte sich für die Computernetze, suchte das Gespräch mit ihm. Welche Freude, was für ein Glück! Endlich hatte sie ihre störrische Ablehnung überwunden. Endlich anerkannte sie die Bedeutung der elektronischen Welt. In ihm jubelte es. Er und sein Herz unterhielten sich über alles. Nichts von Belang ließen sie unerörtert, keinem Thema wichen sie aus. Gestern, heute, morgen, immer würde das so sein.

„Hast du Zeit gehabt, meine Arbeit zu lesen?", hörte er sie fragen.

Wie nüchtern ihre Stimme klang. Fand sie ihn bereits wieder zu überschwänglich? Oder missfiel es ihr gar, wenn er sich freute? Er verbarg seine Enttäuschung und sagte: „Wenn die Fortsetzung ähnlich ausfällt, wird dich wohl ein magna cum laude oder mehr erwarten."

Ihre Augen leuchteten auf. Lilo strahlte.

Er riss seinen Blick von ihr los und griff nach der Mappe mit ihren Unterlagen. Was brauchte er sonst noch? Einen Notizblock. Etwas zum Schreiben.

Endlich setzte sich Lilo. Gut.

Auf dem Weg zum Sitzungstisch könnte er der Tür ... Nein! Seit Jahren schon führte er Besprechungen bei offener Tür. Das war nichts Neues. Im Sommer schloss er sie jeweils tagelang nicht. Heute wünschte es Lilo. Einverstanden, mein Herz. Ihr erstes Kapitel zuerst, dann die Interviews in den Unternehmen. Sein Ja zu der Tagung am Schluss. Hatte er alles?

Ja. Langsam stand er auf und trat hinter dem Schreibtisch hervor. Beim Tisch schob er den Stuhl zu Lilos Rechten weiter gegen das Fenster. Sie mit dem Rücken zur Tür, er seinen dem Schreibtisch zugekehrt. In diesem Winkel, nicht zu nahe, saßen sie richtig.

Lilo war mit ihren Papieren beschäftigt. Keinen Blick schenkte sie ihm, kein Ton galt ihm. Kaum hatten ihre Augen einen Moment lang geleuchtet, kehrte sie wieder das Hexchen heraus. Umständlich nahm er Platz. Nach einer Weile reckte er neugierig den Kopf in ihre Richtung. Okay?

„Womit fangen wir an?", fragte sie.

„Mit dem ersten Kapitel deiner Diss", antwortete er.

Sie nickte und legte es vor sich hin.

Er setzte sich aufrecht hin. „Sehr gut, Lilo", begann er. „Weiter so. Alle markanten Ereignisse, Calvins Reglement gegen den Luxus, der Aufstieg der Uhrenindustrie zu Genfs bedeutendstem Wirtschaftszweig, der Siegeszug der Armbanduhr, bis die Schweiz im 20. Jahrhundert ins Hintertreffen gerät – alles hast du knapp und klar dargestellt. Wirklich ein gelungener Überblick. Ein Muss für alle, die sich für die Schweizer Uhr interessieren."

Lilo lächelte. „Danke für das Lob, Karl. Tut gut. So findest du also auch die fünf Phasen in Ordnung, in die ich die Uhrenindustrie einteile? Mit den drei ersten – Vor-, Früh- und Hochindustrialisierung – beschäftige ich mich nicht weiter. Deshalb habe ich sie im Kapitel eins zu einer Art Einleitung zusammengefasst. Schwerpunkt der Arbeit sind erst Phase vier – die Krise in den 1970er- und 1980er-Jahren – und Phase fünf – die Rückkehr auf den Weltmarkt ab 1990, Stichwort Swatch." Sie schaute ihn an. „Also? Eins: Vorgeschichte, zwei: die Krise, drei: Krisenbewältigung."

Er betrachtete sie wortlos.

„Was ist? Bist du nicht einverstanden?"

„Doch, doch", antwortete er. „Du bist die Uhrenexpertin. Ich höre dir zu." Er verströmte sein Wohlwollen.

Sie wandte sich ihren Unterlagen zu. „Den Einbruch des

Marktes in den 1970er-Jahren, und wie sich die Branche davon erholt, zeige ich aus der Sicht von Unternehmen", erklärte sie. „Die Fakten sind bekannt. 1968 Zusammenbruch der Nachfrage nach Schweizer Uhren. Es folgen Entlassungen und Betriebsschließungen. In den Interviews, die ich führen werde, schildern einzelne Unternehmen, wie sie die Krise erlebt und überwunden haben. Jeder Betrieb beschreibt, wie er seine eigene Krisenbewältigungsstrategie gefunden und umgesetzt hat."

Sie suchte nach einem Papier und reichte es ihm. „Das ist der Leitfaden für die Interviews."

Er nahm das Blatt, und während er die Fragen überflog, sagte er: „Wie manches Probeinterview möchtest du halten?"

„Zwei", antwortete sie unverzüglich. „Beide habe ich schon durchgeführt und ausgewertet. Jetzt kommt der schwierigere Teil. Die Auswahl der Betriebe, die sich an der Studie beteiligen werden. Danach starten die Gespräche in den Unternehmen."

So, die Probeinterviews schon durchgeführt und ausgewertet? Wann? Mit wem? An der Sitzung im November war davon noch nicht die Rede gewesen. Wenigstens die Fragen hätte sie ihm ...

„... in Genf genug Kontakte", galoppierte sie voran. „Ich will aber Unternehmen aus der gesamten Uhrenregion einbeziehen. Jetzt im Dezember will ich sie auswählen und kontaktieren, damit ich im Januar ... Ist etwas, Karl?", unterbrach sie sich. „Bist du nicht einverstanden?"

Er schreckte hoch. Was? Nicht einverstanden? „Doch, doch", sagte er rasch und dachte, ich will, ich will, ich will. Wie sie mit ihm redete! Ohne die Miene zu verziehen, trug sie ihre Punkte vor. Seine Zustimmung benötigte sie nicht mehr. Bald würde er sich Vorträge von ihr anhören müssen. Musste er sich das gefallen lassen? Musste er einfach zur Seite treten, wenn sein Herz nach oben wollte? Meine Dame, bitte, ganz so brav spiele ich nicht den Nicker.

Lilo betrachtete ihn. Nein, sie musterte ihn. Selbst seine Gedanken wollte sie lesen. Nichts ließ sie ihm. Klein beigeben und klein und kleiner werden war alles, was sie ihm zugestand. Wer war er denn?

„Karl, hörst du mir überhaupt zu?", fragte sie. Was für ein Ton! Sie wies ihn zurecht, schrieb ihm vor, was er zu tun und zu lassen hatte.

„Lilo, was ist, wieso bist du so kalt und abweisend?", wehrte er sich empört.

Sie erschrak. „Ich kalt und abweisend? Ich soll kalt und abweisend sein, Karl?"

Er tauchte in die zwei Höhlen, aus denen Lilo ihn anstarrte, und erkannte darin sie beide, sie, wie sie mit dem Rücken zur Tür vor ihrer Arbeit saß, und ihn, wie er hinter seinem Schreibtisch hervorkam, an der Tür vorbei leise durchs Büro und auf sie zuging und von hinten eine Hand auf ihren Mund legte. „Still, mein Herz, still", würde er auf sie einreden und zudrücken, fest zudrücken, und bevor sie verstand, was geschah, hätten seine Hände sie im Griff. Ihr Körper starr, die Augen weit aufgerissen, würde er sie drücken, streicheln, liebkosen. „Ich tue dir nichts, ich bin kein schlechter Mensch", würde er nicht müde ihr zu versichern und sie mit seinen Händen auskosten, bis der freche Mund stumm, ihr Widerstand erlahmt war.

So würde er das Liloherz sanft und entschieden bändigen.

Ja! Wann endlich würde er sein Herz an sich und sich an sein liebes Herz drücken?

Er erschrak. Er saß an seinem Sitzungstisch, vor ihm der Leitfaden für Lilos Interviews, daneben ihr erstes Kapitel.

Ihr Stuhl war leer. Wo …?

Da! Lilo stand vor dem Bücherregal und starrte ihn an.

Die Tür war offen.

„Karl, wollen wir fortfahren?", sagte sie.

Die Sitzung! Wovon hatten sie gerade gesprochen? Seine Stirn glühte. „Ja, wir müssen arbeiten, Lilo. Setz dich."

Lilo kam zum Tisch zurück, schaute im Stehen abwechselnd auf ihre Papiere und zu ihm.

„Ich glaube, mir ging etwas Seltsames durch den Kopf", murmelte er.

„So! Was?", fragte sie, nicht gerade freundlich.

Er wich ihrem Blick aus. „Vorbei. Lass uns weiterarbeiten."

Sie stutzte. „Vorbei?"

„Ja, vorbei. Es ist nicht der Rede wert. Setz dich."

Was hatte sie?

„Lilo, was zögerst du? Setz dich hin. Du hast viel zu tun nächstes Jahr."

„Ja, das stimmt." Sie tat, als wollte sie den Stuhl verschieben, und nahm dann doch am selben Ort wie vorher Platz. „Bereit?", wandte sie sich an ihn.

Er nickte.

„Ich will jetzt so schnell wie möglich die fünfzehn Betriebe finden, die sich an der Untersuchung beteiligen."

Zielstrebig, dachte er. Gut so. „Moment. Was für Auswahlkriterien hast du?"

Er nahm seinen Notizblock, schrieb: *Nächster Schritt Befragung. 1. Liste mit den 15 Unternehmen,* und sagte: „Vermutlich wirst du hauptsächlich Kleinbetriebe einbeziehen, denn sie sind in der Uhrenindustrie in der Mehrzahl."

„Ja, richtig. Ich werde zehn kleine, drei mittlere und zwei Großunternehmen befragen. So viel weiß ich schon. Interessierst du dich für die Betriebsgrößen?" Sie blätterte in ihren Unterlagen. „Hier. *Uhrenbetriebe nach Anzahl Beschäftigter."*

Großholz ergriff das Papier. „Sehr gut, danke." Drei Betriebsgrößen waren aufgeführt. Unternehmen mit 0 bis 49 Beschäftigten, Unternehmen mit 50 bis 499 Beschäftigten, Unternehmen mit 500 und mehr Beschäftigten. „Ja, dafür würde ich mich interessieren."

„Gut, ich werde dir die Tabelle ausdrucken." Sie machte sich eine Notiz.

„Also, zehn kleine und … wie viele von den mittleren und großen Betrieben willst du befragen?"

Sie nannte nochmals die Zahlen. Er schrieb sie auf. „In einer Woche erhalte ich ihre Namen, dazu je die genaue Adresse, Betriebsgröße, Telefon/E-Mail etc. und mindestens eine Kontaktperson, vielleicht sogar zwei, mit denen du das Interview durchführen wirst." Er hielt inne. „Das Interview oder die Interviews?" „Das", antwortete sie. „Eines, ein dreistündiges, mit kurzen Nachgesprächen, falls nötig." Sie notierte sich die Kriterien, die er aufgezählt hatte. „Mit den Genfern ist schon alles besprochen, wie gesagt. Von ihnen stammt übrigens auch die Idee von der Tagung." Sie hob den Kopf. „Ja, gut, in einer Woche habe ich die Unternehmen beieinander, das ist machbar." Ihre Augen leuchteten auf. „Und noch vor Weihnachten vereinbare ich die ersten Termine."

Er betrachtete sie.

„Eine Frage noch, Karl", begann sie nüchtern. „Ich möchte Anfang Jahr jede Woche ein bis zwei Interviews durchführen. Genf, Biel, Jura. Das heißt, ich wäre von Januar bis Ende März mindestens einen Tag in der Woche unterwegs. Ist das okay für dich?"

Er wartete, bis Lilo ihm ihr Gesicht zuwandte. Was ist, wenn ich verneine, dir deine Reisen nicht gestatte, wollte er sagen. Im letzten Moment beherrschte er sich. „Du kannst einen, höchstens zwei Tage unterwegs sein, bis du die fünfzehn Interviews durchgeführt hast." Er bemühte sich, langsam zu sprechen, betonte jedes Wort. „Besprich dich aber noch mit deinen Kollegen Oliver und Rolf. Eure gemeinsame Arbeit darf nicht darunter leiden."

„Danke, Karl."

Kein richtiger Dank, keine Freude, nichts. Hatte er ihr nicht gerade wertvolle Arbeitszeit abgetreten, sie freigestellt, damit es mit ihrer Doktorarbeit voranging? „Lilo, was hast du?", fragte er. „Schau mich an". Er packte ihren rechten Arm.

Lilo erschrak nicht, betrachtete nur seine Hand. „Lass das, Karl", sagte sie.

Er umklammerte den Arm fester. „Hast du plötzlich etwas

gegen mich?", wollte er wissen. „Bin ich dir etwa nicht mehr sympathisch?"

„Nimm die Hand weg!"

Knoll fiel ihm ein und seine Maßnahme. Er erschrak. Da schüttelte Lilo seine Hand ab, und bevor er sich gefasst hatte, war sie bei der Tür und verschwunden.

Er wurde hellwach. Wieso war er nicht aufgesprungen? Wieso hatte er sich ihr nicht in den Weg gestellt? Mit einem Quäntchen mehr Geistesgegenwart hätte er sie zurückgehalten.

„Undankbares Geschöpf", hätte er sie gescholten. „Ja, undankbar bist du", hätte er zu ihr gesagt. „Je weiter du kommst, desto zurückhaltender benimmst du dich. Hast du vergessen, wem du alles verdankst?" Natürlich würde sie sich losreißen wollen. Vergeblich. Von ihrem Buch *Die Uhr am Handgelenk* bis zu den idealen Arbeitsbedingungen von heute hatte er ihr nie ein Steinchen in den Weg gelegt. Nie. Das würde sie einsehen und seine Hände würden nicht müde, ihr zu beweisen, wie gut er es mit ihr meinte. Ja, gut meinte er es. Er war kein schlechter Mensch, das wusste sein Liloherz, er war ganz bestimmt kein schlechter Mensch.

Erst draußen auf dem Flur erschrak Lilo. Wie eine Zange war seine Hand über ihrem Ellbogen zugeschnappt. War er jetzt von allen guten Geistern verlassen? Ein weiterer Übergriff könnte ihn die Professur kosten. Und was tat er? Packte ... Schritte erklangen. Ohne zu überlegen rannte sie in Großholz' Sekretariat und drückte hinter sich die Tür zu.

Susanne Gloor, am Computer, wirkte nicht sonderlich überrascht, sie so aufgelöst zu sehen.

„Entschuldige", sagte Lilo zu ihr. Wie peinlich! Alles war ihr nur noch peinlich. Was wollte sie Großholz' Sekretärin jetzt sagen?

„Ist eure Besprechung zu Ende?", fragte Susanne ihrerseits.

„Unsere Besprechung?" sagte Lilo verwirrt. „Nein, wir sind mittendrin. Woher weißt du ..."

„Es steht in seinem Kalender", erklärte Susanne. „Hat er wieder seine Einfälle?"

Mehr als Einfälle, dachte Lilo, er war ihr wie in Ekstase vorgekommen. Zuerst wirkte er abgelenkt und unkonzentriert, dann hatte er sie angestarrt, als wollte er sie verschlucken oder sich im nächsten Moment auf sie stürzen. Als sie ihn nachher gefragt hatte, was ihm durch den Kopf gegangen sei, war alles vorbei, nicht der Rede wert. Vielleicht wusste Susanne Genaueres. „Weißt du, was für Einfälle das sind?", fragte sie.

„Also wenn ich das wüsste!", rief Susanne. „Nein. Ich glaube, er versteht es selbst nicht" sagte sie ruhiger. „Sie plagen ihn, überwältigen ihn irgendwie. Er sagt, sogar mitten in der Arbeit hätte er die."

Lilo schob ihren Pullover-Ärmel zurück. Die Stelle über dem Ellbogen war nicht gerötet. Bloß ein Schmerz, ähnlich wie Muskelkater, war da und nahm zu, wenn sie draufdrückte. Sie streckte Susanne den Arm hin. „Er hat mich gepackt. Hier. Wie mit einer Zange."

„Dich gepackt? Heute?" Susanne schaute sie verdutzt an.

„Ja. Er ist nicht bei Trost", sagte Lilo.

Susanne zerrte an ihren Fingernagelhäutchen. „Die Bibliothekarin hat mir gesagt, es habe eine Versammlung stattgefunden wegen ihm. Weißt du etwas davon?"

„Du etwa nicht?"

„Nein."

„Sogar zwei Versammlungen."

„Noch schlimmer."

„Die erste fand Ende Oktober statt", sagte Lilo. „Großholz soll sich an Studentinnen heranmachen. Schon länger offenbar. In letzter Zeit vermehrt. Knoll hat ihm jetzt verboten, Sitzungen mit Studentinnen bei geschlossener Tür abzuhalten."

„Wieso erfahre ich nicht, was mit meinem Chef los ist?", beklagte sich Susanne. „Sogar die Bibliothekarinnen sind besser informiert als ich."

„Für Knoll gehören Großholz' Probleme nicht an die Öffentlichkeit. Er findet, schon die Assis seien mit einer Versammlung weit über das Ziel hinausgeschossen et cetera. So ist alles rasch verebbt." Lilo wartete, ob Susanne sich mit dieser Erklärung zufriedengab.

„Und heute hat er dich am Arm gepackt! Zum ersten Mal?", fragte sie.

Lilo nickte.

Susanne stand auf. „Wenn er hereinkommt, sprechen wir von Gummibäumen. Ursprünglich aus Ostindien. Maulbeergewächse." Sie bückte sich nach dem Wasserzerstäuber und begann, ihren Benjamini zu besprühen, der zwischen Schreibtisch und Fenster seine Fülle ausbreitete. „Ich habe schon gesehen, wie Studentinnen mit entsetzten Gesichtern aus seinem Büro flüchten. Diese blonde Studentin zum Beispiel, die er so heftig verehrt hat. Sibylle Beckenhofer heißt sie. Kennst du sie?"

„Du hast gesehen, wie sie aus seinem Büro gerannt ist?" Lilo erschrak. Wie laut sie gesprochen hatte! Karl hörte sie nebenan. Die Wand hier war dünn wie Karton. „Leise, wegen Großholz", flüsterte sie.

„Ich war draußen am Kopieren", sagte Susanne mit gedämpfter Stimme. „Sibylle Beckenhofer sah mich und eilte zu mir. Verstört grabschte sie an meinem Arm herum und stotterte, brachte aber keinen richtigen Satz hervor. Dann ließ sie mich plötzlich los und rannte weg."

„Großholz hat Sibylle Beckenhofer verehrt, oder was hast du gesagt?" fragte Lilo.

„Ja, richtig verehrt. Er sei überwältigt von ihren Qualitäten. Ungewöhnlich intelligent, ungewöhnlich gewandt, ungewöhnlich gut aussehend, so in dem Stil hat er von ihr geschwärmt. Er wollte sie als Semesterassistentin. Daraus wurde aber nichts."

Lilo schauderte es. Jetzt war sie Großholz' Angebetete, jetzt war sie an der Reihe. So und nicht anders musste sie sein Verhalten auffassen. Dass sie mit ihm schon klarkäme, sich draußen halten könne, er sie irgendwie verschonen würde, das alles hatte sie sich eingebildet. Jetzt war sie es, die in der Falle saß. Würde sie alles hinschmeißen, fand sie womöglich nie mehr eine gute Arbeitsstelle. Kündigte sie regulär, war ihre Lage wenig aussichtsreicher. Die Stellen, die für sie in Frage kamen, waren an einer Hand abzuzählen und wohl ohne eine Empfehlung nicht zu bekommen.

„Hat er auch immer Angst, du würdest ihn anlügen oder jemand könnte dich gegen ihn aufhetzen?", fragte Susanne.

„Oje! Verdächtigt er dich auch ständig?", sagte Lilo.

„Er kommt!" Blitzartig drehte sich Susanne ihrem Benjamini zu. Lilo war ratlos. Fast gleichzeitig begriff sie, was los war. Die Tür ging auf. Sie rannte hinter die Theke, ließ sich auf deren Innenseite in die Hocke fallen und kroch mit vor Schreck angehaltenem Atem auf allen vieren unter Susannes Schreibtisch.

„Lilo? Wo ist Lilo?", rief Großholz.

Gsss, gsss, gsss. Susanne besprühte gleichmäßig den Blätterreichtum ihres über zwei Meter hohen Benjamini.

„War sie hier?", fragte Großholz so forsch, dass Lilo unter dem Schreibtisch zusammenzuckte. Ihr Herz klopfte laut.

„Wer sie? Lilo?", fragte Susanne. Der Zerstäuber zischte und zischte.

Die Tür fiel ins Schloss.

Lilo kam sich wie in einer Hundehütte vor. Mit etwas Heu könnte sie sich weich gebettet in einem Stall fühlen. Noch so gern würde sie mit Hühnern, Ziegen oder Kühen zwischen Bretterverschlägen hausen, würde es ihr aus dem Elend mit ihrem Chef heraushelfen. Sie umschlang ihre angewinkelten Beine, legte den Kopf auf die Knie und rollte sich wie ein Tier zusammen. Möge der Spuk bald zu Ende sein.

Plötzlich rüttelte jemand an ihrem Arm. Susanne. „Ich glaube, er kommt nicht zurück. Möchtest du noch lange da unten bleiben?"

Ja, lange, für immer, dachte Lilo. Widerwillig bewegte sie ihre Glieder und kroch aus ihrem Versteck hervor. Obwohl sie nicht schmutzig war, strich und wischte sie sich mit beiden Händen die Kleider sauber. Susanne schaute ihr ruhig zu, den Zerstäuber pumpbereit in der Hand. Die Blätter des Benjamini glänzten vor Nässe.

„Oh, entschuldige", sagte Lilo, denn ihr wurde mit einem Mal bewusst, dass sie hinter der Theke vor Susannes Schreibtisch stand, wo ja außer Susanne und eventuell ihrem Chef Großholz gar niemand Zutritt hatte.

Susanne zuckte nur mit den Achseln.

„Meine Unterlagen sind drüben auf dem Sitzungstisch", sagte Lilo, als müsste sie ihren Abschied rechtfertigen.

„Gehen wir mal zusammen essen?", fragte Susanne. „Ich würde gern mehr über meinen Chef erfahren?"

„Ja, ich auch", sagte Lilo. Sie öffnete die Tür und spähte hinaus. Großholz war nirgends zu sehen.

„Wir sehen uns."

Sie trat auf den Flur hinaus. Hilfe, brauchte sie Hilfe? Könnte, wollte sie Großholz anzeigen? Oder die Gleichstellungsbeauftragte beiziehen? Sibylle Beckenhofer hatte ihr die Telefonnummer gegeben. „Falls dir dein Chef einmal über den Kopf wachsen sollte", hatte sie dazu gesagt. Wollte sie als Assistentin bei einer Studentin Rat suchen?

Wie von selbst hatten ihre Füße den Weg hinunter in die mittlere Etage eingeschlagen. In der Bibliothek erkundigte sie sich bei einer Bibliothekarin nach Ernsts Büro.

„Was für eine Überraschung!", begrüßte Ernst sie und tippte rasch etwas zu Ende.

Klein war es bei ihm. Dafür besaß er eine Aussicht über die Stadt, die ohne Nebel beneidenswert sein musste. Als Ernst sich erhob und ihr zuwandte, sagte sie: „Seid ihr nicht wegen Großholz mit einer Anwältin in Kontakt?"

„Oh, brauchst du Hilfe?", sagte er überrascht.

„Ja, es scheint", murmelte sie und drehte sich weg, um ihre Beschämung vor ihm zu verbergen.

Ernst ging an seinen Schreibtisch, wo er einen Ordner aufschlug und auf den Briefkopf eines Schreibens zeigte.

Lilo ging näher.

„Katrin Henkel heißt die Anwältin", sagte er.
Lilo gab ihm zu verstehen, sie habe keinen Stift und nichts dabei. Er verstand und nahm einen Zettel. „Knoll vertritt die Meinung, der Respekt vor Autoritäten verbiete es Assistierenden und Studentinnen und Studenten, Vorwürfe gegen einen Professor zu erheben oder ihn sogar anzuklagen", murmelte er, während er ihr die Adresse notierte. „Weil es Anna Maria und mir an Respekt mangelt, wird er, so vermuten wir, in nächster Zeit ganz zufällig oder mit einer fadenscheinigen Begründung unsere Arbeitsverträge nicht mehr verlängern."
Lilo erschrak. „Das tut mir leid", antwortete sie. Etwas anderes, Passenderes fiel ihr nicht ein. Sie kam sich feige vor. Sehr feige. Die beiden hatten sich auch für sie exponiert und engagiert. „Großholz hat Rolf Schiecke gefeuert", begann sie kleinlaut, „fristlos." Sie wusste nicht, wieso sie das sagte, und sprach trotzdem weiter. „Weil Rolf den Brief an Knoll mitunterschrieben hat, den ihr, du und Anna Maria, nach der Assi-Versammlung vom Oktober verfasst habt. Die Kündigung entpuppte sich allerdings als reine Drohung, wie fast alles bei Großholz. Zudem wäre sie anfechtbar, da nicht gerechtfertigt."
„Knoll feuert nicht, Knoll stellt kalt", antwortete Ernst und drückte ihr den Zettel in die Hand.
Lilo betrachtete seine kleine, exakte Handschrift.
„Brauchst du die Adresse wirklich? Bist du sicher, dass du von ihr Gebrauch machen möchtest?", fragte Ernst.
„Ja, er hat mich am Arm gepackt. Heute. Vorhin. Bei offener Tür übrigens. Ich glaube ... nein, ehm, ich rechne mit dem Schlimmsten." Nach einer Weile fügte sie hinzu: „Ich bin leider seit dem Sommer Doktorandin bei ihm."
Ernst schaute sie an. „Du könntest ihn zusammen mit Studentinnen anzeigen", schlug er vor. „Soviel ich weiß, kam es bis jetzt zu keiner Klage. Werden neue Vorfälle bekannt, wie jetzt von dir, würde dieser Schritt erforderlich. Mir wäre das recht. Ich rate dir allerdings, zusammen mit der Anzeige auch gleich die Kündigung einzureichen."

Trübe Aussichten, dachte Lilo. „Vielleicht wird ihm gekündigt, wenn wir ihn gemeinsam anklagen", sagte sie.

Ernst lachte bitter. „Solange er Studentinnen oder Angestellte nicht vergewaltigt, wird ihm sein Amt niemand streitig machen. Er ist ja, wie Knoll sagt, ein Professor. In dieser Preislage ist hierzulande menschliche Kompetenz nicht erforderlich."

Lilo schauderte es. „Dann sollte ich vielleicht erst etwas unternehmen oder gegen ihn vorgehen, wenn die Doktorarbeit abgeschlossen ist."

„Kannst du ihn dir so lange vom Leib halten?"

„Ich hoffe es."

„Auf jeden Fall viel Glück."

Lilo ging langsam durch die Bibliothek zurück. In ihrem Kopf arbeitete es fieberhaft. Die Erlaubnis für ihre Interviews hatte sie von Großholz bekommen. Die nächste Klippe war die Tagung. Leider hatte sie ihn gefragt, ob er daran teilnehmen möchte. Sie gehörte zwar seit dem Buch *Die Uhr am Handgelenk* nicht mehr zu den Unbekannten, doch seine Anwesenheit, allein schon sein Name im Programm wäre vorteilhaft. Sein Titel und sein Renommee zählten. Im schlimmsten Fall könnte sie allein antreten oder sich andere Partner suchen. Auf Karl angewiesen war sie nicht. Geld wurde ihr sogar schon anderweitig angeboten. Also auch kein Problem. Fände die Tagung im Sommer statt, könnte sie ihre Doktorarbeit, wie im Terminplan vorgesehen, ungefähr in einem Jahr einreichen. Mittendrin den Doktorvater zu wechseln, war aussichtslos, auch unangebracht. Sie würde es ein weiteres Jahr bei ihm aushalten. Sie musste dieses eine Jahr einfach noch durchstehen.

Konnte man sich überhaupt gegen einen anmaßenden Chef wehren, ohne seine Karriere zu gefährden?

Kopf hoch! Sie besaß zwei Adressen. Die versprachen im Notfall Hilfe. Gut, sie griffbereit zu haben. Sie ging in ihr Büro und legte den Zettel von Ernst mit Namen und Adresse der Anwältin zu Sibylles Telefonnummer in die Schreibtischschublade.

Oliver und Rolf saßen so still da, als hätten sie etwas zu verschweigen. Hatte Karl sie etwa auch hier gesucht? Egal. Gottlob teilten sie sich zu dritt ein Büro. Allein, wie Ernst, müsste sie tagein, tagaus bibbern, er könnte hereinkommen. Allein wäre sie ihm noch mehr ausgeliefert. Die Sitzung ...! Wortlos verließ sie das Büro und fuhr mit dem Lift ins Dachgeschoss.

Sie musste ihn zurechtweisen, ruhig, ohne Rüge, ohne ihn zu beschämen ihm einschärfen, sie wolle nicht angefasst werden. Prinzipiell nicht. Im Sommer hatte er zu ihr gesagt: „Ich brauche Leute um mich herum, die mir, ohne mit sich zu hadern, sagen können, was sie wollen oder nicht, und die fähig sind, sich durchzusetzen." Sie waren an seinem Tisch gesessen und er hatte ihr vorgeworfen, sie fresse Dinge in sich hinein, anstatt Klartext mit ihm zu sprechen. Also!

Seine Tür war angelehnt. Durch den Spalt sah sie ihn am Computer sitzen. Wieder an seinem Cyberspace? Workaholic!

„Hallo Karl", rief sie ins Büro hinein. „Fahren wir fort?"

„Ja natürlich!", fuhr er hoch und drehte sich auf dem Sessel ihr zu. Er sah sie an, als hätte sie ihn gefragt, ob er wirklich Karl Großholz sei.

Ohne ihn weiter zu beachten, schob sie die Tür auf und ging geradewegs zum Sitzungstisch. Alles war so, wie sie es zurückgelassen hatte. Auch seine Papiere lagen bereit. Sie überflog ihre Notizen. Ja, eine Tabelle über die Größe der Uhrenunternehmen wünschte er – und in einer Woche die Liste mit den Betrieben, die sich an der Studie beteiligen wollten. Kein Problem so weit! Sie blickte zum Computer.

Bitte, bitte nicht! Das kannte sie. Es war zum Heulen! Karl, in die Schmolleule verwandelt! Halslos, ganz in sich gesunken, saß er auf seinem Sessel.

Bevor sie ihm klargemacht hatte, sie wolle nicht angefasst werden, war er eingeschnappt; bevor sie auch nur eine Minute über ihre Doktorarbeit gesprochen hatten, fühlte er sich vor den

Kopf gestoßen. Durch das Aufschieben der Tür, die Art, wie sie zum Sitzungstisch gegangen war, mit einem Wort, einem Blick, einer Geste, irgendwie hatte sie den lieben Karl wieder beleidigt.

War das zum Weinen oder eher zum laut Kreischen? Weder noch, dachte sie. Sollte er ruhig meckern, an ihr herummäkeln, sie kalt und abweisend finden, es war ihr egal. Ja, egal war es ihr, was er nun wieder hatte. Über die Tagung mussten sie noch sprechen, das war nötig. Danach hatte sie wieder einen Monat Ruhe vor ihm. Sie setzte sich und breitete die Notizen, den Terminplan, alles, was sie für den Rest der Sitzung brauchte, vor sich auf dem Tisch aus.

Am Computer wurden Geräusche hörbar. Karl rührte sich wieder. Nach einer Weile wandte sie sich ihm zu.

Da saß er, zwar noch mit hängenden Schultern, aber sonst nicht mehr in sich versunken. Seine Äuglein funkelten so lebhaft wie zu Zeiten, als sie sich noch unbeschwert begegnet waren. Wollte er nicht an den Sitzungstisch kommen? Wollte er vom Schreibtisch aus …

„Du warst immer ein besonderer Mensch für mich, Lilo, und das wird auch in Zukunft so sein", unterbrach er ihre Gedanken. „Ist dir das bewusst?"

O nein! Nur du, wir zwei, niemand sonst. Bitte, bitte nicht diese Leier! Sie überwand ihr Entsetzen. „Lass uns jetzt die Tagung besprechen, Karl", sagte sie so ruhig wie möglich.

„Ich würde gern den ersten Teil deiner Doktorarbeit bei einem Glas Wein mit dir feiern. Zum Beispiel am Freitagabend."

Ihr lief es kalt über den Rücken. Die Tür war offen und das halbe Institut über seine Probleme informiert. „Nein, das geht mir nicht", sagte sie. „Lass uns mit der Besprechung fortfahren."

„Wann trinken wir das Glas Wein?"

Klartext, ihm mitteilen, was sie möchte oder nicht. „Wieso willst du immer etwas erzwingen?", sagte sie. „Du weißt doch, dass ich das nicht mag." Sie schaute ihn an. „Ich will zur Zeit kein Glas Wein mit dir trinken. Bitte respektiere das. Ich finde, wir sollten uns jetzt auf die Arbeit konzentrieren."

„Ich lasse dich das Thema deiner Wahl bearbeiten, biete dir ideale Bedingungen für die Doktorarbeit. Wieso kommst du mir nicht auch entgegen?"

„Weil das Erpressung ist, weil ich mich nicht erpressen lassen will", begehrte sie auf. Die bösen Worte verschluckte sie im letzten Augenblick. Ruhiger erklärte sie: „Wenn ich sage, ich will zur Zeit kein Glas Wein mit dir trinken, will ich zur Zeit kein Glas Wein mit dir trinken. Hast du nicht gehört, dass ich finde, wir sollten uns auf die Arbeit konzentrieren?"

„Wie sprichst du mit mir! Es ist besser, du führst deine Tagung ohne mich durch."

Ein Ruck ging durch Lilo. Hatte er ihr gerade die Tagung bewilligt? Sie starrte in den Nebel hinaus und konnte es kaum fassen. Ja, seine Teilnahme verweigerte er, aber die Tagung selbst hatte er erlaubt. Um sicher zu sein, dass sie grünes Licht hatte für ihre Pläne, sagte sie: „Du möchtest dich also nicht an der Tagung beteiligen."

„Nein", antwortete er beleidigt. „Wenn du so garstig zu mir bist, musst du allein für deine Karriere sorgen."

Sie überhörte den Vorwurf und dachte: kein Wort mehr über die Tagung. Er hatte sie bewilligt, der Weg war frei. Sprachen sie weiter davon, würde er ihr womöglich hineinreden wollen oder versuchen, ihr das Ganze zu verbieten, um sie wofür auch immer zu bestrafen. Es war in der Tat besser, wenn er sich zurückzog und sie allein machen ließ. Für sie war das okay. – Für ihn hoffentlich auch.

Sie schielte aus den Augenwinkeln zu ihm.

Er schwieg.

„Gut, dann hätten wir für heute alles besprochen" sagte sie. Als er sich nicht rührte und nichts erwiderte, packte sie ihre Unterlagen zusammen. Ohne zum Schreibtisch zu blicken, wusste sie, dass er böse auf sie war. Sehr böse. Hoffentlich beruhigte er sich bald.

Musste sie noch etwas sagen, etwas fragen? Und er?

Sie stand auf. Die Liste mit den fünfzehn Unternehmen konnte sie ihm ins Postfach legen, ebenso die Tabelle, die er wünschte.

Oder ihm alles auf elektronischem Weg zustellen. Wollte er die Liste überhaupt?

„Auf Wiedersehen, Karl", murmelte sie.

Was wollte er eigentlich von ihr, fragte sie sich, als sie die Treppe hinunterstieg. Wollte er mit ihr sprechen, stundenlange Gespräche führen wie früher? Oder mit ihr ausgehen und feiern? Und was hieß, ihm entgegenkommen? Sie könnte umkehren und ihn fragen, warum er schmolle, was er genau wolle, überhaupt, was los sei mit ihm. Sie blieb stehen. Nein! Nicht zurückgehen. Jedes Wort, das sie zur Zeit über die Arbeit hinaus zusammen sprachen, machte alles nur noch komplizierter. Er wusste vermutlich selbst nicht, was er wollte und brauchte und wie er sich aus seinem Irrsinn befreien konnte.

Wenn er für seine Unterstützung etwas zurückhaben wollte, verzichtete sie auf den Austausch mit ihm.

Leise trat sie in ihr Büro. Oliver telefonierte, Rolf saß vor seinem Computer. Am Schreibtisch überlegte sie sich die nächsten Schritte ihrer Doktorarbeit. Sie sah keine Schwierigkeiten. Alles fügte sich. Trotzdem war ihr unwohl. Karl! Er und die Probleme, die sie mit ihm hatte, begannen alles zu überschatten. Bald einmal würde sie tagein, tagaus zittern, er könnte anrufen, hereinkommen, sie mit neuen Überraschungen noch mehr bedrängen. „Wieso kommst du mir nicht auch entgegen?" Was für eine Frechheit! Als ob sie ihm Dank schuldete, weil sie promovierte. Er wurde zusehends maßloser, unberechenbarer. Sie brauchte Hilfe.

In trüber Stimmung legte sie ihre Unterlagen ins Regal und nahm den Zettel von Ernst aus der Schreibtischschublade. Frau Henkel hieß die Anwältin. Telefon: *044 259 19 19*.

Vor den Kollegen telefonieren? Wie peinlich. Oliver hob den Kopf. Sie sahen einander stumm an, jeder mit den eigenen Gedanken beschäftigt. Im Büro bleiben, hinausgehen, überlegte sie. Könnte sie draußen freier sprechen? Wohl kaum. Sie nahm den Hörer und wählte die Nummer.

Eine Sekretärin meldete sich. Lilo formulierte ihr Anliegen und beobachtete ihre Kollegen. Die beiden horchten, vermutete sie, taten aber, als würden sie arbeiten.

„Rechtsanwältin Henkel", erklang eine freundliche Stimme. Lilo fasste Mut. „Guten Tag, Frau Henkel. Hier spricht Lilo Blum vom Institut für Sozial- und Technikforschung. Ich bin Assistentin von Professor Großholz. Es scheint, dass ich Hilfe brauche wegen meines Chefs."

„Oje! Ist er immer noch nicht gescheiter?"

Ein Kloß geriet ihr in den Hals. „Ich glaube nicht. Ich weiß bald nicht mehr, wie ich mich gegen seine Ansprüche wehren soll."

„Möchten Sie einen Termin vereinbaren?", fragte die Anwältin.

„Ja, gern, sehr gern. Ich möchte, ist es möglich ..." Lilo sammelte sich neu und sagte: „Ist es möglich, dass ich meine Doktorarbeit zu Ende schreibe, bevor ich kündige oder ihn anzeige?"

„Lassen Sie uns die Situation in Ruhe besprechen. Oder ist es dringend?"

Lilo überlegte. „Wenn alles nach Plan verläuft", sagte sie, „ist unsere nächste Sitzung in einem Monat, also erst im neuen Jahr."

„So haben wir Zeit. Hilfreich wäre es, wenn Sie sämtliche Vorkommnisse schriftlich festhalten könnten, mit Datum, Uhrzeit und dem Ort, wo sie sich ereignet haben."

„Moment bitte ... Wenn er möchte, dass ich ihm entgegenkomme, mich ihm dankbar zeige, ist das auch ...?"

„Ja. Halten Sie möglichst alles und alles möglichst detailliert fest, auch wenn er Sie verbal zu etwas drängen möchte, einschließlich wie Sie sich wehren oder zu wehren versuchen", erklärte die Anwältin ruhig.

„Ich probiere es." Lilo notierte sich die Anweisungen.

Sie vereinbarten einen Termin Mitte Dezember, an einem Freitagabend um siebzehn Uhr, bei Frau Henkel in der Kanzlei. Lilo sollte sogenannte Gedächtnisprotokolle, wie Frau Henkel sie nannte, von allen Ereignissen mitbringen, die sie unangenehm berührten, mitsamt den Situationen, in denen sie sich von ihm bedrängt oder überrumpelt gefühlt hatte, seit sie vor gut sieben Jahren von Genf nach Zürich gekommen war, um bei ihm Technikforschung zu studieren. Sie verabschiedete sich von der Anwältin und legte den Hörer auf. Vor Erleichterung kamen ihr Tränen. Sie schämte sich und wischte sie mit beiden Händen weg. Brauchte sie jetzt eine Anwältin, um nicht ins Schleudern zu geraten? Oder hatte sie sich zu spät bei ihr gemeldet, war ihr der Boden unter den Füßen schon weggebrochen?

Der Fünfzehnte war bereits in der kommenden Woche. Lange brauchte sie sich bis zum Termin nicht zu gedulden. Das schaffte sie.

Rolf hatte sich vom Computer weggedreht. Auf seinem Gesicht wechselten sich Entsetzen und Verwunderung ab. „Wenn er das erfährt, wird er dich feuern, Lilo."

Lilo hielt die Tränen zurück. „Ich brauche Hilfe", antwortete sie.

Oliver richtete sich in seinem Stuhl auf. „Wenn er dich belästigt hat, genießt du einige Monate Kündigungsschutz", wandte er sich an Lilo.

„In denen er sie nicht mehr anschaut oder sogar schikaniert", sagte Rolf.

Großholz fühlte sich ganz leer. War jetzt alles aus, vorbei, sein Blümchen abgestorben? Er erhob sich von seinem Sessel, trat hinter dem Schreibtisch hervor und ging zum Sitzungstisch. Da lag das erste Kapitel ihrer Arbeit, und auf dem Notizblock stand: *Nächster Schritt: Befragung. Liste mit den 15 Unternehmen.* Ohne Zweifel von ihm, von seiner Hand geschrieben.

Trotzdem! Hatten Lilo und er sich heute getroffen? Nein. Anstelle des Blümchens hatte eine herrschsüchtige Person sein Büro betreten. Ohne einen Blick zu ihm, ganz ohne ihn zu beachten, ging die Dame bei ihm ein und aus, holte sich Bewilligungen und Rat und wollte im Windschatten seiner Abteilung zur ersten Uhrenexpertin des Landes aufsteigen. Nicht diesem Ungeheuer,

Lilo hatte er mit einer Anstellung die Karriere ermöglicht, Lilo möchte er jeden ersten Montag im Monat treffen. Dieser Montagnachmittag gehörte ihm und seiner Sonne. Da besprachen sie alles, was anstand, und hielten sich gegenseitig auf dem Laufenden. Seit sie sich erblickt, erkannt und verbündet hatten, ging es nur auf- und aufwärts mit ihr. Unmöglich, dass sie ihr Glück zerstören wollte. Niemand von Verstand würde so etwas tun. Lilo besaß ein helles Köpfchen. Auch deshalb gehörten sie zusammen. Er wollte sie aufrütteln, sie an ihre Abmachung erinnern. Jetzt gleich wollte er mit Lilo sprechen.

Auf der Treppe fand er sich plötzlich von Studierenden umringt. Sie belagerten die Stufen, lehnten am Geländer, lachten und schwatzten und mampften Pausensnacks. „Guten Tag, guten Tag allerseits", erwiderte er ihre Grüße und zirkelte an ihnen vorbei ins Erdgeschoß, wo er in den Durchgang zum Büro der Bienchen bog. Die Türklinke umklammernd, blieb er wie angewurzelt stehen.

Ihre Schreibtische waren leer. Die drei saßen dicht beisammen um das Tischchen. Ein Kopf nach dem andern drehte sich zu ihm. Lilo verrenkte unschön den Hals, um ihn sehen zu können. Er fasste sich. „Lilo, ich möchte mit dir sprechen. Wir haben heute einen Termin."

Oliver und Rolf schauten wortlos zu, wie Lilo langsam von ihrem Stuhl aufstand.

Unmut regte sich in Großholz. Gerade eilig schien sie es nicht zu haben. Wechselten die drei Blicke? Er war im Begriff, seine Aufforderung zu wiederholen, da riss sich Lilo von den Kollegen los. Mit kleinen Schritten kam sie auf ihn zu. Er hielt ihr die Tür auf, doch sie blieb vor ihm stehen.

„Was hast du, Karl?", fragte sie scheu.

Keine Spur von Aufmüpfigkeit. Immerhin. „Komm auf den Flur, Lilo", sagte er barsch. „Ich möchte mit dir sprechen."

Gehorsam huschte sie an ihm vorbei hinaus. Ihn schauderte es. Seine deutliche Sprache wirkte! Endlich! Gern sähe er das Liloherz öfters so ergeben. Er schloss die Tür und folgte ihr.

Pausenlärm dröhnte durch das Treppenhaus. War es nirgends

still in diesem Gebäude? Er bog in den Nebenflur und erschrak. Niemand da? Wo ...? Einzig das Werbefoto auf der Pinnwand, ein Student, fast lebensgroß abgebildet, blickte neben dem Lift auf ihn herunter. Das Fenster störte ihn. Er fühlte sich ausgestellt. Wo war Lilo? „Lilo, Lilo?", rief er laut.

Fast gleichzeitig trat sie von der Treppe her in den Seitenflur. Mit düsterem Blick und Ärgerfalten zwischen den Brauen, nicht die Spur erfreut, schaute sie ihn an. „Was ist, Karl?", fragte sie. „Was hast du?"

„Wo können wir uns in Ruhe unterhalten?", fragte er zurück.

„Hier." Sie deutete auf den Quadratmeter Platz vor dem Lift.

„Hier?"

„Ja. Reicht das nicht?"

„Ich hoffe, es tut dir leid, dass du mich immer so garstig behandelst", wandte er sich gekränkt an sie.

„Ist es das, was du mir sagen möchtest?", sagte sie abweisend.

Wie sie mit ihm redete! „Lilo!" Seine Hände packten ihre Oberarme.

Sie zuckte zusammen.

„Lilo, was ist mit dir?", sagte er verzweifelt. „Hast du vergessen, wie gut wir uns verstehen, wie wir einander anspornen und beflügeln. Wieso verweigerst du dich mir plötzlich?"

„Karl, mir reicht es! Lass mich los!", zischte Lilo, befreite sich mit einer heftigen Bewegung und rannte weg.

Er schrie beinahe auf. Lilo bereute nichts, nichts. Er konnte noch so verzweifelt auf sie einreden, er und seine Gefühle waren ihr gleichgültig. Das zarte Blümchen hatte sich in ein Karrieremonster verwandelt.

„Reiß dich zusammen, Karl!", hörte er ihre Stimme. Sie stand im Durchgang zum Treppenhaus. Tut es dir leid, bereust du, wie du mich behandelst, hatte er auf den Lippen. Da kam sie auf ihn zu.

„Wenn du mich nicht in Ruhe lässt, zeige ich dich an", schimpfte sie.

Er fühlte sich in die Hölle geworfen. Sein Herz drohte ihm. Seine Sonne, die er verehrte wie sonst nichts auf der Welt, wollte ihn verleumden. Das Blümchen trampelte auf ihm herum! Er taumelte. Wieso waren die Lifttüren geschlossen? Wieso kam kein Lift? Er musste hinauf. Er musste sich in Sicherheit bringen. Hinter dem zarten Lilogesicht verbarg sich eine Furie. In seiner Angst hämmerte er mit den Fäusten auf die Metalltüren ein. Er hämmert verzweifelt, bis sie sich öffneten.

„... für heute alles besprochen, alles besprochen ... Wenn du mich nicht in Ruhe lässt ...", dröhnte es ohrenbetäubend, und als der Lift mit einem Ruck losfuhr, war es Großholz, er reiße die Lilostimme, das Erdgeschoss, das ganze Gebäude, alles mit sich nach oben. Nur er, er ganz allein blieb unten, eingesperrt in ein ekelhaftes, kleines Ding, welches verlassen von der Welt, untröstlich, im Dunkeln wimmerte.

Hilfe, er war nicht dieser Winzling! Hilfe, er wollte hinaus! Voller Angst begann er an der Stange zu zerren und polterte gegen die Liftwände. Da war es ihm, er werde zu einem Ungeheuer, das den Winzling quäle. Zu Hilfe! Wo war der Alarm?

Die Türen ratterten auf. Er floh aus der Kabine. „... zeige ich dich an, zeige ich dich an ...", höhnte es von allen Seiten. Bald der Winzling, der sich duckte, bald ein Ungeheuer, das ihn quälte, erreichte er sein Büro. Das Schrecklichste, was er sich vorstellen konnte, das Schlimmste, was es gab, war wirklich und wahr. Sein Herz, sein eigenes Herz hatte ihn verraten.

Wie blind vor Verzweiflung stampfte er hinter den Schreibtisch. Er zerrte den Sessel vor den Computer. Seine Finger drückten auf die Leertaste. Das Liloherz war nicht vor dem Letzten zurückgeschreckt. Sie gehörte auf die Liste. Der Cursor irrte über den Bildschirm. Endlich öffnete sich die Täterinnendatei. Ja, sie hatten alles besprochen.

Mit gekrümmten Zeigefingern tippte er *L i l o B l u m* in die Liste. Ein Buchstabe nach dem andern, jeder Schlag auf die

Tastatur riss ein Stück seines Allerliebsten aus ihm heraus. Er hatte sie verehrt und gefördert, Stunden mit ihr verbracht, immer nur das Beste für sie gewollt und dabei die Gefahr verkannt, die hinter der hübschen Stirn verborgen schlummerte.

Mit noch so freudigen Augen konnten die Damen in Zukunft an seiner Tür erscheinen. Nicht von ihrem stolzen Gehabe, von keinem noch so süßen Näschen ließ er sich von nun an täuschen. Er würde sie freundlich hereinbitten, sogar den Charmeur spielen. In Wahrheit würde sein Gruß lauten: „Herein, falsches Ungeheuer, mich erwischst du nicht." Seine Hände würden gefasst auf die Gelegenheit warten: „Erwischt, Zerstörerin!" Dieser Anblick würde ihn für alles entschädigen. „Drücke ich zu, wird dein Blick starr und starrer, und du wirst nie mehr einen Professor verraten." Ja, er hatte Hände! Er brauchte nur zuzudrücken, wenn sich ihm ein Ungeheuer näherte.

Als er die Datei mit den Täterinnen und Tätern wieder schloss, kannte er keine Lilo Blum mehr. Die Dame konnte gefälligst im Eckzimmer ihren Bericht über die Zwanzig- bis Dreißigjährigen beenden. Sie durfte sogar seinen Schreibtisch nutzen, natürlich nur, bis die neue Assistentin nachrückte. Wie auch immer er ihr in Zukunft Anweisungen erteilte, schriftlich oder per E-Mail, die guten Zeiten waren für sie vorbei. Im nächsten Winter würde er ein Seminar über die Schweizer Uhrenindustrie halten, er allein. Je ehrgeiziger sie ihre Dissertation vorantrieb, desto größer fiel die Ernte für ihn aus.

Er stand vom Computer auf, taumelte um den Schreibtisch und ging zum Sitzungstisch. Der erste Teil ihrer Arbeit befand sich bereits in seinem Besitz. Gut, sehr gut. Teil zwei und drei würden schnell heranreifen an der Lilosonne. Vielen Dank auch für die Kontakte zu Unternehmen und Experten, vergangene wie zukünftige. Er räumte alles zusammen. Was für ein Wetter! Womöglich hing der Dunst noch Tage vor den Fenstern.

Alles in Ordnung? Alles aufgeräumt?

Er ging an den Computer zurück. Schaffte er es, das Fazit zum 3D-Cyberspace morgen zu beginnen? Rasch fand er den Abschnitt über die Austauschbarkeit von Körpern und Identitäten und las ihn nochmals. Okay. Weiter im Text. Wer sich in die VR- und Multimediawelten wagte, lernte, sich immer neu zu erfinden.

Oliver und Rolf stellten keine Fragen. Sie arbeiteten oder taten zumindest so. Lilo dankte es ihnen. Sie hatte sich ans Tischchen gesetzt und starrte vor sich hin. Ihre Gedanken drehten sich ständig um das Gleiche: Was wollte Großholz? Was war mit ihm los? Sie hatte sich aus dem Protest am Institut herausgehalten; verstand er das jetzt falsch? Würde er nochmals hereinkommen?

„Lilo, Lilo, Lilo! Hast du vergessen, wie gut wir uns verstehen?"

Nach einer Weile bat sie Rolf nachzusehen, ob Großholz etwa draußen herumschleiche.

„Nein, nirgends. Keine Spur von ihm", sagte Rolf, als er zurückkam, „weder im noch vor dem Lift noch im Treppenhaus."

Großholz lauerte ihr also nur in ihrem Kopf auf, dachte Lilo. Paranoia – oder wie nannte sich das? Nicht aufgeben, bloß nicht aufgeben. Sie ging hinter ihren Schreibtisch und schaltete den Computer ein. Vor ihrer Ratterkiste, die Tür und das Büro im Rücken, strengte sie sich vergeblich an, nicht an Karl zu denken. Wortlos, weil sie Oliver und Rolf nicht stören wollte, packte sie ihre Tasche. „Ich bin zu Hause, falls mich jemand sucht."

Nach nur einem Tag daheim kehrte sie am Mittwochmorgen ins Büro zurück und fühlte sich in einer ganz ungewohnten Atmosphäre. Nein, Großholz habe sich nicht mehr gemeldet, nein, kein Ton. Stattdessen sickerte eine Art Totenstille vom Dachgeschoss herab zu ihnen, die sowohl befreiend wie unheimlich wirkte, und in den kommenden Tagen anhielt. Fiel ihr ein Ereignis mit Karl ein, an dem er sich merkwürdig verhalten oder sich ihr genähert hatte, notierte sie es für die Anwältin. Ansonsten versuchte sie, nicht an ihn zu denken. Ihre Angst, er könnte noch besitzergreifender werden, verlor sich. Über die jungen Erwachsenen gab es nicht mehr viel mit ihm zu diskutieren. Der Artikel über die Geschlechterschere, der gemeinsame, hatte ihm und ihr ein gutes Echo eingebracht, und Oliver und Rolf hatten einige Male leer geschluckt, das war's. Im Schlussbericht wollte er das Vorwort verfassen, alles andere überließ er ihnen drei. Zu ihrer Doktorarbeit hatte er bis dato wenig bis gar nichts beigetragen, außer sie machen lassen. Wieso sollte sich das ändern? Sie genoss das Gefühl, mehr oder weniger auf sich selbst gestellt zu sein. Ob die Ruhe zwischen ihr und Großholz eine Ruhe nach oder vor dem Sturm war, blieb zwar ungewiss, doch mit der Arbeit kam sie gut voran. Rolf und Oliver spielten ihre Beschützer und der Termin mit der Anwältin rückte näher. Am Freitag, dem 15. Dezember, packte sie um 16.30 Uhr die Tasche. Die Kollegen wünschten ihr viel Glück.

Nach ein paar Minuten im Wartezimmer der Kanzlei kam eine sportliche Dame auf sie zu. „Henkel", stellte sie sich vor, gab ihr die Hand und führte sie in ein hell beleuchtetes Sitzungszimmer. Noch im Stehen sagte Lilo: „Mein Chef ist wohl kein Unbekannter für Sie." – „Nein, gewiss nicht", antwortete Frau Henkel.

Kaum saßen sie sich gegenüber, sagte Lilo: „Ich erwog im Frühjahr, den Professor und die Universität zu wechseln, weil sich die Beziehung zu meinem Chef zunehmend schwieriger gestaltete. Als er mir dann aber überraschend anbot, ich könne zu einem Thema meiner Wahl bei ihm doktorieren, entschied ich, meine Stelle zu behalten. Ich bereue es, dass ich mich von seinem Angebot verlocken ließ. Aber die begonnene Arbeit will ich unbedingt beenden, komme, was wolle."

„Ist etwas Konkretes vorgefallen, dass Sie mich anriefen?", fragte die Anwältin.

Lilo sank in eine düstere Leere. Es war, als sei jener Tag, an dem sie Frau Henkel angerufen hatte, aus ihrem Gedächtnis getilgt. Allmählich tauchte ein Bild auf. Sie im Wintermantel daheim am Schreibtisch, wie sie aufschrieb, was am Nachmittag zwischen ihr und ihrem Chef vorgefallen war, mit Datum, Uhrzeit, Ort, möglichst detailliert. Der Wortwechsel mit Karl vor dem Lift fiel ihr wieder ein. Dazu ein Wirrwarr von Eindrücken, für die sie sich schämte. Mit glühendem Kopf nahm sie ihre Notizblätter aus der Tasche und begann sie zu sortieren. Sie reichte der

Anwältin schweigend die mit dem Datum *Montag, 4. Dezember*. Es waren mehrere Blätter. Als Frau Henkel sich nicht rührte, fügte sie hinzu: „Ja, das ist vorgefallen."

„Darf ich es lesen?"

„Sicher, bitte."

Sie hätte Karl vor dem Lift am liebsten das Gesicht zerkratzt, als er wieder mit seinen Vorwürfen gekommen war, sie sei garstig, und den Beleidigten spielte. „Ist es das, was du mir sagen möchtest?", hatte sie entgegnet. „Lilo", schrie er auf und packte ihre Arme. Sie hatte sich losgerissen, dann aber die Beherrschung verloren und ihm mit einer Anzeige gedroht.

Mit einem Mal schienen ihr seine Vorwürfe zumindest ein Körnchen Wahrheit zu enthalten. Hätte sie nicht besser ein wenig freundlicher, zumindest anders auf ihn reagieren können? Sie begann sich schuldig und immer unwohler zu fühlen.

„Hoffentlich habe ich das Ganze nicht zu einseitig dargestellt", sagte sie, als Frau Henkel von der Lektüre aufblickte. „Die Höflichkeit in Person war ich in letzter Zeit nicht zu meinem Chef. Auch an jenem Montag nicht."

„Sachte, sachte", murmelte die Anwältin, noch im Bann des Gelesenen. „Sie haben in Bedrängnis gesprochen und gehandelt. Das ist nicht zu bestreiten."

„Er ist unausstehlich", sagte Lilo. Zumindest daran zweifelte sie nicht. „Ich möchte zur Zeit einfach möglichst wenig mit ihm zu tun haben."

„Sie brauchen sich nicht zu rechtfertigen. Allein was Sie hier von diesem einen Tag aufgeschrieben haben, würde allermindestens einen Verweis nach sich ziehen. Darf ich fragen, was sich danach noch ereignet hat?"

„Nichts. Nichts mehr", antwortete Lilo. „Seit dieser Flurepisode herrscht Funkstille zwischen uns. Er scheint wie ein Besessener an seinem Buch über den Cyberspace zu arbeiten. Mit mir, auch mit Oliver und Rolf, mit denen ich das Büro teile, bespricht er nur noch das Allernötigste."

Frau Henkel betrachtete die Blätter, die vor Lilo lagen. „Darf ich die auch noch sehen?"

Lilo nahm allen Mut zusammen. „Karl und ich tauschten uns früher über alles aus. Wir waren geistig dick befreundet. Seit sieben Jahren kenne ich ihn – damals war er noch nicht Professor. Seit dreieinhalb Jahren bin ich seine Assistentin. Seit ungefähr einem Jahr, seit ihn das Netzfieber richtig heftig gepackt hat, steckt der Wurm in unserer Beziehung." Sie schob ihre restlichen Gedächtnisprotokolle über den Tisch.

Frau Henkel bedankte sich und begann zu lesen. Lilo schaute zu, wie ihre Augen über die Zeilen glitten.

„Er scheint ihren Rückzug nicht akzeptieren zu können", sagte sie nach einer Weile.

„Ja, vermutlich", antwortete Lilo und wiederholte, dass sie wegen der Doktorarbeit von einer Anzeige absehen wolle. „Wenn möglich, zumindest vorläufig", betonte sie und erfuhr, dass bis dato nur eine einzige Studentin zu diesem Schritt bereit wäre.

Das Blut schoss ihr ins Gesicht. Sie wusste wer. „Nur Sibylle Beckenhofer, nehme ich an", sagte sie kleinlaut.

„Ich weiß, ihr kennt euch", sagte Frau Henkel.

„Ja, wir haben uns kennen gelernt", murmelte Lilo. „Ich werde also weiter alles protokollieren, was Großholz jahrein, jahraus einfällt, um einem die Freude an der Arbeit zu verderben." Betrübt fügte sie hinzu: „Ab heute gehöre ich tatsächlich zu den Verräterinnen, die hinter seinem Rücken zu einer Anwältin rennen und Lügen über ihn verbreiten."

„Es ist Ihr Recht, Ihren Chef anzuzeigen, wenn er seine Grenzen überschreitet."

Sie erlaubte der Anwältin, die Notizen zu kopieren. Die handgeschriebenen Originale blieben bei ihr. „Ich will es ja noch ein Jahr bei ihm aushalten", sagte sie und fühlte sich plötzlich entmutigt.

„Hoffen wir das Beste. Rufen Sie an, wenn Sie in Schwierigkeiten geraten oder sonst Hilfe brauchen. Wir bleiben in Kontakt."

9. Kapitel

Der Winter blieb nass und trüb. Trotzdem versuchte Großholz, nicht an die Täterinnen zu denken. Über Monate hatten sie ihn gequält, doch das Jahresende sollten sie ihm nicht verderben. Er hielt seine Vorlesungen und Seminare und absolvierte die Besprechungen. Die verbleibende Zeit widmete er dem VielD-Cyberspace mit seinen Datenexistenzen, die nichts von Raum und Zeit wussten, in dem sich ein ganz anderes Sein entfaltete als das menschliche. Weil die Aktivitäten im Netzseminar unablässig seine Erwartungen übertrafen, erwog er, die Stelle der Täterin im Eckzimmer nicht wie geplant einer neuen Assistentin, sondern den beiden *nu*-Zugpferden Masch und Pit zu übertragen: eine Hälfte dem VR-Labor von Mario Schell, die andere der Gruppe „Fun", geleitet von Schells Kollege Pit. Neben diesen zwei festen Anstellungen könnte er weiterhin zwei bis drei studentische Hilfskräfte beschäftigen. Damit wäre nicht nur der Ausbau der *nu* gewährleistet; mit Masch und Pit hatte er für seine Cyberwelt zwei Köpfe, wie er sie sich nicht in den kühnsten Träumen zu wünschen gewagt hätte.

Im Januar hellte endlich Schnee die dunkle Jahreszeit auf. Es verdross ihn, dass er auch im neuen Jahr noch eine Täterin in seiner Abteilung unterhielt. Bis die drei ihre Studie über die jungen Erwachsenen abgeschlossen hatten, musste er diesen Stachel ertragen. Unverhofft bemerkte er Ende Monat in seiner Post einen eingeschriebenen Brief von Frau Gloor. Mehr als verwundert öffnete er ihn. Nein, er begriff diese Zeilen nicht. Mechanisch öffnete er die weitere Post. Jemand bot ihm an, englisch verfasste Artikel und Vorträge zu korrigieren, eine Massensendung. Um 14 Uhr, genauer um 14.15 Uhr, würde wie immer am Donnerstag das Netzseminar stattfinden, danach war er mit Masch und Pit verabredet, nicht mehr online. Er holte den Netzseminarordner aus dem Regal und schlug ihn am Schreibtisch auf. Zwölfte Semesterwoche.

Kurz vor halb zwei klirrte auf dem Flur der Schlüsselbund von Frau Gloor. Er horchte. Sie schloss die Tür auf, ging ins Sekretariat. Keine Stimmen, allein. Seine Hand griff nach dem Telefonhörer. Augenblick. Es schneite. Schirm aufspannen, Handschuhe, Mantel ausziehen. Er zählte langsam bis fünf, dann wählte er intern eins vier drei. Es klingelte.

„Hier Großholz. Kommen Sie in mein Büro."

Draußen klapperte erneut der Schlüsselbund. Lautlos trat Frau Gloor an seine Tür. In ihrem rostroten Pullover leuchtete sie wie eine Laterne.

„Nehmen Sie Platz", sagte er vom Schreibtisch aus.

Sie schob schweigend die Tür weiter auf, ging steif wie ein Stock zum Sitzungstisch und setzte sich seitwärts auf einen Stuhl. Gerade aufgerichtet blickte sie zu ihm.

Er fühlte einen Stich. „Frau Gloor", hauchte er, „das ist bestimmt ein Missverständnis."

„Ein ... was meinen Sie?", fragte sie.

Ihre tiefe Stimme rührte ihn wie immer. Er schaute in ihre dunklen Augen und sagte: „Das kann nicht wahr sein. Das dürfen Sie mir nicht antun."

Sie seufzte.

Er beugte sich vor. „Überlegen Sie es sich nochmals, und morgen, wenn meine Vorlesungen und Seminare für diese Woche vorbei sind, nach ihrer Mittagspause, sprechen wir in Ruhe darüber. Abgemacht?"

Sie zuckte mit den Achseln.

„Nichts ist endgültig", sagte er hoffnungsvoll, „morgen sehen wir weiter."

„Ja. Guut."

„Also." Er lachte sie an.

Sie stand auf und ging zur Tür.

So übereilt, so plötzlich schmiss niemand seine Anstellung hin, dachte er. Um das einzusehen, benötigte sie keinen Tag. Sie bereute es schon jetzt. Das hatte er ihr angesehen. So wortkarg war sie sonst nie.

Sein Rücken spannte sich. Um 14 Uhr das Netzseminar. Die Gruppe „Lernen" stellte Software für Online-Seminare vor. Sie hatten bereits eine kleine Bibliothek aufgebaut, wollten möglichst viele Programme sammeln und auch beurteilen. Der Kriterienkatalog dazu, der in der zweiten Stunde diskutiert wurde, war noch zu dürftig, zu lückenhaft. Er hatte sich ihren Entwurf ausgedruckt. Beides, ihr Papier und seine Vorschläge, musste er während des Seminars griffbereit haben. Leider waren seine Ergänzungen selbst noch ergänzungsbedürftig. Er zog die Netzseminarunterlagen näher zu sich. Der Teil über Lernprogramme benötigte bald einen eigenen Ordner.

Um 13.45 Uhr loggte er sich mit dem Namen *Mister XXL* in die *nu* ein. In der Eingangshalle überflog er die Informationen der inzwischen sechs *nu*-Gruppen. Erfreulich, wie sich alles regte. Er klickte auf *Seminarraum*. Da war Masch! Er testete seine neu programmierte Wandtafel. Eine interessante Leuchtschrift. Gut leserlich. Großholz alias *Mister XXL* schaute zu, wie Wörter aufleuchteten und wieder verlöschten. Nach einer Weile wandte er sich an den virtuellen Masch: *Hallo, bereit für die nächste Runde*, tippte er ins Sprechfeld und drückte die Entertaste.

Ja, Mister, ich bin startklar. Wir stellen, wie abgemacht, zwei vorbildliche und als Kontrast ein schlechtes Lernprogramm vor, antwortete Masch.

Sehr gut. Ist der Kriterienkatalog für die Beurteilung etwa absichtlich so dürftig gehalten?

Oh, oh, oh. Nein Sie, so raffiniert sind wir nicht.

Es war nur eine Frage, schrieb Großholz zurück. *Wir sehen uns.* Er klickte auf *Eingangshalle*.

In seinen Sessel gelehnt, die Hände hinter dem Kopf, sah er zu, wie *Mister XXL* neben einer Säule in der Halle eintraf. Wollte er am Nachmittag mit diesem Namen unterrichten? Wieso eigentlich nicht. Er ließ *Mister XXL* durch die Eingangshalle und den Park schlendern und wartete auf den Beginn des Seminars.

Am nächsten Morgen öffnete er im Vorbeigehen die Tür zum Sekretariat. Frau Gloor saß am Schreibtisch.

„Guten Tag. Alles okay?", begrüßte er sie.

„Ja, alles okay", grummelte sie vor sich hin, nicht unfreundlich. Er trat an die Theke und fragte: „Wie geht es Ihnen heute?" Sie drehte sich ihm auf dem Stuhl zu. „Mir geht es gut, danke", sagte sie, wiederum nicht unfreundlich. „Wie geht es Ihnen?" „Danke, mir geht es für Freitag nicht schlecht", sagte er langsam. „Wir sprechen uns nach Ihrer Mittagspause. – Sie haben sich bestimmt alles nochmals überlegt." Er schaute sie liebevoll an, wollte sagen: „Sie haben es doch gut bei mir", und wandte sich stattdessen stotternd zum Regal, wo sie ihm jeweils die Arbeitsblätter für die Studierenden bereitlegte. Es waren jedoch keine zu sehen.

„Ich kopiere sie Ihnen gleich", sagte sie, als sie seine Verwunderung bemerkte. „Sehr gut, ich danke Ihnen", murmelte er. „Bis später."

Kurz nach zwölf, als er von seinem Seminar „Kommunikation und Ritual" zurückkam, fand er das Sekretariat leer. Frau Gloor war schon in der Mittagspause, dachte er, nahm die neu eingereichten Semesterarbeiten aus dem Fach und schloss das Sekretariat wieder ab. Bei sich am Schreibtisch vertiefte er sich in ein Manuskript zum Thema „Öffentliche Rituale". Plötzlich stand eine dunkle Gestalt an seiner Tür. Erst beim zweiten Blick erkannte er Frau Gloor. Mit dem langen, schwarzen Mantel und einer merkwürdigen Pelzmütze sah sie aus wie die Teilnehmerin einer Prozession. „Frau Gloor, schon zurück?", sagte er ganz verwundert.

Bevor er Zeit hatte aufzustehen, war sie im Büro und kam auf den Schreibtisch zu. „Ich bleibe dabei, Herr Großholz", wandte sie sich an ihn.

„Sie bleiben …!", rief er und wollte vor Freude aufspringen.

„Ich bleibe bei der Kündigung", erklang ihre Stimme.

Wie eine Säule stand sie da.

Die Täterinnen! Sie hatten ihn schlechtgemacht bei ihr, hatten sie von ihm entfremdet. Nie, niemals hätte seine Frau Gloor sich sonst so von ihm abgewendet. „Sie haben mich bei Ihnen verleum-

det", fuhr er hoch. „Wer war es, wer hat Sie gegen mich aufgehetzt?"
„Herr Großholz, mich hat niemand gegen Sie aufgehetzt", antwortete sie ruhig. „Ich habe ein Angebot von einer Firma, wo ich mich zur Betriebsassistentin weiterbilden kann. Die neue Stelle ist anstrengender für mich, aber eine Herausforderung."
Er war wie betäubt. „Ein Angebot! Von wem?", fragte er. „Ein Angebot? Ein Angebot?"
„Ja, eins aus der Privatwirtschaft", sagte die liebe Stimme, doch ihm war es, als würde jemand auf ihm herumtrampeln.
„Ohne die Lügnerinnen hätten Sie nie gekündigt", rief er gequält, „da bin ich mir sicher." Er erschrak über sich selbst. Die Tür war offen. Alle hörten ihn. „Frau Gloor", begann er leiser. „Wer war es? Wer hat sie so verdorben?"
„Niemand, Herr Großholz." Sie zog die Pelzmütze vom Kopf. „Ich bin jetzt schon über vier Jahre bei Ihnen. Mich reizt es, etwas Neues anzupacken. Sie werden mühelos eine neue Sekretärin finden."
„Frau Gloor! Kein Mensch kann Sie mir ersetzten, das wissen Sie. Bitte überlegen Sie es sich nochmals. Bestimmt ändern Sie Ihre Meinung bald."
Ihre Augen suchten seine. Liebevoll schaute sie ihn an. Also, dachte er voller Hoffnung. „Es tut mir so leid, Herr Großholz", erklang ihre Stimme, „mein Entschluss ist endgültig." Sie drückte die Pelzmütze an sich und verließ das Büro.
Angst packte ihn. Er musste auf der Hut sein. Frau Gloor stand unter dem Einfluss der Täterinnen. Schon früher hatte sie sich empfänglich gezeigt für Zimperlisenideen. Wie schon so vieles, hatte er auch diese Gefahr verkannt. Im schlimmsten Fall steckte sie ganz und gar in den Fängen dieser Weiber, war mit ihnen verbündet und spielte nur die Aufmerksame, Freundliche, Liebeswürdige, während hinter den dunklen Augen in Wahrheit die übelsten Absichten wucherten.
Ja, seit Monaten, seit Jahren könnte in seinem Sekretariat eine Heuchlerin sitzen. Könnte nicht nur. Saß vermutlich eine von ihnen.
Er musste sich vorsehen, musste besser auf sich aufpassen. Niemandem war anzusehen, was sich in seinem Kopf wirklich abspielte.

Nicht Frau Gloor, keiner Studentin durfte er fortan trauen. Die meisten waren nicht so skrupellos wie die Blonde, die ihre Bosheit nicht einmal versteckte. Sozusagen jede konnte sich ihm falsch Liebkind spielend nähern. Nur zu gern sähe er eine in seiner Zimmerecke baumeln. Zu seiner Sicherheit und zur allgemeinen Abschreckung wäre das die beste Lösung.

Widerwillig griff er nach dem Brief von Frau Gloor. Unmöglich! War sein Sekretariat wirklich ab dem ersten Mai verwaist? Das würde bedeuten, ausgerechnet in dem Monat, in dem die Jubiläumsfeiern begannen und nichts so lief wie gewohnt, wäre er gezwungen, sich mit einer neuen Sekretärin herumzuplagen. Und erst davor, in den Semesterferien, wo er nebst der Vorbereitung des neuen Semesters das Cyberbuch beenden und den Vortrag für den offiziellen Festakt in der Aula der Universität schreiben musste, wie wollte er da noch Stellenbewerberinnen empfangen?

Ihm wurde schwarz vor den Augen. Irgendwann würde er sich eine von diesen Weibern schnappen.

In der neuen Woche sprach er mit Frau Gloor nur das Nötigste. Am Computer, die Tür im Rücken, nahm das dritte und letzte Kapitel seines Buches Gestalt an, die Zukunft der Computernetze, deren Keime schon im 2D-, im 3D- und hauptsächlich im VielD-Cyberspace mit seinen körperlosen Intelligenzen und elektronischen Organismen zu finden waren. Wie schon der VielD-Cyberspace würde das Netz der Zukunft, vielleicht abgesehen von ungewiss weiterexistierenden 2D- und 3D-Inseln, wahrscheinlich ein postbiologisches Reich sein. Ob es sich letztlich in eine grüne oder in eine goldene oder diamantene oder in mehrere Richtungen gleichzeitig entwickeln würde, lag nicht im Ermessen, noch weniger im Entscheidungsspielraum menschlicher Gehirne.

Immer deutlicher sah er die Menschheit an einer epochalen Schwelle stehen.

Nicht nur wurde die Materie und das biologische Leben beliebig manipulier- und reproduzierbar, die Technik konnte Materie und Leben hervorbringen, welche bis anhin, unter den Bedingungen der kosmischen und biologischen Evolution, keine Entwicklungsmöglichkeiten besessen hatten. Intelligenz wie Leben ohne eine tierische oder pflanzliche Basis würde existieren, im Experimentierraum des Cyberspace gefahrlos, außerhalb risikoreicher, falls nicht auch diese Grenzen durchlässig oder obsolet wurden.

In der Welt von morgen sah er sich selbst reparierende Häuser und Lebewesen, die weder Nahrung noch Schlaf brauchten, und die Luft würde von schadstofffressenden Maschinen gesäubert. Die Zucht von Organen nach dem Vorbild des Garten- und Obstbaus würde florieren. Pflanzen und Tiere, genauso wie die Menschen und Menschenartige, wurden mit sprachfähigen Chips und anderen Minicomputern ausgerüstet. Auch dass Roboter und weitere cyberphysische Systeme den Weltraum besiedelten, gehörte ebenso zu den Selbstverständlichkeiten wie Nanobots in Lebewesen und das tierlos hergestellte Fleisch.

Wie auch immer die technische Evolution aussehen würde, aufzuhalten war sie nicht. So viel wusste er. Im dritten Kapitel seines Cyberbuches ging es allein um die Zukunft der Netze. Im Festvortrag dann würde er über die Schwelle treten und den Zuhörenden Blicke in die neue Epoche ermöglichen.

Nach einer arbeitsamen Woche kehrte er am Freitagmittag müde in sein Büro zurück. In der Mailbox fand er eine Nachricht von seinem Oberassistenten. *Chor für die Eröffnungsfeier am Institut, 7. Mai, fest engagiert. Flur und Bibliothek stehen zur Verfügung, großer Vorlesungssaal ebenfalls, dieser ab 18 Uhr für das Konzert reserviert. Apéro und nach deiner Ansprache Imbiss für 150 Personen auch i. O. Rechnung Knoll/Frau Oberli. Hansjörg*

Also! Wunderbar. Auf Hansjörg war Verlass. An der Eröffnungsfeier am Institut musste er einzig eine Ansprache in der Bibliothek halten, zum Glück nicht mehr als zehn, zwölf Minuten. Knoll wollte das so. Ein paar Sätze zum Institut, eine kleine Würdigung von Knolls Direktorium, kurz auf die verschiedenen

Anlässe des Jubiläums hinweisen, das mit diesem kleinen Heimspiel, zu dem alle eingeladen wurden, feierlich begann. Das war's.

Wichtiger als dieser siebte war zunächst der erste oder vielmehr zweite Mai. Drei Monate waren flugs vorüber. Im Ordner „Administration" fand er das Inserat, auf das sich seinerzeit Frau Gloor bei ihm gemeldet hatte. Um ihre Stelle rasch antreten zu können, hatte sie eine Reise abgesagt. Wollte er nochmals mit ihr sprechen? – Sie war immer entgegenkommend, nie hart oder gar stur gewesen. Wollte er sie ... – Er änderte das Inserat geringfügig und druckte es auf dem Drucker im Sekretariat für sie aus.

Nach ihrer Mittagspause machte sie sich rar. Also begab er sich zu ihr. Sie saß am Computer. Er schloss die Tür und trat neben sie. Auf ihrem Bildschirm hatte sie die Spesenabrechnung für den Monat Januar. Plötzlich starrte er wie gebannt auf eine Zeile.

Lilo Blum. Interview in Neuenburg. Halbtax. Fr. 49.–

So etwas! Ihn schwindelte es.

„Sie rechnen mit Lilo Blum die Interviewspesen ab?", fragte er und versuchte, ruhig zu sprechen.

Frau Gloor schaute derart treuherzig zu ihm auf, als wären sie die besten Freunde. „Ja", sagte sie. „Ist daran etwas falsch?"

Er wich zurück. Falsch, ja falsch waren sie alle! Das Gesicht von Lilo Blum ertrank in den so liebenswürdig dunklen Augen der Gloor. Täterinnen überall! Um nicht zu schwanken, hielt er sich an der Theke fest. Frau Gloor schaute ihn verdutzt an. Der Computer brummte. Er fasste sich.

Auf dem Drucker lag ein Papier. Er stakste um Frau Gloors Stuhl herum und ergriff es. Ja, das Inserat. Er reichte es ihr. „Wir haben schon den 2. Februar. Es soll so rasch wie möglich in beiden Tageszeitungen und online erscheinen. Mit Chiffre. Wissen Sie, wie man Inserate aufgibt?"

Frau Gloor nickte.

„Die Spesen von Lilo Blums Doktorarbeit ..." Er zögerte. Ihre fünfzehn Interviews würde er lieber heute als morgen sein Eigen nennen. „... übernimmt weiterhin das Institut." Er überflog die Januarabrechnung auf dem Bildschirm.

„Sollen die Bewerbungen an Sie oder ans Sekretariat adressiert sein?", fragte Frau Gloor.

Er schaute sie an. „Ans Sekretariat", brummte er und trottete davon.

Im Sekretariat wuchs in der zweiten Februarhälfte ein Stapel mit Großbriefen schnell auf über dreißig Zentimeter an. Frau Gloor räumte ihn zur Seite, und in kurzer Zeit schnellte ein nächster in die Höhe. Erst beim dritten erlahmte die Bewerbungsflut. „Gegen zweihundert, schätze ich", kommentierte sie.

Großholz hielt die letzten Vorlesungen und Seminare des Wintersemesters und ließ sich, nach einem Wochenende Pause, gleich am ersten Montagnachmittag der vorlesungsfreien Zeit die Brieftürme in sein Büro auf den Sitzungstisch bringen. Bereit, die ersten Bewerbungen zu sichten, stellte er unmutig fest, dass alle Umschläge verschlossen waren. Frau Gloor ... Nein! Im Stehen bearbeitete er sie mit dem Brieföffner. Wie alt sollte die neue Sekretärin sein? Ganz jung diesmal? Wünschte er sich nicht schon lange, schon immer, eine junge Frau für das Sekretariat? Mit dem Computer kamen zum Glück heutzutage auch die Damen zurecht, kein Problem. Das Beste wäre es, Frau Gloor könnte die Nachfolgerin ein, zwei Wochen einführen. Doch halt! Vorsicht! Durfte er die beiden tagelang sich selbst überlassen? Schon Stunden oder ein paar Minuten genügten, um jemanden zu verderben.

Eins, vier, drei tippte sein Zeigefinger. Es klingelte. „Frau Gloor, bitte notieren Sie alle Tätigkeiten, Ihren gesamten Aufgabenbereich, sobald Sie Zeit haben. Beim Büromaterial darf zum Beispiel die Telefonnummer und die genaue Adresse der Materialverwaltung nicht fehlen. Beim Führen des Terminkalenders genaue Angaben, an

welchen Tagen Sie für welche Besprechungen zuständig sind und wie lange eine dauert. Welches Rechtschreibkorrekturprogramm sie benutzen, Pflanzen gießen, alles aufschreiben. Ist das möglich?"
„Ja."
„Haben Sie einen Notizblock zur Hand?"
„Ja."
„Titel: Stellenbeschreibung Sekretariat. Wenn Sie alles beieinander haben, legen Sie eine Datei mit diesem Titel an und legen sie auf dem Institutsserver in den ‚Großholz/Gloor-Ordner'."
Sie schwieg.
„Alles i. O.?"
„Ja, alles klar, Herr Großholz."
Die Sonne warf goldene Streifen über die Brieftürme. Er trat an den Sitzungstisch. Wo war der Brieföffner? Hier. Bis nur alle geöffnet waren! Jemanden mit einem Handelsschulabschluss, jung und formbar, noch nicht vom Zimperlisenvirus befallen. Was wünschte er sich sonst noch von der Bewerberin?

Bei jeder Sekretärin, die er brauchte, verdoppelte sich die Anzahl Bewerbungen. Alle Achtung! Er betrachtete die imposanten, farbig geschichteten Türme und zog kurzerhand einen weißen Umschlag heraus.

Links oben ein gestempelter Absender, freundlich hellblau. *Miriam Frei* aus Weiningen. Jemand vom Land, vom Limmattal. Wieso nicht? Die Adresse von Hand geschrieben, in schwarzen Großbuchstaben. Er betrachtete sie eine Weile. Sympathisch, ordentlich.

Neugierig nahm er die Bewerbung aus dem Umschlag. Die Blätter waren geheftet und in eine Hülle gelegt. Das lose Begleitschreiben zuoberst. Es deckte ein Foto zur Hälfte zu. Er schob das Schreiben beiseite.

Oh! Ein sanftes, volles Gesicht. Dunkelbraune Haare, kinnlang und mit Fransen schräg in eine Richtung gekämmt. Die Augen? Was ... Tatsächlich, sie schielte.

Miriam Frei schien eine aparte, wahrscheinlich mittelgroße, leicht rundliche junge Dame zu sein. Etwas linkisch war nicht ausgeschlossen. Ja. Zusammen mit den sorgfältig geschriebenen Großbuchstaben auf dem Umschlag nicht übel.

Er öffnete das Begleitschreiben.

Sehr geehrter Herr Professor
Ich arbeite seit meiner KV-Lehre mit Berufsmaturabschluss BMS nur halbtags bei der kantonalen Verwaltung, im Finanzdepartement. Gerne würde ich eine Ganztagsstelle antreten. Gekündigt habe ich noch nicht.
Mit freundlichen Grüßen
Miriam Frei

Wenn sie nur einen oder zwei Monate Kündigungsfrist hätte, was gut möglich war bei einer Halbtagsstelle, könnte sie im Mai sein Sekretariat übernehmen.

In der Hülle, nach dem Foto, fand er ihren Lebenslauf. Miriam Frei, kaum zu fassen, war – z w e i u n d z w a n z i g –. Zehn Schuljahre. Ein Spitaljahr als Hilfskrankenschwester. Danach drei Jahre KV-Lehre bei der kantonalen Verwaltung. Die Lehrabschlusszeugnisse BMS waren gut, das Arbeitszeugnis der kantonalen Verwaltung sehr gut.

Frau Frei, wenn auch beim Vorstellungsgespräch alles rund läuft, könnten Sie meine neue Sekretärin sein!

Er betrachtete nochmals ihr leicht zur Seite geneigtes, volles Gesicht mit den schielenden Augen auf dem Foto. Ja, freundlich, anhänglich. Ja, kommt sehr in Frage.

Nicht unendlich viele, aber ein paar weitere Bewerbungen wollte er sich noch ansehen. Er griff sich eine heraus. *Claudius Moor.* Ein Mann! So etwas! Ein Sekretär? Aus Neugierde ging er seine Unterlagen durch. Ja, ein Mann, ein Germanist, der wegen der schwierigen Stellenlage in seinem Fach als Sekretär arbeiten möchte. Der nächste Umschlag stammte von einer Japanerin, frisch verheiratet mit einem Schweizer, auf der Suche nach einer Stelle in der neuen Heimat. Eine hübsche Person. – Es dauerte eine Weile, bis er wieder auf eine junge Frau mit einem KV-Abschluss stieß. Knabenhaft, mit sehr kurzen Haaren. Bestimmt zu eigenwillig, dachte er, während er sie eine Weile auf dem Foto betrachtete.

Unter den Bewerbungen befanden sich fast ebenso viele Kaufmänner und exotische Ehefrauen aus allen Kontinenten wie herkömmliche Sekretärinnen. Er beschloss, bei Miriam Frei zu bleiben. Er war nicht zu Experimenten aufgelegt, und ihre Bewerbung enthielt keine Rechtschreibfehler. Er würde sie gegen Abend zu Hause anrufen und einen Vorstellungstermin mit ihr vereinbaren, dachte er und legte sich ihre Bewerbung gut sichtbar auf den Schreibtisch. Die zwei hohen und den kleinen Briefturm stellte er bis auf Weiteres neben der Garderobe auf den Boden. Schon stand er vor der nächsten heiklen Aufgabe.

Aufgeregt strich er sich durch die Haare. Das neue Projekt der Bienchen, die Umfrage zu den Neuen Medien, musste in Gang kommen. Kaum saß er in seinem Sessel, sprang er wieder hoch und stakste durch das Büro. Wie unerträglich, nach wie vor die Dame Blum in der Abteilung zu haben. Er zerrte die Mappe mit ihrer Doktorarbeit hervor. Die Interviews in den Unternehmen bis im März. Auswertung der Umfrage sowie Rohfassung von Kapitel zwei und drei bis im Sommer oder ... Wann würde sie die Tagung ... Mit einer Kündigung könnte er sich ihrer am schnellsten entledigen. Auf jeden Fall blieb sie beim neuen Projekt außen vor. So würde ihr das Kuckucksdasein hoffentlich verleiden.

Die beiden Assistenten Oliver Thoma und Rolf Schiecke mussten die Umfrage allein bewältigen. Mitte März würde die erste Besprechung mit ihnen stattfinden. Er nahm seinen Kalender. Der fünfzehnte war ein Freitag. Also würde er für den vierzehnten eine Sitzung einberufen. Er schob den Sessel vor den Computer und setzte sich.

Mit einer E-Mail kündigte er den beiden Assistenten die nächste Studie an und bat sie am Nachmittag des 14. März um vierzehn Uhr in sein Büro. Thema der Studie: Neue Medien. Verbreitung und Arten der Nutzung. Es sei von Vorteil, sie kämen vorbereitet und mit einschlägiger Literatur versehen an das Treffen, schrieb er dazu, schickte ihnen die Nachricht und notierte sich den Termin im Kalender.

Der Stachel blieb. Die Täterin in der Abteilung. Eigentlich hätte er nicht ungern wieder eine Assistentin. Oder waren die zwei *nu*-Pioniere Masch und Pit doch die bessere Wahl? Nichts übereilen. Das Cyberbuch wartete. Doppelklick auf den Ordner. Das Teilkapitel über die Grenzen der heutigen Computertechnik gedieh gut. Vorwärts.

Während sich die Datei öffnete, machte er es sich auf dem Sessel bequem. Der Winzling Mikroprozessor, geboren 1971, hatte dem PC und dem Internet zum Durchbruch verholfen. Was würde geschehen, wenn die Möglichkeiten dieses Wunderplättchens, des Stars des zwanzigsten Jahrhunderts, ausgeschöpft waren? Wie lange würde das noch dauern? Welches Alter würde Mr. Chip erreichen?

Er ergriff die Maus und begann zu lesen.

Gegen Abend schweiften seine Gedanken zu Miriam Frei. Zeit für den Anruf? Bald. Nochmals ihre Bewerbung sichten. Im Sessel rollte er an den Schreibtisch. Er betrachtete die Adresse mit den freundlichen schwarzen Großbuchstaben und zog vorsichtig die Bewerbungsunterlagen heraus. Sie hatte die anspruchsvollste KV-Lehre gewählt. Deutsch, Englisch, Mathematik, Finanz- und Rechnungswesen. Bei Deutsch die Note fünfeinhalb, sonst alles Fünfer. Es sprach nichts gegen sie.

Er griff nach dem Telefonhörer und wählte ihre Nummer. In den Sessel gelehnt, den Hörer am rechten Ohr, lauschte er den Klingeltönen.

„Frei."

Die Mutter? „Grüezi. Hier Großholz vom Institut für Sozial- und Technikforschung. Wohnt bei Ihnen eine Frau Miriam Frei?"
„Ja, meine Tochter. Wegen der Bewerbung?"
„Ja. Ist sie zu Hause?"
„Ich hole sie."
Er hörte Geräusche und Stimmen. Nach einer Weile nahm jemand den Hörer. „Miriam Frei." Sanft, liebenswürdig.
„Grüezi Frau Frei, hier spricht Professor Großholz vom Institut für Sozial- und Technikforschung." Er gab sich Mühe, so sanft und liebenswürdig wie sie zu klingen. „Sie haben sich für die Stelle in meinem Sekretariat beworben."
„Das Inserat 'selbständige Betreuung des Sekretariats'?"
„Ja. Ich habe Sie in die engere Wahl gezogen und würde gern für diese oder nächste Woche ein Vorstellungsgespräch mit Ihnen vereinbaren."
„Oh, das freut mich. Ich arbeite halbtags, am Vormittag, bis um halb eins. Am Nachmittag habe ich Zeit."
„Das trifft sich gut. Bei uns beginnt gerade die vorlesungsfreie Zeit. Am Dienstag und Freitag bin ich besetzt mit Besprechungen, doch am Montag-, Mittwoch- oder Donnerstagnachmittag könnten wir etwas vereinbaren. Wenn Sie möchten gleich nach Ihrer Arbeit."
„Gleich nach halb eins, am Mittag?"
„Ja, um eins zum Beispiel."
„Ich gehe um halb eins e... An diesem Donnerstag um eins könnte ich ..."
„Das wäre sehr gut." Sie arbeite am Walchetor, erfuhr er, also nicht weit entfernt, und erklärte ihr, wie und wo das Institut für Sozial- und Technikforschung und sein Büro zu finden waren. Er werde ihr zusammen mit der schriftlichen Einladung einen Plan schicken. Alles Weitere könnten sie am Donnerstag besprechen. Außer sie hätte eine dringende Frage.

Sie verneinte.

„Ich schicke Ihnen den Brief noch heute ab." Er schaute in den

Kalender. „Wir sehen uns also am Donnerstag, den 29. Februar, 13 Uhr."

„Ja."

„Gut, bis dann."

Ein Schalttag! Trifft sich auch gut. Freundlich, liebenswürdig. Große Hoffnung auf die Stelle schien sie sich nicht zu machen. Sie würde sie bekommen. Noch diese Woche.

Schnell hatte er am Computer einen Brief für sie verfasst. *Ich freue mich, Sie kennenzulernen*, schloss er. Dafür brauchte er ein Briefpapier mit Wasserzeichen. Er nahm eins aus dem Schrank und ging ins Sekretariat. „Ich möchte einen Brief ausdrucken", sagte er zu Frau Gloor, legte das Blatt ins Papierfach und trat neben sie an den Schreibtisch. „Haben Sie mir bitte einen Lageplan des Instituts?" Sie notierte ihre Tätigkeiten, stellte er fest. Gut so.

„Entschuldigen Sie bitte", wandte sie sich an ihn.

Doch Reue und Einsicht, dachte er. Letzte Gelegenheit, die Stelle war nicht mehr lange vakant.

Sie schaute zu ihm auf, ihre rechte Hand deutete auf die Schreibtischschubladen, vor denen er stand.

Oh! Enttäuscht begriff er ihre Geste und wich zur Seite.

Im Sitzen zog sie die untere Schublade heraus, in der schräg gestellte Fächer zum Vorschein kamen. Während sie aus dem hintersten ein Blatt herauszog, wurde er neugierig. „Was haben Sie hier drin?", wollte er wissen.

„Verschiedene Formulare", nuschelte Frau Gloor.

„Vor dem ersten Mai müssen Sie der Nachfolgerin das alles zeigen und erklären."

„Klar, ich weiß."

Er kehrte mit dem Lageplan in sein Büro zurück. Am Computer las er den Brief an Miriam Frei nochmals. Befehl „Print". Er holte ihn im Sekretariat, diesmal ohne mit Frau Gloor zu sprechen, und adressierte, zurück an seinem Schreibtisch, einen Umschlag an Frau Frei.

Am Donnerstag regnete und stürmte es. Frau Gloor hatte es nicht eilig, in die Mittagspause zu gehen. Endlich klirrte auf dem Flur ihr Schlüsselbund. „Also, vorwärts", seufzte er. Als es wieder ruhig wurde draußen, stand er auf und ging in ihr Büro. Vorbildliche Ordnung, auch auf dem Schreibtisch. Gar nichts lag herum. Er setzte sich auf ihren Stuhl. Leben Sie wohl. Ich hoffe, Sie werden es bereuen. Eine Stellenbeschreibung für Frau Frei hatte sie ihm ausgedruckt. Das Dokument dazu war im Computer abgelegt.

Als er die Sekretariatstür wieder abschloss, kam Kollegin Frau Professor Hartmeier, deren Büro und Sekretariat gleich gegenüber lagen, die Treppe herauf und auf ihn zu. „Was für ein Wetter", grüßte sie und hielt fröstelnd den tropfenden Schirm von sich weg.

„Ja, April schon Ende Februar", brummte Großholz.

„Ich schnuppere bald für zwei Wochen Höhenluft", sagte sie.

„Ich auch, aber nicht bald. Wünsche schöne Höhenluft mit viel Weiß."

„Danke." Sie sah lachend auf den tropfenden Schirm.

In seinem Büro störten ihn die Brieftürme. Er gehörte doch nicht zu der Sorte Menschen, die Papiere auf dem Boden lagerten! Nach einiger Umräumearbeit hatte er sie in den Schrank verbannt. So herrschte Ordnung, und er konnte Frau Frei, falls das nötig war, die Anzahl Mitbewerber trotzdem rasch vor Augen führen.

Alles bereit? Sechzehn vor eins. Er holte die Post aus dem Postfach, die er vorher wegen Frau Professor Hartmeier vergessen hatte. Wieder am Schreibtisch, schaute er sie durch und beantwortete zwischendurch einige E-Mails, bis er jemanden vor seiner Tür bemerkte.

Er wollte aufspringen, besann sich im letzten Moment anders und schob nur den Sessel zurück. Sitzend, vom Schreibtisch aus, sah er draußen eine junge Dame. Im Begriff anzuklopfen, drehte sie den Kopf und spähte durch den Türspalt zu ihm herein. Scheue Augen trafen seine. Er drückte den Rücken gegen die

Sessellehne und starrte wie gebannt in das mondhelle Gesicht mit den zur Seite gekämmten dunklen Fransen, das er vom Foto in ihrer Bewerbung her kannte.

„Frau Frei?", fragte er.

„Ja", antwortete sie.

„Professor Großholz", stellte er sich vor und stand auf. Mit ausgestrecktem Arm ging er auf die Dame zu. Ein Auge grüßte ihn, das andere, das linke, schaute neben seinem Kopf vorbei in eine unbekannte Ferne, während sie sich die Hand schüttelten. „Sie möchten also den kantonalen Finanzen untreu werden", sagte er.

„Ja, ich bin mit meiner Halbtagesstelle nicht richtig ausgefüllt."

„Das muss sich ändern", brummte er liebenswürdig. „Ich zeige Ihnen gleich Ihren Arbeitsplatz." Galant nahm er ihr den Schirm ab und stellte ihn hinter seiner Bürotür an die Wand. Nachdem sie den großzügig um den Hals geschwungenen Schal gelöst hatte, half er ihr aus dem Mantel. Sie war sehr groß für eine Frau, nur wenig kleiner als er. Ihre Fülligkeit wirkte warm und angenehm, blieb ansonsten aber unter einer elegant weiten Strickjacke verborgen. Ohne Eile legte sie sich die modische Tasche, die sie kurz an die Türklinke gehängt hatte, wieder über die Schulter. Er schloss sein Büro ab und hörte sie hinter sich sagen: „Privatgegenstände sind nicht gegen Diebstahl versichert."

Erstaunt wandte er sich zu ihr um. „Ich dachte, Sie seien Finanzexpertin."

„Eher Versicherungsexpertin", antwortete sie.

Vor dem Sekretariat zeigte er auf das Metallschild an der Wand, sagte: „Die Öffnungszeiten für Studentinnen und Studenten", und schob, ohne auf ihre Antwort zu warten, die Tür für sie auf.

Sie bedankte sich und trat langsam ein. Der Mund in ihrem hellen Gesicht deutete ein Lächeln an. Er nahm eine Wegleitung zum Studium allgemein, dazu ein Merkblatt für Studierende des Fachs Sozial- und Technikforschung aus dem Regal. Frau Frei beobachtete ihn genau, stellte er fest. „Für Sie", sagte er und drückte ihr die zwei Broschüren in die Hand. „Hier an der Theke bedienen Sie die Studierenden, dahinter ist Ihr eigener, privater Bereich."

Da sie nicht den Mut zu haben schien, an ihm vorbei hinter die Theke und an ihren zukünftigen Schreibtisch zu treten, ging er ihr voraus. „Am Dienstag- und am Freitagnachmittag habe ich Sitzungen mit den Studentinnen und Studenten. Sie führen den Terminkalender dafür." Er zeigte und erklärte ihr den Terminkalender. „Keine Hexerei, nicht wahr?" – „Nein." – „Der Kalender liegt immer hier neben dem Telefon", bemerkte er und legte ihn zurück. „Okay?" – „Okay."

Auch die Semesterarbeiten würden die Studierenden ins Sekretariat bringen oder schicken, erklärte er. Sie lege diese dann für ihn auf das Regal. Nachdem er sie gelesen habe, erhielten die Verfasser von ihr die Bescheinigung. „Die genehmigten Arbeiten reihen Sie dort ein." Er zeigte auf das Tablar ganz unten im Regal mit den Manuskripten. „Alphabetisch, nach Verfassernamen. Setzen Sie sich doch gleich einmal an den Computer."

Ja, wieso nicht, schien ihm ihr rechtes Auge mitzuteilen. Als er sie aufmunternd ansah, legte sie die beiden Broschüren und die Handtasche auf den Schreibtisch. Ihre Größe war ungewohnt für ihn. Doch wie das Gesicht strahlte ihre gesamte Erscheinung etwas Weiches, Gefügiges aus und ihre Bewegungen waren ruhig und vorhersehbar. Er schob den Bürostuhl vom Schreibtisch hinüber zum Computer und rückte ihn für sie vor der Tastatur und dem Bildschirm zurecht. „Danke", murmelte sie mit einem liebenswürdigen Blick zu ihm und sagte, während sie sich setzte: „Im Finanzdepartement haben wir dieselben Computer."

„Das habe ich vermutet", antwortete er, „Kanton ist Kanton." Verstohlen stellte er fest, wie klein der Stuhl unter ihrer Fülle wirkte. „Schalten Sie ihn ein", sagte er rasch und trat neben sie.

Ihre rechte Hand strich liebevoll über die Tasten, sodass sie leise klirrten, und fand zielsicher den Einschaltknopf.

„Den Drucker teilen wir uns", sagte er. „Ich kann ihn in meinem Büro, Sie von hier aus bedienen."

„Kommt mir alles bekannt vor", murmelte sie, nachdem sie eine Weile auf den Bildschirm geblickt hatte, wo die Ordner von Frau Gloor übersichtlich abgebildet waren.

„Öffnen Sie den Institutsserver", forderte er sie auf. Ihre Hand ergriff die Maus. Der Pfeil sprang auf das Symbol. Doppelklick.

Er beugte sich vor. „Hier, der Ordner ‚*Großholz/Gloor*'. Falls sie die Stelle antreten, würde der zu ‚Großholz/Frei' umbenannt. Öffnen Sie ihn."

„Heißt Ihre jetzige Sekretärin Gloor?", fragte sie.

„Ja, Frau Gloor."

Sie klickte auf den Ordner. Er erklärte ihr die Dokumente, auf die sie beide Zugriff hatten. Sie schien ihm gut zu folgen. „Das Dokument ‚*Stellenbeschreibung Sekretariat*' hat Ihnen Frau Gloor bereits ausgedruckt", sagte er und ergriff die beiden Papiere, die auf dem Drucker lagen. „Möchten Sie sie überfliegen?"

Während sie die Aufgaben las, die sie zu übernehmen hatte, betrachtete er sie von der Seite. Sie war gepflegt und bis zu den Fingernägeln passte alles zusammen, nicht unbedingt schnell, aber bestimmt zuverlässig und in ihrer zögernd langsamen Art sorgfältig. „Sie haben doch die Lehre mit der Berufsmatur beendet", sprach er sie an. „Möchten Sie nicht eine Fachhochschule besuchen?"

Sie drehte sich ihm zu. Wie auf dem Foto in der Bewerbung neigte sie das Gesicht leicht zur Seite. „Noch nicht. Ich möchte zuerst Praxiserfahrung sammeln."

„Möchten Sie ab Mai hier arbeiten?"

Ihr Mund deutete ein Lächeln an, und unter den braunen Fransen sah das rechte Auge liebevoll zu ihm auf. „Ja, vielleicht schon."

„Mitte April, eine Woche nach Ostern, beginnt das Sommersemester, und ab Mai werden wir hier dreißig Jahre Institut für Sozial- und Technikforschung feiern. Ruhig wird es nicht sein."

Sie senkte den Kopf. „Vor Hektik fürchte ich mich nicht."

„Die beiden Blätter können Sie mitnehmen, daheim anschauen und sich dann von der jetzigen Sekretärin, Frau Gloor, noch zeigen lassen, was unklar geblieben ist."

Sie sagte weder ja noch nein und brach nicht in Freude aus.

„Würden Sie bitte auch für mich noch ein Exemplar von *„Stellenbeschreibung Sekretariat"* ausdrucken?" Er schaltete den Drucker ein.

„Ja." Ohne Mühe, auch ohne Eile druckte sie die Datei für ihn aus.

„Sie haben mir noch nicht gezeigt, wo das Büromaterial ist, das ich verwalten müsste", wandte sie sich an ihn.

„Ich kann Ihnen den Schrank zeigen, er ist draußen."

Sie schloss das Dokument und den *Großholz/Gloor*-Ordner. Er ließ sie den Computer ausschalten, ging voraus und wartete bei der Tür auf sie.

Vor dem Schrank fiel ihm ein, dass er einen Schlüssel benötigen würde, den er weder besaß noch wusste, wo Frau Gloor ihn aufbewahrte. Er wurde unruhig. „Der Schlüssel. Ich habe ihn vergessen. Respektive weiß nicht, wo er ist."

„Das macht nichts", antwortete die große Frau an seiner Seite. „Ich kenne das Büromaterial, auch die Materialzentrale." Ihr rechtes Auge sah ihn so ruhig an, dass seine Nervosität verflog.

Von ihrer Gefasstheit berührt, sagte er fast heiter: „Jedenfalls ist es dieser hier", und klopfte auf die Schranktüren. Gleichzeitig waren von der Treppe her die etwas schwerfälligen Schritte von Knolls Sekretärin Frau Oberli zu hören. Er grüßte höflich, als sie an ihnen vorbeiging, und forderte Miriam Frei auf, in sein Büro einzutreten. Bereits etwas mutiger blickte sie sich bei ihm um. Er betrachtete sie. Was ihn betraf, könnte sie das Sekretariat sofort übernehmen.

„Wollen wir uns alles ein paar Tage überlegen, oder sind Sie schon entschieden?", fragte er.

Sie senkte den Blick und strich sich sorgfältig die ohnehin schon schräg frisierten Fransen zur Seite.

„Ich schlage vor, dass wir nächste Woche telefonieren", sagte er rasch. „Was meinen Sie dazu?"

„Ja, das ist gut. Nächste Woche."

„Soll ich Sie anrufen?", fragte er.

Er deutete Ihren Blick als Zustimmung und sah zu, wie sie entschlossen zur Garderobe ging. „Warten Sie", rief er, eilte hinzu und half ihr in den Mantel. „Haben Sie die beiden Broschüren und die Stellenbeschreibung eingepackt?", wandte er sich erneut an sie. Etwas anderes fiel ihm nicht ein.

„Ja, ich werde sie lesen."

Mit geübtem Griff schlug sie sich den Schal um den Hals. Zum Abschluss übergab er ihr mit eleganter Geste den Schirm und folgte ihr auf den Flur. „Also, ich melde mich." Er schüttelte ihre weiche Hand.

„Auf Wiedersehen ...", sie zögerte, "... Herr Großholz."

Ihn schauderte es. „Auf Wiedersehen ... Frau Frei."

Mit leisen Schritten ging sie über den Flur Richtung Treppenhaus. Hätte er sie zum Lift begleiten sollen? Einmal, als sie ins Sekretariat eingetreten war, hatte sie gelächelt, oder fast gelächelt. Fröhlich war sie nicht. Oder noch nicht. Miriam Frei. Alter zweiundzwanzig! Diesmal gewährte er Elsa kein Mitspracherecht. Er hatte vergessen, die junge Frau nach der Kündigungsfrist bei der jetzigen Stelle zu fragen. Sie arbeitete halbtags seit der Lehre, die sie im Herbst abgeschlossen hatte. Ihre Größe schreckte ihn nicht. Sehschwierigkeiten waren am Computer keine aufgetreten. Bis nächste Woche, Frau Frei!

Keine Aufregung! Alles fügte sich. Er trippelte hinter den Schreibtisch. Am Dienstag oder Mittwoch würde er sie am Abend zu Hause anrufen. Wenn sie zusagen würde, hätte er im März genug Zeit für die Zukunft des Cyberspace. An Ostern wollte Elsa in die Ferien. Mindestens zehn Tage lang. Alle zusammen, sie, er und die Kinder. Eins nach dem andern. Bis dahin blieben ihm ... Er nahm den Kalender. ... fünf Wochen. An die Arbeit.

10. Kapitel

Eine Woche nach Ostern, pünktlich zu Beginn des Sommersemesters, saß er wieder an seinem Schreibtisch. Um die Vorlesungen und Seminare brauchte er sich zunächst nicht zu kümmern. Er hatte bereits vor den Ferien alles gut vorbereitet. Immer noch überaus erfreulich entwickelte sich das Netzseminar. Am Donnerstag um vierzehn Uhr würde es mit fünfundzwanzig Online-Teilnehmern ins neue Semester starten. Er brauchte nur die Fäden zusammenzuhalten, der Rest lief von allein. Heute und morgen konnte er sich getrost dem Festvortrag widmen: Eine Stunde vor versammelter Festgemeinde in der Aula Knolls Mut würdigen, das Institut mit dem Fach Technikforschung bereichert zu haben. Jawoll, Herr Knoll, Gewehr bei Fuß, der Spross Großholz sputet sich zu glänzen.

„Guten Morgen, Karl. Wie geht es?", rief Knoll zu ihm herein. „Die Zeitschrift der Universität ist erschienen."

Kaum denkt man an ihn, steht er leibhaftig vor einem!

„Frau Oberli hat Frau Gloor einige Exemplare für dich gegeben", rief Knoll. „Auch sonst ist Frau Gloor auf dem Laufenden. Wir sehen uns."

„Gut, gut", murmelte Großholz. Knoll im Jubelfieber. Eine Blüte stand jedem zu, auch ihm. Er wählte Frau Gloors Nummer.

„Guten Tag, da bin ich wieder. Alles in Ordnung?"

„Ja, so weit."

„Hat sich viel angesammelt?"

„Einiges."

„Hat Zeit bis nach der Mittagspause. Ich schreibe wie gewöhnlich am Montagmorgen und möchte nicht gestört werden."

Komme, was wolle, der Mensch war nicht der Evolution letzte Weisheit. Die menschliche Intelligenz hatte die Landwirtschaft geschaffen, später die Industrie. Wie einst das biologische Leben vor ungefähr vier Milliarden Jahren, würde nun als Nächstes die

Technik aus dem Ursumpf ihrer Anfänge tauchen. Er gehörte nicht zu denen, die sich gegen diesen sowieso unaufhaltsamen Prozess sträubte. Er hatte die mikroelektronische Revolution verstanden und den Cyberspace explodieren sehen. Damit hatte die Technik noch nicht einmal gegähnt. Er wollte den Wundern zusehen, möchte dabei sein, wenn eine neue Welt aus ihrem Ei kroch.

Wie gut ihm die Bergluft getan hatte! Elsa und die Kinder gingen jeweils nach dem Frühstück mit Ski und Rucksäcken zur Bergbahn, während er sein Notizbuch einsteckte und durch den Morgen spazierte. Klar wie die weißen Gipfel, die rundum in den Himmel ragten, waren in ihm die Gedanken aufgestiegen und er hatte sie auf Papier gebändigt, wann immer es die Kälte seinen Fingern erlaubte.

Er hörte wieder den Schnee unter seinen Füßen knarzen, fühlte die Winterluft im Gesicht und legte einen Schreibblock vor sich hin.

Als eine Keimzelle des nächsten evolutionären Schritts war der Mikroprozessor zu betrachten. Daraus würden sich unterschiedlichste, sehr leistungsfähige Chipminiaturen entwickeln, die Computer und Geräte jeder Art und Größe ermöglichten: sprechende Flaschenöffner zum Beispiel, persönliche Assistentinnen und Assistenten im und außerhalb des Cyberspace, sogar ganz neue biologische oder cyberphysische Schöpfungen. Wie Nervenzellen die hoch entwickelten Lebewesen würden die Chip-Schaltzentren in Zukunft Mensch und Natur und alles Erschaffene durchziehen. Ohne deren Intelligenz und Kreativität waren komplexe Entwicklungen und die Aufgabe der zunehmenden Vernetzung nicht zu bewältigen.

Sehr tiefgreifend und für die Menschen teils unmittelbar erfahrbar würde sich die materielle Welt verändern. Bestehendes würde intelligent oder intelligenter, Stoffe zum Beispiel würden fähig, Löcher und Risse eigenständig zu erkennen und wenn nötig zu flicken, Schuhe dito. Körperpflegemittel, Medikamente, Nahrung – alles erhielte Intelligenz, sogar Weisheit bezüglich Verwendung, Dosierung, Wirkung. Auch fliegende, nicht bloß herkömmliche, sich selbst steuernde Velos und andere Fahrzeuge gehörten zum Alltag, ebenso intelligentes Mobiliar in den Bereichen Arbeit, Wohnen, Schlafen, Kochen, Vergnügen etc. Nicht zu vergessen natürlich eine Vielzahl neuer Materialien und Gegenstände, die ihrerseits, mit und ohne Umweg über den Menschen, die große Nachfrage nach intelligenten Lösungen deckten.

Die transbiologischen und künstlichen Lebewesen würden schließlich alles in den Schatten stellen. Noch zu klären war, ob deren Zucht nur in Sicherheitslabors und/oder im Cyberspace und/oder außerhalb der Erde zugelassen wäre. Möglich, auf der Erde zunächst nur Bekanntes aufzugreifen, etwa Versuche mit Teddybären oder ähnlichen Geschöpfen und Tieren kleineren Wuchses zu wagen, an die sich die Menschen leicht gewöhnen könnten. Jedenfalls würde – ob lebende Maschinen, automatische Komponisten, Spielzeuge, Staub- und Abfallfresser – deren Entwicklung wie auch die Kommunikation über ihre Baupläne, ihr Aussehen, ihre Fähigkeiten, Lebensgewohnheiten etc. viel Intelligenz beschäftigen. Noch offen: Eigentumsfrage, Haftpflicht, Lebensdauer, sowohl von Materie wie Leben, natürlich auch die Fortpflanzungsrechte. Das Monopol der weiblichen Biologie über die Reproduktion gehörte sicher der Vergangenheit an. Überaus sensibel die Frage, wer in Zukunft und von wem das Privileg erhielte, sich wann, wie oft und wie zahlreich fortpflanzen zu dürfen.

Und der Mensch, der einstige Weltenbeherrscher? Wie würde er die Entwicklungen in ihm, an ihm und um ihn herum aufnehmen? Würde er die Segnungen der reifen Technik mit demselben Interesse verfolgen, wie er Bücher liest, Fahrzeuge benutzt, TV schaut? Würde er der zufriedene Pensionär der Erde, frei von Arbeit und dem Kampf ums Überleben damit beschäftigt, wie er sein ewiges Leben im Diesseits möglichst angenehm gestaltete?

Immer wieder kreisen seine Gedanken um die magische Jahreszahl 2030. Bis dahin besaß die Digitalität unter der Herrschaft des binären Codes wahrscheinlich genug Kraft, größere Umwälzungen zu bremsen. Doch unser Null-Eins-Saurier war nicht unsterblich, zumindest noch nicht. Er würde taumeln, überlistet werden, zusammenbrechen oder sich aus eigener Kraft von innen heraus wandeln. Auch für dieses Raumschiff sah kein menschlicher Geist voraus, wie lange und wohin es unterwegs war.

Wer wagt, gewinnt, hieß die Losung der Zauberer, womit sie die Zauderer besiegten.

Als Großholz aus seinem Arbeitsrausch erwachte, sammelte er die handbeschriebenen Notizblätter, von denen sein Schreibtisch bedeckt war, und überflog sie flüchtig. Erst morgen, mit nüchternem Geist, würde er seinen Entwurf prüfen. Unglaublich, unvorstellbar, mit was für Kräften die Menschheit auf das neue Zeitalter zustrebte. Würde er das alles noch erleben? Würde er Nutznießer von neuen Organen? Würde er sich für oder gegen seine Lebensverlängerung entscheiden?

Draußen schien die Sonne. Er legte die Brille ab, rieb sich die Augen. Nach ein paar Sekunden Ruhe stand er auf und streckte sich. Die Zeitschrift der Universität sei erschienen. Was lag sonst noch im Sekretariat für ihn bereit? Die beiden Pappelwipfel grünten kräftig vor seinem Fenster, auch die Hänge des Uetlibergs auf der andern Stadtseite verströmten Frühlingsfarben. Sein Blick glitt am Himmel über weiße Wolkenriesen nach Süden, wo die Mittagssonne sich gegen sie zu behaupten abmühte.

Fast Viertel nach eins. Immer noch war Frau Gloor nicht von der Mittagspause zurück! Er schlenderte durch sein Büro, ging hinter den Schreibtisch und setzte sich an den Computer. Als *Mister XXL* schaute er sich in der *nu* um. Im Café war eine rege Unterhaltung im Gang. Er klickte auf Park. Sofort spazierte *Mister XXL*, umgeben von üppiger Natur, über einen Rasen. Er lenkte ihn zum Teich, wo eine *Donna Klara* selbstbewusst auf dem Wasser stand, und ließ ihn neben sie ins Schilf springen. Im gleichen Augenblick löste die *Donna* sich auf. Was für eine ängstliche Dame!

Dieser Teich würde bald der Eingang zu Pits Abenteuerwelt. Wer mit dem richtigen Ring am Finger ins Wasser sprang, würde sich in einen Spieler verwandeln, der die Codes kannte, welche in die unterirdische Spielewelt führten. Auch die *nu* würde weiter vergrößert und zusammen mit ihrer neuen Umgebung Teil einer Cybercity. Schon im Mai würde sich sein Netzimperium erneut verdoppelt haben.

Großholz ließ *Mister XXL* beim Teich im Park und holte sich eine Tageszeitung auf den Bildschirm. Eine Partei im rechten Spektrum feierte einen Wahlsieg nach dem andern. Viele Menschen gaben lieber einem Populisten als frechen Damen wie der Blonden ihre Stimme, dachte er; gut so. Er vertiefte sich in die Zeitung, bis er Frau Gloor hörte. Auch Höfners Stimme klang über den Flur. Großholz lauschte hinaus. Höfner unterhielt sich mit Frau Professor Hartmeier, stellte er fest. Als es wieder ruhig wurde, stand er auf und ging hinüber ins Sekretariat.

Frau Gloor telefonierte. „Ich rufe dich am Nachmittag an", raunte sie in den Hörer, als er die Tür öffnete. „Bis später." Rasch hängte sie auf und blickte zu ihm. Er trat an die Theke. Auf ihrem Schreibtisch lag alles übersichtlich nebeneinander, die zwei blauen Ordner für das Telefonseminar, die Bücher, aus denen sie die Texte kopiert hatte, die Post, ... Ganz Frau Gloor, dachte er. Zuverlässig, ordentlich. Selbst die Art, wie sie ihm etwas übergab, bereitete sie sorgfältig vor.

„Ich kann gar nicht begreifen, dass Sie uns verlassen", jammerte er.

„Ich auch nicht recht", erklang ihre Stimme.

„Wer wird mir je so wie Sie das Sekretariat führen?"

Sie schaute ihn an. „Sie sind ja gar nicht braun." Ihr Blick glitt über sein Gesicht.

„Doch, sehen Sie es nicht?" Er streckte sich. „Stundenlang Sonne und frische Luft."

Sie gluckste dunkel. „Hier hat sich einiges angesammelt."

„Knoll hat mich vorbereitet", brummte Großholz und stieß sich von der Theke ab.

„Am besten fangen wir mit dem Jubiläum an", sagte Frau Gloor. Sie nahm ein grün glänzendes Papier in die Hände, stand auf und hielt es ihm hin. „Das ist das Gesamtprogramm."
Großholz konnte es kaum fassen. Ein gedrucktes Programm für das Jubiläum, und so groß! Er sah das Institutsgebäude, unverkennbar seine hohen Rundbogenfenster in Dreiergruppen, mit einem breiten Stift gekonnt von der Seite skizziert, und oben leuchtete DREISSIG JAHRE INSTITUT FÜR SOZIAL- UND TECHNIKFORSCHUNG weiß aus einem grünen Balken heraus. Darunter kurz das Wichtigste: *Festakt in der Aula, Symposion, Tag der offenen Tür.*
Frau Gloor tat, als hätte sie ein Kunstwerk in der Hand. Fast feierlich schlug sie die Doppelseite auf. „Hier, innen, links der Überblick über alle Anlässe: Eröffnungsfeier, Festakt et cetera", erklärte sie. „Auf der rechten Seite werden das Symposion und der Tag der offenen Tür detaillierter vorgestellt."
Hatte er diesem Jubel, der jetzt ein ganzes Semester lang nicht abreißen würde, zugestimmt? Nein, dachte Großholz, ganz entschieden nicht. Knoll hatte ihm das aufgeschwatzt, hatte ihm listig ein müdes Nicken dazu abgerungen, mehr nicht.
Die Besprechung vom Sommer in Knolls Büro fiel ihm ein. Um Knoll von seinen überrissenen Jubiläumsplänen abzubringen, hatte er ihm eine bescheidene kleine Feier im Institut vorgeschlagen. Knoll schien interessiert, jedenfalls sank er in ein angestrengtes Grübeln, aus dem heraus er mehrmals ganz begeistert „wunderbar, Karl, wunderbar" rief. Nach einer Weile trat er mit glänzenden Augen neben ihn und sagte: „Auf dich kann man sich verlassen, Karl, danke." Plötzlich hörte er nicht mehr auf zu reden: „Ich habs, Karl, ich habs, Moment, gleich habe ich alles beieinander. Ja, mit der kleinen Feier im Institut, genau so, wie du sie vorgeschlagen hast, beginnt unser Jubiläum, dann, zwei Tage später, findet in der Aula der Festakt mit geladenen Gästen statt, und auch noch im Mai das Symposion von Höfner und mir ..."

Wie schon im Sommer hörte Großholz erneut Knolls Stimme das gesamte Programm aufsagen, in dem sein Vorschlag für ein kleines Jubiläum den Auftakt zu Knolls pompösen Feiern bildete, während ihm Frau Gloor unentwegt die Doppelseite hinstreckte. Erst als er seinen Blick abwandte, faltete sie das Papier wieder und drehte es auf die Rückseite. Verwundert sah er dort die drei Professoren und die Professorin des Instituts abgebildet. Knolls Foto zuoberst, dann seins, vor Huber, und zuunterst das von Frau Professor Hartmeier. Daneben je die Biografie.

„Sie", sagte Frau Gloor mit einem Ton, als erwarte sie, dass er sich freue, und schaute ganz interessiert sein Foto an. „Gut, oder?"

„Ja", brummte er und dachte, ganz vergeblich sei die Jubiläumstortur doch nicht. Er nach Knoll an zweiter Stelle abgebildet und Huber erst an dritter. So hatte Knoll es bereits durchschimmern lassen, und so und nicht anders würde es auch nach der nächsten Beförderungsrunde aussehen. In diesen Sachen war auf Knoll Verlass.

„Die Programme liegen dort auf", erklärte Frau Gloor und zeigte zum Regal. „Wie viele möchten Sie haben?"

„Das hier reicht mir", sagte er und riss es ihr aus der Hand. „Was gibt es als Nächstes?"

Sie schaute verdutzt drein und wandte sich ihrem Schreibtisch zu. Wie zu sich selbst murmelte sie etwas von einem separaten Flyer für die Eröffnungsfeier und legte ihm zwei Festschriften auf die Theke. Weitere Exemplare habe sie im Regal, Preis für jedes zusätzliche Fr. 15.–. Auch von der Zeitschrift der Universität, deren Erscheinen ihm Knoll ja angekündigt hatte, erhielt er zwei Belegexemplare.

Ungeduldig fragte er nach den Kopien für sein Telefonseminar vom Freitagvormittag. Frau Gloor erläuterte ihm die zwei blauen Ordner. Beide enthielten je zwölf Texte in der Reihenfolge, wie er es ihr aufgeschrieben hatte. „I. O., danke", brummte er. Sie nahm die Bücher vom Schreibtisch mit den Originalen. „Möchten Sie die wieder oder soll ich sie in die Bibliothek bringen?"

„Die brauche ich noch", erwiderte er, bedankte sich und hörte

Frau Gloor sagen, dass sich die Prüfungstermine vom Mittwochnachmittag um eine halbe Stunde verschieben würden. An die Frühjahrsprüfungen hatte er noch gar nicht gedacht. „Wieso die Verschiebung?", fragte er unkonzentriert. Er stellte sich das Zusammentreffen von Frau Gloor mit ihrer Nachfolgerin vor, was leider unvermeidlich war und dringend eingefädelt und so gut wie möglich überwacht werden sollte.

„Ein Irrtum", sagte Frau Gloor. Er verstand nicht, was sie meinte, und merkte nach einer Weile, dass sie von den Prüfungsterminen sprach. Er habe einen Brief von der Kanzlei mit den korrekten Terminen in der Post, hörte er ihre Stimme erklären und dachte, mindestens einen Nachmittag lang müsste sie Miriam Frei alles genau zeigen. „Sie sind nur noch zwei Wochen hier", sagte er zu ihr.

„Ja, zwei Wochen und zwei Tage", antwortete sie und übergab ihm den Stapel mit der Post von der Woche nach Ostern. Höflich wie immer half sie ihm, das Angesammelte in sein Büro zu tragen. „Einen Augenblick bitte", hielt er sie zurück, als sie sich auf der Stelle wieder verabschieden wollte. Im Stehen ergriff er seinen Kalender. „Wie wäre es, wenn Sie das Sekretariat an Ihrem letzten Nachmittag, das wäre der 30. April, der Nachfolgerin genau erklären würden?"

„Lieber am zweitletzten, oder noch früher", entgegnete sie. „Am letzten gebe ich eine Abschiedsparty."

„So! Ja, dann am zweitletzten, am neunundzwanzigsten. Okay?"

Er machte sich eine Notiz, damit er nicht vergaß, den Termin Miriam Frei mitzuteilen. Als er den Kopf hob, stand Frau Gloor immer noch da. „Sie können gehen."

Papierberge und Bücher, schon fast wie bei Knoll, türmten sich auf seinem Schreibtisch. Abgesehen vom Tag der offenen Tür, der alle anging, aber erst im Juni stattfinden würde, war er für den Festvortrag und die Ansprache in der Bibliothek zuständig. Das Weitere war bereits erledigt, an seinen Oberassistenten Hansjörg delegiert oder Sache von Knoll und dessen Oberassistenten Höfner. Auch über farbige Programme, Festschriften und Universitätszeitschriften freue sich, wer wollte, dachte Großholz und räumte alles, was beim Jubiläum nicht ihn betraf, in den Schrank.

Die rasante Entwicklung der Telekommunikation hatte ihn genötigt, für die Vorträge der Studierenden in seinem Telefonseminar neue Artikel auszuwählen. In Ruhe kontrollierte er die Kopien, die Frau Gloor in seiner Abwesenheit gemacht hatte, und ließ sich nochmals den Ablauf des Seminars durch den Kopf gehen. Den einen blauen Ordner, der für ihn selbst bestimmt war, stellte er zu den anderen Ordnern ins Regal, für den zweiten schrieb er ein Etikett, *Prof. Dr. Karl Großholz, Seminar „Von Ohr zu Ohr", die Kultur des Telefonierens*, und brachte ihn in die Bibliothek, wo er den Seminarteilnehmern ein Semester lang zur Verfügung stehen würde.

Die Post war nur ein kleiner Streich. Wie immer überwog Ungebetenes und Überflüssiges. Plötzlich stutzte er. Ein Brief von einer Anwaltskanzlei? Spreu oder Wei...? Anwaltskanzlei Henkel! Er ließ den Brief fallen und lief zum Sitzungstisch. Henkel! Der Name kam ihm bekannt vor. Was wollte die Dame von ihm?

Nichts hatte sie von ihm zu wollen, beschloss er und stakste hinter seinen Schreibtisch zurück. Nachdem er die restliche Post erledigt hatte, nahm er den Henkelbrief. Ärgerlich öffnete er den Umschlag und faltete langsam das Papier auseinander. *Ihr Kündigungsschreiben an Lilo Blum.*

Ihm wurde schwarz vor Augen. Henkel und Lilo Blum? Henkel war doch die Anwältin der Blonden und ihrer Komplizinnen. Gehörte Lilo zu dieser Horde? Und hatte keine Hemmung, ihm das offen mitzuteilen, während sie in seinem Eckzimmer saß und von seinem Gehalt lebte?

Er hatte dem unhaltbaren Zustand in seinem Büro mit einem Kündigungsschreiben ein Ende gesetzt, damit keine Täterin, selbst eine mit dem Namen Lilo Blum, ihn und seine Abteilung weitere Monate missbrauchen würde. Als Antwort teilte die Blum ihm frech ihre Kooperation mit der Blonden mit. Einmal mehr hatte er richtig gerochen. Sie war eine von ihnen. Sie betrog ihn.

Sehr geehrter Herr Professor Großholz. Ich bitte Sie, die Kündigung von Lilo Blum zurückzuziehen. Möchten Sie daran festhalten, sähen wir uns gezwungen, ihren Schritt gerichtlich ...

Diese Weiber! Diese Unverschämtheit! In seinem Eckzimmer, in seinem Sekretariat, überall saßen sie!

Vor ihn hinzutreten wagte keine. Aber heimlich hintenherum die Netze knüpfen und eine Anwältin ins Feuer schicken, darauf verstanden sie sich. Nichts Neues.

Schnell würde er den Schlüssel drehen. Zu! Gefangen! „Los, renne davon!", würde er sie auffordern, „fliehe, wenn du möchtest!" Selbst die skrupelloseste Täterin würde die Angst packen. Er, die Tür geschlossen, den Schlüssel fest in der Hand, würde ihr zusehen, wie sie sich seinem Blick entwand, wie ihr Unwohlsein zunahm, wie Angst und Schrecken groß und größer wurden. Nur sie und er in seinem Büro hinter verriegelter Tür! So könnte er sie ruhig betrachten und würde sich ihr erst nähern, wenn ihre Verzweiflung riesig, ihre Hoffnung zu entkommen versiegt, ihre Lage aussichtslos war. „Dein Spiel ist aus, Verräterin." Das würde sie mit angstverzerrten Augen einsehen, während er sie fest im Griff hatte, seine Hände über ihre Kehle strichen, ihre Brüste fassten, den aufbegehrenden Körper packten, tasteten, liebkosten und jeden Schrei im Keim erstickten.

Auf diese Weise würde er mit jeder Täterin verfahren, ob sie Gloor oder Blum oder Beckenhofer hieß, ob falsche Schlange, skrupellose Karrieristin, Stupsnase oder Zimperliese. Er hatte Hände und brauchte nur zuzudrücken.

Sein Aufprall im neuen Semester, dem Jubiläumssemester, war glimpflicher als befürchtet ausgefallen. Die Vorlesungen und Seminare waren wie am Schnürchen angelaufen. Bald war es Ende

April und die Gloor würde ihre letzten zwei Tage in seinem Sekretariat ein- und ausgehen. Weitaus schlimmer stand es mit der Täterin im Eckzimmer. Sie wollte mit ihren Komplizinnen vor Gericht ziehen, wenn sie nicht in Ruhe ihre Doktorarbeit beenden könne. Erpressung nannte sich das. Wenn er sich mit Miriam Frei nur kein weiteres Übel eingehandelt hatte! Holz anfassen. Ihr Arbeitsantritt war fest vereinbart. Mehr als einmal hatte sie versichert, sie käme mit der schriftlichen Stellenbeschreibung bestens zurecht. Die paar Dinge, die Frau Gloor ihr noch erklären müsse, werde sie sich leicht merken können oder sie mache sich, wenn nötig, eine Notiz. Kein Problem für sie. Brauchte es überhaupt einen ganzen Nachmittag für die Übergabe? Vielleicht genügten schon zwei Stunden, oder eine. Bestimmt würde Miriam Frei pünktlich eintreffen, oder gar etwas früher als ausgemacht. Wie spät war es?

Den Festvortrag hatte er vor dem Mittag beendet. Erfreuliche Sache. Gut aufgehoben im Computer! Hansjörg würde sich um den Internetanschluss in der Aula kümmern, damit nichts schiefging, wenn er den Festgästen ein wenig Cyberspace vorführte. Er setzte sich an den Computer zurück und scrollte sich den Vortagstext nochmals über den Bildschirm. Ja, gut. Gut gemacht, Karl. Befehl „Print". Als er über den Flur trat, um den Ausdruck im Sekretariat zu holen, kam Miriam Frei die Treppe herauf. Kurz vor halb zwei. Ein paar Minuten zu früh. „Guten Tag, Frau Frei." Er schüttelte ihre weiche Hand. „Einen Augenblick bitte."

Zusammen mit Miriam Frei kehrte er in sein Büro zurück. Keine Aufregung! Im Stehen legte er den gedruckten Festvortrag hinter dem Schreibtisch in ein Sichtmäppchen. Frau Frei stand bei der Tür. Ihre Größe zusammen mit ihrer Komme-was-wolle-Ruhe beeindruckten ihn immer von Neuem. „Mit dem Weg hierher sind Sie nun bereits vertraut", sagte er zu ihr. „Ja, so ist es", erklang ihre Stimme höflich. Um kein Schweigen zwischen ihnen aufkommen zu lassen, sagte er: „Ist etwa noch eine weitere Frage aufgetaucht?" – „Bis jetzt nicht", antwortete sie ruhig.

Weil auch ihm keine mehr einfiel, trat er auf sie zu und ließ sich ihre Jacke geben. „Ich stelle Sie zuerst meinem Oberassistenten vor; sein Büro ist am Ende des Flurs", erklärte er der freundlichen Dame. Sie machte sich auf den Weg und er folgte ihr.

„Ich habe Plakate von der Eröffnungsfeier am 7. Mai gesehen, von der Sie gesprochen haben", wandte sie sich an ihn.

„So, wirklich?" Er noch nicht.

„Ja, unten beim Eingang, auch eins im Treppenhaus."

„Mein Oberassistent hat diese Feier organisiert und ist für alles verantwortlich. Falls nötig, könnten Sie ihm dabei zur Hand gehen. Deshalb stelle ich Sie ihm jetzt vor."

Bei Hansjörgs Büro klopfte er. Hansjörg öffnete die Tür. Ohne ein Wort des Grußes blieb sein Blick auf Miriam Frei hängen. Großholz trat einen Schritt zur Seite. Miriam Frei überragte Hansjörg um einige Zentimeter. Er fasste sich und sagte: „Frau Frei, unsere neue Sekretärin." Und zu Frau Frei: „Herr Giger, mein Oberassistent."

Die beiden schüttelten sich die Hand.

Großholz schaute Hansjörg an: „Am nächsten Donnerstag, den 2. Mai, übernimmt Frau Frei unser Sekretariat."

Hansjörg ging zu seinem Schreibtisch und kam mit einem Flyer für die Eröffnungsveranstaltung an die Tür zurück. „Am liebsten wäre es mir, Sie könnten an dieser Feier bis um 22 Uhr anwesend sein", sagte er zu Frau Frei, und zu Großholz: „Die Stunden kann sie kompensieren, oder?"

Er nickte.

„Wäre Ihnen das möglich?", wandte Hansjörg sich erneut an sie.

Miriam Frei betrachtete den Flyer, den ihr Hansjörg übergeben hatte. Sie sagte wie immer nicht sofort zu, dachte Großholz. Ihre zurückhaltende Art kam ihm bereits vertraut vor. „Ausnahmsweise", fügte Hansjörg hinzu.

„Ich glaube, das geht", meinte sie nach einer Weile in ihrer sehr liebenswürdigen Art zu Hansjörg. „Reicht es, wenn ich Ihnen an meinem ersten Arbeitstag Bescheid gebe?"

„Ja, das reicht, das ist gut", sagte er. „Willkommen übrigens." Sie sah Hansjörg an und lächelte. Es war nicht die Andeutung eines Lächelns. Ihr Gesicht, der Mund, alles lächelte Hansjörg an. Erschrocken über das Licht, das nicht ihm, sondern Hansjörg galt, betrachtete Großholz die beiden. Wie zugetan sie sich auf Anhieb waren! Gab sich Miriam Frei etwa nur bei ihm so reserviert? „Ja, dann", sagte er zu Hansjörg, „haben wir alles?"

„Ich glaube schon", erwiderte Hansjörg, und Miriam Frei nahm ein Heft aus ihrer Tasche. „Diese Feier ist am siebten", bemerkte sie mit einem Blick auf den Flyer und zu Hansjörg, der langsam nickte. Während Miriam Frei das Datum in ihr Heft malte, sagte Hansjörg: „Wir richten dir für deine Eröffnungsansprache ein kleines Rednerpult in der Bibliothek ein, Karl. Ist das okay?"

„Ja, gut, sehr gut", brummte Großholz abwesend und sah eine ausgelassene Festgemeinde, von Chorgesang und Apéro in Stimmung gebracht, in die hinein er seine kurze Rede zu Ehren von Hans Knoll hielt, des berühmten Familienforschers und Direktors des Instituts für Sozial- und Technikforschung.

Miriam Frei und Hansjörg schüttelten sich die Hand. Großholz schaute weg, sah aber trotzdem alles und wartete geduldig. Er hatte es nicht eilig, Frau Gloor und Miriam Frei miteinander bekannt zu machen.

Anderntags begann nach dem Mittag Frau Gloors Abschiedsparty über den Flur zu klingen und drang im Laufe des Nachmittags auch durch die Wand in sein Büro. Großholz kam es vor, als sei das Jubiläum schon eröffnet; Musik und Jubel überall, ein Kommen und Gehen. Erst gegen Abend wurde es ruhiger und die Geräusche hörten sich nach Aufräumen an. Wenig später stand Frau Gloor vor seinem Schreibtisch, mit Mantel und Tasche und einem Partyhut auf dem Kopf.

„Also dann", sagte sie heiter, „hier sind die beiden Schlüssel.

Dieser ist für den Schreibtisch, der hier für das Sekretariat plus Eingangstür unten. Meine Telefonnummer habe ich Frau Frei hingelegt."
Großholz sprang vom Sessel hoch und ging um den Schreibtisch herum auf sie zu. Sie streckte ihm die Schlüssel entgegen. Unwillkürlich griff er nach ihnen.

„Auf Wiedersehen, Herr Großholz", sagte sie.

„Auf Wiedersehen", antwortete er. „Alles Gute."

Sie machte einen Knicks und ging.

„Frau Gloor, das Formular für die Schlüsselrückgabe", rief er entgeistert.

Sie drehte sich um.

„Ich muss Ihnen die Schlüsselrückgabe quittieren", erklärte er. „Warten Sie."

Mit dem Papier, das er vorbereitet hatte, und einem Stift lief er zum Sitzungstisch. Frau Gloor folgte ihm. „Hier", sagte er.

Sie las den Text und setzte ihre Unterschrift an die dafür vorgesehene Stelle. Er tat mit seiner dasselbe. Sie bekam das Original, er die Kopie.

„Danke", brummte Frau Gloor. „Vielleicht sehen wir uns an der Eröffnungsfeier."

Er erstarrte.

„Alles Gute", klang es beschwipst aus ihrem Mund.

Wieso an der Eröffnungsfeier? Heute war ihr letzter Arbeitstag. Heute! Er sah ihr nach, wie sie mit dem farbigen Hut auf dem Kopf davonwankte.

Als er das Formular weggeräumt hatte, spähte er auf den Flur hinaus. Leer. Ruhig. Nur von der mittleren Etage klangen Stimmen durch das Treppenhaus. Er ging zum Sekretariat, schloss die Tür auf. Ein bunter Frühlingsstrauß stand auf der Außenseite der Theke, eine Vase mit Rosen schmückte den Schreibtisch. Als weiterer Blickfang lag ein Stapel Jubiläumsprogramme links auf dem Regal. Ja, deren Vorderseite glänzte auf gewinnende Weise grün, und das Institut mit den hohen Rundbogenfenstern war vom breiten Stift frech von der Seite gezeichnet. Zugegeben, nicht schlecht.

Das Sekretariat sah so ordentlich und aufgeräumt aus wie jeden Abend. Mit den Blumen wirkte es noch freundlicher als sonst, richtig gemütlich. Gläser und Flaschen von Frau Gloors Abschiedsparty waren wie weggezaubert. Nur auf dem Boden fanden sich einige Krümchen. Morgen würden auch sie verschwunden sein. Der Zettel auf dem Schreibtisch störte ihn. Es war die Telefonnummer von Frau Gloor mit Grüßen an die Nachfolgerin. Er zerknüllte ihn.

Wo waren die Arbeitsblätter für den Donnerstagmorgen?

Ja, auf dem Regal, ausgedruckt und kopiert. Tadellos wie immer. Frau Gloors Pflichtbewusstsein strahlte über ihren letzten Arbeitstag hinaus. Möge ihr Frau Frei in diesem Punkt ebenbürtig sein.

Der erste Mai fiel auf den Mittwoch. Er blieb zu Hause, ehrte das Nichtstun, wie es sich an diesem Tag gehörte, und war am zweiten, dem Arbeitsbeginn von Miriam Frei, sehr zeitig, natürlich vor ihr und gut ausgeruht in seinem Büro. Hansjörg hatte ihm die Lieder, die der Chor an der Eröffnungsfeier zur Einstimmung singen würde, ins Postfach gelegt. *Für dich, Karl. Inspiration für deine Ansprache. Good luck!*

Danke, Hansjörg. Doch bevor der Jubel am Dienstag, dem siebten, einsetzte, fand zunächst einmal am zweiten vormittags von zehn bis zwölf sein Proseminar statt, und dann, wie nun schon seit über einem Semester am Donnerstagnachmittag, online das Netzseminar. Am Freitagmorgen ging es mit „Von Ohr zu Ohr, die Kultur des Telefonierens" weiter. Die Arbeitsblätter für das Proseminar würde er heute ausnahmsweise erst kurz vor zehn im Sekretariat holen, und sich dabei gleichzeitig bei Frau Frei für die zwei Stunden Vorlesung abmelden. Auf diese Weise wollte er beginnen, sie mit seinem Wochenrhythmus vertraut zu machen.

Er nahm den Proseminarordner „Theorien der Sozial- und Technikforschung" aus dem Regal und schlug am Schreibtisch die dritte

Semesterwoche auf. Foucault war an der Reihe, „Diskurstheorie, Disziplinargesellschaft ..." Ruhig notierte er sich die Stichworte für seinen Vortrag, bis er Miriam Frei draußen bemerkte.

Er tat, als läse er. Sie klopfte an seine Tür, energischer, als er erwartet hatte. Langsam hob er den Kopf und blickte zu ihr.

„Guten Tag, Herr Großholz", klang es freundlich zu ihm herein.

„Guten Tag, Frau Frei", antwortete er.

Da stand sie, in einem eleganten Kostüm und Schuhen, die sie noch größer machten, als sie ohnehin schon war. Das Gesicht unter ihren sorgfältig zur Seite gekämmten dunklen Fransen deutete ein Lächeln an. Er lächelte zurück.

Ohne Eile erhob er sich und ging auf sie zu. Ihr rechtes Auge schaute ihn an, das linke starrte neben ihm vorbei, er wusste nicht wohin. „Willkommen", sagte er, „nehmen Sie einen Moment Platz." Er zeigte zum Sitzungstisch. „Ich will Ihnen noch etwas aushändigen." Erst als er ihr aufmunternd zunickte, trat sie ein.

Er nahm die Schlüssel und das Formular und folgte ihr zum Sitzungstisch, der ihr nicht zu behagen schien. Noch nicht, dachte er. „Im Sekretariat erwarten Sie Blumen", sagte er fröhlich. „Sie können sich heute Morgen einrichten, ich will Ihnen nicht hineinreden. Mit den Rechtschreibkorrekturen kommen Sie ja zurecht. Einfach dort fortfahren, wo Frau Gloor aufgehört hat."

Sie nickte.

„Nächste Woche stehen die zwei Jubiläumsfeiern an. Erst danach werde ich mich wieder mit meinem Buchmanuskript, Thema Cyberspace, beschäftigen. Es eilt also nicht mit den Korrekturen."

„Sie halten zwei Reden, habe ich im Jubiläumsprogramm gelesen."

„Genau, ja", sagte er und schaute in ihr helles Gesicht.

„Bei einer, bei der Eröffnungsfeier, bin ich dabei", sagte sie schüchtern.

„Ja, genau. Freuen Sie sich?", fragte er.

„Ein bisschen", antwortete sie.

Er legte die Schlüssel und das Formular vor sie hin. „Dieser ist für Ihren Schreibtisch, der hier für das Sekretariat und die Eingangstür unten."

Sie quittierte ihm den Empfang.

Obwohl er sich überflüssig neben ihr vorkam, begleitete er sie zum Sekretariat. Auf dem Flur fiel ihm ein, dass sie eine E-Mail-Adresse benötigte, und er führte sie zum IT-Büro. „Das ist Frau Frei, meine neue Sekretärin", sagte er zum IT-Verantwortlichen Dieter. „Kann sie bei dir eine E-Mail-Adresse beantragen?"

„Kann sie. Moment", erwiderte Dieter.

„Ich verabschiede mich", wandte er sich wieder Miriam Frei zu. „Sie kommen zurecht, nicht wahr? Sonst bin ich nur eine Tür von Ihnen entfernt. Nicht vergessen, das Sekretariat immer mit dem Schlüssel abschließen, wenn Sie hinausgehen. Wegen der Versicherung."

Sie lächelte.

Er lächelte zurück.

Bevor er sich am Nachmittag für das Netzseminar einloggte, ging er wie gewohnt nach dem Mittag ins Sekretariat. Miriam Frei saß auf dem für sie zu kleinen Bürostuhl am Computer. Sie schaute mit schief geneigtem Kopf zu ihm auf. „Alles okay?", fragte er. „Ja." Sie blickte abwechselnd zu ihm und auf den Bildschirm. „Sie schreiben über Computer", sagte sie, „und gleich so viel."

„Interessieren Sie sich für Computer?", fragte er.

Sie verschränkte die Arme.

„Besuchen Sie meine Internetseiten und meine 3D-Virtual-Reality-Welt", forderte er sie auf, als sie nicht antwortete. „Oder ich kann Sie einmal einführen, wenn Ihnen das lieber ist."

„Ihr Oberassistent war hier", sagte sie mit leiser Stimme.

„Wann? Am Morgen während des Proseminars?"

„Ja. Ich weiß jetzt, wo der große Vorlesungssaal ist, auch den Caféraum hat er mir gezeigt und die Bibliothek. Wir haben den Ablauf der Eröffnungsfeier zusammen besprochen."

Wie sie sprudelte, wenn sie von Hansjörg sprach! Natürlich hatte sie Hansjörg für den Dienstagabend zugesagt. Er stelzte an ihrem

Stuhl vorbei zum Fenster. Über den Pappelwipfeln hingen die Wolken wie zerrupfte Wattebüschel am Himmel. Machte Hansjörg ihr den Hof?

„Haben Sie mir etwas zum Schreiben", wandte er sich an sie.

Sie stand vom Computer auf, nahm einen Notizblock aus der zweiten Schreibtischschublade und legte ihn zusammen mit einem Kugelschreiber für ihn auf den rechten Schreibtischrand.

Donnerstag, schrieb er mit Großbuchstaben darauf und sagte dann laut: „Arbeitsblätter für Studentinnen und Studenten ausdrucken und kopieren", während er es gleichzeitig gut leserlich auf den Block schrieb. „Für heute notiere ich Ihnen auch, wo im Computer Sie die Arbeitsblätter finden." Er schrieb: *Institutsserver* → *Ordner „Großholz/Frei"* → *Ordner „Vorlesungsunterlagen"* → *Seminar „Von Ohr zu Ohr. Die Kultur des Telefonierens"* → *3. Semesterwoche* und übergab ihr den Block.

Sie las seine Anweisung, setzte sich gleich an den Computer und klickte auf den Server. Ohne Mühe fand sie die gewünschten Blätter, die er für den Freitag benötigte.

„Sehr gut", sagte er. „Für das Telefonseminar ‚Von Ohr zu Ohr', Freitagvormittag, vierzig Kopien, bitte jeweils dort auf dem Regal für mich bereitlegen."

„Ja, gut, ich weiß", murmelte sie.

Würde diese Frau je etwas aus der Ruhe bringen? Er rieb sich die Hände. „Ich bin bis sechzehn Uhr besetzt." An der Tür drehte er sich nochmals um. „Sie kommen ja gut ohne mich zurecht."

Für die Vorbereitung der kleinen Ansprache in der Bibliothek hatte er sich nur am Tag der Eröffnungsfeier selbst Zeit eingeplant. Zehn bis zwölf Minuten das Institut, im besonderen Knolls Direktorium loben plus ein kurzer Überblick über die verschiedenen Festveranstaltungen, die über das ganze Semester verstreut stattfinden würden – das war's. Keine Hexerei. Um das auf Papier zu bringen etc. war ein Morgen mehr als genug. Am Nachmittag würde er wie gewöhnlich die Sitzungen mit Studierenden abhalten, und das Sekretariat blieb wie immer auch an diesem Dienstagnachmittag geöffnet. Darauf hatte er bestanden. So konnte Hansjörg Miriam Frei erst ab vier für sich beanspruchen. Lieber als den Festredner zu spielen, würde er sich in seinem Büro einschließen, bis die Feiern vorüber waren, dachte er, während er lustlos die Liedtexte durchging, die ihm Hansjörg liebenswürdigerweise gegeben hatte. Leider wollte ihn auch das glänzende Jubiläumsprogramm nicht beflügeln. Er setzte sich an den Computer.

Liebe Festgäste, herzlich willkommen.

Schluss. Ebbe. Kein Wort entflammte das nächste. Trotzdem schrieb er weiter, begrüßte, lobte, zählte auf. Schon morgen würde die Eröffnungsfeier vorüber sein und in drei Tagen der Festakt dito. Es gab Züge, von denen ließ sich nicht abspringen. Der Jubiläumszug war so einer. Also, sitzen bleiben, schreiben.

Als er am Nachmittag nach seiner letzten Sitzung ins Sekretariat ging, war Miriam Frei bereits unterwegs. Er schloss auf und trat ein. Drin roch es nach ihr, elegant und geheimnisvoll. Der Schreibtisch sah ordentlich, aber weniger aufgeräumt aus als jeweils bei Frau Gloor. Er bezwang seine Neugierde. Sie könnte zurückkommen und ihn überraschen. Wollte er zu ihr hinunter in die mittlere Etage gehen? Nein, früh genug würde er die Festräume sehen. Hansjörg oder Frau Frei würden ihn gegen Abend zum Essen holen, hatten sie abgemacht. Er atmete ihren Geruch ein. So in sich eingesogen machte ihn ihr Duftpanorama ganz benommen. Sie freute sich, ihn reden zu hören.

Wer feste arbeitet, soll feste feiern, lag ihm plötzlich auf der Zunge. Das, genau das war die Idee des Jubiläums! Wieso fiel ihm das erst jetzt ein? Dreißig Jahre Arbeit, dreißig Jahre Auf- und Ausbau des Instituts, und jetzt feiern wir ein Semester lang. Er kam sich plötzlich wie mitten in der Eröffnungsfeier vor. Um ihn, dicht gedrängt, Menschen mit Gläsern in der Hand, sie schwatzten, lachten und riefen sich Trinksprüche zu. Weitere Gäste strömten in die Bibliothek.

Rasch ging er in sein Büro zurück und setzte sich an den Computer.

„Hier sind wir versammelt zu löblichem Tun, drum Brüderlein:

Ergo bibamus. Die Gläser, sie klingen, Gespräche, sie ruhn', drum Schwesterlein: Ergo bibamus." So wollte er beginnen. Danke, Hansjörg!

Er schrieb weiter: *Geschätzte Anwesende, liebe Festgäste. Wer erinnert sich, dass wir an unserem Institut gefeiert hätten?* Schweigen. Nachdenkliche Gesichter. *Uns erging es wie Ihnen, als wir uns diese Frage stellten. Gefeiert? Wir? Was? Viel gearbeitet haben wir. Das ist gut. Doch als das dreißigste Jahr des Instituts näherrückte, sagten wir uns: Es ist Zeit. „Wer feste arbeitet, muss feste feiern." Und voilà! Hier sind wir versammelt zur Eröffnung des Jubiläums. „Beherziget: Ergo bibamus." Hoch die Gläser!*

Wie von selbst schrieb sich seine Ansprache neu. Dass Knoll noch als einziger der gegenwärtig Beschäftigten seit der Gründung vor dreißig Jahren am Institut tätig war, zuerst als Assistent, heute als Ordinarius und Direktor, und also zusätzlich zum Geburtstagskind sein eigenes, persönliches Dreißigjahrejubiläum zu feiern hatte, floss diesmal ganz selbstverständlich mit ein. Er empfahl allen die Festschrift für Fr. 15.–, die sehr lesenswert sei und Auskunft nicht nur über die Forschungstätigkeit am Institut gäbe. Mit Hilfe der glänzenden Programme war auch der Überblick über die verschiedenen Feiern leicht zu bewältigen.

„Karl, wir sind so weit", erklang Hansjörgs Stimme.

Großholz drehte sich vom Computer weg. Hansjörg trat ein, und hinter ihm an der Tür stand ruhig und in sich gekehrt Miriam Frei in ihrem festlichen Kostüm, das sie seit dem Morgen trug. Gut aufeinander eingespielt, die beiden, dachte er.

„Bereit?", fragte Hansjörg.

„Geht schon vor. Ich komme in einer Viertelstunde nach", antwortete Großholz. „Wo essen wir?"

„Im Kunsthausrestaurant", sagte Hansjörg und schaute Miriam Frei an. Sie nickte.

„Gut." Großholz nickte ebenfalls und wandte sich der Ansprache zu. Er lobte weiter das Jubiläumsprogramm, das neben ihm glänzte und in das zu blicken er allen sehr ans Herz legte.

Darum, liebe Gäste!, tippte er. *Auf die dreißig Jahre Institut für Sozial- und Technikforschung. Auf Hans Knoll, unseren Direktor. Auf viele weitere erfolgreiche Jahre. Auf uns, die wir hier versammelt sind. „Wir feiern und singen: Bibamus. Wir feiern und singen: Bibamus."*

Also! Zeit für das Abendessen. Er schwitzte. Duschfrisch würde er nicht vor den Festgästen stehen. Siebzehn Uhr vorüber und die Sonne noch hoch am Himmel? Mai, schon der siebte, ja. In ein paar Stunden würde Etappe 1 des Jubels, die kleine Feier, vorüber sein. Mit spitzen Fingern schloss er den obersten Hemdknopf und zog die Krawatte fest. An der Garderobe hingen die Weste und das Jackett. *„Hier sind wir versammelt zu löblichem Tun, drum Brüderlein: Ergo bibamus. Die Gläser, sie klingen, Gespräche, sie ruhn', drum Schwesterlein ..."* Bald schon konnte er die paar Sätze, die er sagen musste, auswendig. Die Ansprache war erst nach dem Chorkonzert, für ca. 20 Uhr, eingeplant. Noch Stunden entfernt.

In Feststimmung verließ er sein Büro. Vorne bei der Treppe drangen wie gewöhnlich Stimmen von Studierenden aus dem Computerraum. Er bog nach links zur Toilette. Der große Krawattenknopf stand ihm gut, fand er. Im Spiegel zuckten kleine Augen. Waren das seine? Wem sonst sollten sie gehören? Die Brille war kein Schmuckstück, auch die Nase nicht. Er beugte sich vor, blickte sein Gesicht aus der Nähe an und versuchte, mit beiden Händen seine widerborstigen Haare zu zähmen. Bald alle angegraut. Im Gegensatz zu Hansjörgs. Viel anders als sonst sah er nicht aus heute.

Er nahm den Lift und wählte den Weg durch den Park. Kaum eine Sitzbank war frei, auch im Gras genossen Studentinnen und Studenten die Abendsonne. Damit er nicht keuchend bei Hansjörg und Miriam ankam, verlangsamte er seine Schritte. Gemächlich stampfte er über Kieswege und Treppen, an Eibensäulen und Blumenrabatten vorbei den Hügel hinunter und durch das schmiedeiserne Tor auf die Autostraße hinaus, die er erst vor dem Kunsthausrestaurant überquerte. An den Tischen draußen sah er die beiden nicht. Doch schon beim Eingang entdeckte er sie durch die große Scheibe. Sie saßen sich am Fenster zum Innenhof an einem Vierertisch gegenüber. Er trat ein. Hansjörg, obwohl von ihm abgewandt, bemerkte ihn zuerst und sprang auf. „Schönen guten Abend", rief er ganz vergnügt. Sofort zog ein aufmerksamer Kellner beflissen den Stuhl zu Hansjörgs Rechter heraus. Großholz setzte sich. Neben Miriam Frei war nicht aufgedeckt, der Platz neben ihr, Großholz gegenüber, blieb leer.

Speisekarten wurden gereicht, jemand fragte nach Getränken. Hansjörg schlug eine Curryspezialität des Hauses vor, die sie alle drei bestellten. Wegen der Ansprache verzichtete Großholz auf Wein. Er stieß mit Mineralwasser an. Miriam Frei wandte ihm ihr helles Gesicht zu. „Zum Wohl. Auf die Eröffnungsfeier", sagte sie liebenswürdig. Ihr rechtes Auge sah ihn an, das linke schielte an seinem Kopf vorbei, als ihre Gläser aneinanderstießen. „Sie wird am Abend den Büchertisch hüten", erklärte Hansjörg. Für die Ansprache habe er keine exakte Zeit festgelegt. Großholz könne zuwarten, bis alle etwas zu trinken hätten und sich wohl fühlten in der Bibliothek. Es komme nicht auf die Minute an, mehr auf den richtigen Zeitpunkt und die Wahl der Worte, lächelte er. Vermutlich habe es außerhalb der Bibliothek, auf dem Flur und im Kaffeeraum, weitere Gäste, was ihn nicht zu stören brauche.

Das Curry wurde aufgetragen. Die Weste war gut gemeint von Elsa, aber sie beengte ihn beim Essen, dachte Großholz und öffnete die Knöpfe. Am Abend würde er sie besser im Büro lassen. Beim Sprechen, wie jetzt beim Essen, wollte er sich nicht allzu zugeknöpft vorkommen. Er verriet Hansjörg und Miriam, dass er die Ansprache wie eine Liedzugabe gestalte.

„Klingt gut", sagte Hansjörg. „Kostprobe?"

„Hier sind wir versammelt zu löblichem Tun, drum Brüder-

lein: Ergo bibamus. Die Gläser, sie klingen, Gespräche, sie ruhn', drum Schwesterlein: Ergo bibamus."

Hansjörg hob das Glas.

Ein Dessert bestellte Großholz keins. Er habe noch weitere Verse auswendig zu lernen, sagte er, zu Miriam gewandt.

„Wir zwei treffen uns um halb sieben mit dem Apéro-Team", erklärte Hansjörg, und Miriam Frei nickte dabei langsam.

„Für mich ist bestimmt ein Platz im großen Vorlesungssaal reserviert", sagte Großholz. „Ich werde erst im Laufe des Chorkonzerts zu euch stoßen."

„Wie du willst", antwortete Hansjörg.

Großholz trank einen Espresso, verabschiedete sich und ging ans Institut zurück. Als er im Büro die Krawatte löste und den obersten Hemdknopf öffnete, wurde ihm wohler. Er hatte Miriam Frei vor Augen, wie sie in ihrem festlichen Kostüm still wie der Mond den Büchertisch hütete. Sofort kämmte er am Computer die Ansprache durch. Danach übertrug er sie von Hand auf Kärtchen. Zum Üben stand er auf. Zwar etwas zu niedrig, diente ihm sein Sitzungstisch als Rednerpult und die beiden Pappelwipfel draußen stellten das Publikum dar. Beim zweiten Durchgang mischte sich heller Gesang in die Sätze, während er sie las und vor sich hinsprach. Als tanzten sie, sprangen ihm die Worte in eine neue Reihenfolge, tauschten sich selbst aus oder gebärdeten sich übermütig und wie freche Kerle. Es misslang ihm, sie zu bändigen. So ließ er sie willig gewähren, nur noch auf den roten Faden seiner Ansprache bedacht. Den Rest überließ er vertrauensvoll den Kerlen.

Als er, bereit für die Feier, seine Tür abschloss, war der Flur von vielstimmigem Gesang erfüllt. Es kam ihm vor, als singe und klinge das Institut. Ihn verlangte nach der Weste. Er ging ins Büro zurück, kleidete sich strenger, zog nochmals die Kärtchen aus der Tasche, bevor er mutig in die Feststimmung hineintrat.

Auf der Treppe lauschten Studentinnen und Studenten dem Gesang. Er grüßte wie sonst und stieg hinunter in die mittlere Etage, wo weiß gedeckte Tische die Flurwände säumten. Zwischen Gruppen von Studierenden schien das schwarzweiß gekleidete Servicepersonal auf seinen Einsatz zu warten.

Aus dem großen Vortragssaal schallte Applaus. Beide Türflügel waren geöffnet. Es gelang Großholz nicht, in den Saal zu kommen, so gefüllt bis in jede Ecke war er. Weit über das Podium hinaus standen Sängerinnen und Sänger mit aufgeschlagenen Notenblättern da, die breiten Sitzreihen des Plenums waren nahezu lückenlos belegt und im Laufgang zu beiden Seiten drängte sich, wer nichts Bequemeres mehr gefunden hatte. In der zweiten Reihe rechts außen, ausgerechnet zwischen Knoll und Huber, entdeckte Großholz einen freien Platz, der für ihn bestimmt sein musste. Er machte sich an stehenden und am Boden sitzenden Studierenden vorbei auf den Weg. Huber bemerkte ihn und erhob sich, trat freundlicherweise sogar auf den Seitengang hinaus, als er sich auf ihn zubewegte. Großholz nickte und zwängte sich bis zum Sitzplatz neben Knoll. Kaum saß er, setzte der Chor zu einem neuen Lied an.

„Hiier ist Freude, hiier ist Lust, wie ich niie empfunden! Hiier muss eine Menschenbrust, ganz und gar gesunden", klang es vor und über ihm und an ihm vorbei, während sich Hubers Seite an seine schob. *„Lass denn, oh Herz, der Qual, froh dich entbinden, wirf sie ins tiefste Tal, gib sie den Winden."*

Großholz verschränkte die Arme und überließ sich dem Gesang. Seine Hände klatschten, als das Lied verhallte, und während neue Klänge vielstimmig den Saal erfüllten, wurde es ihm allmählich wohl zwischen Knoll und Huber.

„Juhubihilaaateee", rissen ihn die Stimmen mit einem Mal fort. „Juhuhuhu, juhubihi, juhubihilaatee", schallte es in immer höheren Tonlagen wie aus einem Mund.

„Juhuhuhu, Juhubihilaaateee", hallte das ganze Institut wider. Alle jubelten und jauchzten. Knoll stand auf und klatschte. Huber tat es ihm gleich und rief dazu: „Bravo, bravo." Auch Großholz zwang sich auf die Beine. „Gut gemacht, bravo", wandte sich Knoll an ihn. Großholz verstand nicht, was er damit meinte. Als weitere Sitze hochklackten, sprang Hansjörg auf das Podium. „Willkommen im Jubiläum", rief er in den Saal. „Es hat einen Apéro für alle, Professor Großholz wird ein paar Worte an uns richten, später gibt es etwas zu beißen. Ich wünsche einen frohen Abend!"

In einem Strom von Studierenden gelangten sie auf den Flur hinaus und weiter in die Bibliothek, wo Großholz sich im Vorbeigehen ein Glas Mineralwasser geben ließ. Knoll, gut gelaunt, grüßte mit Blicken und Gesten nach allen Seiten. Das halbe Institut war versammelt. Viele Angestellte und Haupt- wie Nebenfachstudierende aus allen Semestern waren der Einladung gefolgt. Beim Tisch rechts der Buchausleihe, der ein Stück vom Fenster weg in den Raum geschoben worden war, erblickte Großholz Miriam Frei. Sie wachte, auch hier in ihre Seelenruhe gehüllt, über die zum Kauf aufliegenden Bücher und verteilte Jubiläumsprogramme. Er ließ sich von ihr eins geben. Sie zeigte auf das kleine Rednerpult, das am Fenster bereitstand. „Wenn Sie wissen, wo Sie sprechen möchten, helfe ich es Ihnen hintragen", bot sie ihm an. „Sehr gut, danke", sagte er und trippelte hinter ihren Tisch und neben sie, von wo aus er zusah, wie sich die Bibliothek mit Gästen füllte.

Hansjörg bahnte sich einen Weg zu ihnen. „Alles i. O.?" Er wirkte stark beschäftigt und Großholz kam sich nutzlos vor hinter dem Büchertisch und mit nichts als einem Glas in der Hand. „Der Redner braucht etwas zu trinken", sagte er wie zur Entschuldigung und erschrak. Er sah Lilo Blums Gesicht. Lilo zwängte sich an einer Gruppe vorbei, die ungünstig den Eingang versperrte, und verschwand im linken Teil der Bibliothek hinter den hohen Regalen. Was suchte Lilo an dieser Feier? Er trank kleine Schlucke Wasser, um seine Aufregung zu verbergen. Lange wollte er mit der Ansprache nicht zuwarten. Er griff nach den Kärtchen in seinem Jackett. Danach würde er sich ebenfalls ein Glas Wein genehmigen.

Hansjörg und Miriam stellten ihm das Rednerpult vor den Karteischrank. Von da aus besaß er einen guten Rundblick, stellte er zufrieden fest. Knoll, jetzt von Höfner und einigen weiteren Assistierenden umringt, sah zu ihnen und nickte zufrieden. Großholz legte die Kärtchen auf das Pult, drückte die Füße auf den Boden. Sein Blick schweifte über Köpfe und Gesichter. Huber, an der Tür, ragte wie ein Pappelwipfel aus der Festgemeinde heraus. „*Hier sind wir versammelt ...*", dachte er, sprach er zu sich. Doch eine kleine Begrüßung und gleich danach die Verse? Los!

„Liebe Angestellte, liebe Studierende, liebe Freundinnen und Freunde." Die Gespräche verstummten und die Aufmerksamkeit der Gäste trug ihn wie von selbst durch den Gruß zum ersten Liedtext, von diesem zur Frage, wie häufig am Institut gefeiert wurde, und vom Zitat über „*feste arbeiten*" und „*feste feiern*" zur Eröffnung des Jubiläums. Nach dem Aufzählen der Anlässe blendete er kurz in die Anfangszeit des Instituts und empfahl allen die gelungene Festschrift zum Kauf. Dabei genoss er seine Rundsicht, von Miriam Frei an Knolls Gruppe vorbei bis hinüber zu den hohen Regalreihen, hinter denen die Täterin verschwunden war. Etwas ausführlicher erinnerte er daran, dass jemand unter ihnen weilte, der das Geburtstagskind von Anfang an kenne, begleite und sogar lenke: Hans Knoll, der heutige Direktor. Er gratulierte ihm zu seinem ganz persönlichen Dreißig-Jahr-Jubiläum, das er zusammen mit seinem Institut feiern durfte. Er hob das Glas.

„Drum, liebe Festgäste. '*Was wollen wir sagen zum heutigen Tag? Er ist von ganz besonderem Schlag*'. Auf Hans Knoll, unseren Direktor! Auf ein gelungenes Jubiläumssemester! Auf viele weitere erfolgreiche Jahre Lehre und Forschung. Auf uns, die wir hier versammelt sind. '*Wir klingen und singen: bibamus, wir singen und klingen: bibamus.*' Ein Glas stieß an seines. Es war Knolls. „Zum Wohl!" Er antwortete: „*Die Gläser, sie klingen, Gespräche, sie ruhen, beherziget ...*" Knoll strahlte. Höfner ebenfalls. Hansjörg nahm Großholz das Wasser weg und gab ihm ein Glas Rotwein. „Prost!" Zwischen dem Eingang und dem Stehpult standen die Gäste Schulter an Schulter. Großholz prostete nach allen Seiten und war mit einem Mal von einer Schar Studenten und Studentinnen umringt.

„Was für ein Jubiläum feiern SIE?", fragte eine helle Stimme, die er vom Theoretikerproseminar her zu kennen glaubte.

„Ich? Keins?", antwortete er.

„Zehn oder sogar zwanzig Jahre sind Sie bestimmt auch schon dabei", sagte der Student nicht scheu.

„Also, wenn Sie das meinen." Großholz überlegte. „Die erste Anstellung, als Assistent ... hatte ich vor 19 Jahren. Keine runde Zahl."

„Wie lange dauert es von der ersten Anstellung bis zum Professor?", wollte der Student wissen.

Oh! Großholz betrachtete ihn genauer.

„Richard hat Ambitionen", rief eine Studentin dazwischen.

„Du etwa nicht?", gab er keck zurück und wandte sich gleich wieder Großholz zu. „10 Jahre muss man bestimmt rechnen, Doktorieren, Habilitieren ... nicht wahr?"

Jemand vom Aperitif-Team schenkte ihnen Wein nach. Platten mit Snacks wurden gereicht. Großholz griff nach einem Tatarbrötchen. Der Richard genannte tat es ihm nach und gab kauend und mit Blicken zu verstehen, er warte auf eine Antwort.

Großholz wusste von seinem Leben nur wenige Jahreszahlen. Seine erste Anstellung am Institut und die Berufung, die bereits fast sechs Jahre her war, gehörten dazu. „Bei mir dauerte es nach Abschluss des Studiums rund 13 Jahre, bis ich Professor war", antwortete er und langte nach einem weiteren Brötchen. Die Berufung war lediglich diejenige zum Extraordinarius gewesen, auf die Beförderung zum Ordinarius wartete er noch. Über diesen Aspekt wollte er sich mit neugierigen Studenten nicht austauschen. Das Tatar schmeckte ihm. Er verspürte Appetit.

Die Studentin, die der Unterhaltung aufmerksam gefolgt war,

beeilte sich, einen Bissen zu schlucken und sagte: „Es kann auch fünfzehn oder zwanzig Jahre dauern."

„Oder nie zu einer Berufung kommen", fügte Großholz hinzu und blickte zu Miriam Frei. Seine Werbung für die Festschriften zeigte Wirkung. Sie hatte zu tun.

„Sie sitzen ja auf dem Trockenen", hörte er Mario Schells Stimme, als er zum Büchertisch aufbrechen wollte.

„Wir würden gern draußen mit Ihnen anstoßen, Herr Großholz", rief ihm Mario Schell zu und arbeitete sich, über die meisten hinausragend, zu ihm durch.

„Gibt es draußen etwas zu trinken?", scherzte Großholz.

„Jede Menge. Zu essen auch", antwortete Mario Schell.

Nach einem Abstecher zu der Dame am Büchertisch nähme er das Angebot gerne an, erklärte er Mario Schell, denn er wollte lieber auf dem Flur weiterfeiern als im andern Flügel der Bibliothek, wohin er die Täterin hatte verschwinden sehen.

Auf dem Weg zur Tür hielt er Knoll sein leeres Glas hin. Knoll griff nach einer Flasche, die er auf dem Karteischrank hortete, und schenkte ihm Wein nach. „Du bist für die Getränke zuständig", brummte er gut gelaunt.

„Ja, richtig, danke. Auf das Jubiläum!", sagte Großholz und balancierte sein Glas hinaus. Mario Schell bemerkte ihn und winkte. Die Truppe, in der er stand, wirkte sehr vergnügt. Alle aus dem Netzseminar? Großholz erkannte seinen Fun-Chef Peter Itten unter ihnen. Waren da nicht auch die Verantwortlichen der Gruppe „Netz ABC"? Kaum bei ihnen angekommen, brach ein helles Gegacker aus. „*Bag bag bag bag – bag bag bag bag*", klang es in einem fort.

Unverschämt, dachte Großholz. Mit ihm anstoßen, hatte Mario Schell gesagt, nicht ihn verulken.

„*Ich wollt', ich wär' ein Huhn, bag bag! Da hätt' ich nichts zu tun, bag bag! Ich legte jeden Tag ein Ei und sonntags auch mal zwei, bag bag!*", schallte es im Chor. „*Mich lockte auf der Welt, bag bag, kein Ruhm mehr und kein Geld, bag bag, und fände ich das große Los, dann fräße ich es bloß, bag bag!*"

Viele auf dem Flur stimmten in das Lied ein. Alles klang schief und krumm. Großholz wusste nicht mehr, wo er war. Er klammerte sich an das Weinglas. *„Und hab' ich manchmal keine Lust ein kluger Mensch zu sein, bag, bag, ..."* Masch lachte. Großholz riss die Augen auf und lachte mit.

„*Bag bag bag bag – bag bag bag bag*", schnarrte es die Tonleiter hinunter. „*Bag bag bag bag – bag bag bag ein Ei*", wieder hinauf.

Von allen Seiten erklang „bravo, bravo" und „*bag, bag, bag, bag*", und auf dem Flur wie in der Bibliothek wurde geklatscht.

Sie sollten ihren Spaß haben, dachte Großholz und hob sein Glas: *„Hier sind wir versammelt zu löblichem Tun, drum Brüderlein: Ergo bibamus, drum Schwesterlein: Ergo bibamus. Was wollen wir sagen zum heutigen Tag? Er ist von ganz besonderem Schlag. Ich dächte mir: Ergo bibamus."*

Gläser klirrten. „Zum Wohl! – Zum Wohl." Die Fröhlichkeit nahm kein Ende. Großholz erkannte Gesichter aus den beiden Offline-Sitzungen des Netzseminars vom vergangenen Semester. Ihm war es, als hätte sich Cyberion City um ihn versammelt. Platten mit neuen Leckerbissen wurden gereicht. *„Dann fräße ich es bloß, bag bag"*, erklang eine Stimme. Eine andere sprach vom Online-Seminar vom Donnerstagnachmittag. Großholz kaute Gemüsetörtchen und schwieg. Mario Schell und Peter Itten würden das Netzseminar übermorgen allein bestreiten. Er musste dann nach Hause gehen, sich für den Festakt um achtzehn Uhr einkleiden, an dem auch Elsa teilnehmen würde. Waren Mario Schell und Peter Itten für das Seminar bereit?

Nicht nur am Donnerstagnachmittag, auch am Abend, wenn er in der Aula zu den Festgästen spräche, seien sie bestimmt online, antworteten ihm die beiden in Feststimmung. „Alles wie verabredet. Keine Sorge. Mehr Wein."

Später verriet ihm Hansjörg, die Huhnzugabe hätte der Chorleiter mit den Cyberianern einstudiert.

Was hatte Hansjörg mit den Cyberianern zu tun? Großholz schauderte es. Er sei regelmäßig in der *nu* unterwegs, gestand Hansjörg, neuerdings auch in Cyberion City. Tolle Sache! Unglaublich! – Wieso er ihm nie davon erzählt habe, wollte Großholz wissen. Mangels Gelegenheit, und lange gäbe es diese Perle ja noch gar nicht, erklärte Hansjörg. Enorm, wie sein Cytopia wachse! Hut ab! Außerdem sei er reiner Surfer, nichts als Konsument. Seine Habilitation gehe vor. Noch zwei Monate ungefähr. Danach sei er wieder offen für Neues.

„Hör dir auf alle Fälle meinen Festvortrag an", ermunterte ihn Großholz. „Reaktionen willkommen!"

Er sei sowieso anwesend. „Prost", sagte Hansjörg. Großholz sprach und trank viel. Knoll hatte er plötzlich wieder vor sich, sogar mit Huber stieß er an. Einmal sah er ohne Zweifel die Gloor, frecher als frech, und ebenso weitere Gesichter, von denen er nicht wusste, ob und woher er sie kannte. Um zehn schloss Miriam Frei ihren Büchertisch und verabschiedete sich. Großholz dachte an den kommenden Tag, der vom Nachmittag an wie gewohnt verlaufen würde, auch das Proseminar am Donnerstagmorgen würde wie üblich stattfinden, ohne eine Vertretung. Im Kaffeeraum, wohin sich einige Cyberianer zurückgezogen hatten, herrschte weiter Hochstimmung. Die Polizeistunde war auf 11.30 Uhr angesetzt. Hansjörg würde mit dem Service-Team bis zum letzten Gast ausharren, hatten sie verabredet. Großholz war froh, entlastet zu sein und beizeiten aufbrechen zu können. Er trank mit Knoll und Höfner, bei denen die Gespräche in gesetzteren Bahnen verliefen als bei den Cyberianern, zur Ausnüchterung ein Glas Mineralwasser und verabschiedete sich.

Müde suchte er sich durch die letzten Festgäste seinen Weg über den Flur. Als er auf die Treppe zuging, hörte er Schritte hinter sich. Es war die Frau mit dem spitzen Kinn, eine ehemalige

Chorsängerin, wie sie ihm erzählt hatte, die ihren Kolleginnen und Kollegen bei ihrem Auftritt den Rücken stärkte. Sie kenne ihn vom Sehen, sie seien öfters zur selben Zeit im Bahnhof, hatte sie ihm im Festtrubel verraten. „Wir nehmen wohl wieder denselben Zug", sprach er sie heiter an. Sie lachte so kehlig vergnügt wie vorher, als sie ins Plaudern gekommen waren. „Ich will gerade ein Taxi bestellen", sagte er, „von hier aus geht es mit sieben verschiedenen Tramlinien um sieben Ecken zum Bahnhof. Da sind wir mit dem Taxi schneller. Möchten Sie mitfahren?"

„Mitfahren? – Ja, wieso nicht?", antwortete sie.

„Ich rufe das Taxi oben, in meinem Büro", erklärte er und stieg die Treppe hinauf.

Sie folgte ihm zögernd.

„Mit dem Taxi sind wir in weniger als sieben Minuten um die sieben Ecken", scherzte er.

Sie lachte. Ihr Lippenrot war verblasst.

Nebeneinander verließen sie im Dachstock die Treppe und traten über den Flur. „Wieso sind Sie eigentlich nicht mehr im Chor?", fragte er, um die Unterhaltung im Gang zu halten.

„Ich singe in einem andern", antwortete sie.

„Hier sind wir", sagte er und suchte den Schlüssel. „Hereinspaziert!" Er drückte auf den Lichtschalter und hielt seine Bürotür für sie auf.

Zu! Gefangen!, fiel ihm ein, als sie langsam an ihm vorbei eintrat.

Sie schien von seinem Einfall nichts zu spüren. Halb neugierig, halb schüchtern sah sie sich bei ihm um. Er folgte ihr ins Büro, schob leise die Tür hinter sich zu. Der Schlüssel in seiner Hand fand wie von selbst das Schloss. Rasch drehte er ihn, schloss die Tür von innen ab. Zu! Gefangen!

Als er sich zu ihr umwandte, stand sie hellwach da, schaute ihn voller Verwunderung an. Einen Moment lang fühlte er sich ertappt. Scham ergriff ihn. Gleichzeitig triumphierte etwas in ihm.

Los, meine Dame, renne davon. Fliehe, wenn du möchtest!

„Öffnen Sie die Tür!", fuhr sie ihn barsch an.

Was für ein Ton! So sprach niemand mit ihm.

„Hier befehle ich", erwiderte er. „Sie tun jetzt, was ich Ihnen sage."

Die Frau zuckte zusammen, wollte schreien. Nein! Er sprang auf sie zu, packte ihren Hals und erdrückte ihren Schrei. „Still, kein Muckser!"

Da sank sie in die Knie, fiel wie ein Stück Stoff in sich zusammen. Er löste erschrocken seine Hände von ihrem Hals und ließ sie vor sich zu Boden sinken.

Es verdrehte ihm die Augen, als er ahnte, was geschehen war. Er hatte ihr lediglich den Mund zudrücken wollen und stattdessen die Kehle erwischt. Endlich bückte er sich zu ihr hinunter. Seine Hand ergriff einen Arm, hob ihn an, schüttelte ihn. Die Frau blieb schlaff und stumm. Er versuchte, sie hochzuziehen, sie aufzustellen. Nichts zu machen.

Angst packte ihn. Er befürchtete das Schlimmste. Ein lebloser Menschenhaufen, beleuchtet vom grellsten Licht, in seinem Büro! Wenn Knoll, wenn jemand ...! Rasch knipste er die Schreibtischlampe an. Mit Riesenschritten war er bei der Tür und schaltete das Neonlicht aus. Alles bereits viel besser! Nochmals rüttelte er an der Frau. Keine Veränderung. Er wälzte sie auf den Rücken. Schwer war sie, ansonsten war jede Art von Widerstand aus ihrem Körper gewichen. Mit weit geöffneten Augen starrte sie ihn an, und ihr Mund mit dem verblassten Lippenrot war unschön zu einem Schrei geöffnet. Er strich ratlos über ihre Brüste. Kein Ton, keine Regung. „Still, kein Muckser", sagte er leise zu ihr. Hätte sie früher auf ihn gehört!

Auch mit weniger Licht fand er es störend, wie sie da mitten in seinem Büro lag. Er fasste sie an den Handgelenken und schleifte sie an den Armen über das Linoleum hinter den Sitzungstisch in die Zimmerecke. Unterwegs verlor sie die Handtasche. Er nahm sie und legte sie ihr auf den Bauch. War die Eröffnungsfeier zu Ende? Nein. Wie kam er darauf? Vor zwei, drei Minuten ... oder wie lange war es her, dass er noch unten gewesen war? Hansjörg war dort, Knoll, Höfner. Bis 23.30 Uhr würde es Gäste haben. Die Cyberianer würden erst aufbrechen, wenn ihnen jemand ein klares Aus und Ende verkündete. Sie durften auf alle Fälle nichts erfahren. Auch Hansjörg nicht. Höfner dito. Wie lange würde Knoll ausharren? Ein Wunder, wie viel Abend der Morgenmensch heute ertrug. Bestimmt würde er noch in sein Büro gehen, bevor er heimfuhr. Fuhr? Nach der Feier? Ja, Knoll trennte sich niemals von seinem Auto.

Morgen war Mittwoch. Da hatte Knoll um zehn ein Seminar. Allzu lange würde er also nicht bleiben. Wenn er nur nicht zusammen mit Höfner heraufkam. Überhaupt, wie peinlich, wenn ihn Höfner oder Hansjörg oder sonst jemand so spät hier oben antreffen würde.

Nicht Zeit vergeuden mit unnützen Gedanken! Wenn Knoll nach Hause ging, was bestimmt bald der Fall sein würde, war er danach erst in der Frühe wieder am Institut anzutreffen. Am besten wäre es, Höfner bliebe bei Hansjörg und dem Service-Team bis ganz am Schluss an der Feier, dachte er, während er hinter dem Schreibtisch nach einem Blatt Papier und einem Stift suchte und sich setzte.

Lieber Hans. Bitte klopfe bei mir, sobald du diese Zeilen siehst. Sehr dringend! Ich warte in meinem Büro auf dich. Karl.

Er steckte den Zettel in einen Umschlag, nahm Klebstreifen und löschte die Schreibtischlampe. Im Dunkeln schloss er sein Büro auf. Der Flur war menschenleer, aber hell beleuchtet. Im Computerraum bei der Treppe brannte ausnahmsweise kein Licht. Sehr gut. War jemand zu sehen, zu hören? Er horchte und schaute und tappte hinaus und hinüber zu Knoll. Auf Augenhöhe klebte er den Brief an seine Tür. Ohne dass ihn jemand sah, kehrte er in sein Büro zurück. Sicherheitshalber schloss er von innen mit dem Schlüssel ab, bevor er ruhig zu der Frau hinter den Sitzungstisch ging. Sie könnte eine Decke oder etwas gebrauchen, dachte er, zog sein Jackett aus und deckte sie damit zu.

Wie hatte das nur geschehen können? Pech. Für sie beide. Blieb zu hoffen, Knoll sehe die Mitteilung noch, bevor er nach Hause ging. Wenn nicht, bliebe ihm zunächst nichts anderes übrig, als die Frau in den Schrank zu räumen, damit die Putztruppe am Morgen früh nicht einen Schrecken bekam. Ziemlich sicher würde auch Knoll nicht erfreut sein von ihrem Anblick, würde aber, wie immer, weniger schnell als andere Menschen aus dem Häuschen geraten. Ruhig bleiben. Zuwarten.

In der Zimmerecke hinter dem Tisch war es mucksmäuschenstill. Passte den Damen etwas nicht, meldeten sie sich jeweils lauthals zu Wort. Jetzt hatte sie ihr Lebensrätsel gelöst und schwieg. So waren sie, die Frauen, wenn es wirklich darauf ankam, verschwand ihr sonst so großes Mitteilungsbedürfnis mit einem Schlag.

Am Schreibtisch auf seinem Sessel wartete er im Dunkeln auf Knoll. Die Tür war abgeschlossen. Sicher war sicher. Von außen wie von innen könnten Gefahren entstehen. Auch ohne Licht sah er alles. Nur sie nicht. Dafür spürte er sie je länger, je mehr. Selbst jetzt verstand sie es noch, seine Aufmerksamkeit auf sich zu ziehen. Wenn ihn nur Knoll nicht im Stich ließ. Immer wieder drangen Wellen von Fröhlichkeit bis zu ihm herauf. Plötzlich war ihm, jemand sei vor seinem Büro. Ja, kaum zu hören, da waren Schritte, da war sogar mehr als jemand. Eine Tür wurde aufgeschlossen. Knoll, Höfner …? Sein Herz schlug bis zum Hals. Wieder Schritte. Es klopfte.

In der Dunkelheit tappte er zur Tür. Seine Hand fand das Schloss. Er drehte den Schlüssel, öffnete einen Spalt breit. Draußen stand Knoll. „Was …?", wollte Knoll fragen, als er den Erstaunten am Arm packte und zu sich hereinzog. Rasch schloss er sein Büro wieder ab.

Zu, geschlossen, schoss es ihm durch den Kopf.

Tatsächlich, Knoll hatte den Ernst der Lage erkannt und schwieg. Großholz schauderte es. Über Knolls weißem Hemdkragen sah er seinen breiten Hals im Dunkeln glänzen. „Komm mit", befahl er Knoll und wollte ihn zum Sitzungstisch ziehen.

„Was ist los?", knurrte Knoll.

Großholz zeigte in die Zimmerecke und zuckte mit den Achseln. Knoll kniff böse die Augen zusammen. „Mensch, Karl! Hast du ...? Lass mich hier raus!", zischte er.

Zeig mich an oder hilf mir, wollte Großholz sagen, doch Knoll sah so kalt und abweisend aus, dass er schwieg.

Er hatte das nicht gewollt, hatte keine Ahnung, wie das geschehen konnte, dachte Großholz. Knoll konnte gehen, wann immer er wollte, er würde ihn nicht zurückhalten.

„Hast du getrunken, Karl?", knurrte Knoll.

„Ich bin nicht hier", antwortete Großholz.

Knoll drückte energisch auf die Klinke. Zu. Großholz eilte herbei und ließ ihn hinaus. Auf Wiedersehen!

Was jetzt? Ihm war alles zu viel. Was war nur geschehen? Auf und davon! Für immer. Doch wohin? Elsa hatte alle Vollmachten, sie könnte sich einige Jahre ohne ihn und sein Salär durchbringen. Diese missliche Lage hatten ihm die Damen eingebrockt, allen voran die Blonde, die es mehr als alle andern verdienen würde, in seiner Zimmerecke zu baumeln.

Es klopfte. Himmel! Er rannte zum Sitzungstisch. Jetzt war er tot, erledigt. Jetzt kamen die Ermittler, die Kommissare. Zu Hilfe! Die Schlinge legte sich ihm um den Hals.

Moment, das schroffe Klopfen! Knoll? Kam Knoll zurück?

Die Tür war nicht abgeschlossen. Tritt ein, tritt ein, dachte Großholz und wartete auf sein Urteil.

Nichts geschah. Nur von der Feier waren Stimmen zu hören. Plötzlich war ihm, er höre Schritte vom Treppenhaus her. Er erschrak. Rasch eilte er zur Tür und schloss sie mit dem Schlüssel ab. Niemand da, weder er noch sonst jemand, triumphierte er, während er auf den Flur hinaushorchte.

Schritte, Schritte kamen näher! Hilfe! Henker! Womöglich von Knoll bestellt, ihn zu richten! Ließ Knoll ihn jetzt wie angedroht im Stich? Klopft, klopft an! Macht es kurz.

Es klopfte nicht. Kein Strick legte sich ihm um den Hals. Er horchte und hörte, wie die beiden Assistenten von Knoll draußen ihr Büro aufschlossen. Bestimmt schöpften die zwei nicht den kleinsten Verdacht, dass gegenüber, wo kein Licht brannte und kein Ton zu hören war, jemand sein könnte. Wieso sollten sie? Als die Schritte der beiden wieder verklungen waren, schlich Großholz auf Zehenspitzen hinter den Schreibtisch. Auf seinem Sessel, hellwach, starrte er in das Halbdunkel hinein.

Alles stehen und liegen lassen. Flucht nach vorn in ein neues Leben. Würde er in einer Gebirgseinöde überleben? Oder wie Robinson auf einer Insel? Er, der noch nie einen Fisch gefangen hatte? Besser, er blieb zunächst, wo er war, still und ohne Licht. Die Frau roch nicht schlecht. Aber dass sie nochmals aufwachen würde, war unwahrscheinlich. Bevor er sein Büro verließ, sollte es eine Lösung für sie geben.

Bald würde kein Zug mehr fahren, fiel ihm ein. Doch jetzt, oder wenn Hansjörg und alle gegangen und das Institut leer war, ein Taxi rufen – war das nicht zu auffällig? Zu merkwürdig? Er hatte Elsa nicht gesagt, wie lange die Eröffnungsfeier dauerte, und sie hatte ihn nicht danach gefragt. Sie selbst war erst am Donnerstag in der Aula mit dabei. Bei der kleinen Feier im Institut hatte es für sie nicht viel zu verpassen gegeben. Elsa anrufen, damit sie sich nicht ängstigte. Doch was sagen?

Ein paar Stunden Schlaf täten ihm gut. Wie wollte er sonst die Woche überstehen? Es war erst Dienstagnacht. Am Mittwoch vorbereiten. Das Proseminar am Donnerstagvormittag fand wie gewöhnlich statt, erst am Nachmittag war er dank Schell und Itten entlastet, musste dafür aber am Abend den Festvortrag in der Aula halten. Am Freitagvormittag wieder wie gewöhnlich das Seminar. Die Frau durfte sein Jackett nicht eine Nacht lang behalten, kam ihm in den Sinn. Elsa besaß eine feine Nase. Er ging hinter den Sitzungstisch in die Zimmerecke, zerrte es von ihr weg und hängte es an die Garderobe. Als er die Rouleaus hinunterkurbelte, wurde es immer noch nicht richtig dunkel. Trotzdem wollte er versuchen, ein paar Stunden zu schlafen. Am besten hinter dem Schreibtisch auf dem Sessel. Wo sonst?

Schlaf war es nicht, eher ein schlafähnlicher Zustand, aus dem ihn Geräusche herausrissen. Betrieb auf dem Flur! Knoll mit der Polizei? Nein, zu leise. Er glaubte, Hansjörg und Höfner draußen sprechen zu hören. Still, kein Muckser, still. Mit dem Quietschen des Sessels, einem Niesen, allein schon mit der kleinsten Ungeschicktheit könnte er sich verraten.

Piepgeräusche unter den Ohren weckten ihn. Die Uhr! Sein Kopf fuhr hoch und sank, als er ahnte, wo er sich befand, auf die Arme zurück. Hatte er im Büro, am Schreibtisch geschlafen? Wie ein Film, der zu rasch lief, jagten Bilder des vergangenen Abends an ihm vorbei. Knoll? War er mit Knoll verabredet? Sein Körper spannte sich. War er deswegen hier?

Etwas würgte ihn. Er griff sich an den Hals. Seine Finger zerrten an der Krawatte und öffneten den obersten Hemdknopf. Ächzend vor Erleichterung stand er auf. Wie still es war! In der Dunkelheit tappte er durch das Büro und kurbelte die Rouleaus hinauf. Ein nebelgrauer Himmel erhellte die Türme und Dächer der Stadt. Er riss sich vom Fenster los und blickte unter den Sitzungstisch. Ja, so war es. Dort hinten lag etwas.

Auf dem Schreibtisch fand er die Brille. Das Jackett hing an der Garderobe, die Weste trug er. Er kleidete sich an, und während er sich durch die Haare strich, begann er, sich als Festredner zu fühlen. Doch was hörte er? Schritte draußen? Es klopfte, sehr schroff. Ohne Zweifel Knoll. Allein oder ...

Nein, er brauchte keine Hilfe, dachte er mit einem Mal. Er kam allein zurecht Er brauchte Knoll nicht. Wer war er denn? Er gab nicht den leisesten Muckser von sich. Knoll sagte oder rief nichts und klopfte auch kein zweites Mal an. Großholz wartete, wartete zur Sicherheit; er wusste nicht ob Minuten oder Stunden. Hauptsache, Knoll würde es verleiden, vor seiner Tür zu stehen. Hatte er überhaupt angeklopft?

Ja, nein, überlegte er sich vorwärts und zurück, bis eine große Last von ihm abfiel. Wie von selbst ging er hinter den Sitzungstisch, packte die Fracht an den Beinen und zog sie aus der Zimmerecke hervor. Im Dunkeln sah er die zwei weit geöffneten Augen aus dem hellen Gesicht starren, der Mund war zum Schreien geöffnet. Wirklich eine von ihnen, dachte er. Mindestens bis nach dem Festvortrag wollte er seine Ruhe vor ihnen haben. Sehr nützlich wären robuste, große Plastiksäcke. Auch das hatte zwei, drei Tage Zeit, dachte er. Kurz entschlossen öffnete er den Schrank. Die Dutzenden von Bewerbungsschreiben, die er hoffentlich nicht mehr brauchte, nahm er heraus und stopfte die Dame ins unterste Fach. Die Handtasche hatte sie unterwegs verloren. Er nahm sie vom Boden auf und schob sie ebenfalls hinein. Rasch schloss er die Türen. Den Schrankschlüssel hatte er noch gar nie gebraucht. Jetzt drehte er ihn und zog ihn heraus. Bis auf Weiteres wollte er diesen in seinem Portmonee aufbewahren.

Die Luft war nur schwer zu ertragen. Er öffnete beide Fenster. Trotz der Weste und des Jacketts fröstelte es ihn. Mit einem Taxi wäre er in einer halben Stunde daheim im Bett. Am Computer sah er, dass der erste Zug in gut einer Stunde, um zwei vor halb sechs, fahren würde. Nicht schlecht. Er brachte das Büro in Ordnung. Während eine Kirchenglocke in der Stadt nach der andern ihren Viertelstundenschlag in die Nacht entließ, fiel er nochmals in einen unruhigen Schlaf.

Um fünf schloss er seine Fenster und ging, ohne Knoll oder sonst jemanden, der den Tag zeitig begann, gesehen oder gehört zu haben, und wie sonst am Abend um diese Zeit, zu Fuß um die sieben Ecken zum Bahnhof.

Bevor für Elsa und die Kinder der Tag anbrach, legte er sich daheim ins Bett. Elsa drehte sich zu ihm. Er hielt den Atem an. „Wo warst du?", fragte sie.

Er starrte an die Decke. „Wir haben gefeiert."

Elsa schwieg. Er drehte sich zu ihr. Sie kam ihm nicht beunruhigt oder anders vor als sonst. „Es war eine gelungene Feier", sagte er. „Mir geht es gut." So war es. Ja, er fühlte sich gut.

„Ich schlafe heute bis gegen Mittag", sagte er. „Am Abend und morgen bleibt alles wie besprochen." Die Müdigkeit lähmte ihm angenehm die Zunge.

„Isst du am Mittag mit uns?", fragte Elsa.

Er zögerte. „Ja."

Im Zug um 13.08 Uhr war er wie vorher beim Mittagessen auf seltsame Weise im Ungewissen über sich selbst. Nicht einmal die Aussicht auf die hügelige Landschaft, mit der er sich so verbunden fühlte, half ihm weiter. Die zwei Feiern, die seine Woche ganz durcheinanderbrachten, oder dass er erst am Mittag an die Arbeit fuhr, mochten schuld an diesem Zustand sein. Seltsamerweise hatte er seine Mappe im Büro vergessen. Das war noch nie vorgekommen. Ohne zwei, drei Bücher in Griffnähe, in die er jederzeit eintauchen konnte, kam er sich der Welt ausgeliefert, sogar entblößt vor. Den Gedanken, der ihn seit einer Weile quälte, jemand warte am Institut auf ihn, fand er unsinnig; das war sicher nicht der Grund für seine Unruhe. Wer wollte schon am Institut auf ihn warten, und wieso? Dass er einmal für einen halben Tag zu Hause blieb, war keine Tragödie. Es wurde vielleicht gar nicht bemerkt, nicht einmal von Miriam Frei, die seinen Wochenrhythmus sowieso noch nicht kannte. Außer dem Festakt mit seinem Vortrag fiel diese und auch nächste Woche nichts mehr aus dem Rahmen. Das hieß, er würde sich bereits morgen Nacht oder dann am Freitag den Damen, oder der Dame, widmen können. Endgültig. Kein Grund da, sich zu ängstigen oder sich anders als sonst vorzukommen.

Er kaufte sich im Bahnhof eine Zeitung. Damit hatten seine Hände anstelle der Mappe etwas zu greifen. Wie sonst am Morgen ging er zu Fuß Richtung Institut. Trüb war es nicht, nur bedeckt wie schon seit Tagen, was die Natur nicht am Sprießen hinderte. Er würde Miriam Frei wie gewöhnlich nach dem Mittag besuchen, bevor sein ebenfalls gewohnter Mittwochnachmittag begann: Vorbereiten des Donnerstags. Das Proseminar zuerst. Dann der Nachmittag, da war weiter alles gut eingefädelt und vorbereitet. Ja, ein Hoch auf die Cyberianer.

Mit einem Mal fühlte er sich so beschwingt, dass er die Zeitung dem nächsten Abfall übergab. Er schwang die Arme und hätte in die Luft springen mögen. Leicht und frei wie noch nie kam er sich vor. Er freute sich auf Miriam Frei. Er freute sich auf die Arbeit. Er freute sich sogar auf den Festvortrag. Wie viele Jubiläumsgäste würde er mit seinen Gedanken über die Zukunft der Technik begeistern! Mit federnden Schritten ging er auf das Institut zu, blickte über die Fassade mit ihren Rundbogenfenstern und staunte, wie die beiden Pappeln im Garten des Nebenhauses täglich üppiger und grüner wurden. Den Kopf hoch aufgerichtet, grüßte er Studierende, die zu den Nachmittagsvorlesungen an die Universität liefen. Glücklich, ja, er war ein glücklicher Mensch.

Vor seinem Büro schauderte es ihn. Da war wieder der Gedanke, es warte jemand auf ihn, diesmal drin in seinem Büro. Er schloss auf, schaute hinein. Leer. Hell und aufgeräumt wie immer. Er trat ein und tat, als begrüße er jemanden, der hinter dem Schreibtisch auf seinem Sessel saß. Keine Antwort. Er klopfte auf den Schrank. Nichts, Stille. Sicherheitshalber spähte er unter den Tisch in die Zimmerecke. Auch dort, nichts Ungewöhnliches. Er hängte die Jacke an die Garderobe. Am Schreibtisch stieß er den andern vom Sessel. Weg, verschwinde. Der Platz hinter dem Schreibtisch gehörte ihm allein. Er setzte sich auf seinen Sessel. Vierte Semesterwoche. Am Computer sah er, dass er morgen Vormittag im Proseminar mit den Mikrotheorien beginnen würde. Gut. Interessant. Er legte alles für den Nachmittag bereit. War Miriam Frei von ihrer Mittagspause zurück?

Sie saß am Computer, als er ins Sekretariat eintrat. Er stellte sich an die Theke. „Wie geht es Ihnen nach der rauschenden Ballnacht?", sagte er fröhlich.

Ruhig drehte sie sich auf dem Sessel ihm zu. Sie saß sehr aufrecht.

Die Falten ihres hellen Kleides fielen ihr über die Knie. „Danke, sehr gut", sagte sie mit einem geheimnisvoll seligen Lächeln im Gesicht. Er blickte in ihr rechtes Auge, das linke sah an seinem Kopf vorbei zur Tür. Bevor er eine weitere Frage stellen konnte, drehte sie sich zum Bildschirm. „Ich konzentriere mich auf die Rechtschreibkorrekturen für Ihr Buch. Sie sollten ja Ende Woche abgeschlossen sein", murmelte sie.

Richtig, ja, das Cyberbuch, dachte er. Es sollte so rasch wie möglich an den Verlag gehen. „Ja, das ist sehr gut, vielen Dank", sagte er. „Trotzdem, die Vorlesungsunterlagen nicht vergessen. Die für das Proseminar morgen Vormittag sollten heute Abend bereitliegen. Sicher ist sicher. Wir haben die vierte Semesterwoche."

„Ja, ich weiß", klang es leise und höflich, ohne dass sie dabei ihre Arbeit an den Korrekturen unterbrach.

Er legte die Hände auf die Theke und schaute ihr zu. Vielleicht war sie scheu und deshalb so zurückhaltend, dachte er. „Morgen Nachmittag werde ich zu Hause arbeiten. Habe ich Ihnen das schon gesagt?"

„Ja, ich weiß."

„Sie kommen ja gut allein zurecht."

„Ja."

Die Vorbereitung für das Proseminar ging ihm wie erwartet leicht von der Hand. Als Überblick dienten die Arbeitsblätter, die sich bereits bewährt hatten, und für deren Ausdruck Miriam Frei zuständig war. Das Telefonseminar vom Freitagmorgen benötigte mehr Vorbereitung. Mitten am Nachmittag schaute Hansjörg herein. „Entschuldigung, Karl, möchtest du den Computer in der Aula ausprobieren?"

„Ehm, gute Idee, ja", antwortete Großholz.

„Ich habe einen Termin mit dem Techniker", verkündete Hansjörg.

„Du? jetzt?"

„Ja."

„Gut. Zehn Minuten Zeit habe ich", sagte Großholz. Er stand

auf und nahm die Jacke von der Garderobe. Sie stiegen zusammen die Treppe hinunter. Hansjörg sprach von der Eröffnungsfeier.

„Ein lustiges Völkchen, deine Cyberianer", lobte er plötzlich.

„Ja, sicher", antwortete Großholz. „Haben sie die Polizeistunde eingehalten?"

„Ungefähr", erwiderte Hansjörg. „Wir hatten fast zweihundert Gäste."

„Ich glaube, für morgen werden ebenso viele wenn nicht noch mehr erwartet", erklärte Großholz.

„Keine Ahnung", meinte Hansjörg, „Frau Oberli führt die Gästeliste."

„Es sind fast alle Ehemaligen mit Anhang eingeladen", sagte Großholz.

„Und viel Prominenz."

„Natürlich", bestätigte Großholz. „Ich habe drei Vorredner. Wenn ich zu sprechen beginne, sind die Gäste schon müde."

„Oder sie werden erst richtig munter", lachte Hansjörg.

Als sie im Hauptgebäude der Universität das zweite Stockwerk erreichten, keuchte Großholz. Peinlich berührt bat er um eine Verschnaufpause. Letzte Gäste eines Anlasses verließen die Aula. Drin wurden Stühle zusammengeräumt. Mit Hansjörg trat Großholz in den prächtigen Saal, den er um einiges größer in Erinnerung hatte. Der Techniker erklärte ihnen die Beleuchtung, die Bedienung der Leinwand, das Mikrofon, die Computeranlage. Großholz hatte schnell genug gesehen und ging ans Institut zurück. Bevor er weiterarbeitete, schickte er eine E-Mail an Mario Schell. *Nicht vergessen! Morgen Donnerstag, 9. Mai, ab 18 Uhr online in Cyberion City.*

Kurz vor halb sechs lagen die Doppelstunde vom Donnerstagvormittag und die vom Freitag, „Von Ohr zu Ohr, über das Telefonieren" in der Vortragsmappe bereit. Knoll hatte er den ganzen Nachmittag nicht zu Gesicht bekommen. Das war nicht ungewöhnlich. Was den Festakt betraf, hatten sie alles besprochen. Den Vortrag würde er morgen daheim nochmals oder eventuell mehr als ein Mal durchgehen und danach zusammen mit Elsa in Gala an die Universität fahren. Heute, ab dem Mittag, war für ihn ein ganz gewöhnlicher Tag. Um zwei vor sechs fuhr sein 18-Uhr-Zug. Um sieben würde er mit Elsa und den Kindern essen. Er packte im Stehen die Mappe ein. Der Schreibtisch war aufgeräumt, die Stühle standen ordentlich um den Sitzungstisch. Der Computer? Ausgeschaltet. Alles i. O. Seine Hand griff nach der Mappe.

Am nächsten Tag hielt er von zehn bis zwölf das Proseminar im großen Vorlesungssaal. Noch auf dem Weg zurück ins Büro entschied er sich, den Festvortrag nicht erst daheim, sondern sofort im Büro nochmals durchzugehen. Ob nochmals oder nur das erste Mal, würde sich zeigen. Er rief Elsa an und teilte ihr die Änderungen mit. Miriam Frei, seine Geheimnisvolle, schien schon auf dem Flur gerochen zu haben, dass er noch im Büro war, denn sie schaute erstaunt zu ihm herein, als sie von der Mittagspause zurückkam, und trat sogar ein. Sie trug erstmals Hosen, und vielleicht waren es das Beinkleid und die flachen Schuhe, die ihr erlaubten, sich ihm heute derart burschikos und unbeschwert zu zeigen. „Überraschung geglückt", lachte er die jetzt besonders jung wirkende Dame an.

Sie drückte ihre pfiffige Tasche an sich und wusste nicht was antworten.

„Ich habe den Zeitplan ein wenig umgestellt", sagte er gutmütig.

Ihre beiden Augen blinzelten. „Ein wenig?" Schon klang die Stimme wieder scheu.

„Ja, ich werde wahrscheinlich erst so um drei Uhr nach Hause gehen. On verra. Ich weiß bald nicht mehr, wer ich bin."

Für den Bruchteil eines Augenblicks schien sie verdutzt, fast verwirrt zu sein, hatte sich jedoch schnell wieder im Griff und wandte sich, ihm schon wieder entzogen, zur Tür.

„Wissen Sie, ob morgen Nachmittag viele Sitzungen mit Studentinnen und Studenten eingetragen sind?", hielt er sie zurück.

„Sitzungen?" Sie blieb stehen. „Ich glaube, fünf oder sechs." Sie sprach leise, war ganz in sich gekehrt.

Was haben Sie, woran denken Sie, hätte er sie gern gefragt. Er getraute sich nicht und wurde ganz verlegen ob ihrer liebenswürdigen Zugeknöpftheit.

Plötzlich drehte sie ihm ihr helles, volles Gesicht zu. „Es klappt. Ich glaube, morgen schließe ich die Rechtschreibkorrekturen ab. Bei einigen Wörtern bin ich aber unsicher, ob sie richtig oder falsch sind. Hätten Sie vielleicht morgen Zeit, diese zu besprechen?"

„Ja, morgen, bevor Sie Feierabend haben", sagte er, „erinnern Sie mich bitte daran, wenn ich es vergessen sollte."

„Ich gehe jetzt ins Sekretariat", sagte die sanfte Stimme freundlich. „Oder brauchen Sie noch etwas?"

„Nein. Alles i. O." Eines Tages würde sie zugänglicher. Darauf freute er sich. Der Grundgedanke des Festvortrags stand ihm bereits wieder klar vor Augen. Der Urknall oder etwas anderes hatte die Materie geboren. Aus der Materie entstand das biologische Leben – Einzeller, Vielzeller, erste Säugetiere usw. Die am höchsten entwickelte Art biologischen Lebens, der Mensch, ersann die Technik, das heißt, zunächst Geröllgeräte der Steinzeit, später Fahrzeuge, erste Maschinen usw. Diese Technik wiederum besaß mit der Weiterentwicklung des Mikrochips im Verbund mit den Fortschritten in Nano- und Biotechnologie das Potenzial für den Schritt auf eine weitere Stufe der Evolution. Dort würden die herkömmliche Materie, die Biologie und die Intelligenz das Fundament für Entwicklungen bilden, die so großartig einfach oder großartig komplex, jedenfalls so unvorhergesehen und unvergleichlich sein würden wie bisher nur der Urknall und die Entstehung und Entfaltung des biologischen Lebens.

Er war froh, den Vortrag inklusive aller Simulationen bereits detailliert ausgearbeitet zu haben. Der visionäre Blick in das neue Zeitalter zeigte eine Welt, in die bestimmt nur wenige Gäste des

Jubiläums je vorgedrungen waren.

Um halb drei verabschiedete er sich im Sekretariat von Miriam Frei. Sie drehte sich ihm ganz zu und sagte: „Viel Glück." Dabei sah ihn ihr rechtes Auge freundlich an.

„Danke", erwiderte er mit einem ebenso liebenswürdigen Blick.

Eine Stunde im Garten war genau das, was er jetzt brauchte. Auf dem Weg zum Bahnhof fiel ihm ein Ledergeschäft auf. Eines Tages musste er sich von seiner alten Mappe trennen, dachte er. Warum nicht heute? Elsa fragte ihn fast jede Woche, wann es so weit sei. Eine zuvorkommende Verkäuferin zeigte ihm Mappen in der Größe und Farbe seiner alten, und als ihm keine von ihnen gefiel, auch andere, mehr koffer- als mappenartige, sogar solche mit seidenen Innenfuttern und Fächern für Wertsachen. Er wollte doch lieber die alte, hellbraune behalten, dachte er und sagte: „Ich muss auf den Zug, komme in den nächsten Tagen wieder vorbei."

„Möchten Sie Prospekte mitnehmen?", fragte die Verkäuferin freundlich.

Wieso nicht? „Ja, gern", antwortete er und legte sie zum Festvortrag in die alte Mappe. Sie tat ihren Dienst nach wie vor einwandfrei, fand er. Das Leder sah zwar abgenutzt aus, verständlich nach all den Jahren, und die beiden Verschlüsse waren etwas wacklig und lose. Doch das waren ihre einzigen Makel. Die Mappe hatte ihn bereits durch das Studium begleitet. Die Kollegen von früher, die als Ehemalige zum Festakt geladen waren, mochten sich besser als an ihn an seine Mappe erinnern, die er damals wie heute immer mit sich trug, damit er rasch ein Buch zur Hand hatte, das ihn gerade faszinierte, oder ein Blatt Papier, um einen wertvollen Gedanken festzuhalten.

Gegen halb sechs warteten Elsa und er im Wohnzimmer auf das Taxi. Er trug den anthrazitfarbenen Anzug und Elsa ihr schwarzes Abendkleid, das ihr nur kleine Schritte erlaubte. Sie war die Treppe vom oberen Stock ins Erdgeschoss sehr vorsichtig herabgestiegen. In den Momenten, wo sie stillgestanden war, wirkte sie eindrücklich königinnenhaft. Er mochte ihre festliche Vornehmheit und ließ diese gern einen Abend lang auf sich wirken. Bedauerlicherweise war er nicht dazu gekommen, seine wild in alle Richtungen wachsenden Haare noch rechtzeitig von fähigen Coiffeurhänden stutzen zu lassen. Heute wünschte er sich zum ersten Mal, Elsas Ratschlägen besser zu folgen. Haare, Haltung, Mappe – alles möchte er zähmen und glätten und sich nicht mehr ständig zu groß oder zu ungehobelt neben ihr vorkommen. Als der Taxichauffeur klingelte, riefen sie im Chor zu Kati und Tom hinauf: „Einen guten Abend, schlaft gut." Hinter Elsa setzte er sachte einen Fuß vor den andern. Auf dem bequemen Rücksitz des Taxis fuhren sie in die Stadt.

Elsa war mit Marta, Knolls Gattin, verabredet. Sie wollte, während er den Vortrag hielt, nicht allein sein. Ihm war das recht. Den Taxifahrer wies er an, sie über die Seitenstraße neben dem Institut für Sozial- und Technikforschung zum oberen Eingang der Universität zu fahren. In Elsas Abendkleidtempo gingen sie nebeneinander durch die belebte Eingangshalle. Es war zehn vor sechs. Paare in dunkler Kleidung stiegen vor und hinter ihnen die Treppe hinauf in die zweite Etage. Vor der Aula sah Großholz bekannte Gesichter, viele runder und voller, als er sie in Erinnerung hatte, dazu viele schon angegraute Schläfen, wie seine. Er begann Hände zu schütteln, stellte Elsa vor und ließ sich Gattinnen vorstellen. Elsa stand nicht nur das tief ausgeschnittene Kleid sehr gut, auch die noch nicht verblasste Winterferienbräune wirkte sich sehr vorteilhaft aus. Er fühlte sich in seinem Anzug und mit dem steifen Hemdkragen entsprechend gut neben ihr aufgehoben. Erst in der Aula, wo sich die Gäste in die Zuhörerreihen verteilten, sah er Knoll. Er sprach vor dem Rednerpult mit dem Rektor, dem Redner Nummer zwei. Knolls Gattin Marta, tief dunkelrot gekleidet, nicht schwarz wie die meisten andern, und Elsa verständigten sich mit Blicken. Um Knoll auszuweichen, sprach Großholz einen ihm Unbekannten an, der sich nach einem Platz umsah. Für die verschiedenen Redner und den Festredner, für Knolls Ehrengäste, ebenso für Professor Huber und Professorin Hartmeier mit Anhang war die erste Stuhlreihe beidseits des Mittelganges reserviert. Als Großholz sich von seinem Gesprächspartner abwandte, blickte er geradewegs in Knolls Augen. Mit einem Blick, hart wie Kohle, starrte Knoll ihn an. Ihn schauderte es bis in die Füße. Einen Moment lang wurde ihm schwindlig. Als er sich gefangen hatte, war Knoll nirgends mehr zu sehen. Elsa fragte ihn, was er habe. „Ich weiß nicht, nichts", antwortete er und sah die Hartmeiers auf sie zukommen. Sie grüßten. Auch Huber mit Gattin trat hinzu. Großholz begann, Worte mit dem Bildungsminister zu wechseln. Plötzlich trat Knoll zusammen mit dem Rektor neben ihn. Marta und Elsa, bereits so nahe gerückt und im Einvernehmen, als würden sie sich für alle Ewigkeit verbünden, suchten sich Plätze im rechten Teil der noch gänzlich freien ersten Reihe. Sie setzten sich als Erste, einen Stuhl vom Mittelgang entfernt, der für Knoll gedacht sein musste – Marta neben dem frei gelassenen Platz, Elsa zu ihrer Rechten. Großholz legte sofort seine Mappe auf den Stuhl neben Elsa. Hansjörg grüßte vom Rednerpult herab. „Alles okay?", rief er. „Ja, ja", antwortete Großholz und setzte sich ebenfalls, gleichzeitig mit den Hubers, die seine Sitznachbarn zur Rechten wurden. Links von ihm waren Elsa und Martha der Situation enthoben in ein Gespräch vertieft, rechts schwiegen die Hubers vornehm vor sich hin. Großholz fand, wie immer, es sei zu eng gestuhlt, war aber froh, hier in der vordersten Reihe wenigstens für die Beine genug Platz zu haben, und machte sich schmal.

Wie aus dem Nichts schritt plötzlich Knoll im Gang auf der rechten Saalseite nach vorn, wo er würdevoll auf das Podium stieg. Sein Kopf mit den dunklen Haaren kontrastierte hart mit den pastellenen Farbtönen des Wandgemäldes hinter und über ihm, in dessen unteren Rand er hineinragte, und das mehr als

Knoll Großholz' Aufmerksamkeit anzog. Er fühlte sich aufgehoben in der Schar weiblicher Gestalten in luftigen Gewändern, die sich zwischen Tannen und Bäumen tummelten, während Knoll die Festgemeinde begrüßte. Mit den tänzelnden Frauen zu einer lauschenden Gemeinschaft verbunden, hörte er zu, wie Knoll das Geburtstagskind, sein Institut für Sozial und Technikforschung, vorstellte. Stolz schilderte er die Zunahme der Studentenzahlen und sprach von der Schaffung neuer Professuren, was nicht immer leicht vor sich gegangen sei. Noch vor wenigen Jahrzehnten seien an dieser Alma Mater die Sozialwissenschaften stark untervertreten und auch unentwickelt gewesen, doch jetzt könne davon nicht mehr die Rede sein. Das Institut habe Fuß gefasst und mit der Erweiterung von der Sozialforschung hin zu der Technik ein markantes Profil gefunden. Beim Ausbau von Lehre und Forschung werde immer darauf geachtet, die Disziplinen Sozial- und Technikforschung gut miteinander zu verknüpfen. Damit reagiere man auf die Herausforderungen der modernen Zivilisation, in der sozial mehr und mehr eine technische und technisch eine soziale Bedeutung bekomme. Mit den Forschungen über Mikroelektronik von Professor Dr. Karl Großholz hätte das Institut zudem endgültig über alle Landesgrenzen hinweg Beachtung, sogar Beifall gefunden. Ohne in Selbstlob zu verfallen, könne er heute auf eine lebendige und lebensnahe Forschung und Lehre mit einem unablässig zunehmenden Andrang von Studentinnen und Studenten blicken.

Großholz klatschte leise, als Applaus durch den Saal schallte. Knoll stand voller Stolz unter dem lichten Wandgemälde. In der ersten Reihe, rechts von den Hubers ganz außen, erhob sich der Rektor von seinem Stuhl und schritt nach vorn. Knoll stieg vom Podium und überließ ihm das Wort.

Großholz spürte Elsas Blick. Er drehte den Kopf zu ihr und wusste, dass sie gern neben ihm saß, dass sie stolz darauf war, die Gattin eines berühmten Professors zu sein. Während sie sich ansahen, begann der Rektor von der schwierigen Geburt des jetzt dreißig Jahre alten Instituts für Sozial- und Technikforschung zu sprechen. Er schilderte die siebzigjährige Vorgeschichte mit den vielen Rückschlägen, bis sich die Universität mit einem ersten und zunächst einzigen Lehrstuhl zu einer Keimzelle für das so wichtige Fachgebiet durchgerungen hatte. Der Rektor, größer als Knoll und mit weicheren Gesichtszügen, fügte sich harmonischer als sein Vorredner in das Wandbild hinter ihm. Großholz lauschte seiner Würdigung des ersten Direktors, der die Grundsteine zum Ausbau des Instituts gelegt habe, und hörte, wie er dem zweiten, dem heutigen, für seine umsichtige Planung und Lenkung gratulierte und ihm die besten Wünsche für die Zukunft mit auf den Weg gab.

Als nach dem Rektor der Bildungsminister seine Grußworte sprach, nahm Großholz seinen Vortrag aus der Mappe. Die Stimme des Ministers schwang fest und in einer höheren Stimmlage als die des Rektors durch den Saal. Er wies darauf hin, wie unverzichtbar wichtig sämtliche Wissenschaftszweige sowie die akademische Bildung junger Menschen für die heutige Gesellschaft sei. Großholz hielt mit beiden Händen seinen Vortrag fest. Er war bereit. „Ich gratuliere dem Institut für Sozialforschung im Auftrag der Regierung recht herzlich zu seinem 30-jährigen Bestehen", sagte der Minister. „Ich wünsche ihm weiter viel Erfolg und alles Gute. Wir sind stolz auf unser Institut für Sozial- und Technikforschung."

Großholz sah den Minister die Kanzel verlassen und stand von seinem Stuhl auf. Der Minister nickte ihm zu. Er trat zum Podium, stieg die Tritte hinauf und blickte über die Zuhörerreihen. Wie von selbst und ohne Eile bediente er den Computer und die Schalter für die Vorhänge. Hinter ihm oben an der Decke setzte sich die Leinwand nach unten in Bewegung, gleich breit wie das Gemälde, deckte sie die ländliche Szenerie langsam zu.

„Guten Abend, sehr verehrte Damen und Herren. Sie möchten von mir etwas über Technik hören, mit der wir heute ja alle sehr vertraut sind", begann er. „Am Anfang standen die Steine, die nach und nach zu Geräten und Werkzeugen wurden. Ich schildere Ihnen nicht diese Wunder, oder wie die Bronze dem Stein und Eisen der Bronze folgte. Ich überspringe auch die Würdigung vieler Erfindungen vor und nach der Ersten Industriellen Revolution. Ich möchte gleich zum Computer kommen, und noch genauer zur fünften Generation von Computern. Das heißt, ich springe zum persönlichen Computer, zu unserem ersten kleinen, handlichen und doch leistungsstarken so genannten PC. Mit ihm und mit dem, was seither millionenfach möglich geworden ist, nämlich das Zusammenschalten von Computern zu Computernetzen, ist die Technik in eine neue Phase getreten. Wir können diese Phase das Zeitalter der Information nennen. Für uns ist die Entstehung und Entfaltung dieser mikroelektronischen oder digitalen Welt ein weiteres großes Wunder der Technik. Für uns und von heute aus gesehen haben wir mit der digitalisierten Welt unvergleichliche Siege errungen. Doch von morgen oder übermorgen aus zurückgeschaut, ist unsere heutige Technik, Stichwort Internet, Cyberspace, erst ein Anfang, erst eine Andeutung von mehr und viel Größerem. Ja, sehr verehrte Damen und Herren, es wird etwas noch Gewaltigeres, noch Phänomenaleres, noch Überwältigenderes auf uns zukommen, das die Leistungen und Errungenschaften der großartigen Mikroelektronik, dieser, nicht übertrieben zu sagen, Krönung des 20. Jahrhunderts weit hinter sich lassen wird.

Sie merken bestimmt, worauf ich hinauswill. Wir wollen in die Zukunft der Technik blicken. Dort warten neue Wunder auf uns. Dort wird das Internet klein und ein selbstfahrendes Auto antiquiert erscheinen. Lassen Sie uns einen Blick in diese *terra incognita* werfen."

Großholz merkte nicht, dass er sprach. Er hörte nur, wie ein Wort nach dem andern den Weg aus den Lautsprechern und durch den Saal fand. Elsa schaute ihn an. Er erwiderte ihren Blick, sah Marta neben ihr, und zu Martas Linken –, tatsächlich, kein leerer Stuhl mehr. Wie hingezaubert hatte sich jetzt auch Knoll gesetzt. Andächtig still saß er neben Marta am Mittelgang, welcher die Zuschauerreihen unter der in den Saal hineinhängenden Kassettendecke, gleich einem Pfad ins Nirgendwo, gespenstisch teilte.

„Schon in nicht allzu ferner Zeit, verehrte Zuhörerinnen und Zuhörer, werden wir die Materie, also Stoffe und Gegenstände, wie auch biologisches Leben ohne große Mühe herstellen, formen und umformen, also ganz nach unseren Wünschen gestalten können", ließ er kühn seine Hauptthese durch den Saal schallen. „Wenn Ihnen das als Science Fiction vorkommt, so antworte ich, das ist Science ohne Fiction. Das ist Nano-, Bio-, Gen- und Computertechnologie; Gebiete, die sich immer stärker mit immer weniger menschlicher Vermittlung gegenseitig befruchten werden."

Er klickte auf seine erste Simulation.

Sofort funkelte ein riesiger Diamant über ihm auf der Leinwand. Diesem näherten sich eine Art Kameras von mehreren Seiten, von denen aus Strahlen ihn durchdrangen, wobei sie seine Beschaffenheit langsam vergrößerten und die nach Würfeln aus Draht aussehenden Kohlenstoffmoleküle sichtbar machten. Wie der Diamant wurden auch seine einzelnen Moleküle größer und größer und zerlegten sich in Atome. Schließlich blieb ein einziges, riesiges Kohlenstoffatom auf der Leinwand übrig. Um den Kern dieses Atoms, das die Bezeichnung und Abkürzung C trug, kreisten vier Elektronen.

„Die Natur hat ihre Materialien Millionen und Abermillionen von Jahren getestet", sagte Großholz. „So auch dieses Wunderwerk, das wir unglücklicherweise Kohlenstoff nennen. Es hat sich aus Lebewesen gebildet und ist zudem Bestandteil jedes Lebewesens, sogar jeder Zelle, aus welchen wiederum sämtliche Lebewesen zu Millionen und Abermillionen bestehen. Pflanzen, Bäume, Tiere, Menschen, alle und alles, was wir heute biologisches Leben nennen, enthält dieses C. Ohne den Kohlenstoff mit seinen unterschiedlichen Verbindungen gäbe es unsere gegenwärtige belebte Welt vielleicht gar nicht. Dank der Technik ist sein Aufbau heute verstehbar und, mehr als das, künstlich herstellbar. Selbst der Diamant, C in Reinkultur, das bisher härteste Mineral im Universum, das lange als nicht nachbaubar galt, kann mittlerweile gezüchtet werden. Und es ist, natürlich oder künstlich, immer ein einfallsreicher Architekt. Deshalb werden wir in Zukunft von diesem Kohlenstoffwunderwerk plus anderen basalen Elementen in bestehenden und neuen möglichen Verbindungen vielfach überrascht werden. Aber die Science ohne Fiction wird uns nicht nur Cs in allen möglichen Varianten und Verbindungen, sie wird uns ein ganzes ABC von Materie und Leben schenken. Das Credo aller Science ohne Fiction lautet, wie gesagt: herstellen, formen, umformen. Genau betrachtet bedeutet das im Kern: Beherrschung und beliebige Formbarkeit von Materie und Leben."

Auf der Leinwand bauten sich Kohlenstoffatome zu verschiedenen Molekülen zusammen. Pyramidenförmig aussehende Verbindungen schufen Diamanten, bienenwabenförmig angeordnete den weichen und verbreiteteren Bruder des Diamanten, den Grafit. Mit seinen 12 Fünf- und 20 Sechsecken bildete das C60-Molekül den Ball der Bälle; ob als Nanometer-Winzling in der Quantenwelt oder auf dem Rasen beim Fußballspielen, behauptete er stolz seine nahezu unverwüstliche Form des Buckyballs. Als nicht minder beständiger Kandidat konnte auch dessen Bruder betrachtet werden, eine Art Drahtgeflecht aus Kohlenstoff, welches sich in einer Schönheit sondergleichen zu Röhrchen aller Art rollte, deren Verwendung grenzenlos vielfältig zu sein versprach.

Großholz schaute selbst eine Weile fasziniert zu, wie einzelne Elektronen überall zu Paaren einschnappten und sich die C-Atome wie von Geisterhand zu größeren Gebilden formten.

„Die Kenntnis, was sich hier ereignet, wird uns viele Möglichkeiten zu neuen Stoffen und Stoffverbindungen geben", setzte er seinen Vortrag fort. „Wir werden zum Beispiel intelligente Malfarbe haben, die sich von selbst so dick aufträgt, wie wir das wünschen. Künstliche Solarzellen in den Dächern und in Straßenbelägen werden vielleicht nebst Wärme um ein Vielfaches besser als unsere guten alten Bäume Sauerstoff erzeugen. Für

Holz jeder Art und Form wird zudem bald kein einziger Baum mehr zu sterben brauchen. Und natürlich werden nicht nur heutige biologische Lebewesen sich selbst regenerieren und reparieren, alle Materie bis hin zu komplexen Maschinen und Geräten wird mit dieser Fähigkeit ausgestattet sein.

Damit, verehrte Damen und Herren, und mit noch viel mehr wird die Technik uns und unser Leben in nicht allzu langer Zeit bereichern."

Als Gegensatz zu den trockenen Kohlenstoffverbindungen projizierte Großholz verschiedene Zellen mit ihren Eiweißverbindungen auf die Leinwand. Sofort wirkte alles viel organischer. Wie vorher in den Kohlenstoff beziehungsweise den Diamanten drang nun der Strahl einer Art Mikroskopkamera auch in die Eiweiße ein, vergrößerte ihre innere Beschaffenheit, sodass Schritt für Schritt eine bizarre Welt von Molekülen und Atomen sichtbar wurde, in der ein Treiben und eine Geschäftigkeit in einem Tempo herrschte, dem kein menschliches Auge folgen konnte. Das Publikum blickte gebannt auf das Schauspiel von Schieben und Reißen, Verschmelzen und Fliegen, bei dem die Elektronen Insekten glichen, die mit größter Wucht in größere Gebilde schossen, verschluckt zu werden schienen, doch unversehrt an anderer Stelle wieder ausgespuckt wurden ohne Ende. Gleichzeitig dockten Formen wie Kugeln, Ringe, Quader in allen Größen wie in einer Weltraumstation, aber pausenlos und rasend schnell, aneinander an. Dass Moleküle auseinandergerissen oder bei heftigen Zusammenstößen schwer zerbeult wurden, schien in dem ganzen Durcheinander genauso selbstverständlich zu sein wie Lichtteilchen, die bestehende Bindungen aufbrachen.

Großholz ließ das schwindelerregende Geschehen im schwerkraftlosen Raum der Zelle eine Weile ablaufen, bevor er langsam vom Nano- in den Mikro- und zurück in den Millimeterbereich blendete.

„Niemand ahnte noch vor wenigen Jahrzehnten, dass wir diese Wunderwelt je sehen, und noch weniger, dass wir sie manipulieren oder nachformen könnten. Jetzt wissen die Optimisten unter uns mehr. Wir werden Zellen verjüngen können, kein Zweifel. Ein Sieg über viele Krankheiten steht uns bevor. Oder noch besser: Wird es Ihnen in Ihrem Körper unwohl, dann erschaffen sie sich kurzerhand einen neuen. So sehen, verehrtes Publikum, die günstigen Prognosen aus."

Er projizierte ein Bild mit Menschen, ähnlich dem Gemälde auf der Wand darunter.

„Sind das Menschen, die von Menschen abstammen, oder Menschen, die von Robotern abstammen, oder Roboter, die von Robotern abstammen, oder Roboter, die von Menschen abstammen?

Das spielte im Zeitalter der Information noch eine Rolle. Auf der nächsten Stufe der Evolution ist das einerlei. Niemand mehr wird Sklave seiner Herkunft sein. Zu leicht können die Baupläne aller Geschöpfe abgeändert werden. Künstliche Intelligenz im Verbund mit der künstlichen Evolution wird über das Aussehen und die Spezialisierungen bis zur Fortpflanzung für neue, gerechtere Lösungen sorgen.

Wie die neue Superintelligenz einst mit der Vielfalt umgehen wird, die nahezu unendlich werden könnte, wird sie entscheiden müssen", vergaß Großholz nicht zu betonen. „Hominiden könnten auf Wunsch fünf Meter groß oder von Kopf bis Fuß behaart sein. Eine Margerite könnte sprechen, aber wenn sie zu einem Fahrzeug weiterentwickelt würde, stellt sich die Frage, ob sie weiter eine Blume oder neu ein Fahrzeug, Fahrzeugblume oder noch etwas anderes wird. Diese Fragen brauchen nicht mehr wir mit unserem bescheidenen menschlichen Denkvermögen zu beantworten, verehrte Damen und Herren. Sie können aufatmen.

Ich sage: Tor auf zur nächsten Stufe der Evolution. Das heißt, vielleicht, aus dem Kosmos und der Bio- und der Elektronensphäre heraus gebiert sich eine Synthese aus den dreien, oder, weil oft alles ganz anders kommt, als man denkt, es wird aus ihnen etwas ganz Neues entstehen. Wieso soll nicht eine vierte Sphäre neu, gewaltig, unvergleichlich jenseits jeder Vervollkommnungsidee und jenseits jeder jetzt möglichen Vorstellung die neue, die künstliche Evolution sein, ebenbürtig neben den andern drei Sphären oder ihnen überlegen?" Während er sprach, projizierte er Simulationen von möglichen menschlichen und menschenähnlichen Wesen der Zukunft. Er betonte, das seien menschliche Vorstellungen, und dass nach wie vor gelte, es werde vermutlich sowieso alles anders, hoffentlich sogar ganz anders, als ein menschliches Gehirn sich das vorstellen könne. Er ließ einige der Menschenähnlichen ihren Geist auf Ameisen übertragen, von andern zeigte er, wie sie in Gemeinschaften mit selbst designten künstlichen Kreaturen lebten, die ihnen von kleinen Handreichungen bis hin zur Körperpflege zu Diensten standen. Da im neuen Zeitalter jede Alterung im Sinne der biologischen Reifung überwunden war, demonstrierte er die Phasenübergänge eines Geschöpfs von einem Wurm über einen Fuchs zu einem Menschen, der sich entschließt, nachdem er Jahrzehnte in ein- und demselben Körper verbracht hatte, seine Essenz einem Organismus im Cyberspace zu übertragen. Auch ein Abstecher in ein Labor für neue, maßgeschneiderte Kreaturen fehlte nicht.

Im Saal schienen alle Augen auf die Leinwand gerichtet. Großholz projizierte ein sich selbst regenerierendes und sprechendes Wesen in der physischen Form eines Hirschs, der auch als Staubsauger diente, und zeigte ihn eine Weile mit seinem Besitzer auf einem Spaziergang durch ein Biotop mit einstigen Menschen aus der biologischen Evolution, die sich noch geschlechtlich fortpflanzten, und auch sonst freiwillig auf sämtliche technischen Eingriffe verzichteten, und von weiter Entwickelten aus der neuen Evolutionsstufe als Sehenswürdigkeiten bewundert wurden.

Als Knoll unten in der ersten Reihe unruhig in seine Jackettinnentasche griff, beendete Großholz die Vorführung. „Das Tor zur nächsten Stufe der Evolution schließt sich", kommentierte er und loggte sich über die Netzuniversität in sein 3D-Reich ein. „Die Virtual-Reality-Welt, die wir jetzt zusammen besuchen, ist bestimmt noch mehr mit einer trockenen, nackten Kohlenstoffkette als mit einem reifen

Cyberspace zu vergleichen", stellte er sie lakonisch vor. „Aber die Vorführung wird Ihnen eine Ahnung geben, wohin sich natürlich auch unsere Computernetze entwickeln können und werden."

Als *Mister XXL* betrat er die Eingangshalle seiner *nu*, die metergroß über ihm in den Saal leuchtete. Neben der breiten Treppe zu den oberen Stockwerken unterhielten sich zwei *nu*-Besucher, sonst war wenig los. *Mister XXL* sprang von links zum Informationsfeld und von dort hinaus in den Park und zurück. „Nicht gerade elegant", kommentierte Großholz seine Sprünge, während er *Hallo Masch! Bist du online?*, in das Eingabefeld tippte.

Ja, Mister XXL, bin online, erschien Mario Schells Antwort sofort. *Ich befinde mich auf dem Odeonsplatz.*

Zeigst du uns Cyberion City?, tippte Großholz. *Uns, das sind die Festgäste in der Aula der Universität und ich. Ich bin in der nu.*

Augenblicklich schwang sich Masch in Gestalt eines Bakteriums in die Mitte der Eingangshalle. Mit lachendem Vollmondgesicht blickte er in die Aula hinaus. „*Hi*", sagte er, „*Sie befinden sich bereits in Cyberion City, genauer in der nu, das ist die Universität von Cyberion City. Ich heiße Masch. Es freut mich, Ihnen unser 3D-Netzprojekt zeigen zu dürfen.*"

Masch führte *Mister XXL* und mit ihm die Gäste in der Aula durch das kürzlich entstandene Cyberion City. „*Wie jede Stadt wächst auch Cyberion City täglich*", erklärte er und stellte einzelne Orte und Attraktionen genauer vor. Dazwischen sprach er andere Cyberionbesucher an. Nach einem Rundgang bis zur Raumstation und den 3D-Siedlungen für Mieter aus dem Nicht-Cyberspace, sprang er in sein VR-Labor. Er blühte ganz auf, als er seine Arbeit im VR-Labor vorstellte.

Ich würde gern etwas über die Zukunftspläne des Labors erfahren, tippte Großholz in die Tasten.

„*Oh, ich weiß, was Sie ansprechen*", antwortete Masch, „*unsere Evotope*".

Richtig, ja, die Evotope, schrieb Großholz mit ganzem Stolz.

"Das ist noch Future, darüber diskutieren wir erst", erklärte Masch. *"Der Plan sieht so aus: Wir wollen digitale Organismen züchten. Natürlich fangen wir klein an, zum Beispiel mit Punktorganismen, die entweder Fußfesseln tragen oder in Gefängnissen beheimatet sind. Sie werden fressen, miteinander kämpfen, sich paaren und leuchten können. Mehr vorerst nicht. Wenn das gut läuft, haben wir weitere Pläne mit den Dingern. Natürlich Sprache und Kommunikation, das interessiert uns sehr. Dann Experimente mit Viren und Virenabwehr. Wenn auch das gut läuft, lassen wir sie selbständig kleine Programme herstellen. Als weiteren Schritt könnte das Ende ihrer Gefangenschaft in Frage kommen, ist aber noch nicht beschlossen."*

Unterdessen hatten Masch und *Mister XXL* den bereits sehr weitläufigen Park der *nu* betreten. Aus einer Gaststätte heraus kam Pit, Maschs Kollege, auf sie zu.

Hallo Pit, tippte Großholz sofort und erklärte in die Aula hinaus, das sei Pit, der Fun-Chef seines 3D-Onlineprojekts, und lud den lustigen Käfer, in dem Pit heute auftrat, ein, die 3D-Abenteuerwelten, für die er verantwortlich sei, kurz vorzustellen.

Seine fantastischen Kreationen erhielten mehrmals spontanen Applaus. Sie setzten der Online-Präsentation einen markanten und gelungenen Schluss, fand Großholz. *Vielen Dank, Masch und Pit, für eure Erläuterungen,* tippte er in das Eingabefeld, *leider ist unsere Zeit schon um.* Er verabschiedete sich online von den beiden. Masch wandte sich an die Zuhörerschaft. Sein Bakteriumvollmondgesicht leuchtete hell aus der Leinwand heraus.

"Sind Sie neugierig geworden? Besuchen Sie Cyberion City selbst", wandte er sich an die Zuhörerschaft. *"In unserer nu können Sie Kurse besuchen, falls Sie nicht schon süchtig nach 3D-Welten sind. Beliebt sind die Einführungen, auch zum Kennenlernen von Surfgenossen. Fortgeschrittenen sei das Online-Seminar von Professor Großholz empfohlen, das sowohl Studierenden wie Hörern der Universität offensteht. Es wird vorläufig jedes Semes-*

ter angeboten. Platzzahl beschränkt. Studierende haben Vorrang. Auch wenn Sie Funktionen in Cyberion City übernehmen wollen, ist das Online-Seminar der ideale Einstieg. Unsere 3D-Siedlungen sind begehrte Mietobjekte, wie Sie auf dem Rundgang gesehen haben. Für die Ausstattung wird Ihnen sehr viel Freiraum gelassen. Auf Wiedersehen, bis bald!"

Masch lachte und Pit flatterte mit seinen Käferflügeln und schwirrte davon. Großholz trat als *Mister XXL* auf den Platz vor der *nu*, wo er *Mister XXL* sich selbst überließ.

„Meine sehr verehrten Damen und Herren", wandte er sich in den Festsaal hinaus. „Masch und Pit waren keine digitalen Organismen. Sie sind meine Assistenten. Wir haben unseren Kosmos, die Biosphäre, die Elektronenwelt und auf die vierte große Schöpfung dürfen wir gespannt sein. Zum Glück übersteigt sie das menschliche Denkvermögen. Ich danke Ihnen für Ihre Aufmerksamkeit."

Einige Augenblicke war es mucksmäuschenstill, als brauchten alle eine Atem- und Denkpause. Bald setzte ein gefasster Applaus ein, der lang anhielt. Großholz genoss ihn wie einen Goldregen, der auf ihn niederprasselte. Getränkt und satt verneigte er sich, dann schweifte sein Blick im noch abgedunkelten Saal über die Zuhörerreihen zu beiden Seiten des Mittelganges, in denen er während des Vortrags Professorenkollegen, viele Gesichter aus dem Institut und noch mehr von früher erkannt hatte. Elsa klatschte und lächelte. Zu ihrer Linken, gerade aufgerichtet, Marta, und neben Marta Knoll, reglos. Großholz schauderte es, als er in sein Gesicht blickte. Zugleich flackerte nochmals eine von einer Mikroskopkamera vergrößerte Zelle in seinem Geist auf, mit ihrem unverständlichen Fliegen, Rasen und Kollidieren skurriler Elemente auf engstem Raum. Er beendete seine Computerprogramme, drückte auf die Schalter für die Leinwand und die Vorhänge und sah zu, wie über ihm an der Wand wiederum die ländliche Szenerie zum Vorschein kam. Hansjörg kam die Stufen des Podiums herauf und sagte, er werde sich um alles kümmern. Großholz dankte ihm. Die Stimmen im Saal wurden lauter. Er legte seine Papiere ungeordnet in die Vortragsmappe, verließ die Rednerkanzel und setzte sich neben Elsa. Während sich um sie herum alle erhoben, schloss er die Augen und verharrte Seite an Seite mit ihr auf dem Stuhl. Erst als er sie ansah, ihr liebevolles Lächeln ihn erreichte, tauchte er aus seiner Erschöpfung auf und merkte, dass sich die Festgäste vor den zwei kleinen Türen zu beiden Seiten der Rednerkanzel stauten.

„Ich habe schon von Fensterscheiben gelesen, die keinen Schmutz annehmen sollen", sagte Elsa zu ihm.

„Ja, besonders kratzfeste und schmutzabweisende Materialien scheinen sehr gefragt zu sein", antwortete er.

„Sind die so gezüchtet oder nur so beschichtet?"

„Wohl beides", sagte er. „Hat dir der Vortrag gefallen?"

„Deine Zukunft ist ein wenig beunruhigend", sagte sie.

„Alles Neue und Außergewöhnliche beunruhigt zunächst."

„Gehen wir, Marta besetzt uns Plätze", sagte Elsa und stand auf.

Sie sah ihm zu, wie er seine Vortragsunterlagen in die alte Mappe packte. Er wusste, was sie dachte.

„Ja, kauf mir eine neue", sagte er. „Oder nein, warte vielleicht noch, ich mag diese."

„Ja oder nein?"

„Du kannst das entscheiden", antwortete er.

„Bist du müde?", fragte sie und strich ihm liebevoll mit beiden Händen über die Schläfen und Wangen. Er entwand sich beschämt ihrer Zärtlichkeit. Hansjörg, der auf dem Podium hantierte, auch dem Techniker, überhaupt allen rundherum wollte er sich so nicht zeigen.

Zusammen mit Elsa verließ er, eingeschlossen in seinen anthrazitfarbenen Anzug, mit den letzten Gästen die Aula der Universität. Im Tempo von Elsas engem Abendkleid gelangten sie nebeneinander von der zweiten Etage die hell überwölbte Treppe hinunter und im Erdgeschoss über den Wandelgang mit Aussicht in den Innenhof zum schmalen Abstieg in die Mensa, wo er Elsa vorausgehen ließ. Sie folgten still dunkel gekleideten Paaren durch ein Labyrinth von Fluren und neuen Treppen und stiegen auf wieder breiteren Stufen nebeneinander hinab in die untere Mensa zum Bankett.

Anmerkungen und Quellenangaben:

S. 8   Zeile 1:
Verzerrung aus Nachsicht, Sozialpsychologisches Konzept. Nebst verschiedenen Voreingenommenheiten und Verzerrungen bei der Personenwahrnehmung gibt es die Verzerrung aus Nachsicht, was umschrieben werden kann als allgemeine Tendenz zur Nachsicht. Siehe: Forgas, Joseph P. (1995): *Soziale Interaktion und Kommunikation: eine Einführung in die Sozialpsychologie (3. Auflage).* Weinheim: Beltz, PsychologieVerlagsUnion, S. 68. Mit freundlicher Genehmigung der Verlagsgruppe Beltz.

S. 8   Zeile 1-4:
Joseph P. Forgas (a. a. O. S. 68) beschreibt die Verzerrung aus Nachsicht mit den Worten: Liegt uns eindeutig negative Information nicht vor, erwarten wir von unseren Mitmenschen eher Gutes als Schlechtes. Dazu nennt er Gallup-Umfragen (a. a. O. S. 68), die zeigen, dass wir Personen des öffentlichen Lebens bedeutend positiver beurteilen als andere Menschen, die nicht solche Positionen innehaben. Daraus abgeleitet hat die Autorin dieses Romans die folgenden zwei Sätze: Speziell Personen in hohen Positionen pflegen wir zu vertrauen. Wir unterstellen ihnen, solange nicht eindeutig Schlechtes über sie vorliegt, ungern niedrige Motive.

S. 206   Zeile 15+16:
Zitat: Wir denken, das Internet sei erwachsen, bloß weil wir damit aufgewachsen sind. Siehe: Turkle, Sherry (2012): *Weniger Internet, bitte!* In: *Das Magazin Nr. 26,* Zürich: Tamedia, S. 6–15. Zitat S. 15.

S. 206   Zeile 19+20:
Zu der Entstehung der ersten Computer-Vernetzung über eine große Entfernung im Oktober 1969, dem ARPANET, und zu der Entwick-

lung dieses Computernetzes, siehe: Wertheim, Margaret (2000): *Die Himmelstür zum Cyberspace: Von Dante zum Internet*. Deutsch von Ilse Strasmann. Zürich: Ammann Verlag, S. 244ff.

S. 206   Zeile 20:
Die Idee, dass die Entstehung des Internets (1969) als zweiter Urknall betrachtet bzw. mit dem Urknall verglichen werden kann, hat die Autorin von Margaret Wertheim. Siehe: Wertheim, Margaret, a. a. O. S. 243.

S. 208   Zeile 6+7:
Zu der Formulierung 2D-, 3D-, VielD-Cyberspace siehe: Featherstone, Mike und Burrows, Roger (1995): *Cyborgs, Cyberspace, Cyberpunk, Cyberbodies,* in: Featherstone, Mike und Burrows, Roger (1995): *Cyberspace, Cyberbodies, Cyberpunk. Cultures of Technological Embodiment*. London: Thousand Oakes, S. 1–19, Einleitung des Buches. S. 5ff wird von „drei Spielarten des Cyberspace" gesprochen: Barlovian Cyberspace, Virtuelle Realität, Gibsonian Cyberspace. Aus dieser Idee entstand das zweite Kapitel von Großholz' Cyberbuch, welches sich in Unterkapitel zu eben diesen Spielarten des Cyberspace aufteilt.

S. 212   Zeile 5-10:
Siehe zu diesen Ideen über die VR-Welten z.B.: Heilbrun, Adam und Stacks, Barbara (1991): *Was heißt „virtuelle Realität"? Ein Interview mit Jaron Lanier*, in: Waffender, Manfred, Hrsg. (1991): *Cyberspace: Ausflüge in virtuelle Wirklichkeiten*. Reinbek bei Hamburg: Rowohlt Taschenbuch Verlag GmbH. Deutsch von Hans-Ulrich Möhring. S. 70, 72 oder S. 75: Man kann ganze Welten in der Tasche oder hinter dem Ohr haben und sie jederzeit hervorziehen und durchschauen.

S. 212   Zeile 20-23:

Verrückte Welten schaffen, grenzenlos erfinderisch sein. So fasst Großholz die VR-Euphorie von Jaron Lanier, dem Erfinder des Begriffs „Virtuelle Realität", zusammen. Siehe dazu Laniers Ausführungen in: Heilbrun, Adam und Stacks, Barbara (1991), a. a. O. S. 67–87.

S. 248   Zeile 31+32:
Zu der Aussage, die Menschheit stehe an einer epochalen Schwelle, siehe: Boeing, Niels (2004): *Nano?! Die Technik des 21. Jahrhunderts* (1. Auflage). Berlin: Rowohlt-Berlin Verlag GmbH., S. 7. Schon im Vorwort (von Gerd Binnig) S. 7 wird von der epochalen Schwelle gesprochen. Der Mensch sei in diesem Moment Zeitzeuge und Gestalter einer zweiten Genesis, einer grundlegend neuen Evolution von materiellen Strukturen, ... Diese Zukunft der Technik ist Großholz' Idee für seinen Festvortrag, mit welchem er den Zuhörenden Blicke in die neue Epoche gewähren will.

S. 265   Zeile 4:
Für die Formulierung, dass der Cyberspace (mit der exponentiellen Kraft seines eigenen Big Bang) explodiere bzw. ab 1969 explodiert sei, siehe: Wertheim, Margaret, a. a. O. S. 243.

S. 279   Zeile 1+2:
Für Großholz' Proseminar über sozialwissenschaftliche Theorien, Diskurstheorie, Disziplinargesellschaft, ..., siehe: Treibel, Annette (2004). *Einführung in soziologische Theorien der Gegenwart.* Wiesbaden: VS Verlag für Sozialwissenschaften Wiesbaden, S. 53–80, dritte Lektion dieses Lehrbuches für Sozialwissenschaften.

S. 314   Zeile 15:
Zu Großholz' Gedanken über Kohlenstoff, Kohlenstoffmoleküle, C, Graphit, Buckyballs etc. siehe: Boeing, Niels (2004): *Das Koh-*

lenstoff-Zeitalter, in: Boeing, Niels, a. a. O. S. 66–75.

Dank

Ein großer Dank geht an alle, die mir von ihren Belästigungen erzählt haben.

Ein weiteres großes Dankeschön an die Psychiater, die mich dabei unterstützten, einen stimmigen Täter zu erschaffen, und der Romanfigur Großholz damit hoffentlich zu Unsterblichkeit verhelfen.

Dank ebenfalls an alle, die mich auf welche Art auch immer darin bestärkten, trotz teils widrigster Umstände nicht aufzugeben und dieses Buch zu schreiben, zu vollenden und zu publizieren.